Susan Vreeland

Die Malerin

ROMAN

Aus dem Amerikanischen
von Marie Rahn

Diana Verlag
München Zürich

Die Originalausgabe erschien unter dem Titel
The Passion of Artemisia
bei Viking Penguin / Penguin Putnam Inc., New York

1. Auflage

Satz: Filmsatz Schröter, München
Druck und Bindung: GGP Media, Pößneck
Printed in Germany

ISBN 3-8284-0063-9

Für Kip – *amore mio* –
für sein Verständnis

Über das Leiden täuschten sie sich nie,
Die alten Meister: wie gut kannten sie
Seinen Ort bei den Menschen; wie es geschieht,
Während jemand andrer ißt oder ein Fenster öffnet
oder träge vorbeigeht.

W. H. Auden
»Musée des Beaux Arts« 1940

Inhalt

1 Die Folter der Sibylle

MEIN VATER GING dicht neben mir und berührte, um mir Mut zu geben, sacht die Verschnürung meines Mieders mit seiner Hand. Im Licht der aufgehenden Sonne, die bereits auf dem Steinpflaster der Piazza und auf meinem Scheitel brannte, erstreckte sich über die Mauer, grotesk verzerrt, der Schatten von der Schlinge des Inquisitors, die über dem Tor di Nona, dem päpstlichen Gericht, hing – in Form einer Träne.

»Nur eine kurze Unannehmlichkeit, Artemisia«, sagte mein Vater und blickte starr geradeaus. »Nur ein wenig Druck.«

Er meinte die Folter der Sibylle.

Wenn ich die Zeugenaussagen, die ich in den Wochen zuvor geleistet hatte, bestätigte, während meine Hände gebunden waren, würden sie wissen, dass sie der Wahrheit entsprachen, und dann wäre der Prozess vorüber. Nicht mein Prozess. Das sagte ich mir immer wieder: Nicht mir wurde der Prozess gemacht. Sondern Agostino Tassi.

Ich hatte den Wortlaut der Anzeige, die mein Vater an Papst Paul V. gesandt hatte, noch in den Ohren: »*Agostino Tassi entjungferte meine Tochter Artemisia und vollzog mit Gewalt etliche Male Akte fleischlicher Lust, Akte, die mir, dem armen Kläger, Orazio Gentileschi, Maler und Bürger von Rom, schweren und weitreichenden Schaden zufügten, da ich für ihre Leistungen als Malerin nur noch geringere Summen verlangen konnte.*«

Ich wollte nicht, dass es jemand erfuhr. Ich hatte es noch nicht mal *ihm* erzählt, aber er hörte mich eines Tages weinen und presste es aus mir heraus. Außerdem war da noch das fehlende Bild, das Agostino so bewundert hatte, und so kam es, dass Vater Anzeige erstattete.

»Wie viel Druck?«, fragte ich.

»Es wird schnell vorbei sein.«

Ich blickte niemandem von der Menge, die sich am Eingang zum Tor di Nona versammelt hatte, ins Gesicht. Ich wusste auch so, was sich darin spiegelte: Sensationslust, Anklage, Verachtung. Stattdessen richtete ich meinen Blick auf die Blüten des gelben Geißblatts vor den ockerfarbenen Wänden. Die Farben brachten einander zum Leuchten. Papa hatte mich das gelehrt.

»Duftende Blumen«, schrien die Bettler und boten sie den Frauen an, die den Prozess im stickigen Gerichtssaal mithören wollten. Jede für einen *giulio*. Ein Krüppel drückte mir eine verwelkte Blüte in die Hand, die nach Urin stank. Er wusste, dass ich Artemisia Gentileschi war. Ich ließ die Blüte auf sein verwachsenes Knie fallen.

Meine trockene Kehle verengte sich, als wir die dunkle, feuchte Sala del Tribunale betraten. Ich ließ Papa an der vordersten Reihe der Bänke stehen und stieg die beiden Stufen zu meinem Platz gegenüber von Agostino Tassi hinauf, dem Freund und Mitarbeiter meines Vaters. Meinem Vergewaltiger. Er hatte seinen Kopf in eine Hand gestützt und regte sich nicht, als ich Platz nahm. Sein schwarzes Haar und sein Bart waren weder geschnitten noch gekämmt. Sein Gesicht, das viel hübscher war, als er es verdiente, wies die Farbe und Härte einer Bronzeskulptur auf.

Hinter einem Tisch spitzte der Advokat des Papstes, ein kleiner, in dunkles Violett gehüllter Mann, seine Schreibfedern mit einem Messer und ließ die Reste auf den Boden fallen. Ein staubiger Lichtstrahl fiel von einem der hoch gelegenen Fenster auf seine Hände und erhellte die Falten seines Ärmels zu einem Lavendelblau. »14. Mai 1612«, murmelte der Advokat, während er schrieb. Zwei Monate schon dauerte der Prozess und an diesem Tag wirkte der Gesichtsausdruck des Mannes zum ersten Mal nicht gelangweilt. Es war der Tag, an dem ich überprüft werden würde. Ich presste meine Hände gegen die Rippen.

Der Ehrenwerte Hieronimo Felicio, *locumtenente* von Rom, der von Seiner Heiligkeit als Vernehmungsrichter eingesetzt worden war, rauschte herein, setzte sich auf seinen erhöhten Stuhl und arrangierte seine scharlachrote Robe, um voluminöser zu wirken. Die Beamten des Papstes warfen sich in der Öffentlichkeit stets in Positur. Unter dem silbernen Käppchen hingen seine schweren Wangen wie überreife Früchte nach unten. Ihm folgte ein riesiger Mann mit rasiertem Schädel, dessen Schultern die ärmellose Ledertunika geradezu zu sprengen schienen: Es war der *assistente di tortura*. Eine heiße Welle der Furcht durchströmte mich. Mit einem Fingerschnippen wies der Ehrenwerte *locumtenente* ihn an, einen hauchdünnen Vorhang vorzuziehen, der uns von Papa und dem Pöbel auf den Bänken abschirmte. Der Vorhang war früher nicht da gewesen.

Der *locumtenente* zog ein grimmiges Gesicht, sodass seine Augenbrauen sich berührten und einen Schatten warfen. »Signorina Gentileschi, Euch ist doch unsere Absicht klar.« Seine Stimme war ölig wie Leinöl. »Die Sibyllen aus Delphi haben immer die Wahrheit gesagt.«

Ich erinnerte mich an die delphische Sibylle in der Sixtinischen Kapelle. Michelangelo hatte sie als mächtige Frau dargestellt, die vor dem, was sie sah, erschrak. Papa und ich hatten in stummer Ehrfurcht unter ihr gestanden und einander die Hand gedrückt, um unsere Erregung im Zaum zu halten. Vielleicht würde die Sibylle nur so stark zudrücken.

»In diesem Sinne ist die Sibylle lediglich ein Instrument, das die Wahrheit auf die Lippen der Frauen bringen soll. Wir werden sehen, ob Ihr bei dem bleibt, was Ihr bezeugt habt.« Er kniff seine ziegenartigen Augen zusammen. »Ich frage mich, welche Auswirkungen das Zusammenziehen der Schnüre eigentlich auf eines Malers Fähigkeit hat, einen Pinsel zu halten.« Mir krampfte sich der Magen zusammen. Der *locumtenente* wandte sich an Agostino. »Ihr seid doch auch Maler, Signor Agostino. Wisst Ihr, was die Sibylle bei den Fingern eines jungen Mädchens anrichten kann?«

Agostino blinzelte noch nicht mal.

Meine Finger schlossen sich zu Fäusten. »Was kann sie bewirken? Sagt es mir.«

Der *assistente* zwang mich, die Hände auszustrecken, und wand eine lange Schnur um den Ansatz jedes Fingers, dann band er meine Hände mit den Innenseiten gegeneinander an den Handgelenken zusammen und führte die Schnur um jedes Fingerpaar, als wäre sie eine Ranke. Er brachte eine riesige Holzschraube an der Schnur an und drehte sie gerade so stark, dass die Schnüre ein wenig drückten.

»Was kann sie bewirken?«, rief ich aus. Ich blickte durch den Vorhang auf Papa. Er hatte sich vorgelehnt und zupfte an seinem Bart.

»Nichts«, sagte der *locumtenente*. »Sie bewirkt nichts, wenn Ihr die Wahrheit sagt.«

»Aber sie kann doch nicht meine Finger abschneiden, oder?«

»Das, Signorina, hängt von Euch ab.«

Meine Finger begannen leicht zu pochen. Ich blickte zu Papa. Er nickte mir beruhigend zu.

»Und nun, da unsere Absichten geklärt sind, sagt uns, ob Ihr sexuelle Beziehungen mit Geronimo von Modena hattet?«

»Ich kenne niemanden mit diesem Namen.«

»Mit Pasquino Fiorentino?«

»Den kenne ich auch nicht.«

»Mit Francesco Scarpellino?«

»Der Name sagt mir nichts.«

»Mit dem Kleriker Artigenio?«

»Ich sage doch, nein. Ich kenne diese Männer nicht.«

»Das ist eine Lüge. Sie lügt. Sie will meinen Ruf zerstören, um meine Aufträge zu übernehmen«, sagte Agostino. »Sie ist eine unersättliche Hure.«

Ich traute meinen Ohren nicht.

»Nein«, brüllte Papa. »Er versucht, sie als Hure hinzustellen, um der *nozze di riparazione* zu entgehen. Er will den Namen Gentileschi besudeln. Er ist neidisch.«

Der *locumtenente* ignorierte Papa und kräuselte die Lippen. »Hattet Ihr eine sexuelle Beziehung mit Eurem Vater, Orazio Gentileschi?«

»Ich würde Euch anspucken, wenn Ihr das außerhalb dieses Gerichtssaals gefragt hättet«, flüsterte ich.

»Anziehen!«, befahl der *locumtenente*.

Die Furcht erregende Schraube knarrte. Mir stockte der Atem. Die rauen Schnüre schrammten brennend über meine Fingeransätze. Gemurmel hinter dem Vorhang dröhnte in meinen Ohren.

»Signorina Gentileschi, wie alt seid Ihr?«

»Achtzehn.«

»Achtzehn. Alt genug also, um zu wissen, dass Ihr nicht den Vernehmungsrichter beleidigen solltet. Fahren wir fort. Hattet Ihr eine sexuelle Beziehung mit einem Beamten Unseres Heiligen Vaters, dem verstorbenen Cosimo Quorli?«

»Er … er versuchte es, Eure Exzellenz. Agostino Tassi brachte ihn mit zu uns. Ich wehrte ihn ab. Die beiden stellten mir nach. Warfen mir lüsterne Blicke zu. Flüsterten Bemerkungen.«

»Wie lange ging das?«

»Viele Monate. Ein Jahr. Ich war gerade siebzehn, als es anfing.«

»Bemerkungen welcher Art?«

»Das möchte ich nicht sagen.« Der *locumtenente* warf dem *assistente* einen Blick zu, der daraufhin auf mich zutrat. »Bemerkungen über meine verborgene Schönheit. Cosimo Quorli drohte herumzuerzählen, er hätte mich besessen, wenn ich nicht nachgäbe.«

»Und gabt Ihr nach?«

»Nein.«

»Besagter Cosimo Quorli erzählte anderen Beamten des Palazzo Apostolico, dass er in Wahrheit Euer Vater gewesen sei und dass Eure Mutter, Prudenzia Montone, ihn mehrfach dazu ermutigte, sie zu Hause aufzusuchen, woraufhin sie schwanger wurde.« Er hielt inne und betrachtete prüfend mein Gesicht.

»Ihr müsst zugeben, dass eine gewisse Ähnlichkeit vorhanden ist. Hat er Euch dies jemals enthüllt?«

»Diese Behauptung ist lächerlich. Muss ich jetzt neben meiner Ehre auch die meiner Mutter gegen solche Lügen verteidigen?«

Es schien ihm zu genügen, die Idee in den Raum gestellt zu haben. Er räusperte sich und gab vor, ein Schriftstück zu studieren.

»Ihr habt also nicht wiederholte Male freiwillig sexuelle Handlungen mit Agostino Tassi vollzogen?«

Die Wände kamen auf mich zu. Ich hielt den Atem an.

Der *assistente* drehte die Schraube.

Ich spannte all meine Muskeln dagegen. Die Schnüre schnitten ins Fleisch. Feuerringe. Blut quoll an zwei Stellen hervor, an drei, überall. Wie konnte Papa das zulassen? Er hatte mir nicht gesagt, dass es bluten würde. Ich sog Luft durch meine zusammengepressten Zähne. Agostino wurde der Prozess gemacht, nicht mir. Was konnte ich tun, dass es aufhörte? Die Wahrheit.

»Nicht freiwillig. Agostino Tassi hat mich entehrt. Er vergewaltigte mich und zerstörte meine Unschuld.«

»Wann geschah das?«

»Im letzten Jahr. Kurz nach Ostern.«

»Wenn eine Frau vergewaltigt wird, muss sie etwas getan haben, um dies zu provozieren. Was habt Ihr getan?«

»Gemalt! In meiner Kammer!« Ich kniff die Augen zu, um die Worte hervorzubringen. »Ich malte unsere Haushälterin Tuzia und ihr Baby als Madonna mit dem Kinde. Sie hat ihn hereingelassen. Mein Vater war nicht da. Sie kannte Agostino. Er war ein Freund meines Vaters. Mein Vater wollte, dass er mir perspektivisches Zeichnen beibrachte.«

»Warum habt Ihr nicht geschrien?«

»Ich konnte nicht. Er hielt mir ein Taschentuch vor den Mund.«

»Habt Ihr nicht versucht, ihn aufzuhalten?«

»Ich zog ihn an den Haaren und zerkratzte ihm das Gesicht … und sein Glied. Ich warf sogar einen Dolch nach ihm.«

»Eine ehrbare Frau hat einen Dolch in ihrer Kammer?«

Mir drohte der Schädel zu platzen. »Eine bedrohte Frau schon.«

»Und danach?«

»Kam er wieder, wurde von Tuzia hereingelassen. Er drängte sich gegen mich … in mich.« Schweiß rann mir den Busen hinab.

»Habt Ihr Euch gewehrt?«

»Ich kratzte ihn und stieß ihn weg.«

»Habt Ihr Euch immer gewehrt?«

Ich warf einen Blick auf Agostinos Gesicht. Unbewegt wie ein Gemälde. »Sag etwas!« Noch zwei Monate zuvor hatte er behauptet, mich zu lieben. »Agostino!«, flehte ich. »Lass nicht zu, dass sie mir das antun.«

Er blickte nach unten und säuberte sich die Fingernägel.

Der *locumtenente* wandte sich an Agostino. »Möchtet Ihr Eure Unschuldsbezeugung berichtigen?«

Agostinos ausdrucksvolles Gesicht wurde kalt und hässlich. Ich wollte nicht betteln. Nicht bei ihm. *Santa Maria*, betete ich, bitte gib, dass ich ihn nicht anbettle.

»Nein«, sagte er. »Sie ist eine Hure wie ihre Mutter.«

»Sie dachte, sie sei verlobt«, brüllte Papa hinter dem Vorhang. »Das war vereinbart. Er wollte sie heiraten. Es sollte eine echte *nozze di riparazione* geben.«

Der *locumtenente* beugte sich zu mir. »Ihr habt die Frage noch nicht beantwortet, Signorina. Die Sibylle kann Euch einen Finger abschneiden.«

»Agostino wird der Prozess gemacht, nicht mir. Soll er doch der Folter der Sibylle unterworfen werden!«

»Anziehen!«

Madre di Dio, lass mich ohnmächtig werden, bevor ich schreie. Das Blut strömte. Mein neuer, weißer Ärmel färbte sich rot. Papa, mach dem ein Ende. Was sollte ich tun? Sagen, was sie hören wollten? Lügen? Sagen, ich sei eine Hure? Dann würde Agostino freikommen. Noch eine Umdrehung. »Oh, oh, oh, oh, aufhören!« Schrie ich da?

»Um der Liebe Gottes willen, aufhören!«, schrie Papa und stand auf.

Der *locumtenente* schnippte mit den Fingern, um ihn zum Schweigen zu bringen. »Gott liebt die, Signor Gentileschi, die die Wahrheit sagen.« Er blickte mich anzüglich an. »Und jetzt sagt mir, und zwar wahrheitsgetreu, Signorina, habt Ihr Euch nach dem ersten Mal immer wieder gewehrt?«

Der Saal verschwamm vor meinen Augen. Die Welt geriet in einen chaotischen Wirbel. Die Schraube, meine Hände, sonst nichts. So böser Schmerz, ich, ich – *che dio mi salvi* – würden die Schnüre bis auf den Knochen dringen? *Che Santa Maria mi salvi – Gesù – Madre di Dio –* lass es aufhören. Ich musste es sagen.

»Ich versuchte es, aber am Ende ließ ich es. Er versprach, mich zu heiraten, und ich … ich glaubte ihm.« *Dio mi salvi*, aufhören, aufhören, aufhören. »Also ließ ich es zu … gegen meine Neigung … damit er sein Versprechen hielt. Was sonst konnte ich tun?«

Luft. Ich bekam keine Luft mehr.

»Genug. Der Prozess wird auf morgen vertagt.« Er wedelte voller Abscheu und Triumph mit der Hand. »Alle Parteien sollen wieder erscheinen.«

Die Sibylle wurde gelöst und abgenommen.

Rasender Zorn durchfuhr mich. Meine Hände zitterten und spritzten Blut auf meinen Rock. Agostino schlich auf mich zu, doch die Wachen packten ihn und zogen ihn fort. Ich wollte warten, bis die Menge sich zerstreut hatte, doch eine Wache schob mich zu den andern und so musste ich mit meinen blutenden Händen durch die johlende und höhnende Menge gehen. Im gleißenden Licht der Straße spürte ich, dass mir etwas gegen den Rücken geworfen wurde. Ich drehte mich nicht um, um zu sehen, was es war. Papa stand neben mir und bot mir ein Taschentuch.

»Lieber blute ich.«

»Artemisia, nimm.«

»Du hast nicht gesagt, was die Sibylle bewirken kann.« Ich ließ ihn stehen und ging schneller, als er mir folgen konnte. Zu Hause schob ich mit den Knien die *cassapanca*, meine Kleidertruhe, vor die Tür meiner Kammer, warf mich aufs Bett und weinte.

Wie hatte er das zulassen können? Wie konnte er so selbstsüchtig sein? Mein lieber Papa. Die glücklichen Zeiten, wo waren sie hin? Die Picknicks auf der Via Appia, bei denen Mama dem Gurren der Tauben lauschte und Papa Salbei sammelte, um damit den Fußboden zu schrubben. Papa, der meine und seine Füße in Spüllappen wickelte, die mit Salbeilauge getränkt waren, und dann zum Rhythmus seiner Liebeslieder über den Boden glitt, seine Stimme bei den hohen Noten trillern ließ und mit den Armen wogte wie eine Zypresse im Wind, bis ich lachte. Das war mein Papa.

War.

Und all seine Geschichten über die großartigen Gemälde – während er auf meinem Bett saß, mich in seine Arme nahm und mir gezuckerte Orangenschale zusteckte. Wundervolle Geschichten. Über Rebekka am Brunnen von Nahor, deren Haut so durchscheinend war, dass man, als sie den Kopf zum Trinken hob, sah, wie ihr das Wasser die Kehle hinunterfloss. Kleopatra, die auf einer Barke voller Blumen und Früchte den Nil hinabfuhr. Danae und der Goldregen, Bathseba, Judith, die Sibyllen, Musen und Heiligen – sie alle brachte er mir nahe. Er weckte den Wunsch in mir, Malerin zu werden, ließ mich die Darstellungen aus seiner großen, ledergebundenen *Iconologia* abzeichnen, brachte mir, als ich fünf war, bei, wie man einen Pinsel hielt, und als ich zehn war, wie man Pigmente zermahlte und die Farben mischte. Er schenkte mir eine Marmorschale und einen Stößel für mich ganz allein. Er schenkte mir mein Leben.

Was, wenn ich nie wieder mit diesen Händen malen konnte?

Was nutzte es dann noch zu leben? Den Dolch hatte ich immer noch unter meinem Bett. Wenn die Welt zu grausam wurde, musste ich nicht unbedingt leben.

Aber ich musste noch meine Judith malen – wenn ich konnte. Mehr als je zuvor wollte ich das.

Papa rüttelte an der Tür. »Artemisia, lass mich herein.«

»Ich will nicht mit dir sprechen. Du wusstest, was die Sibylle bewirken kann.«

»Ich habe nicht gedacht …«

»*Sì*, eh. Du hast nicht gedacht.«

Er stemmte die Tür einen Spalt weit auf und schob die Truhe aus dem Weg. Dann brachte er eine Schüssel mit Wasser und mehrere Lappen, um meine Hände zu säubern. Ich wandte ihm meinen Rücken zu.

»Artemisia, bitte lass mich.«

»Wenn Mama noch lebte, hätte sie nicht geduldet, dass du es zulässt.«

»Mir war das nicht klar. Ich …«

»Sie hätte es nicht an die Öffentlichkeit bringen wollen, genauso wenig wie ich.«

»Eines Tages, Artemisia, ist es ohne Bedeutung.«

»Wenn eine Frau nichts als ihren guten Ruf hat, ist es durchaus von Bedeutung.«

2 *Judith*

ALS ICH MIT VERBUNDENEN Händen in die Bäckerei unseres Viertels trat, verstummte das Gespräch abrupt und
ich sah nur verlegene Blicke. Die Bäckerjungen hielten spöttisch und mit gespreizten Fingern ihre Hände in die Höhe. Auf
dem Weg nach Hause spuckte die Frau des Schneiders, die auf
ihrer Fensterbank lehnte, nach mir, als ich vorbeiging. Als ich
die Via del Corso in der sengenden Hitze überquerte, blieb ich
einen Moment stehen, um die Schwalben zu betrachten, die
auf den zwischen den höher gelegenen Fenstern gespannten
Wäscheleinen balancierten. Da hörte ich einen Ruf: »*Puttana!*
Hure!« Ich blickte die Straße hinunter, sah jedoch nur eine alte
Frau, die Obst verkaufte. *Puttana!*, hörte ich es wieder, es war
eine heisere Stimme. Ich richtete mich auf und ging weiter,
ohne einen Blick nach rechts oder links zu werfen. Von einem
der oberen Fenster fiel ein Nachttopf und zerbarst kaum drei
Schritte vor mir.

Der Prozess wollte nicht enden. Wann auch immer ich vorgeladen wurde, ich musste erscheinen und neue Anklagen und
Lügen über mich ergehen lassen. Es machte mich wahnsinnig,
dass ich nicht arbeiten konnte. Jedes Mal, wenn Papa die Ver-
bände wechselte, fingen die Wunden an den Ansätzen aller
Finger wieder an zu bluten. Als sie endlich verkrusteten, reichte es, dass ich die Finger nur leicht beugte, schon brach der
Schorf von neuem auf. Ich konnte weder Pinsel noch Löffel
halten. Papa wies Tuzia an, mich zu füttern. Seit dem Tag, als
Mutter gestorben war, hatte Tuzia Papas Liebe gewollt, nicht
nur sein Bett. Sie war eifersüchtig auf mich, weil er mich liebte. Deshalb hatte sie Agostino eingelassen. Lieber verhungerte

ich, als mich von *ihr* füttern zu lassen, also aß ich nichts. Eines Nachmittags kam Papa rasend vor Zorn nach Hause, weil Tuzia mich vor Gericht verunglimpft hatte. Sie hatte ausgesagt, dass sie eine ganze Reihe von Männern in meiner Kammer habe ein- und ausgehen sehen, also setzte er sie auf die Straße und bat unsere Nachbarin, Porzia Stiattessi, mich zu füttern.

Ich versuchte, meine Finger ganz gerade zu halten, damit sie schneller heilten und ich wieder malen konnte. Sie eiterten und bluteten immer noch, und danach fingen sie an zu jucken, es machte mich verrückt. Ich konnte nichts anderes tun, als in der Wohnung auf und ab zu gehen, aus dem Fenster zu starren und die bestehenden ersten Skizzen für meine Judith zu studieren, die Heldin, die das jüdische Volk gerettet hatte. Papa hatte mir die Geschichte erzählt, als er eine Judith malte. Sie schlich sich in das feindliche Lager, gab vor, den assyrischen Tyrannen Holofernes verführen zu wollen, und machte ihn betrunken. Sie spielte mit ihm, zögerte den Liebesakt hinaus und schenkte ihm so lange Wein nach, bis er einschlief. Dann schnitt sie ihm den Kopf ab und zeigte ihn am nächsten Morgen seinen Soldaten, woraufhin die ganze Armee floh. Diese Frau wollte ich malen. Papas Judith war so engelsgleich und zart, dass sie ihre Tat nicht ohne die Unterstützung Gottes hätte ausführen können.

Eines Morgens ging eine Fischhändlerin mit zwei Körben voll Trockenfisch durch unsere enge Via della Croce. Sie hatte die Ärmel aufgerollt, ihre muskulösen Arme waren so kräftig und sehnig wie der dick geäderte Arm von Moses in der Kirche San Pietro in Vincoli. Genau so mussten Judiths Arme sein: dicker und stärker, als ich sie skizziert hatte, unter aufgerollten Ärmeln, bereit für ein Blutbad, steif vor Entschlossenheit und Abscheu, wenn sie die Stahlklinge durch Holofernes' Hals führten. Und Judiths Magd Abra musste ebenso kräftige Arme haben, um den Brustkorb des Tyrannen niederzudrücken. Aber es waren nicht nur die Arme. Judiths Knie würde auf dem Bett des Tyrannen zu sehen sein, ganz so wie eine Bäuerin ihr Bein hält, wenn sie ein Schwein schlachtet.

Die Fischhändlerin sang »*cefalo, baccalà*« und lachte schallend über ein paar Kinder, die auf der Straße spielten. Sie war vollkommen frei, einen Moment beneidete ich sie. Nicht dass ich eine Fischhändlerin sein wollte. Ich wollte nur nicht mein ganzes Leben ans Haus gefesselt sein, um so allen Demütigungen zu entgehen.

Ich warf mir ein Tuch über und versteckte meine Hände darunter, dann ging ich durch ein paar Seitenstraßen bis zur großen Piazza del Popolo und überquerte sie. In der Kirche Santa Maria del Popolo hing in einer kleinen Seitenkapelle Die *Bekehrung des heiligen Paulus* von Caravaggio. Ich studierte sein *chiaroscuro*, seine Technik, strahlende Helligkeit direkt neben Dunkelheit zu setzen, und sehnte mich danach, es selbst zu versuchen. Der heilige Paulus lag im Augenblick seiner Bekehrung auf dem Rücken, Kopf und Schultern im Bildvordergrund, der Körper nach vorn verkürzt. So konnte ich auch den Holofernes malen, genau als würde er kopfüber durch die Leinwand stürzen, geradewegs auf den Betrachter zu, in einem unmöglichen Winkel, wenn er vollständig ausgeführt würde, doch immer noch lebendig, seinen letzten, grauenerfüllten Atemzug vollziehend, während er seine Faust gegen Abras Kinn schlug.

Ich erinnerte mich, wie enttäuscht ich war, als Papa mir Caravaggios Judith gezeigt hatte. Sie blieb vollkommen teilnahmslos, während sie den Hals eines Menschen durchtrennte. Caravaggio verlieh nur dem Mann Gefühl. Offenbar konnte er sich nicht vorstellen, dass eine Frau auch nur einen einzigen Gedanken hatte. Ich jedenfalls wollte ihre Gedanken malen, wenn so etwas möglich war – ihre Entschlossenheit, ihre Konzentration und ihren Glauben an die absolute Notwendigkeit dieser Tat. Das Schicksal ihres Volkes ruhte auf ihren Schultern. Genossen wurde die Tat nicht, einfach nur vollbracht. Und dazu seine Gedanken. Verstörung und Entsetzen. Die Welt außer Kontrolle. Ja, das kannte ich. Das konnte ich malen.

Aber konnte ich Judith malen?

Eines Tages wurde ich vorgeladen, da war Agostino nicht anwesend. Stattdessen legten gegenüber von meinem üblichen Platz zwei Frauen ein Tuch über einen langen Holztisch und brachten eine Schüssel mit Wasser und Lappen herbei. Wozu? Für eine neue Folter? Die ältere und größere, die einen ausgeprägten Kehllappen hatte, starrte mich so verächtlich an, dass sich die Falten unter ihren Augen zusammenzogen. Die jüngere, die aussah, als bestünde sie nur aus Haut und Knochen, blickte mich gar nicht an. Ich presste meine Arme gegen meine Rippen. Der Advokat grinste höhnisch.

Der *locumtenente* räusperte sich, um Ruhe zu schaffen. »Ihr behauptet also, dass Ihr, ein Mädchen von gerade mal achtzehn Jahren, wegen des von Signor Tassi vollzogenen Aktes nicht mehr Jungfrau seid? Stimmt das?«, fragte er in seiner schonungslosen und anklagenden Art.

Ich nickte. Das Eingeständnis, dass ich keine Jungfrau mehr war, brandmarkte mich, ungeachtet der Umstände, für immer als eine, über die man keine Kontrolle besaß, und das bedeutete, dass ich nicht mehr zu verheiraten war.

»Sagt es für das Protokoll.«

»Ja, es stimmt.«

»Was stimmt? Sagt die Worte.«

»Ich bin keine Jungfrau mehr.«

Der *locumtenente* blätterte ein paar Akten durch und wies mit ausgestrecktem Arm auf die beiden Frauen. »Dies sind Hebammen mit großer Erfahrung und«, er hielt inne und warf mir einen Blick zu, »tadellosem Ruf. Diambra von der Piazza San Pietro und Domina Caterina vom Hof der Masiano. Signorina Gentileschi, Ihr versichert bei körperlicher und geistiger Gesundheit, dass Ihr nicht mehr Jungfrau seid?«

Ich presste die Beine zusammen. »Ja, Euer Ehren, wegen Agostino Tassis gewalt…«

»Die Signorina schweige.« Er machte den Hebammen mit einem Fingerschnippen ein Zeichen. »Beginnt mit der Untersuchung der *pudenda* von Signorina Gentileschi und lasst den

Advokaten dabei Zeuge sein.« Er streckte die Beine aus, lehnte sich zurück und verschränkte die Arme über der Brust.

Ich erstarrte.

Leises Murmeln breitete sich im Saal aus. »Glaubt ihr«, hörte ich Papa sagen. »Sie lügt nie.«

Die junge Hebamme zog den dünnen Vorhang vor. Der Gerichtsdiener stellte einen Wandschirm zwischen dem Tisch und dem *locumtenente* auf, doch der Advokat ging um ihn herum und stellte sich direkt am Tisch auf.

Ich konnte mich nicht bewegen. Im Saal Geflüster. Die ältere Hebamme kam auf mich zu. Ich krallte mich an den Armlehnen des Stuhls fest, obwohl ich spürte, dass meine Wunden wieder aufbrachen. Sie packte mich am Ellbogen und zog mich zum Tisch. Das Tuch darauf war voller Flecken. Von einer anderen armen Frau, die auf diese Weise geschändet worden war? Wie hatte sie danach weiterleben können? Oder war sie in irgendein Kloster verbannt worden?

Was konnte dies hier schon beweisen? Agostino würde nur behaupten, dass ein anderer mich entjungfert hätte.

Ich setzte mich auf den Rand des Tisches. Ausdruckslos bedeutete mir die ältere Hebamme, mich hinzulegen und die Knie anzuwinkeln. Mir schmolzen die Knochen in den Beinen. Die jüngere schmierte sich ranziges Tierfett auf die Finger und hob dann meinen Rock. Sie blickte auf mich herab wie eine junge Magd, die zum ersten Mal ein Huhn ausnimmt. Ihre fettigen Finger bohrten sich in mich. Ich presste all meine Muskeln zusammen an. Die Erinnerung an das Zusammenpressen gegen Agostino durchfuhr mich und ich erschauerte.

»Es wird schlimmer, wenn Ihr das tut«, flüsterte sie. »Entspannt Euch, dann ist es schneller vorbei.«

Ich zwang mich, meine Muskeln zu lösen. »Bitte macht, dass ich mich nicht erinnere«, flüsterte ich.

Sie drang weiter vor. Mein Mund füllte sich mit einem bitteren Geschmack und meine Augen brannten. Sie zog sich zurück und wusch sich die Hände in der Schüssel mit Wasser.

Die größere Frau kam auf mich zu und schob sich die Ärmel hoch. Ihre Finger waren dick und sie ging gröber vor als die erste. Ich schnappte nach Luft und kniff die Augen zusammen. Trotz meiner Bemühungen spürte ich die heiße Welle, die einen kurz vorm Weinen ergreift. Ich versuchte, keinen Laut von mir zu geben. Diese Genugtuung würde ich ihnen nicht verschaffen.

Ich hielt meine Augen geschlossen, bis ich hörte, wie sie Wasser in der Schüssel verspritzte. Dann zog ich meinen Rock hinunter, rollte mich auf die Seite, weg vom Gerichtssaal und zog die Knie an. Oh, wenn sich doch der Boden auftun und mich verschlingen würde! Genau so, wie ich es mir als kleines Mädchen gewünscht hatte, als ich eines Tages mit einer Hand voll Pusteblumen für Mama die Schlafzimmertür geöffnet hatte, so ungestüm in den Raum rannte, dass die Samenfäden durch die Luft flogen, und dann Papa erblickte, der nackt mit dem Rücken zu mir auf dem Bett saß, daneben Mama, mit angezogenen Beinen und hochgeschlagenem Rock, sodass der geheime Bereich zwischen ihren Beinen zu sehen war. Ich war schockiert. Wie ich geweint hatte, tagelang, und mich geweigert, mit ihr zu sprechen, sie auch nur in meine Nähe zu lassen! Genau so wollten sie mich zur Schau stellen – wie auf frischer Tat ertappt.

»Es ist so, wie sie gesagt hat«, hörte ich die dünne Frau neben mir sagen.

»Berichtet für das Protokoll.« Die Stimme des *locumtenente* klang beiläufig, so als hätten sie gerade eine belanglose Routineaufgabe hinter sich gebracht.

»Ich, Diambra Blasio, habe die Vagina von Donna Artemisia berührt und untersucht und kann sagen, dass sie keine Jungfrau ist. Ich weiß dies, weil ich meine Finger in ihre Vagina gesteckt und gespürt habe, dass ihr Jungfernhäutchen zerrissen ist. Dies weiß ich wegen meiner zehn- oder elfjährigen Erfahrung als Hebamme.«

Ich versuchte, mich gegen alles um mich herum abzuschließen.

»Und Ihr?«

»Ich, Caterina vom Hof der Masiano, habe untersucht … ihre Vagina berührt … einen Finger hinein … entjungfert … zerrissenes Jungfernhäutchen … schon seit einer Weile, nicht frisch … meine Erfahrung … fünfzehn Jahre.«

Ich blieb dort auf dem Tisch, bis sich das Gericht vertagte, blickte dann dem Advokaten direkt in die Augen und forderte ihn heraus, mir gegenüber auch nur die Augenbraue über seiner Hakennase hochzuziehen.

Papa und ich legten erst den ganzen Weg nach Hause zurück und schlossen die Tür, bevor einer von uns ein Wort sagte.

»Wenn Mama noch lebte, hättest du dich geschämt.«

»Ich schäme mich auch jetzt.«

»Wofür? Um deiner Tochter willen, die den Blicken der ganzen Welt preisgegeben war, oder um deinetwillen?«

Er schüttelte den Kopf wie ein Hund, der Wasser von sich abschüttelt.

»*Madre di Dio*, was kommt als Nächstes?«, sagte ich.

»Aber das beweist es doch, siehst du das nicht? Den Schaden, den ich beklagt habe.«

»Ich bin kein Bild«, schrie ich. »Ich bin ein Mensch! Deine Tochter!«

Er kippte ein Glas mit Pinseln um, sammelte seine Utensilien ein und ging. Einfach so. Um in Kardinal Borgheses Casino delle Muse im Palazzo Pallavicini zu malen, wo er vor dem Prozess zusammen mit Agostino gearbeitet hatte. Als wäre ein ganz normaler Tag. Als wäre nichts passiert. Als gäbe es keine Konsequenzen.

Ich wollte nicht da sein, wenn er zurückkam. Ich nahm meinen kurzen grauen Umhang und zog mir, als ich das Haus verließ, die Kapuze über den Kopf, obwohl vor mir die Hitze vom Straßenpflaster zurückflimmerte. Auf dem Weg die Via del Babuino hinunter bis zur Piazza di Spagna hielt ich meinen Kopf gesenkt, sodass unser Apotheker mich nicht durch die Tür seines Ladens erkennen konnte. Als ich den Pincio hinaufging, wich ich den Spurrillen und losen Steinen aus und beschrieb auch einen großen Bogen um die Vagabunden, die immer auf diesem steilen Weg zwischen Stadt und Kirche herumlungerten. Sie wären die Ersten, die mir Schimpfwörter hinterherrufen würden. Oben auf dem Hügel wurde ich langsamer, stieg in Richtung des Zwillingsturms der Santa Trinità dei Monti. Schwer atmend wandte ich mich der Kirche zu und ging die lange Treppe hinauf, die zum Kloster führte. Ich zog an der Glocke.

Ich wusste, dass Schwester Paola zur Tür kommen würde. Als eine der wenigen italienischen Nonnen in diesem französischen Kloster war es ihre Aufgabe, die Tür zu öffnen, die Heilkräuter, die die Nonnen anbauten, zu verkaufen und mit der Außenwelt zu verhandeln.

»Oh, Artemisia! Wie schön, dich zu sehen.« Ihr Lächeln erinnerte mich immer an das spitzbübische Grinsen des Cupido auf den Bildern mit klassischen Themen, doch jetzt durchzogen Sorgenfalten ihr Gesicht.

»Geht es dir gut?«, fragte ich.

Sie öffnete die knarrende Tür, um mich in den kleinen Vorraum zu lassen. »So gut, wie Gott will, was gut genug ist für mich.« Das Heben und Senken ihrer Stimme hörte sich an wie das Zwitschern eines Vogels. Eine unwirkliche Atmosphäre herrschte im Kloster. Ich spürte, wie ich leichter atmen konnte.

»Und der Garten? Wie sieht er aus?«

»Prächtig in diesem Sommer. Komm und sieh ihn dir an. Der Rosmarin und die Kamille von Schwester Margherita stehen in voller Blüte und mein Johanniskraut wird bald Knospen treiben. Schwester Grazielas Oregano hat ganz dicke Stängel und reckt sich zu Gott empor.«

Als ich hinter Paola über die strohbedeckten Steine des Kreuzgangs schritt, bemerkte ich, dass ihre Schuhe abgelaufen waren. Die Not, die es unabhängig von meinen eigenen Schwierigkeiten gab, erfüllte mich mit einem Gefühl von Scham. Papa hätte dem Kloster mehr bezahlen müssen, als ich einige Jahre nach Mutters Tod hier lebte.

»Wir haben gerade den Lavendel zum Trocknen in der Küche aufgehängt. Es riecht dort wie im Himmel.«

Wir durchschritten den rosa verputzten Kreuzgang und gingen durch einen Korridor in den rückwärtigen Garten. Ganze Reihen von Kräutern standen in voller Blüte. Eine mir unbekannte Nonne kniff die Blüten ab.

»Es sieht wunderschön aus. Die heilige Maria muss das hier mit ihrem Lächeln bedacht haben«, sagte ich.

»Und es bringt auch ein bisschen Geld für das Kloster«, fügte Paola verschmitzt hinzu und hob gleichzeitig ihre Schultern und Augenbrauen, während sie die Wangen aufblies.

»Hüte dich vor solch gefährlichen Ausflügen in weltliche Gefilde«, sagte ich mit strengem Blick.

Sie kicherte. »Oh, ich verteile die Heilkräuter auch an die, die nicht dafür bezahlen können. Die wahre Belohnung kommt vom Herrn.« Sie lächelte süß. »Willst du jetzt Schwester Graziela sehen? Wir müssen bald zur Vesper.«

Wir gingen wieder hinein. Ich wusste, wie ich zu Schwester Graziela in den Werkraum finden würde, doch überließ ich es Schwester Paola, mich hinzugeleiten.

»Hast du mich schon aufgegeben?«, fragte ich.

»Natürlich nicht«, sagte sie mit übertriebenem Nachdruck.

»Wir hier glauben an Wunder. Eines Tages komme ich zur Pforte, dann wirst du dort stehen und sagen: ›Ich bin jetzt bereit.‹ Und ich werde dich in unsere heilige Schwesternschaft führen, und wir alle werden ein ›grazie a Dio‹ nach oben senden.«

Es schien mir leicht, für immer hierher zu kommen, mich unbemerkt der Welt zu entziehen, den Prozess ohne mich weitergehen zu lassen, nie wieder dem monströsen Richter gegenüberzutreten zu müssen oder dem grinsenden Advokaten, der vorgab, nur seine Pflicht zu tun; nie wieder Angst zu haben, Tuzia oder Agostino auf der Straße zu begegnen. Und Papa – Papa würde mich dann vermissen.

Schwester Graziela war allein, saß auf einem hohen Hocker vor dem schmalen Fenster, wo ein fahlgelber Lichtkegel ihre Wangen und die Spitze ihrer schmalen Nase beschien. Staubflocken flogen in einem goldenen Wirbel um sie herum. Ihr schwarzes Gewand und der weiße Wimpel umrahmten ihr faltenloses ovales Gesicht, das vor Zufriedenheit und Konzentration glühte. Sie hatte ihren Blick auf eine Buchseite gesenkt, deren Rand sie bemalte. In dieser Haltung erinnerte sie mich an die Maria im Petersdom, Michelangelos *Pietà* aus Marmor. Genau wie jene war auch sie in friedliche Gedanken versunken und in meinen Augen war sie ebenso schön wie jene.

Sie hatte die Austernschalen, die ich ihr vor Jahren geschenkt hatte, am Rand des Werktischs aufgereiht. Jede Muschel barg Pigmente der herrlichsten, reinsten, sattesten Farben – dunkelrotes Krapp, leuchtend rotes Zinnober, tiefdunkles Ultramarin von zermahlenem Lapislazuli, Safrangelb und ein Grün, das so leuchtend war wie Frühlingspetersilie. Ich freute mich, dass sie die Muscheln immer noch benutzte.

Dann blickte sie auf. »Artemisia! Gott segne dich für dein Kommen. Ich hatte Sehnsucht, dich zu sehen.«

Sie bedeutete mir, einen niedrigen Hocker heranzuziehen. Sie war gerade dabei, eine Buchseite mit zarten Reben und Ranken zu verzieren, die zu komplizierten, losen Knoten verschlungen und mit leuchtend roten Blüten übersät waren.

Das konnte ich auch tun, zusammen mit Graziela. Wenn ich für immer hier bliebe, konnte ich ganze Bücher illustrieren. Das Kloster würde wegen seiner illuminierten Handschriften berühmt werden.

»Wie schön. Ich mag diesen gelben Vogel.«

»Es ist ein Psalter für Kardinal Bellarmino, den Ketzerhammer, der jeden mit eigensinnigen Ideen zermalmt. Heutzutage werden solche Bücher nicht mehr von Hand bemalt, aber dies hier ist ein Geschenk des Klosters. Wir hoffen, er wird einen Moment von seiner heiligen Inquisition erübrigen, um seine Aufmerksamkeit auf unsere Bitte zu richten, unser Dach zu reparieren. Jahre schon stellen wir Eimer in unsere Zellen unter dem Dach, um den Regen aufzufangen.«

Sie wartete, bis Schwester Paola gegangen war. »Ich schaffe so wenig jeden Tag, immer nur einen winzigen Abschnitt.« Ihre Stimme sank zu einem Flüstern. »Mir scheint, immer wenn ich mich gerade in die Arbeit vertieft habe, ist es Zeit, zur Messe zu gehen. Manchmal habe ich den Eindruck, dass ich von einer Woche zur nächsten überhaupt nichts geleistet habe.«

»Ich muss dir etwas sagen.«

Sie legte den winzigsten Pinsel, den ich je gesehen hatte, nieder und berührte mit ihrer Hand leicht meinen Arm. »Wir haben davon erfahren.«

»Vom Prozess?«

»Auch wenn wir hier eingeschlossen sind, müssten die Mauern des Klosters doch um einiges dicker sein, um eine solche Geschichte nicht zu uns dringen zu lassen. Wir waren zutiefst bekümmert.«

»Ihr wisst alles?«

»Wir wissen mehr als nötig. Geht es dir gut?«

Ich holte meine Hände unter dem Umhang hervor. Sie waren immer noch geschwollen und nässten unter den fleckigen Verbänden.

Schwester Graziela schnappte nach Luft. »Armes Lamm. Wo war dein Vater, als dies geschah?«

»Er ließ es zu. Er sagte, es würde meine Unschuld beweisen, wenn ich unter der Folter bei meiner Aussage bliebe. Ich weiß nicht, was schlimmer war, die Schnüre an meinen Händen oder... das heute. Heute ließen sie mich durch zwei Hebammen untersuchen, du weißt schon wo, und ein Advokat sah zu. Ich weiß, dass man mich durch den Vorhang sehen konnte. Sie wollten mich in dieser Haltung zur Schau stellen.«

»*Dio ti salvi.*« Sie nahm mich in den Arm und ich legte meinen Kopf in ihren Schoß. »Das ist nur wieder ein Weg, eine Frau zu brechen, die einen Mann anklagt. Sie sind gewissenlos.«

»Es sind Monster, allesamt«, wimmerte ich in ihr Gewand.

»Sie mögen es sein, doch können sie dich nicht zerstören.« Sie wiegte mich, strich mir über den Hinterkopf und die Haare und ließ mich weinen.

»Mein eigener Papa hat es zugelassen.«

»*Cara mia*«, sagte sie tröstend. »Väter sind nicht immer väterlich. Sie versuchen es vielleicht, doch nur wenigen gelingt es. Sie sind nur sterbliche, fehlbare Wesen.«

Ich wandte meinen Kopf zur Seite und sah, dass mein Kleid vom Fett der Hebammen beschmiert war. Ich zog es von Grazielas schwarzem Gewand weg und bemerkte, dass ihre Schuhe so abgelaufen waren wie die von Paola.

»Man kann in die Festung der Seele nicht eindringen«, murmelte sie. »Unser himmlischer Vater höchstselbst ist ihr Wächter. Er verrät uns nicht. Denk immer daran, Artemisia. Sie können dich vielleicht zum Opfer machen, aber nicht zu einer Sünderin.«

Meine einzige Antwort war Schluchzen.

»Male es aus dir heraus, *carissima*. Male den Schmerz, bis nichts mehr davon in dir ist. Schäme dich nicht, wenn sie dich verhöhnen. Denn das wollen sie nur. Sie wollen, dass du zusammenschrumpfst und stirbst, und weißt du auch, warum?«

Ich schüttelte den Kopf in ihrem Schoß.

»Weil dein Talent eine Bedrohung für sie ist. Versprich mir, dass du nicht als Sünderin betest, wenn dazu kein Anlass besteht. Flehe nicht um Gnade. Nähere dich dem Herrn mit Würde und bekräftige seine Güte. Ganz gleich, was geschieht.«

»Er hat mich verlassen.«

»Dann liebe ihn umso mehr. Das wird ihm am meisten gefallen.«

»Aber alle denken …«

»Gib keinen Pfifferling darauf, was sie denken. Die Welt ist größer als Rom, Artemisia. Denk immer daran. Denk an deine Susanna. Wenn dieses Bild berühmt wird, weiß die ganze Welt um deine Unschuld.«

»Wie denn?«

»Weil du in diesem Bild ihre Angst über die lüsternen Blicke der beiden Männer gezeigt hast, ihre Verletzlichkeit und Furcht. Es zeigt, dass du ihren Kampf gegen Mächte verstanden hast, die außerhalb ihres Einflusses lagen. Außerhalb ihres Einflusses, Artemisia.«

»Daran erinnerst du dich noch?«

»Ich werde es nie vergessen. Das abgewandte Gesicht und die erhobenen Arme, die die Bedrohung fern halten sollten? In der Nacht, nachdem du es hierher brachtest, erschien ihr Gesicht in meinen Träumen. Durch die Art, wie du sie sich hast abwenden lassen von dem begehrlichen Älteren, der sie zum Schweigen brachte, damit sie nicht losschrie und die beiden verriet, wusste ich, dass du bedroht wurdest.«

»Das habe ich gemalt, bevor es passierte.«

»Ja, aber ich wusste, dass du ebenso unter einer Bedrohung littst wie Susanna. Das ist das Brillante an deiner Fähigkeit, du kannst deine Gefühle und Erfahrungen in einem Bild deutlich machen.«

»Jetzt kann ich noch nicht mal mehr einen Pinsel halten.«

»Aber du wirst es wieder können. Nichts kann dich davon abbringen, dein Talent zur Entfaltung zu bringen. Du bist noch jung. Vergiss nie, dass die Welt erfahren muss, was du zu zeigen hast.«

»Die Welt. Was kümmert sich die Welt darum? Die Welt ist voller Grausamkeit.« Ich berührte den rauen Rand einer der Austernschalen. »Wenn ich hier bei dir bliebe, würde die Welt ohne Bedeutung sein.«

»Artemisia.« Das Wort hatte plötzlich einen gebieterischen Beiklang. »Man zieht sich nicht ins Kloster zurück, um zu fliehen. Man lebt hier, um Gott zu dienen, weil man eine zwingende Berufung spürt. Jeder andere Grund ist unrecht.«

»Ich könnte eine Berufung entdecken.«

»Das hast du schon. Deine Kunst.«

Die Glocken für die Vesper erklangen, ich musste gehen.

Sie begleitete mich durch den Kreuzgang zurück, blieb in der Mitte am Brunnen stehen und sagte sanft: »Du willst gewiss nicht hier leben, wo du für den Rest deines Lebens nichts anderes siehst als immer dieselben neun Bögen in jeder Arkade, dieselben wenigen Fresken, denselben schiefen Birnbaum, dasselbe Kruzifix.« Sie ging zum Baum und drehte eine gelbgrüne Birne so lange, bis sie sich in ihre Hand löste. »Hier. Denk über meine Worte nach, wenn du sie isst. Du hast schon deine Berufung. Bete nicht als Sünderin wegen der Sünden anderer. Sieh dich so, wie Gott dich geschaffen hat.«

»Hast du dich je von Gott verlassen gefühlt?«

Sie zog ein wenig ihr Kinn zurück, das war der einzige Hinweis auf ihre Überraschung. Ein betroffener Ausdruck, den ich noch nie zuvor bei ihr gesehen hatte, wanderte über ihr Gesicht.

»Von Gott und den Menschen.«

Vor dem Kloster blieb ich auf dem Treppenabsatz stehen, um den Wind auf meinem Gesicht zu spüren. Etwas Leichtes und Reinigendes lag in dieser Höhe. Nach einer Weile hörte ich, wie die Schwestern das Magnificat anstimmten, das ich besonders liebte. »Meine Seele erhebt den Herrn.« Schwester Paola hatte mir erklärt, was die lateinischen Worte bedeuteten, als ich meine erste Monatsblutung bekam.

Davor hatte ich bei Mutters Ankündigung, ich würde bald einmal im Monat bluten, gedacht, das sei die Strafe Gottes, weil ich Mutter weggestoßen hatte, nachdem ich sie mit Papa im Bett sah. Später im Kloster, als meine erste Blutung kam, war ich sicher, Gott würde mich für mein unversöhnliches Wesen tadeln. Ich betete zu unserer Heiligen Jungfrau, damit sie mir vergab, wie ich meine Mutter behandelt hatte. Doch das Blut kam weiterhin, strömte mächtig wie das Rote Meer. Ich rannte zu Schwester Paola, weil ich dachte, ich müsste sterben, und erzählte ihr alles. Sie sagte, das Blut sei ebenso ein Teil der gesegneten Weiblichkeit wie das Verzeihen, und ich müsste mich nicht fürchten. Sie erzählte mir, wie der Erzengel zu Maria kam und sagte: »Fürchte dich nicht, Maria, du hast Gnade bei Gott gefunden.« Schwester Paola sagte, auch ich hätte Gnade bei Gott gefunden, denn ich würde bereuen, und dann brachte sie mir das Magnificat bei. Als ich die Worte wiederholte, um sie mir einzuprägen, fühlte ich sie bis in mein tiefstes Inneres, bis dorthin, wo mein Blut floss. Meine Seele erhebt den Herrn, genau wie Marias Seele. Meine Seele, selbst meine kleine Seele erhebt den Herrn zu etwas Größerem durch das, was ich zu geben hatte. Vielleicht meinte Graziela das, als sie heute von meiner Berufung gesprochen hatte.

Am Ende dieses Tages kühlte der *ponentino* die drückende Luft ab und fuhr mir durchs Haar, und ich stellte mir vor, wie er den ganzen Weg von Spanien hergekommen war, wie er über das Mittelmeer geweht und dann das Tibertal heraufgekommen war, um mir seinen Segen zuteil werden zu lassen, hier oben über der pulsierenden Hitze der Stadt. Hier konnte mich die Grausamkeit der Stadt nicht zermalmen. Von der Piazza am Fuß des Hügels aus breiteten sich in drei Richtungen die Straßen aus. Die Via dei Condotti erstreckte sich in gerader Richtung von mir fort und war gesäumt von vierstöckigen Gebäuden in hellem Pfirsichton und Römisch-Ocker. Weiter hinten wurden die Gebäude kleiner und die Straße schmaler, genau wie Agostino es mir gesagt hatte, als er mich in perspektivischem Zeichnen unterrichtete, bis schließlich Straße und Gebäude in einem weit entfernten Fluchtpunkt zusammenliefen.

Warum hatte ich jetzt an ihn gedacht? Ich stürzte mich den steilen Weg hinunter in das Gewirr von Straßen und Menschen.

Als ich in die Via della Croce einbog, stand eine Frau, die ich nicht kannte, wartend vor unserem Haus. Sie hielt sich gerade wie ein Gardist des Vatikans und trug ein dunkelgrünes Gewand mit einer schwarzen Schärpe. Als ich sie erreichte, flüsterte sie mir mit heiserer Stimme zu: »Ihr dürft ihn nicht lieben.«

Wieder eine Schaulustige. Ich wandte ihr den Rücken zu, doch sie folgte mir zur Haustür. Ich straffte mich und blickte starr geradeaus.

»Ich bin Agostinos Schwester«, sagte sie hinter mir. »Hört mir zu.«

Ich blieb stehen.

Sie holte mich ein. »Ich habe gesehen, was sie Euch heute im Gericht angetan haben. Es tut mir Leid.«

Ich blickte mich um, ob jemand sie hören konnte.

»Ihr dürft ihn nicht lieben«, sagte sie noch einmal.

»Ihn *lieben*!«

»Er war vom Tag seiner Geburt an böse. Er vergewaltigte in Lucca eine Frau, sodass sie gezwungen war, ihn zu heiraten.«

»Er ist verheiratet?«

»Das hat ihn nicht davon abgehalten, die Schwester seiner Frau zu seiner Mätresse zu machen. Und jetzt hat er zwei Männer beauftragt, seine Frau zu ermorden, damit er Euch heiraten kann. Von einer Frau zur andern: Glaubt ihm kein Wort!«

3 Agostino

Eines abends, als Papa nicht zu Hause war, verließen unser Nachbar Giovanni Stiattessi und ich direkt nach Einbruch der Dunkelheit das Haus. Wir gingen ohne Fackel und nur durch kleine Seitenstraßen, mieden die Piazza Navona und jeden beleuchteten Eingang, aus dem Musik zu hören war. Wir hätten auf Papa treffen können.

Giovanni und Porzia hatten mich überredet, Agostino im Gefängnishof von Corte Savella zu treffen. Ich dachte, dass ich vielleicht herausfinden könnte, ob seine Schwester die Wahrheit gesagt hatte. »Ihr könntet es ihm ins Gesicht sagen«, hatte Giovanni mit zusammengekniffenen Augen erklärt, »er ist ein Hurensohn.« Und genau das musste ich tun, ich musste sehen, ob ich die Kraft hatte, ihn mit Worten zu töten. Dann konnte ich mir auch zutrauen, eine Judith zu malen, die mit dem Schwert tötete.

In vollkommener Dunkelheit überquerten wir den Tiber auf der Ponte Sisto, nahmen den Fluss unter uns nur durch den Geruch wahr. Giovanni hielt mich am Handgelenk fest, um meine Hände nicht zu verletzen, die ich unbedeckt gelassen hatte, damit Agostino sie sehen konnte. Mit seiner anderen Hand fuhr er an der Steinbalustrade entlang.

»Warum tut Ihr das für mich?«, fragte ich. Papa hatte mir einmal erzählt, dass Giovanni selbst ein sitzen gelassener Geliebter von Agostino sei und sein Zorn darüber unserer Sache dienen würde. Er hatte damit allerdings eine Zeugenaussage vor Gericht gemeint, nicht eine geheime Unternehmung wie diese.

»Ich kann diesen Mann nicht leiden. Ihr seid ungerecht behandelt worden. Das sind Gründe genug.«

Er führte mich durch Straßen, von denen er wusste, dass sie hinter dem Gefängnis lagen, und steckte einer Wache eine Münze zu. Dann wartete ich in einem steinernen Durchgang unter einer Fackel. In dem feuchten Gang roch es nach verbranntem Teer. Lange Zeit kam niemand, so fing ich an, hin und her zu gehen. Schließlich bückte sich Agostino unter dem Eingang hindurch und kam mit wiegenden Schultern, offenen Armen und einem übertriebenen Lächeln auf mich zu stolziert wie ein Gastgeber, der herzlich einen alten Freund begrüßt.

»Artemisia, endlich bist du gekommen! Ich habe auf dich gewartet und bin jeden Tag ein kleines bisschen gestorben.« Seine Stimme hallte mit falscher Herzlichkeit in dem Gang wider. »*Amore*, wenn du widerrufst, heirate ich dich. Ich habe dir einst das Versprechen gegeben und werde es nun einlösen.«

»Du glaubst also, ich wäre deshalb gekommen? Um einen Mann zu heiraten, der mich entehrt hat?«

Seine dunklen Augen weiteten sich in überraschter Arroganz. »Es gäbe keine Entehrung, wenn du mich heiratest. Dann bist du gerettet.«

»Du meinst, *du* bist gerettet. Glaubst du, ich will einen Schänder heiraten? Einen Schuft? Einen Schurken?«

»Du weißt, dass ich dich liebe. Weißt du noch, was ich dir beigebracht habe? Du schuldest mir etwas.«

»Dass du dich da nicht täuschst. Ich habe nichts von dir gelernt, was ich mir nicht mit meinen eigenen Augen hätte beibringen können.«

»Wie kannst du so etwas sagen?«

»Weil du keinen Menschen malen kannst. Du wirst nicht unsterblich werden. Du wirst an dem Tag vergessen sein, an dem du stirbst, was schon bald geschehen wird.«

Das saß. Er suchte nach Worten. »Dann belaste wenigstens einen andern. Sag, dass ich nicht der Erste war, dann lassen sie die Anklage fallen.«

»Dafür könnte ich dir die Kehle durchschneiden und die Heilige Jungfrau würde ihren Beifall dazu spenden.«

»Sag, es war Quorli. Er ist doch tot. Wem würde es wehtun?«

»Was weißt du schon davon, was wehtut?« Ich hielt meine Hände mit den verkrusteten Blutspuren an den Fingeransätzen und den offenen, eiternden Wunden dazwischen hoch. »Dies sind die Trauringe, die ich von dir bekommen habe. Du hast einfach dagesessen und es zugelassen, und doch behauptest du, du würdest mich lieben?«

Bei dem Anblick zuckte er zusammen. »Glaub mir, ich wollte dir nicht wehtun.«

»Und der Frau, die du geheiratet hast? Wolltest du der auch nicht wehtun? Wolltest du sie ganz sanft erdrosseln? Mit einem Strick und einer Entschuldigung?«

Agostino wich schockiert zurück. Seine Stirn legte sich in tiefe Falten und seine Augen sprangen weit auf. Also stimmte es.

»Du bist ein Mörder und eine Bestie.«

»Artemisia —«

»Bastard!«

Ich machte wirbelnd auf dem Absatz kehrt und spürte, wie mir das Blut in die Fingerspitzen stieg und mir zusätzlich Kraft gab.

Am nächsten Morgen begann ich mit meinem neuen Bild: *Judith enthauptet Holofernes*. Ich konnte kaum meine Finger beugen, um mithilfe des eiförmigen Stößels die Farbpigmente auf meiner Marmorschale zu zermahlen. Aber ich sagte mir: Schmerz ist unwichtig. Ich muss ihn ignorieren. Nur Malen ist wichtig. Graziela hatte gesagt: Male den Schmerz.

Ich konnte meinen Daumen nicht in der Öffnung der Palette halten, also stellte ich einen Hocker auf einen Stuhl, damit die Palette hoch genug und leicht zu erreichen war. Beim Anblick der Farbflecken ging mein Atem schneller. Als ich einen Pinsel nahm und sich meine Haut zusammenzog, stählte ich mich innerlich und rührte einen glänzenden Klecks reines Ultramarin auf meine Palette und fügte dann einen Hauch Ruß hinzu, damit es für Judiths Ärmel dunkler wurde. Danach hob ich ungeschickt den Pinsel und malte mit grobem Strich auf der Leinwand die Umrisse in Farbe. Mein Herz bebte. Ich fühlte mich wieder lebendig.

Von da an warf ich jeden Tag, kaum war ich aufgewacht, meinen Malerkittel über mein Nachthemd, schlüpfte in meine alten Pantoffeln und malte vom ersten Sonnenstrahl an, noch bevor die fliegenden Händler, die laut rufend hinter ihren quietschenden Karren hergingen, und die alten Männer, die auf der Straße debattierten, mich ablenkten. Ich liebte diese stillen Morgenstunden, die ich dem Spektakel vor Gericht stahl, und ich fürchtete jedes Mal den Augenblick, in dem Papa mir an Tagen, wenn ich im Gerichtssaal erscheinen musste, sagte, dass es nun Zeit sei, mit dem Malen aufzuhören.

Ich war wütend, dass meine Hände nicht ausführen wollten, was ich von ihnen verlangte. Also hielt ich den Pinsel zwischen meinen ausgestreckten Fingern und versuchte, statt ihrer mein Handgelenk zu bewegen. Manchmal verlor ich die Kontrolle und der Pinsel glitt mir aus der Hand. Wochenlang ging Papa nach jedem Prozesstag zu Kardinal Borgheses Casino delle Muse, um dort an dem Deckenfresko zu arbeiten, und ich rannte nach Hause, um wieder bis zum sommerlich späten Einbruch der Dunkelheit zu malen, angefeuert von dem Gedanken, dass sowohl ich als auch Judith einen Akt der Vergeltung vollzogen.

Eines Tages malte ich Judith zwei senkrechte Falten zwischen die Augenbrauen, genau wie es Caravaggio getan hatte, um zu zeigen, dass es Judith schwerfiel, Holofernes zu töten, doch am nächsten Tag starrte mich Agostino im Gericht drohend an, weil ich nun wusste, dass er ein Mörder war. Da übermalte ich sie noch am gleichen Nachmittag, sobald ich zu Hause war.

Ich wollte Holofernes in dem Augenblick festhalten, da er merkte, dass er sterben würde, und zwar mit dem Ausdruck, den Agostino gezeigt hatte, als ich ihn einen Mörder nannte. Ich wollte, dass sich tiefe Falten auf seiner Stirn zeigten, dass seine Augen weit aufgerissen und starr vor Schock waren, dass sich das Weiße um seine Pupillen zeigte und dennoch klar wurde, dass er bei vollem Bewusstsein war. Ich tauchte meinen Pinsel tief in das Sandbraun ein. Ich musste meine Finger beugen, um den Pinsel enger zu fassen und damit den feinen Rand rund um die Pupillen malen zu können. Die Wunden gingen wieder auf, aber ich arbeitete weiter, freute mich über das, was auf der Leinwand erschien – dunkle, entsetzte Augen, die mich um Gnade anflehten.

Als ich meine Hand zurückzog, fielen ein paar Blutstropfen auf die weißen Laken von Holofernes' Bett. Das dunkel leuchtende Rot vor dem Weiß faszinierte mich. Ich quetschte mehr Blut hervor, kostete den Schmerz aus und ließ das Blut auf seinen Kopf fallen, mischte dann Zinnober mit Krapp, um den gleichen Rotton zu erzielen, und fügte noch mehr Blut hinzu. Ganze Ströme von Blut. Ein dunkelroter Wasserfall von Blut, der die kostbaren, sich bauschenden Laken tränkte. Wie das Blut, das vor Gericht meinen Ärmel getränkt hatte. Oder das Blut, das ich nach der ersten Vergewaltigung zu stillen versucht hatte. Ein einzelner Blutfleck kam auch auf Judiths Fingerknöchel. Wenn Rom Blut sehen wollte, dann gab ich ihm, was es wollte.

4 Das Urteil

AN DEM MORGEN, als das Urteil gesprochen werden sollte, öffnete ich die Haustür, weil ich vom Bäckerjungen Brot kaufen wollte, und erblickte ein Bild, das in schmutziges Tuch eingeschlagen war und an der Hauswand lehnte. Ich brachte es in die Wohnung und packte es aus. »Papa! Das gestohlene Bild!« »Bist du sicher?« Er stürzte ins Zimmer und entriss es mir. »Es könnte eine Kopie sein.« Dann brachte er es ins Licht, überprüfte gewissenhaft die Pinselführung und sah etwas, was er wieder erkannte. »Wirklich, mein Bild. Das ändert alles. Beeil dich. Wir müssen früh dort sein!« Er warf sich ein ärmelloses Wams über sein Hemd und marschierte aus dem Haus.

Wir kamen beim Tor di Nona an, bevor die Tore geöffnet wurden, also mussten wir unter der grauenhaften Schlinge warten und den fauligen Gestank vom stehenden Wasser des Tiber ertragen. Es war den ganzen Sommer über und bis weit in den Herbst hinein kein einziger Tropfen Regen gefallen. Vom Fluss stiegen Schwaden von Stechmücken auf.

Als wir im Gericht waren, verlangte Papa, den *locumtenente* zu sehen. Er drückte dem Gerichtsdiener eine Münze in die Hand. »Bevor das Gericht zusammentritt, bitte.« Der Gerichtsdiener ging, ohne eine Miene zu verziehen. »Jetzt wirst du sehen, wie man das macht«, sagte Papa. Mich machte nervös, dass er unaufhörlich auf und ab lief. Der Gerichtsdiener kam zurück und führte ihn einen Gang hinunter. Ich versuchte, ihnen zu folgen, doch ein Wächter stellte sich mir in den Weg und führte mich zurück zum Gerichtssaal, wo das Publikum gerade hereingelassen wurde. Ich setzte mich auf meinen gewohnten Platz.

Der Advokat kam mit so strenger, kalter Miene herein, dass

mir flau im Magen wurde. Mit geschürzten Lippen fing er an, seine Federn zu spitzen. Agostino wurde hereingeführt und unmittelbar darauf zurückgerufen. Dann wurde auch der Advokat hinausgerufen. Die Menge im Gerichtssaal wurde unruhig und murrte, stritt sich über den Ausgang des Prozesses. Ich versuchte, nicht auf ihre hämischen Stimmen zu hören.

Nur Porzia und Giovanni Stiattessi in der vordersten Reihe blieben still. Porzia hob ihr Kinn, um mir Mut zu machen. Giovanni zupfte an einer Wunde auf seiner Lippe. Bei seiner Aussage ein paar Wochen zuvor hatte er all das enthüllt, was Agostinos Schwester mir erzählt hatte. Agostino hatte es abgestritten und behauptet, dass seine Frau einfach verschwunden sei. Giovanni blieb bei seiner Aussage. Porzia bezeugte das Gleiche. Trotzdem war der Prozess weitergegangen und hatte immer mehr Zeugen gefordert – weitere Nachbarn, Papas Gipser, den Apotheker, bei dem wir unsere Pigmente kauften, und den Hauswirt von einem Freund Agostinos. Sie alle bezeugten, mich besessen zu haben. Ich musste jede Zeugenaussage bestreiten, die Scharade der Meineidigen durchbrechen, die versuchten, meinen Charakter und nicht Agostinos Tat auf den Prüfstand zu stellen. Und Rom genoss das Spektakel.

Eine Stechmücke summte an meinem Ohr und ließ sich nicht vertreiben. Im Saal war es stickig wegen der vielen Menschen, und der Holzstuhl, auf dem ich saß, schien härter denn je. Jemand aus den hinteren Reihen verlangte lautstark, man solle anfangen. Andere schlossen sich ihm an.

»Schuldig. Hängt ihn«, rief jemand.

»Hängt die Hure«, brüllte eine andere Stimme.

»Hängt sie beide zusammen.«

Der ganze Saal lachte. Mein Gesicht wurde glühend rot, in der stickigen Luft fühlte ich mich schwindlig und schwach.

Dann öffnete sich eine Tür, und der Gerichtsdiener trat ein, gefolgt vom *locumtenente*, von Papa, Agostino und dem Advokaten. Im Saal wurde es still. Mein Kleid war schweißgetränkt.

Ich hielt mich ganz gerade, als der Richter zu sprechen anfing. »Im vorliegenden Fall von Orazio Gentileschi, Maler, gegen Agostino Tassi, Maler, Gefangener des Corte Savella, entscheidet das Gericht, ungeachtet der Klage und Zeugenaussage von Artemisia Gentileschi, dass sie wiederholt von Signor Tassi vergewaltigt worden sei, sondern aufgrund der Tatsache, dass das vermisste Bild zurückgegeben wurde, und der Tatsache, dass der Kläger sich einverstanden erklärte, und der Tatsache, dass der Angeklagte bereits während des Prozesses eine Haftstrafe von bisher acht Monaten verbüßte, dass der Gefangene begnadigt wird. Der Fall ist abgewiesen.«

Schreie dröhnten mir in den Ohren. Ich konnte nicht sagen, ob es Zustimmung oder Empörung war.

»Da er jedoch versuchte, die ehrlichen und wahrheitsgetreuen Aussagen der Zeugen zu beeinflussen«, sagte der *locumtenente* noch lauter, »wird der Angeklagte Agostino Tassi aus Rom verbannt.«

Begnadigt? Hatte ich das in dem ganzen Wust von Wörtern richtig verstanden? Ich war wie betäubt. *Aufgrund der Tatsache, dass der Kläger sich einverstanden erklärte ...* Hatte Papa, nun, da er sein Bild zurückhatte, die Klage zurückgezogen? Hatte er *zugelassen*, dass Agostino begnadigt wurde? Mir rauschte das Blut in den Ohren, ich schäumte vor Wut. Ich warf dem Mann, der mein Vater war, einen hasserfüllten Blick zu, den er niemals vergessen sollte. Er hatte kein Gewissen, keine Ehre, keine Sorge außer die um sich selbst. Ich würde ihn nie wieder Papa nennen. Er würde nie wieder das Wort von mir hören, das er so liebte.

Benommen und kaum wissend, was ich tat, kämpfte ich mir einen Weg durch die Menge. Jemand trat mir auf den Rock. Ich riss mich los. Ich stolperte aus dem Tor in die sengende Sonne, wandte mich in die entgegengesetzte Richtung meines Heimwegs und verirrte mich in fremden Straßen. Die Worte des *locumtenente* hallten in mir nach: »Der Gefangene ist begnadigt.« Hitze stieg vom Straßenpflaster empor. Ich ging am Forum und am Palatin vorbei. *Begnadigt.* Frei.

Verbannung. Das war lächerlich. Sinnlos. Kardinal Borghese musste nur sagen, dass sein Deckenfresko unvollendet war. Dann konnte Agostino im Haus des Kardinals Zuflucht finden. Verbannung bedeutete in der vom Papst regierten Stadt gar nichts. All die Demütigungen für nichts. *Ungeachtet der Klage ...* Das war eine klägliche Vergeltung, die im Geschrei über die Begnadigung unterging. Weder war meine Unschuld bestätigt, noch eine Wiedergutmachung vollzogen worden. In den Augen der Öffentlichkeit blieb ich eine Frau, deren Ehre befleckt war. Was hatte ich erwartet? Dass ich so rein wie die heilige Maria aus all dem hervorgehen würde?

Ich setzte benommen einen Fuß vor den andern und ging bis zum südlichen Stadtrand, zur Porta Appia, durch den Torbogen und die Via Appia entlang aufs offene Land. Das metallische Sägen der Zikaden ertönte wie ein irritierendes Klingeln in meinem Ohr. Die Häuser waren verlassen. Der Putz war abgeblättert, sodass die Ziegel und Steine zum Vorschein kamen. Torbögen führten ins Nichts. Mauern waren eingefallen, und Gräber wurden von Anemonen, blauen Kornblumen und orangefarbenen Mohnblumen überwuchert. Es war eine Vision von Zusammenbruch, von verlorenem Leben in jedem Stein.

Ich setzte mich im Schatten einer großen Pinie auf eine verfallene Mauer und rieb mir den Rücken, um den Schmerz dort zu lindern. Eine Wolke bauschte sich am Horizont. Oh, warum zog sie nicht hierher und spülte alles fort: mich, Papa, Agostino, das Tor di Nona, ganz Rom. Ein glatter, weißer Stein mit einer glitzernden Ader leuchtete trotz des Staubs auf seiner Oberfläche. Ich nahm ihn auf, um ihn wegzuschleudern, doch dann wusste ich nicht, worauf ich ihn schleudern sollte. Was bewirkte ein einzelner Stein gegen das Universum?

Ich trat Sand gegen einen Ameisenhügel und beobachtete, wie die bedeutungslosen Kreaturen wild umherwimmelten. Hunderte, tausende von Ameisen – sie erinnerten mich an die Heerscharen von namenlosen, unglückseligen Legionären, die Jahrhunderte zuvor über diese Straße in den Krieg marschiert waren, die gekämpft hatten und dann niedergestreckt wurden und auf den Tod warteten und deren aufgesprungene Lippen in einem größeren Schmerz unbeachtet blieben. Sie waren bedeutungslose Wesen. Armeen, die wie Ameisen starben, Ameisen, die wie Armeen starben – all das war erbärmlich. Größeres als mein eigenes Leben hatte sich hier ereignet, und Kleineres.

Ich erinnerte mich an eine Legende, die mir Graziela einmal erzählt hatte. Christus war hier auf dieser Straße entlanggegangen. Petrus, der gerade aus Rom floh, hatte ihn gefragt: »*Domine, quo vadis?*« Und Christus hatte geantwortet: »Ich gehe nach Rom, um ein zweites Mal gekreuzigt zu werden.« Da hatte Petrus sich geschämt und war umgekehrt, um sich seinem eigenen Martyrium zu stellen, vielleicht genau an dieser Stelle. Ich musste auch umkehren. Ich schloss die Augen und atmete langsamer, damit die neue Wahrheit sich in mir niedersenkte und einen Platz fand, um in mir weiterzuleben – wie hart auch immer die Welt mich machen würde.

Graziela hatte gesagt, dass ich vielleicht nur warten musste, bis meine Susanna berühmt wurde, damit Rom meine Unschuld erkannte. Vielleicht aber würde sie nie berühmt werden. Ich spuckte auf den Stein, um den Staubfilm zu entfernen, und ging zurück, suchte auf dem staubigen Pflaster nach Petrus' Spuren.

Doch ich ging nicht nach Hause, sondern zum Kloster Santa Trinità und traf Graziela im Kräutergarten hinter dem Kreuzgang an, wo sie Unkraut jätete. Ich beugte mich nieder, um ihr zu helfen, dabei konnte ich kaum die Kräuter vom Unkraut unterscheiden. Sie fragte mich nicht nach dem Prozess. Ihr Schweigen half mir, mich zu beruhigen. Schließlich fragte ich sie: »Was geschah eigentlich in der Geschichte von Susanna mit den alten Männern? Als Susanna widerstand und sie die Lügen über ihren Ehebruch verbreiteten …?«

»Sie wurde vor Gericht gestellt und verurteilt, weil die alten Männer behaupteten, sie hätten sie mit einem jungen Mann im Garten Unzucht treiben sehen.« Graziela setzte sich auf eine niedrige Holzkiste und wischte sich die Erde von den Händen. »Sie wurde zum Tode verurteilt, doch im letzten Moment fragte Daniel die Männer einzeln, unter welchem Baum im Garten sie denn Ehebruch begangen hätte. Einer der Männer sagte, es sei eine Eiche gewesen, der andere behauptete, es sei eine Linde gewesen. So war bewiesen, dass mindestens einer von ihnen log. Also wurden beide wegen Meineids hingerichtet.«

»Und Susanna war gerettet?«

»Ja.« Graziela gab das Unkraut auf einen Haufen und wir wuschen uns in dem steinernen Wasserbecken die Hände. »Und du? Was ist bei dir geschehen?«

»Bei mir gab es keinen Daniel. Ich muss warten, bis meine Susanna berühmt wird.«

Ein winziger Seufzer entfuhr ihr und ihre dunklen Augenbrauen zogen sich zusammen. Ihr Mund kräuselte sich zu einem unfreundlichen Ausdruck, und ihr Kiefer schob sich weiter unter ihrem Wimpel vor, als ich es je gesehen hatte. Nachdenklich gingen wir mit gesenktem Kopf zurück durch den Kreuzgang.

Es war möglich zu sagen. Genau jetzt war es möglich zu sagen – dass ich eine Berufung gespürt hätte. Ich würde nicht zurückmüssen. Graziela würde es Schwester Paola sagen und sie würde in Lobpreisungen ausbrechen. Innerlich lächelte ich beim Gedanken an ihre Aufregung. Doch ein Leben, in dem nur winzige Ranken an den Rand von Gebetbüchern gemalt wurden – ohne Kühnheit, ohne Deutung, ohne Dramatik – das war nichts für mich.

Als die große Glocke für die Vesper ertönte, blieb Graziela stehen und straffte die Schultern. Mit ihrer Faust umklammerte sie das Kruzifix ihres Rosenkranzes. »Auch wenn ich deine Besuche schmerzlich vermissen würde, wäre es doch besser, wenn du Rom verließest. Doch wenn du gehst, dann nicht in dem Gefühl, aus der Stadt gejagt worden zu sein. Geh, weil die Stadt zu klein ist für dein Talent.«

»Hier.« Ich legte ihr den Stein in die Hand, die das Kruzifix hielt. »Den habe ich auf der Via Appia gefunden. Vielleicht an der Stelle, wo Petrus Christus sah. Er ist glatt genug, dass du damit das Gold auf den Seiten des Psalters polieren kannst, den ihr dem Kardinal schenken wollt.«

Wir standen lange im dunklen Vorraum und hielten einander umfasst.

Dann ging ich schnurstracks nach Hause.

»Ich kann nicht weiter mit dir zusammenleben«, sagte ich schon in der Tür.

»Artemisia, wo warst du? Ich habe mir Sorgen gemacht. Du kannst doch nicht einfach so ganz allein durch die Stadt streunen.«

»Ist das noch wichtig, wo mein Ruf ohnehin ruiniert ist?«

Er hatte das Bild bereits ins große Zimmer gehängt und saß ihm nun gegenüber, hatte die Füße mit den Samthausschuhen auf Mutters gepolsterten Schemel gelegt und trank Wein.

»Ich kann nicht einfach so mit dir weiter leben, als wäre nichts passiert, nur weil das Bild zurück im trauten Heim ist. Du hast mich verraten! Du, mein eigener Vater. Du hast mir jede Möglichkeit genommen, meinen untadeligen Ruf wiederherzustellen.«

Er verzog das Gesicht. »Nein. Ich −«

»Meine Ehre war dir weniger wichtig als dieses Bild. In deinen Augen bin ich ein Wesen ohne Bedeutung.«

»Das ist nicht wahr.« Seine Hand zitterte. Etwas Wein spritzte auf den Tisch.

»Agostino ist jetzt frei. Was glaubst du, wie ich mich in diesem Haus fühle, während du jeden Tag gehst, um mit ihm für einen Kardinal zu arbeiten, der sich nicht um Gerichtsurteile schert?«

»Ich dachte, du wolltest, dass es vorbei ist.«

»Es *wird* aber nicht vorbei sein. Nicht, wenn Agostino begnadigt wird. Das gibt mir nicht meine Ehre zurück. Für mich ist es dadurch sogar unmöglich geworden, in Rom zu bleiben.«

»Eines Tages, Artemisia –«

»Glaubst du vielleicht, ich will jeden Tag den Nachbarn und Krämern ins Gesicht sehen, die dem Lügenpack vor Gericht glauben? Was für ein Leben soll ich denn führen, wenn ich nichts anderes bin als eine Zielscheibe für Nachttöpfe?« Er streckte seinen Arm aus, um mich zu berühren. Ich entwand mich seinem Griff. »Du wirst darüber nachdenken können, bis nichts mehr zu essen im Haus ist. Glaub ja nicht, dass ich mich jedes Mal der Lächerlichkeit und der Verachtung preisgeben werde, wenn ich Lebensmittel für meinen lieben Papa einkaufen gehe.«

»Artemisia, sei doch nicht albern. Es ist nur eine kurze Unannehmlichkeit.«

»Sie wird nur kurz sein, wenn du etwas unternimmst.« Ich bedachte ihn mit einem langen, kalten Blick. »Du hast etwas gutzumachen.«

Er blickte erschüttert vor sich hin und breitete die Hände auf dem Tisch aus.

»Ich … ich werde etwas arrangieren.«

5 *Schwester Graziela*

PIETRO ANTONIO DI VINCENZO STIATTESSI, Giovanni Stiattessis Bruder aus Florenz, zählte am Tavernentisch im Borgo auf der anderen Seite des Tiber, wo Papa uns für weniger bekannt hielt, Münze für Münze meine Mitgift ab. Ich fühlte mich wie eine Ziege, die verkauft wurde. Dieser Fremde, der bald mein Ehemann sein sollte, sah noch nicht mal zu mir, die ich in einer Ecke des Raums stand, herüber, doch ich warf ihm ab und an einen verstohlenen Blick zu. Seine Kniehose sackte durch, und die Verschnürung seines Hosenlatzes war aus Leder, nicht aus Seide. Bis dahin hatte ich so etwas nur auf Bildern gesehen. Es war nicht mehr Mode. Warum trug er so etwas? Wenn dies die Kleider sein sollten, die er bei einer Hochzeit für angemessen hielt, verstand ich sofort, warum Vater mit ihm eine Vernunftheirat hatte arrangieren können. Es ging um die Mitgift.

Sie kam aus dem staatlichen Mitgiftfond, als Anleihe, hatte er behauptet, und aus einer weiteren Quelle, die er mir nicht nennen wollte. Wenn sie von jemand anderem gekommen wäre, hätte er es mir erzählt. Wie Eis, das in meine Adern drang, wuchs in mir die Erkenntnis, dass das Geld für die Mitgift Teil der Verhandlungen gewesen sein musste, die hinter verschlossenen Türen stattgefunden hatten, während ich und der Mob von Rom auf ein Urteil warteten. Es stieß mir sauer auf, mit Agostinos Geld verheiratet zu werden.

»Mein Bruder wird gut zu Euch sein. Er ist ein Maler«, flüsterte Giovanni neben mir.

»Das ist noch kein Beweis für seinen Anstand«, flüsterte ich zurück und schämte mich im selben Moment für meine schroffe Bemerkung. Ich wusste es doch besser. Ich musste dankbar sein.

Mit einer Hand, die vom Halten der Palette schwielig war, fegte Giovannis Bruder die Münzen vom Tisch in seinen Beutel, dann endlich blickte er mich an. Sein Gesicht war länglicher als das seines Bruders, mit dunklen, tiefliegenden Augen und ein paar Pockennarben und nicht gerade unansehnlich. Die dunklen Locken gefielen mir. Sein schmaler Mund hatte die Neigung, sich zu einer Seite zu verziehen. Vielleicht würde ich in den Jahren, die vor mir lagen, Genuss von einem solchen Mund empfangen. Ich spürte so etwas wie Erleichterung. Manchmal wurden unerwünschte Töchter an hässliche Männer oder alte, verkrüppelte Witwer verheiratet. Dieser Mann hier lächelte mich plötzlich an und ich lächelte rasch zurück. Für den Augenblick war ich beruhigt. War bei solchen Ehen Liebe eigentlich möglich?

Ich dachte an meine Hochzeitstruhe, die fertig gepackt in der Kutsche auf mich wartete. Vater hatte mir seinen kleinen Hammer gegeben und mich aufgefordert, mir etwas von Mutters Sachen auszusuchen. Ich nahm den Wasserkrug und die Waschschüssel aus blau-gelber Fayence, ihren Haarschmuck aus Blutstein, der in Gold gefasst war und einen Perlenanhänger aufwies, ihr kleines Parfümfläschchen aus Onyx, ihr holzgeschnitztes Andenkenkästchen, von dem Vater ein Gegenstück besaß, und eine Öllampe aus Messing mit der Figur der Diana, der Göttin der Keuschheit, die die Griechen Artemis nannten. Nach kurzem Nachdenken packte ich auch noch Mutters Dolch ein. Sie hatte ihn immer zum Schutz unter ihrem Bett aufbewahrt, wenn Vater nachts lange fortblieb. Ich wusste nicht, was für ein Mann dieser Pietro Antonio war.

Ein Jahr zuvor noch, als ich glaubte, ich würde Agostino heiraten, hatte ich auf die Truhe eine Hochzeitsszene gemalt – ein Fest, das ich nun nicht haben würde. Das *impalmare*, die Hochzeitsmesse, und die *nozze* würden nun am selben Tag stattfinden. Es würde kein Festessen mit Holzäpfeln, keinen Kapaun in weißer Sauce, keinen Wein, keine Törtchen und kein Marzipan geben, auch keine Trinksprüche uns zu Ehren, die uns zum

Erröten brächten, keine Musik, keinen Tanz und keine fröhlichen Freunde, die uns Süßigkeiten schenkten und uns alles Gute wünschten, die lachten, Scherze machten und Nettigkeiten sagten und uns in die Kammer führten, um dann am nächsten Morgen wiederzukommen, um zu erfahren, was nun das Paradies sei. Nichts von alldem. Schlag Mittag würde mein Schicksal besiegelt sein.

Wenn ich die Kutsche nahm, war noch genügend Zeit. Ich griff nach meinem Umhang und stahl mich zur Tür. »Ich treffe Euch in der Kirche. Santo Spirito.«

»Artemisia! Wohin gehst du? Du kannst jetzt nicht weg«, sagte Vater, aber da war ich schon aus der Tür.

»Zum Kloster von Santa Trinità«, befahl ich dem Kutscher.

Unter der feuchten Kühle grauer Wolken wartete ich an der Klostertür. Ein Taubenpaar gurrte sanft, während es gemeinsam die morgendliche Expedition auf die Stufen unternahm. Es war rührend, wie sie pickten und suchten, doch immer eng beisammen blieben.

Paola öffnete die Tür.

»Kann ich Schwester Graziela sehen?«, fragte ich drängend.

»Sie ist in der Kirche.«

»Im Gebet?«

»Nein. Sie putzt. Komm hier durch.«

Ich trat durch eine Seitentür beim Altar in die Kirche. Die Luft war kühl und still, wie abwartend. Ich entdeckte Graziela auf dem Steinboden hinter dem Altar. »Deine Lebensweise zwingt dich natürlich in die Knie«, sagte ich.

»Artemisia, du hast mich erschreckt. Ich dachte, niemand sei hier.«

»Musst du die ganze Kirche putzen?«

»Nein, nur hinter der Balustrade. Du weißt doch, dass Beweglichkeit und Demut Hand in Hand gehen.« Sie schob den Eimer von der Stelle, die sie putzen wollte.

»Ich wollte dir erzählen – dass mein Vater eine Heirat für mich arrangiert hat.«

»Das war nur angemessen. Was weißt du von dem Mann?«

»Nur, dass er ein Maler ist. Aus Florenz.«

»Du wirst dorthin ziehen?«

»Ja. Heute. Sie warten schon in der Santo Spirito auf mich.«

»Je früher, desto besser.«

»Ich dachte, ich wollte es, aber jetzt habe ich Angst. Es ist, als ob alles Wünschbare, was ich mir je vorgestellt habe, aus mir herausgesogen wäre.«

»Nicht für immer. Es verschwindet nie für immer.«

»Wie kann ich … ich will ja noch nicht mal berührt werden.«

»Solange du an deinem Schmerz festhältst, wirst du ein armseliges, bitteres Leben führen. Lass den Schmerz in Rom zurück.«

Mir war nicht wohl dabei, dass ich stand, während sie kniete, also hockte ich mich vor die Stufen der Sakristei. »Darf ich dir eine Frage stellen?«

»Du weißt doch, dass du mich alles fragen kannst. Aber leise. Es könnte jemand hereinkommen.«

»Was hast du gemeint mit ›verlassen von Gott und den Menschen‹?«

Sie trocknete eine Stelle mit einem Lappen und wich dabei zurück, um mit ihrer Arbeit fortzufahren. »Ich war einmal verheiratet, aber mein Mann starb.«

»Das wusste ich nicht. Es tut mir Leid.«

»Gemäß dem Gesetz der vierzig Tage wurde das Haus, in dem wir lebten, vierzig Tage nach dem Tod meines Mannes von dessen Bruder in Besitz genommen, sodass ich gehen musste. Als ich zurück in mein Elternhaus kam, sagte mein Vater, er hätte nicht genügend Geld, um mich zu versorgen.« Sie wischte heftiger. »Er versuchte, einen Witwer für mich zu finden, doch es gelang ihm nicht.« Sie senkte ihre Stimme. »Weil ich keine Jungfrau mehr war.«

»Was hast du dann gemacht?«

»Das kannst du doch erraten, oder nicht? Ich war nicht gut genug für einen Mann, also wurde ich Gott gegeben.«

Immer noch auf den Knien wischte sie weiter und sprach zu dem Boden und ihrem Wischlappen. »Stück für Stück verkaufte ich alles, was ich hatte, für meine Mitgift, die ich dem Kloster zu geben hatte. All meine Kleider, ein wenig feines Geschirr und Glas, silberne Löffel und Messer, Töpfe, Bettwäsche, Zinnbecher, Schmuck und ein Bild, das ich liebte.« Sie hielt inne und setzte sich auf die Fersen. »Es zeigte Venus und Adonis in einem Garten. Kein bedeutender Maler hatte es geschaffen, aber ich vermisse es. Ich flehte meinen Vater an, das Geld für meinen Unterhalt zu verwenden. Er behauptete, es würde nicht für mein ganzes Leben reichen. Als ich dann nichts mehr zu verkaufen hatte, trat ich als Novizin ins Kloster ein.«

»Du sagtest einmal, man sollte nur ins Kloster eintreten, wenn man eine Berufung in sich spürt.«

»Ja. Das ist wahr. Aber ich sagte nicht, wann ich das lernte.«

»Oh.« Das änderte alles, was ich über sie wusste. »Hattest du Kinder?«

»Nein. Wir waren nur 526 Tage verheiratet.«

»Warum ist er so jung gestorben?«

»Du willst, dass ich dir alles erzähle, oder? Dann lass es dir eine Lehre sein.«

Sie brachte Eimer, Besen und Wischlappen zu den Stufen der Sakristei und setzte sich. Sie bedeutete mir, es auch zu tun. Ich war überrascht, denn es bedeutete eine Respektlosigkeit. Die Kälte der Steine durchdrang meinen Rock.

Ihre Augen, olivgrün und grau mit bernsteinfarbenen Einsprengseln, schienen tiefer zu werden, so als sähen sie vieles auf einmal wieder. »Ich liebte meinen Mann und fühlte mich in seiner Gegenwart wie im Himmel. Er aber hatte eine Geliebte. Ich bilde mir selbst heute noch gerne ein, dass es jemand war, den er schon vor unserer Heirat kannte, aber das ist nicht sicher. Ich fühlte mich nur dann lebendig, wenn er mich berührte, und überlebte irgendwie bis zum nächsten zärtlichen Wort.«

»Hast du aufgehört, ihn zu lieben?«

»Nein. Wenn es wirklich Liebe ist, ändert sich nichts, wenn

du entdeckt hast, dass er dich betrügt. Alles – essen, schlafen, wachen, den Regen betrachten – alles trübt sich nach einer solchen Entdeckung ein. Du hast noch immer die Wanderungen auf dem Lande und die Liebesnächte, aber sie sind verdunkelt durch das, was unausgesprochen bleibt.«

»Und was ist geschehen?«

Graziela wrang den nassen Lappen über dem Schmutzwasser im Eimer aus und wand den Stoff mit einer Kraft, die ich noch nie zuvor an ihr bemerkt hatte. »Der Mann seiner Geliebten fand es heraus und tötete ihn. Er warf ihn in den Tiber, wo solche Männer immer landen.« Sie starrte auf das schmutzige Wasser. »Ein Verlust, so groß wie Ägypten«, flüsterte sie.

»Ich hatte ja keine Ahnung. Du wirkst so – in dir ruhend.«

»Das lässt sich erlernen.« Sie erhob sich und nahm Eimer, Besen und Wischlappen auf. »Ich bin gleich zurück. Warte in der dritten Kapelle auf der rechten Seite auf mich.« Sie zeigte in die Richtung. »Da wo Volterres Fresko *Mariä Himmelfahrt* ist. Sieh es dir genau an. Ich habe gerade erfahren, dass die Figur mit dem langen roten *lucco* auf der rechten Seite Michelangelo ist.«

Sie war verheiratet, dachte ich, als ich das Seitenschiff hinunterging. Ich kannte sie, seit ich zwölf war, und hatte es doch nicht gewusst. Kein Wunder, dass sie anders war als die anderen Nonnen.

Ich blickte durch das Holzgitter in die dritte Kapelle und sah auf dem Fresko dort einen Mann mit einem roten Umhang, der glatt auf den Boden herab fiel. Der Mann hatte weißes Haar, einen weißen Bart und kluge braune Augen. »Michelangelo«, flüsterte ich. Er blickte nicht erstaunt in die Höhe wie die anderen Figuren, als die Jungfrau in Blau zum Himmel empor gehoben wurde. Er blickte mit einem Ausdruck liebevoller Sorge auf mich, ja, in mich hinein, und schenkte mir eine Art Segen. Ich würde in seine Heimatstadt gehen, um im Umfeld seiner Werke zu leben und zu lernen. Unter seinem bauschigen Ärmel trat eine Hand hervor, knorrig und vernarbt vom

Meißeln. Ich spürte, wie mich beim Anblick dieser Hände Liebe durchströmte. Selbst eine vernarbte Hand konnte Großes erzeugen. Es gab eine Verbindung zwischen uns, zwischen unseren Geistern, wagte ich zu denken. Vielleicht würde es nie jemand sehen, doch hier, in der stillen Kirche, konnte Gott, wenn es sein Wille war, eine Vereinigung zweier Seelen segnen.

Graziela trat zu mir. »Schwester Paola kommt gleich, um sich zu verabschieden. Ich habe nur eine Minute.« Sie fasste tief in ihren Ärmel und zog einen winzigen Beutel aus Musselin hervor. Sie lockerte die Schnur und kippte zwei goldene Ohrringe in ihre Hand, jeder versehen mit einer großen cremefarbenen *perla barocca*, deren schimmernde Oberfläche aussah wie eine zerfurchte Walnuss. »Unvollkommen. Wie die Menschen«, flüsterte sie. »Ich weiß, dass es Eitelkeit ist. Ich hätte sie mit dem Rest meiner Sachen verkaufen sollen, um dem Kloster eine größere Mitgift zu geben. Aber Marcello schenkte sie mir an unserem Hochzeitstag.«

»Wie hast du sie all die Jahre behalten können?«

Sie lachte verhalten. »Neun Jahre insgesamt. Es war nicht leicht. Einen Großteil der Zeit waren sie in meiner Unterwäsche eingenäht. Einmal musste ich sie in der Spitze meines Schuhs verstecken.«

Sie hob einen Ohrring und ließ ihn einen Augenblick am Finger baumeln. »Wenn auch die Schönheiten der Welt mir verwehrt sind, so bleibt mir zumindest diese.«

»Die Welt in einer Perle«, sagte ich.

Ich dachte daran, wie die Oberfläche der Perle unendlich langsam gebildet wurde, um die lebende Auster vor dem Aufscheuern oder vor Entzündungen zu schützen, ganz so wie Grazielas heitere Gelassenheit Jahr um Jahr vollkommener wurde, ohne die Rauheit im Innern vollständig zu verbergen.

Sie legte mir einen der Ohrringe in die Hand. Er fühlte sich warm auf meiner Handfläche an. »Ich brauche nur einen«, sagte sie. »Du kannst dir den anderen an ein Kleid heften.«

»Nein, Graziela. Das kann ich nicht annehmen.«

»Doch, das kannst du. Lass ihn dir eine Mahnung sein«, flüsterte sie. »Gib dich nicht vollständig hin, weder Gott noch einem Mann. Betrüge dich nicht selbst. Du kannst es dir nicht leisten, an Illusionen zu glauben – um deines Glückes und deiner Kunst willen. Was deine Seele betrifft, so vertraue sie mir an. Ich habe hier viel Zeit zu beten, und es wird lästig, immer nur für die eigene Seele zu beten.« Sie schloss meine Hand um den Ohrring. »Du hast viel Arbeit vor dir.«

»Ja, ich habe viel Arbeit vor mir.«

»Verstecke ihn nun unter deinem Mieder und denk immer daran, dass die wahren Gesetze des Lebens nicht unbedingt in der Heiligen Schrift zu finden sind. Sie bestehen in Blutsbanden, Geschichten, Sprichwörtern und Anspielungen, in verstohlenen Blicken, heimlichen Verabredungen und heiß umschlungenen Händen. Wenn du lernst, sie darin zu erkennen, wird das Leben leichter und reich an Möglichkeiten und Belohnungen. Sei weise, Artemisia. Sei wachsam. Blick ihnen in die Augen und zeige keine Furcht.«

Ich sah jetzt in ihr Gesicht und wiederholte ihre Worte im Kopf. Ihre Bedeutsamkeit ließ sie in meinem Kopf widerhallen wie tief dröhnende Glocken, deren Echo ich gewiss noch in Jahren hören würde.

Schwester Paola kam so aufgeregt das Seitenschiff heruntergeeilt, dass ihre kurzen Beine wirbelten und ihr Gesicht, dessen Wangen mit ihren Fingern bedeckt waren, von hundert verschiedenen Ausdrücken der Freude überspielt wurde.

»Oh, Artemisia! Ich fürchtete schon, dich zu verpassen. Schwester Graziela hat es mir erzählt! Ich bin so glücklich, ich könnte mit einem Finger den Himmel berühren.«

»Es tut mir Leid, dich zu enttäuschen, Schwester Paola«, neckte ich sie.

»Ich sagte dir doch, dass wir an Wunder glauben.«

»Weil ich heiraten werde?«

»Weil du im Kunstzentrum der Welt sein wirst. Was könnte besser für dich sein?«

»Das ist sehr großherzig von dir.«

Sie brachten mich zur Tür, und als mir Schwester Paola mit ihrem warmen Finger ein Kreuzeichen auf die Stirn malte, schien ihr puttengleiches Gesicht vor lauter Glück noch runder. Graziela hielt mich bei den Schultern und legte ihre Stirn an meine. Eine ganze Weile standen wir so, dass sich unsere Köpfe berührten und unsere Gefühle Brust an Brust pulsierten.

»Das tut ihr mir zuliebe«, sagte Schwester Paola. »Das ist wohl das einzige Mal, dass ihr Kopf einen Wimpel berührt.« Wir lachten traurig. »Denk an uns, *tesoro*«, sagte Paola.

»Ich habe euch fest in mein Herz geschlossen.« Ich berührte die Stelle an meinem Busen, wo ich die Perle verbarg. Graziela brachte kein Wort hervor.

Ich drückte die schwere Tür auf. Es hatte begonnen zu nieseln, also zog ich die Kapuze meines Umhangs über. Als sich die Tür schloss, hörte ich Graziela leise und verzweifelt rufen: »Schreib uns und schildere, wie alles aussieht.«

Ich ging langsam die Stufen hinunter.

Schwester Graziela trauerte immer noch. Nach neun Jahren. Wann hatte sie entdeckt, dass er eine Geliebte hatte? Welchen verstohlenen Blick hatte sie ignoriert? In welch einsamem Augenblick des Entsetzens hatte sie schließlich die Bruchstücke zusammengesetzt, seltsames Verhalten, eine gestotterte Antwort, einen ausweichenden Blick, einen vergessenen Botengang? Hatte sie ihn dabei angesehen? Hatte sie die erste Mahlzeit nach ihrer Entdeckung genauso sorgfältig zubereitet wie die davor? Hatte er einst den Glanz und das Gewicht ihres Haares geliebt, und hatte sie geweint, als die Schwestern es ihr abschnitten? Waren solche Verluste auch auf meinem Weg vorgesehen? Wenn ich immer an ihre Worte dachte und wachsam genug war, würde mir dies erspart bleiben: ein Leben voll stiller Betrachtung, Opfer und nicht endender Akte der Selbsterniedrigung?

Den ganzen Weg zur Kirche hielt ich Grazielas immer noch wundes Herz wie eine Reliquie in meiner Hand.

6 Pietro

DIE RÄDER DER KUTSCHE ratterten auf der Ponte Sant'An-
gelo über den Tiber, wo eine Reihe von achtzehn Galgen
zur Engelsburg, dem Gefängnis, hinüberwiesen. Achtzehn, so
alt war ich, als der Prozess begann. Jetzt war ich gerade mal
neunzehn. Ich wickelte den Ohrring in ein Taschentuch und
verbarg ihn unter dem Futter meiner Hochzeitstruhe.

Vor der Kirche traf ich auf meinen Vater, der unruhig auf
und ab lief. »Was rennst du denn einfach weg? Wo warst du?«,
fragte er.

»Bei den Schwestern. Beruhige dich. Ich komme doch recht-
zeitig.«

Ich reichte Porzia meinen Umhang. Vater fasste mich fest
am Arm, und so schritten wir das dunkle Mittelschiff hinunter
in eine kleine Seitenkapelle, die von vier Kerzen erhellt wurde.

Während der Messe fühlte ich mich wie von mir abgeschnitten, ganz als wäre ich ein Zuschauer, der zufällig etwas Seltsames mit ansieht. Plötzlich hatte ich Sehnsucht nach meiner
Mutter, nach ihrer sanften Berührung meines Hinterkopfs, ihrem traurigen Gesang. Es hätte sie beruhigt, mich verheiratet
zu wissen.

Porzia lächelte mir ermutigend zu, und ich versuchte, meinem Gesicht einen fröhlichen, sittsamen und dankbaren Ausdruck zu geben, doch in der steinernen Kirche war es so kalt,
dass ich ohne meinen Umhang das Zittern nicht kontrollieren
konnte.

Die lateinischen Worte des Priesters glitten in verschwom-
menen, leisen Tönen über mich hinweg und gaben mir das Gefühl, dass etwas Heimliches in dem lag, was wir taten. Ich wiederholte das Gelöbnis und versuchte, es mir bewusst zu ma-

chen, doch als der Priester sagte: »… bis dass der Tod euch scheidet«, dachte ich daran, dass auch Graziela diese Worte gesagt haben musste. Dann konnte ich kaum noch an etwas anderes denken. Ich blickte Pietro Antonio direkt ins Gesicht, so wie sie mir geraten hatte. Seine Miene war ernst, doch nicht so liebevoll wie Michelangelos mit seinem roten *lucco*, der durch mich hindurch geblickt hatte, um meine Seele zu berühren.

Als die Zeremonie vorbei war, legte mir Porzia den Umhang über die Schultern. »Ich werde dich vermissen«, sagte sie leise.

»Ich habe das Gefühl, als wäre ein Teil meines Lebens vorüber«, sagte ich soeben laut genug, dass sie es hören konnte.

»Und dein neues Leben beginnt gerade. Mach dir keine Sorgen. Pierantonio ist ein guter Mann«, flüsterte sie.

»Ich bete zu Gott, dass du Recht hast.«

Regen tröpfelte mir in den Nacken, doch ich zögerte immer noch, in die Kutsche zu steigen, wo meine Truhe bereits auf mich wartete. Beunruhigt über mein Schwanken warf Vater die Hände in die Luft. Dabei wartete ich nur auf eine zärtliche Geste von ihm.

»Hinein, hinein«, sagte er und steckte mir einen kleinen, blauen Beutel zu, der schwer in meiner Hand wog. Ich versteckte ihn in den Tiefen meines Rocks, als ich in die Kutsche stieg. Dabei bemerkte ich einige Falten um seine Augen und erkannte, dass dies auch für ihn ein schwieriger Augenblick war. »Ich werde Michelangelo Buonarroti dem Jüngeren über dich schreiben. Du musst ihn unbedingt aufsuchen.« Er schloss den Schlag, die Kutsche schaukelte vorwärts, und dieser Pietro – oder auch Antonio – und ich fuhren ab nach Florenz, wo ich, wie ich erleichtert dachte, von der Entehrung erlöst sein würde.

Mann und Frau. Das sagte ich immer wieder zu mir, während die Kutsche nordwärts durch die Porta del Popolo und auf die Via Flaminia fuhr, hinaus auf die Landstraße voller Ochsenkarren und Pfützen. Ich hatte wirklich und wahrhaftig einen Ehemann. *Madonna benedetta*, gib, dass er freundlich ist. Schweigend saßen wir einander gegenüber. Sollte ich etwas sagen oder warten, dass er zuerst sprach? Seine unruhigen Augen blickten aus dem Fenster, also sah auch ich hinaus. Was fesselte seine Aufmerksamkeit so? Weinstöcke mit Blättern in allen möglichen Farbtönen von Gold bis Rotbraun? Obstgärten oder Mandelbäume? Klotzige Bauernhäuser hinter dem dünnen Regenvorhang? Nasse Schafe? Es schien, als wäre ihm die Landschaft wichtiger als das, was sich direkt vor ihm befand. Ich.

»Was siehst du dir an?«

»Alles. Nichts. Die Pappeln haben schon ihre Blätter verloren. Wir werden einen frühen Winter bekommen. Vielleicht sogar Schnee.«

Das war eine seltsame Art, eine Ehe zu beginnen. Mit dem Wetter.

»Nennt man dich Pietro oder Antonio?«

Endlich blickte er mich an. »Pierantonio.«

»Hmm. Etwas lang.«

Langsam verzog sich sein Mund zu einem faszinierenden, schiefen Lächeln, aber nur auf einer Seite seines Gesichts. »Artemisia auch.«

»Stört es dich, wenn ich dich Pietro nenne? Das gefällt mir am besten.«

»Du kannst mich nennen, wie du willst.«

Das Bedürfnis, weitere notwendige Dinge zu klären, lastete wie ein Eisengewicht auf meiner Brust. »Was weißt du über mich?«, fragte ich.

»Ich weiß, was passiert ist.«

»Die Geschichte, die man sich auf der Straße erzählt, oder die Wahrheit?« Ich war von einem brennenden Drang erfüllt, mit der Wahrheit herauszuplatzen. »Ich bin unschuldig. Obwohl ich keine Jungfrau mehr bin, bin ich doch unschuldig.«

Er nickte und ich war ihm dankbar dafür. »Dieser Mann, Agostino −«, setzte er an.

»Verdient nicht das Blut in seinen Adern. Er ist hinterhältig und gemein.«

»Du wolltest ihn heiraten?«

»Weil ich dachte, ich müsste es. Er ist mir vollkommen gleichgültig, doch keineswegs gleichgültig ist mir, dass der einzige Mann, der für mich zählen sollte, mich für unschuldig hält.«

Dies schien ihn in Verlegenheit zu bringen und er wandte erneut den Kopf und blickte aus dem Fenster. Ich straffte die Schultern. Haltung, dachte ich. Ich wollte, dass er Haltung an mir entdecken konnte. Seine Lippen machten eine rasche Bewegung. Vielleicht begriff er. Vielleicht aber auch war er nur barmherzig, wollte nicht, dass ich noch mehr erklärte. Vielleicht aber auch bedeutete es, dass es ihm gleichgültig war.

»Werden wir bei deinen Eltern leben?«

»Nein. Sie sind tot.«

»Oh, das tut mir Leid.« Ich kam mir töricht vor, weil ich das angesprochen hatte. Ich hätte mich vorher bei Porzia erkundigen sollen.

»Während der letzten Seuche vor zwölf Jahren nahm mein Onkel meinen Bruder Giovanni und mich mit in eine Stadt auf den Hügeln, doch meine Eltern konnten nicht mit. Jetzt gehört mir ihr Haus.«

Ich hielt es für besser, nicht weiter nachzufragen.

Dann bekam ich Hunger, hatte aber Angst, es zu erwähnen. Ich wollte nicht schon wenige Stunden nach Beginn unserer Ehe Forderungen stellen. Ich erkannte mit sinkendem Mut, wie sehr sich eine verheiratete Frau einem anderen ausliefert – bis hin zum Essen von einem Stück Brot. Hatte Graziela das auch so empfunden? Oder meine Mutter? Jetzt tat es mir Leid, dass ich nicht mehr mit meiner eigenen Mutter gesprochen hatte.

»Giovanni hat mir erzählt, dass du ein Maler bist«, sagte ich nach einer Weile.

»Das stimmt.«

»Ich auch.«

»Du?«

»Sicher hat Giovanni es dir erzählt.« Ich wies auf meine Leinwandrollen.

»Es gab einmal zwei Malerinnen in Bologna«, sagte er. »Sie malten Blumen.«

»Ich male Menschen.« Da zeigte sich Neugier auf seinem Gesicht. »Möchtest du sie sehen?«

Pietro nickte. Ich nahm die Leinwandrollen, hielt sie vor mir in die Höhe und entrollte sie. Zufällig war *Die Lautenspielerin* das erste Bild. Er studierte es sorgfältig. »Eine leichte Hand«, sagte er. Ich ließ die Leinwand zu Boden gleiten und zeigte das Bild mit meiner Susanna, das allerdings zu groß war, als dass es sich in der Kutsche ganz hätte entrollen lassen. Also konnte er nicht den unteren Teil sehen, wo Susannas Fuß in das Wasser des Steinbeckens taucht.

»Oh!« Seine Augen weiteten sich. Mein Herz klopfte nun heftiger als während der Hochzeitsmesse. »Es ist sehr gut«, sagte er dann mit einem Ausdruck, den ich als leichte Überraschung wertete. Er blickte in Susannas Gesicht und seine Miene verdüsterte sich. »Es zeigt viel Gefühl. Ihr Gefühl, meine ich. Wann hast du das gemalt?«

»Vor ein paar Jahren.«

»Vor –«

»Ja.«

»So jung.« Er dachte einen Moment nach, dann sagte er: »Du mischst die Farben sehr fein, sehr raffiniert, vor allem die Fleischtöne. Sie schimmern wie Glas.«

»Möchtest du das Geheimnis wissen? Es ist Firnis aus Bernsteinharz, das die Lautenbauer in Venedig benutzen. Die Farben verteilen sich besser darauf. Ein Teil Bernsteinfirnis mit drei Teilen Walnussöl oder Leinöl. Vermische sie bei niedriger Hitze und lasiere dann nach jedem Arbeitstag die gesamte Leinwand damit. Dann ist es weniger anfällig und trocknet auch schneller als nur mit Öl. Wenn du die Leinwand nur mit Öl lasierst, besteht die Gefahr, dass die Farben verwischen und verlaufen.«

Sein Kopf war auf Susannas Leib gerichtet, doch seine Augen blickten zu mir, als ich über die Leinwand spähte, sodass durch den Winkel sein Gesicht verschlossen und überschattet wirkte.

»Wo hast du das gelernt?«

»Bei meinem Vater. Er vermischt nur einen Tropfen Firnis mit jeder Ölfarbe auf seiner Palette. Die Idee, die ganze Leinwand damit zu lasieren, stammt von mir.«

Er machte ein tiefes, voll tönendes Geräusch in seiner Kehle, doch ein Wort war es nicht.

»Du wirst sehen. Der Pinsel stockt nicht mehr, wenn du einen Strich ziehst, und die Farben sind leuchtender. Jetzt weißt du es.« Ich lächelte und hoffte, es wirkte kokett. »Das ist mein Hochzeitsgeschenk für dich.«

Er lächelte nicht zurück. Stattdessen bedeutete er mir, die dritte Leinwand zu entrollen. Judith.

»Es ist noch nicht fertig«, sagte ich und ließ die Susanna fallen.

Er stieß ein pfeifendes Geräusch aus. Sein Gesicht verzog sich. »Nicht gerade ein Bild, das man sich übers Bett hängen würde, aber sehr raffiniert. Eine schwierige Komposition.« Ich erhaschte sein flüchtiges, erstauntes Lächeln.

»Keine Sorge. Ich hoffe, es verkaufen zu können, sobald ich bekannt bin.«

Er legte seinen Kopf auf die Seite, als wolle er zeigen, dass ihm bisher noch nicht der Gedanke gekommen war, ich könnte Geld verdienen, doch die betonte Geste schien mir nicht echt.

»Vielleicht schenke ich es auch Cosimo de' Medici.«

»Nein! Lass das!«

»Warum?«

»Man verschenkt so ein Bild nicht einfach!«

»Wenn man anzeigen will, dass ein neuer Künstler in der Stadt ist? Wenn es zwischen andere bedeutende Bilder gehängt wird, die er besitzen muss?«

Ich konnte sehen, dass ihm die Idee nicht gefiel. Sei weise, hatte Graziela gewarnt. »Es muss ja nicht jetzt entschieden werden«, sagte ich. »Es ist ja noch nicht mal fertig.« Ich rollte die Leinwände lose wieder auf. »Ich wollte dich nur wissen lassen, dass ich gedenke, mein eigenes Geld zu verdienen, sobald ich dazu in der Lage bin.«

»Ich habe nichts dagegen.«

Wir fuhren bis zum Einbruch der Dunkelheit weiter und machten dann für die Nacht in einer Herberge Rast. Mir schmerzten die Schultern und der Rücken, weil ich sie wegen der feuchten Kühle stundenlang angespannt hatte. Er half mir aus der Kutsche, vom langen Sitzen war ich ganz steif. Seine kühle Hand griff fest nach meiner. Es fühlte sich gut an – zumindest auf meiner Hand.

Die Herberge war voller Fuhrmänner, Bauern und Erntehelfer, die in Olivenhainen und Weingärten arbeiteten, nebst ihren Familien. Der Schweiß ihrer Mühe vermischte sich mit dem Rauch vom offenen Feuer, mit dem Geruch von trocknender Wolle und dem von Mist auf ihren Stiefeln. Ich stand vor der Feuerstelle und ließ die Wärme wohlig über Hände und Hals strömen. Etwas Asche flog mir ins Auge. Ich wandte mich um. Im Raum sah ich verschwommen zwei quiekende, kichernde Kinder und einen Hund, die um die Tische herumrannten, woran sich niemand zu stören schien.

Eine junge Mutter mit einem Tuch um die Haare stillte ihr Baby neben einem verhutzelten alten Weib, das auf ein paar Decken saß, sich an die Wand lehnte und nur dicke Socken, doch keine Schuhe trug. Ihre knorrigen Finger befanden sich in ständiger Bewegung, so als ob sie immer noch eine Arbeit verrichteten, während sie ansonsten unbeweglich, abwesend vor sich hin blinzelnd dasaß und die lärmende Unterhaltung und das Gelächter nicht wahrzunehmen schien. Das fauchende und knackende Feuer erhellte nur die rechte Seite von Hals und Gesicht beider Frauen. Die ganze Szene rührte mich an. Rom schien weit weg.

Als die Dienstmagd begann, etwas aus einem eisernen Kessel zu schöpfen, quetschte ich mich zwischen Pietro und einem anderen Mann auf die Bank vor dem langen Tisch. Das Mädchen teilte Schüsseln, Zinnbecher und irdene Krüge mit dem hellen umbrischen Wein an die Leute am Tisch aus. Das Essen bestand aus einem Eintopf mit Kaninchenfleisch, Zwiebeln, weißen Bohnen und Rüben – eine typisch ländliche, bodenständige Mahlzeit, die nach Salbei, Basilikum und Knoblauch schmeckte.

Pietro hatte den Kopf tief gesenkt und aß schnell, schluckte schon, bevor er noch gekaut hatte, und spülte dann mit einem großen Schluck Wein nach. »*Buono*«, sagte er.

So konnte ich nicht kochen. Dafür würde ich einen halben Tag brauchen – allein das Häuten und Ausnehmen! – und wann sollte ich dann malen? Mir schien so viel Mühe für eine Mahlzeit, die so rasch vorbei war, verschwendete Lebenszeit.

Ich beobachtete die einfachen Menschen Umbriens, die erschöpft und lautstark ihre Mahlzeit einnahmen, und Wein und Eintopf füllten mich mit dem Geschmack des Landlebens. Pietro riss ein großes Stück Brot von einem Laib.

»Gutes Brot, nicht wahr?«, sagte ich. »Die Frau des Wirts hat dazu wahrscheinlich Korn verwendet, das vom Hof ihres Schwagers stammte und vom Vater ihres Mannes gemahlen wurde, und es in einem Steinofen gebacken, mit Holz, das im Wäldchen ihres Vaters geschlagen und von ihrem Kusin hierher gebracht wurde.«

Er lachte leise. »Bist du dir da sicher?«

»Nein. Ich habe es gerade erfunden.«

Da sagte ein ungepflegter Mann mit fehlenden Vorderzähnen, der uns gegenübersaß: »Sie hat da nicht ganz Unrecht. Ihr solltet besser auf sie hören, junger Mann.«

»Tatsächlich?« Pietro drehte sich mit einem schiefen Lächeln zu mir um.

»Zumindest sagt das meine Frau seit Jahren zu mir. Wenn

Männer nur solche Ohren hätten wie die Esel, die sie sind, sagt sie. Dann aber sage ich, das geschieht genau in dem Moment, wenn die Frauen Münder wie Kaninchen bekommen. Wir sagen das schon dreißig Jahre zueinander.« Er löffelte seinen Eintopf mit einem laut schlürfenden Geräusch.

»Dreißig Jahre!«

»Vergeht wie im Flug. Wie lang seid Ihr schon verheiratet, hm?«

Pietro und ich wechselten einen verlegenen Blick.

»Vier oder fünf.« Er gluckste. »Stunden.«

»*Ehi! Madonna santa. Auguri.*« Der Mann stand auf und verkündete es mit lauter Stimme im ganzen Raum.

»*Auguri!*«, ertönte es.

Zwei junge Männer sandten einen Juchzer in die Luft und dann sangen alle ein anstößiges Lied über die fähigen Finger einer Milchmagd. Am Ende lachte eine Frau, die so kräftig war wie ein Kutschgaul, durchdringend und gackernd wie ein Huhn. Pietro lachte ebenfalls, doch dann bemerkte er, dass ich verwirrt war, und hörte auf. Er erhob sich, stieg über die Bank und streckte seine Hand nach mir aus. »Lass uns nach oben gehen.«

Die Männer grinsten und johlten erneut, und die lachende Frau packte mich, nachdem ich aufgestanden war, am Handgelenk und zog mich zu sich.

»*Senti, bellezza,* wenn er es durchstoßen hat, wird es dir gefallen.« Sie gackerte noch lauter.

Um mich ihr zu entziehen, wandte ich mich rasch zur Treppe und brachte damit wieder alle zum Lachen, weil sie dachten, ich könnte es gar nicht erwarten. Vor Verlegenheit stieg mir die Hitze die Kehle hinauf bis in die Wangen.

Pietro zündete mit einem Feuerscheit eine Laterne an und hielt sie vor uns, während wir zusammen die Treppe hinaufstiegen. »Achte gar nicht auf sie«, sagte er.

Santa Maria, gib, dass er nicht grob ist.

Das obere Zimmer war nicht geheizt, also zog ich mich weit

entfernt von der Laterne und mit dem Gesicht zur Wand eilig aus. Selbst bei einer Vernunftehe hatte ich Pflichten, doch ich konnte kaum den Gedanken ertragen, dass seine Hand mich dort berührte, wo Agostino sich mit Gewalt Einlass verschaffft und wohin der Advokat gestarrt hatte. Beim Gedanken daran wurde mir flau. Rasch schlüpfte ich ins Bett. *Lass es in Rom zurück*, ermahnte ich mich.

Seine erste Berührung war wie ein Schock, sodass ich erschauerte.

»Bald wird dir warm sein.«

Grazie a Dio. Er dachte, ich hätte vor Kälte gezittert.

Etwas Sanftes lag in seiner Stimme. Es würde keine Vergewaltigung sein. Es würde keine Gewalt im Spiel sein, wenn ich mich nicht wehrte. Gib, dass ich mich nicht wehre. Gib, dass ich nicht aufschreie.

Er legte mir den Arm um die Taille und drehte mich zu sich. Jeder Muskel meines Körpers war so angespannt wie straff gezogene Leinwand. Er presste sich an mich. Seine Haut war kalt. Wie meine. Wir waren einander ähnlich. Wie ich hatte er die feuchte Kälte gespürt. Das ließ mich weicher werden gegen ihn.

Seine Hand strich über meine Schenkel. Ich presste sie fest zusammen. Versuch es, sagte ich zu mir. Er wartete. Seine Hand zwischen meinen Knien drängte aufwärts. Öffnen. Öffnen. Immer ein Stückchen mehr. Nicht er machte es schwierig. Ich war es. Allmählich fühlte ich, wie ich mich mehr entspannte. Langsam bewegte sich seine Hand mein Bein hinauf und sandte einen Schauer in den Mittelpunkt meiner selbst. Dann sanftes Murmeln, keine Worte, nur Laute. War er das oder ich? Sein Gewicht lastete nur teilweise auf mir. Er war behutsam. In der überraschenden Hoffnung, ihm etwas zu bedeuten, legte ich ihm die Hände auf den Rücken. Dass sie nur nicht zu kalt sind, dachte ich. Ich bot ihm das, was ich fürchtete, und er nahm es, recht sanft zuerst, bis er sich dann in einer kurzzeitigen Raserei verlor und ich mich gegen sein Wüten anspannte.

Nachher tat mir alles so weh, dass ich mich zusammenreißen musste, und dann erlebte ich etwas Neues – sein Gleiten in einen tiefen, schweren Schlaf. Kein verstohlener Aufbruch. Keine Eile. Kein Weinen. Nur Stille.

Grazie, Maria. Er hatte keine Scham aufkommen lassen.

7 *Florenz*

CREMEWEISSE OCHSEN, die Blumenkränze trugen und Karren mit Oliven zogen, blockierten die Straße, doch Pietro schien das nicht zu stören. »Ich mag das Tschuk-Tschuk-Tschuk, die Art, wie dieses hölzerne Geräusch von den Olivenpflückern durch die Haine dringt«, sagte er.

Vom Kutschenfenster aus sah man die Netze, die den Boden unter den Olivenbäumen bedeckten und geisterhaft vom Morgennebel umweht waren.

»Es scheint, als hätte die ganze Welt etwas draußen zu tun«, sagte ich, glücklich darüber, ein ganz normales Gespräch zu führen.

»Es ist harte Arbeit, wochenlang nach oben zu blicken. Giovanni und ich haben im Olivenhain meines Onkels gearbeitet, als wir jung waren. Anstrengend für den Nacken.«

»Wahrscheinlich genau wie für Michelangelo, als er die Decke der Sixtinischen Kapelle bemalte. Oder für meinen Vater. Er arbeitet gerade an einem Deckenfresko für Kardinal Borghese.«

»Ja, nur dass du es bei Oliven jedes Jahr aufs Neue machen musst.«

Ich freute mich jedes Mal, wenn ich ihm ein Lächeln entlocken konnte, obwohl ich immer noch Misstrauen gegen seine edle Geste hegte, mich zu heiraten. Es schien mir jedoch unhöflich, ihn nach seinen Gründen zu fragen. Konnte aus Dankbarkeit Liebe entstehen?

Während wir so dahin fuhren, aßen wir Salami, Brot, grüne Äpfel und frischen Pecorino, Schafskäse, den der Wirt der Herberge in ein Tuch geschlagen hatte. Ein einfaches Mahl. So etwas konnte ich gewiss auch zubereiten.

Ich bemerkte einen schlanken, viereckigen Turm, der hinter

einer Reihe von Zypressen seine mit Zinnen versehene Spitze wie auf einem schmalen Hals in die Höhe reckte. »Was ist das Schönste an Florenz?«, fragte ich Pietro und dachte, ich bekäme jetzt vielleicht die Beschreibung eines Malers von einer anmutigen Kirchenspitze, einer Marmorstatue oder von einem Fresko.

Er dachte einen Moment nach, schnitt ein Stück Apfel ab und hielt es mir an der Spitze seines Messers entgegen. »Die Frauen.«

»Jetzt hättest du mir genauso gut das Messer in meinen blanken Busen stoßen können.« Dabei lachte ich leise, um ihm zu zeigen, dass ich nicht verletzt war, obwohl meine Worte der Wahrheit näher kamen. Vorsichtig, um in der schwankenden Kutsche nicht ans Messer zu kommen, nahm ich das Apfelstück.

Er zuckte zusammen, als er das rohe rosafarbene Fleisch am Ansatz meiner Finger und einige schorfige Stellen bemerkte. »Es tut mir Leid«, sagte er mit Blick auf die Wunden. »Giovanni hat mir davon erzählt.«

»Glaubst du, die Narben werden jemals verschwinden?«

»Das kann ich nicht sagen.« Er lächelte schief und wies mit dem Messer auf die aufgerollten Bilder. »Wenn du weiterhin so malst und eine Menge Geld verdienst, kannst du sie mit Ringen bedecken. Du hättest aber auch einen reichen Mann heiraten können.«

»Ich habe lieber einen guten Mann.«

Er lächelte verlegen, schnitt ein weiteres Stück vom Apfel, führte es mit den Fingern an meine Lippen und sah zu, wie ich es mit den Zähnen entgegennahm.

Zwei Tage später riss am Nachmittag die Wolkendecke auf, und die Sonne streifte mit einem hellen sienafarbenen Licht die Steinbögen und Zinnen der Porta Romana, den südlichen Eingang der Stadt Florenz. Ockerfarbene Häuser mit roten Dächern und Blendläden in Zimtgelb oder Basilikumgrün säumten die Straßen. Ich spürte, wie ich genau so aufgeregt wurde wie Paola. Florenz!

»Das ist der Palazzo Pitti«, sagte Pietro mit stolz geschwellter Brust, als wir an einem steinernen Palast vorbeifuhren, der so gar nicht den Traditionen entsprach, denn alle drei Stockwerke hatten dieselbe Höhe und bestanden aus dem gleichen roh behauenen Stein. Dadurch wirkte das Gebäude eher imposant als anmutig. »*Il granduca* Cosimo de' Medici residiert hier. Großartig, nicht wahr?«

Ich nickte. »Eine schöne Farbe, so cremig. Ein eindrucksvoller Palast.« Das Eindrucksvolle wurde hier nicht durch Verzierungen oder Schnitzwerk erzeugt, sondern einfach durch die Wiederholung seiner geschwungenen Fenster. In meinen Augen wirkte das streng, aber ich wagte es nicht zu sagen. Es war rührend, wie Pietro mich beeindrucken wollte.

»Warst du jemals drinnen?«

»Nein.« Er zuckte die Achseln. »Die Medici sind auch nicht mehr, was sie einmal waren. Jetzt regiert Cosimo II., der ganz anders ist als sein Namensvetter.«

Wir gelangten über eine Brücke in die eigentliche Stadt. Gebäude, die höher waren als die in Rom, drängten die Straßen zu engen Gängen zusammen, die ihrerseits mit Eselskarren und Ständen voll Obst oder Fisch verstopft waren. Das Getrappel der Pferdehufe wurde vom Straßenpflaster hinauf zu den Steinwänden geworfen und unter den Kutschenrädern stoben Hühner auf.

Pietro bat den Kutscher, eine Runde um die Kathedrale zu fahren, den Duomo Santa Maria del Fiore. Als ich einen ersten Blick auf den gestreiften Dom werfen konnte, vergaß ich die Schlichtheit des Palastes. »Eines Tages erzähle ich dir, wie Brunelleschi den Dom erbaute«, sagte Pietro so stolz, als hätte er selbst unter Brunelleschi gearbeitet.

»Der Glockenturm steht ja einzeln da«, sagte ich, erstaunt über seine Höhe. Ich reckte meinen Kopf aus dem Kutschenfenster, um die Spitze zu sehen, was Pietro zum Lachen brachte. Die glatten Platten aus grünem, rosafarbenem und weißem Marmor leuchteten im fahlen Licht und der viereckige Turm schien wie eine überdimensionale Reliquie aus kostbaren Steinen. »Rom hat nichts dergleichen«, sagte ich in den Himmel.

»Giotto hat ihn entworfen«, sagte Pietro. »Er wurde lange vor dem Dom fertig gestellt.«

In den schmaleren Seitenstraßen hinter der Kathedrale platschten Scharen von Menschen durch die Pfützen und schrien sich den Weg frei. Überall herrschte der erstickende Gestank von Pferdedung. Sollte ich das wegen Pietros offensichtlichem Stolz auf die Stadt ignorieren?

»Benutz niemals diese Straßen«, sagte er, als wir durch die fauligen Gerüche fuhren, die von ein paar Schlachtereien ausgingen. »Die Pflastersteine sind von den Fleischabfällen so glitschig, dass die Frauen hier ständig hinfallen und sich die Knochen brechen. Mach einen großen Bogen um dieses Viertel. Ich zeige dir später die *macelleria* meines Freundes in einer anderen Straße, dann brauchst du nicht hierher zu kommen.«

In der Straße der Käsehändler roch es zwar immer noch durchdringend, aber nicht mehr so schlecht, und als wir an den Gewürzhändlern vorbeikamen, konnte ich wieder normal atmen. Hier quollen Ockergelb, Siena, Orange, Zimt und Blassgrün in allen möglichen Schattierungen aus großen Musselinsäcken auf die Straße. Die Farben meiner neuen Heimat. Auf jeder Piazza gab es eine Skulptur, in jeder Nische den Schutzpatron einer Gilde. Wohin ich auch blickte – Kunst! Ein neues Leben eröffnete sich mir.

Pietro wies den Kutscher an, den Corso dei Tintori entlang zu fahren, wo die Tuchfärber angesiedelt waren. Lange Bahnen von Wolle und Seide hingen an jedem Fenster, an jeder Dachrinne. »Die Straße ist für deine Ankunft geschmückt«, sagte er.

»Sie sehen aus wie Fahnen bei einem Umzug.« Frauen kauften und verkauften Bahnen von Seide in einem Regenbogen leuchtender Farben. »Ihre Kleider sind vielleicht raffinierter und bunter, aus feinerem Stoff, aber die Frauen selbst sind nicht schöner als die in Rom«, sagte ich mit einem Lächeln, von dem ich hoffte, er würde es für verschmitzt halten. Dann kniff ich mir wegen des Ammoniaks, der aus den dampfenden Bottichen aufstieg, die Nase zu, um ihn zum Lachen zu bringen.

Am Ufer des Flusses spülten Frauen und Mädchen schwere Schurwolle im grünlich braunen Arno. Direkt dahinter blieb die Kutsche stehen.

»Mein Haus«, sagte Pietro.

Wir stiegen vor einem cremefarbenen Steinhaus mit einem Ziegeldach und Blendläden in einem ausgeblichenen Oliv aus. Pietro öffnete das Tor zu einem kleinen Hof, in dem sich ein Feigenbaum, ein paar schiefe Geranien und ein viereckiger Brunnen befanden, der von moosbewachsenen Pflastersteinen umgeben war. Eimer und Seil verrieten mir, was ich täglich zu tun hatte.

»Ich wohne im dritten Stock«, sagte Pietro.

Ich. Meins. Vielleicht würde er eines Tages *wir* und *unser* sagen.

Ich nahm an, dass auf den unteren Etagen genau wie in Rom die wohlhabenderen Familien lebten. »Eine alte Frau namens Fina, die im vierten Stock wohnt, hat sich um meinen Haushalt gekümmert«, sagte er. Ich schätzte, damit wollte er sagen, dass dies nun ein Ende hatte.

Während Pietro und der Kutscher meine Truhe und die anderen Taschen hinauftrugen, blickte ich mich in den drei Zimmern um, die von nun an mein Zuhause sein würden. Im großen Raum, der zum Malen und Wohnen gedacht war, befanden sich drei unterschiedlich große Staffeleien und eine breite Bank, die Pietro vermutlich zum Posieren benutzte, denn auf ihr stapelten sich Kissen, Decken und Drapierstoffe. Einige Strohstühle standen um einen grob gezimmerten, langen Tisch, wo sich seine Utensilien zum Zeichnen und Malen ausbreiteten. Da ich sie nicht durcheinander bringen wollte, schob ich eine schmiedeeiserne Laterne mit Seiten aus Ölpapier beiseite, um meine Tasche abzustellen, und zog mir sofort einen Splitter vom Tisch ein.

Wo sollte ich meine Malutensilien unterbringen? Vielleicht auf dem Fensterbrett, es sei denn, ich wollte sie zu seinen auf den Tisch stellen. Würden wir in den kommenden Jahren jemals einen Zustand erlangen, in dem wir nicht mehr wussten, wessen Pinsel wir gerade benutzten?

Die Küche hatte ein Steinbecken und in einer Fassung dahinter einen Wassereimer mit einem Hahn. Ich nahm an, dass ich mit diesem Eimer das Wasser drei Stockwerke hochtragen sollte. Oder würde er das tun?

Das dritte Zimmer hatte eine niedrige, geneigte Decke, sodass wir uns in mehr als der Hälfte des Raums bücken mussten. Darin standen ein Bett mit einer Strohmatratze, zwei niedrige Truhen und ein Ständer mit einer Wasserschüssel. Die Böden waren im Fischgrätenmuster mit Terrakotta gefliest. Auf der Seite des Bettes, wo er seinen Umhang hingeworfen hatte, befand sich ein kleines, dünnes Ziegenfell auf dem Boden, die andere Seite aber war leer. Ich wünschte, ich hätte noch mehr von Mutters Sachen mitgebracht, vor allem ihren kleinen Teppich und ihren Feldstuhl im römischen Stil. Er hatte ein Kissen. Hier hatte nichts ein Kissen.

Alle Wände im Haus waren verputzt und mit ungerahmten Bildern bedeckt – Die Heilige Familie, Mariä Verkündigung, die heilige Theresa in Ekstase – die Frauen darauf allesamt sinnlich und in extravagante Stoffe von satten, leuchtenden Farben gehüllt. Auf einem Bild, das Mariä Verkündigung darstellte, zeigten Marias Augen keinerlei besonderen Ausdruck, als ihr die Botschaft von der Geburt des Messias übermittelt wurde. Ich hätte ihnen einen erstaunten Ausdruck verliehen, indem ich sie ein bisschen runder und die Iris ein bisschen heller gemalt hätte, um die Aufmerksamkeit darauf zu lenken. Seine Farbmischung würde durch den Bernsteinfirnis verbessert werden, doch hatte ich schon zu viel darüber gesprochen.

Seine Bilder bedeckten jede Wand, manchmal hingen sogar

zwei übereinander. Wo würde Platz für meine sein? Wenn ich Glück hatte, wenn meine Fähigkeiten für diese Stadt der Künstler ausreichten, dann würden meine Bilder nicht an unseren eigenen Wänden hängen.

»Florentinische Modelle?«, fragte ich, als er die letzten Taschen hinaufbrachte.

»Natürlich.«

»Na gut. Ich gebe es zu. Sie sind wunderschön.«

Obwohl er nur lächelte, wusste ich doch, dass ihm das gefiel. Ich hatte eher die Frauen als die Bilder gemeint. Wer waren sie? Blickte ich auf eine seiner Liebesgeschichten – oder sollte ich sie Verbindungen nennen? Die Frauen blickten zurück und behielten ihr Geheimnis, das ich wohl nie erfahren würde, für sich. Im Augenblick machte dieses Geheimnis Pietro zumindest interessant.

Er öffnete die Fensterläden in allen Zimmern und dazu die Flügeltüren zum schmalen Balkon, der auf den Arno hinausging. Wir traten nach draußen. Auf der anderen Seite drängten sich die schlichten, niedrigen Behausungen der Arbeiter auf den grünen Uferhügeln. Das Glucksen des Wassers, das über einen flachen, diagonalen Steindamm strömte, wirkte beruhigend.

»Denk nur! Eines Tages fließt dieses Wasser ins Meer und dann kann es überallhin in der Welt fließen und jetzt sehen wir es direkt vor uns. Es ist eine wunderschöne Aussicht.«

»Das wirst du nicht sagen, wenn der Fluss stinkt. Aber es hilft, wenn man etwas Zucker oder Zimt verbrennt.«

Sein kleiner Rat in Haushaltsdingen war rührend.

Wir blickten auf die Paare, die Arm in Arm auf dem Weg, der unser Haus vom Flussufer trennte, einen frühen Abendspaziergang unternahmen. Mich beschlich wieder die Scham darüber, wie unsere Heirat zustande gekommen war, und ich wünschte, Pietro und ich hätten uns aus Liebe füreinander entschieden, so wie andere Männer und Frauen es neuerdings taten. Die Wehmut darüber hatte sich wohl auf meinem Gesicht gespiegelt. Jedenfalls zog er mich, als hätte er meine Gedanken gelesen, zurück in die Wohnung, durch das große Zimmer ins Schlafzimmer, kippte mich unter der niedrigen Decke nach hinten und senkte mich aufs Bett. Mit seinem amüsierten, schiefen Lächeln löste er die Schnüre meines Mieders und enträtselte rasch das Geheimnis meines Rockverschlusses. Unser Liebesakt war wortlos und schnell, nur ein kurzer Augenblick der Nähe.

Gemeinsam und unbedeckt schliefen wir ein. Als er seine Lage veränderte, wachte ich verwirrt auf und erinnerte mich erst nach einem Augenblick, wo ich war. Meine Augen wanderten über seinen Körper, der vom Mondlicht durch das Fenster beleuchtet wurde. Der gerade Kamm seines Rückgrats, die sanft geschwungene Linie seines Rückens, das Grübchen in seinem Gesäß – alles an ihm war überraschend, schmerzhaft, unsäglich begehrenswert. Ich wagte es, ihn an der Seite zu berühren. Seine Haut war kühl. Liebe konnte es nicht sein, was ich so früh verspürte, doch Bewunderung für die Schönheit seiner Gestalt, die mich erzittern und schlaflos daliegen ließ. Wenn ich zusätzlich zu allem auch noch Liebe erfahren sollte, würde mein Herz wohl zerspringen.

Ich entdeckte in den darauf folgenden Wochen, dass Pietro entweder heiß oder kalt war, entweder vollkommen bei mir oder an einem fernen, unerreichbaren Ort. Dann aber lag ich zitternd unter meiner Decke, um nicht wie eine Närrin zu wirken, wenn er mich zurückwies, nachdem ich mich ihm dargeboten hatte. Seine Wandlungen ließen mich nicht frei und ohne Angst die Zeiten genießen, in denen er vollkommen mein war.

Graziela hatte mich gewarnt, nicht an Illusionen zu glauben. In meinem ersten Brief an sie schrieb ich:

Ich vertraue ihm nur von einem Tag zum nächsten und versuche, nicht dem Charme unerprobter Liebe zu verfallen. Selbst wenn ich Anzeichen von Zuneigung bei ihm sehe, ist es mög-

*lich, dass er mich nur zum Mahlen seiner Pigmente und zum
Reinigen seiner Palette und seiner Kniehose braucht. Ich will
keine weiteren Narben von einem Mann, und seien sie auch
unsichtbar. Richte Paola aus, dass sie Recht hatte. Die Stadt ist
prächtig, reich an Kunstschätzen und Möglichkeiten. Was das
betrifft, so bin ich sehr glücklich.*

Con amore,
Artemisia

An Vater aber schrieb ich einfach:

*Danke. Ich bin voller Hoffnung. Florenz hat viel Schönes zu
bieten.*

Die schönsten Stunden mit Pietro waren die am Sonntagnach-
mittag, wenn wir zusammen die Kunstschätze der Stadt besichtigen gingen. Jede Woche entschied Pietro aufs Neue, was
er mir zeigen wollte, ohne es mir vorher zu sagen. Er wollte
mich überraschen. Genau dieser spielerische Aspekt seiner Re-
serviertheit faszinierte mich. Sonntags erwachte ich stets mit
Vorfreude auf das, was ich Neues sehen würde – ein Thema,
eine Komposition, eine Geste oder eine Interpretation. Wenn
ich meine Augen nutzte und mich zwang, langsam zu gehen
und in nachdenkliche Betrachtung zu versinken, würde ich etwas Wunderbares entdecken. Auf diese Weise lernte ich Florenz kennen.

In seinen neuen Kleidern, dem Wams und der Kniehose, den
Schuhen und einem Hut aus gekräuseltem, purpurfarbenem
Samt, wirkte Pietro, als er mir den Arm bot, wie ein Höfling,
der sich freut, die Schätze seiner Heimatstadt zu zeigen. Er
erzählte mir Geschichten und kleine Begebenheiten, die die
Künstler menschlich erscheinen ließen – dass Ghiberti und
nicht Brunelleschi die Ausschreibung für die Türen des Bapti-
steriums gewann, dass Brunelleschi im Zorn die Stadt verließ
und nach Rom ging, um die antiken Ruinen zu studieren und

zu vermessen, dass Donatello, sein Geliebter, der ihn nach Rom begleitete, ihn Pippo nannte, dass Brunelleschi die anderen Florentiner Architekten herausforderte, ein Ei auf der Spitze stehen zu lassen, dass er bewies, wie gewitzt er war, weil er das spitze Ende an einem Tisch anschlug, gerade so leicht, dass das Ei aufrecht stand, dass ihm dies den Auftrag für die selbsttragende Kuppel über der Öffnung der Kathedrale einbrachte, welche über fünfzig Jahre lang nicht geschlossen worden war. Und dass Michelangelo es bedauerte, Vittoria Colonna, den Lichtblick und Trost seiner späten Jahre, nur auf die Hand und nicht auf den Mund geküsst zu haben, als sie starb. Durch Pietros Geschichten wurde Florenz für mich lebendig.

»Masaccio war ein Bär von Mann, der mit siebenundzwanzig Jahren starb«, sagte er, als wir eines Sonntags in die Klosterkirche Santa Maria del Carmine eintraten. Drinnen führte er mich zu einer kleinen Seitenkapelle, deren Wände mit Fresken versehen waren. »Dies ist die Brancacci-Kapelle, benannt nach Masaccios Gönner.«

Ich stand wie angewurzelt vor Masaccios *Vertreibung von Adam und Eva aus dem Paradies*. Vor einem schlichten, braunen Hintergrund ohne Hinweis auf einen Garten bedeckte Adam sein gesenktes Gesicht mit beiden Händen. Eva hatte ihre Augen, zwei wunde Höhlungen, fast vollständig zugekniffen, und ihr offener Mund stieß einen angsterfüllten Schrei aus, dessen Echo durch die Zeiten hindurch bis in mein Herz drang. Die Qual ihrer Scham bewegte mich so, dass mir die Knie zitterten. Ich hielt mich an der Steinbalustrade fest. Die Kluft der Jahrhunderte zwischen Eva und mir spürte ich nicht.

»Ich möchte sie in die Arme nehmen, um sie zu trösten«, sagte ich leise.

»Michelangelo, Raffael und Botticelli saßen genau hier und machten Skizzen von diesem Fresko«, sagte Pietro so beiläufig, als hätte er vor mehr als hundert Jahren bei ihnen gesessen.

Als wir zusammen ins Bett fielen, konnte ich mich an nichts mehr von dem erinnern, was wir an diesem Tag noch gesehen hatten. Ich konnte auch nicht schlafen. Durch die Dunkelheit hindurch starrte ich auf Evas gequälten Gesichtsausdruck. So war es wohl, sich vollkommen von Gott verlassen, abgewiesen und isoliert zu fühlen. Was ich auch durchgemacht hatte, ich hatte doch nie solch verheerende Verzweiflung gespürt.

Pietros Atemrhythmus drängte mir Evas Schmerz immer mehr auf, sodass ich nicht still liegen konnte, sondern mich unruhig hin und her warf. Pietro wachte auf. »Was ist los?«, murmelte er.

»Ich kann nicht einschlafen. Ich muss immer an Eva denken.«

Er drehte sich um und zog mich zu sich, als würde sein schützender Arm mich beruhigen. »Versuch, nicht daran zu denken, *amore*.« Wir atmeten im gleichen Rhythmus in die Dunkelheit, bis ich spürte, wie sich sein Glied an mich drängte. Nein, dachte ich. Nicht jetzt. Wie sollte ich können, jetzt, da ich von Evas Qualen verfolgt wurde, die dadurch verursacht worden waren, dass sie ihrem Verlangen nachgegeben hatte?

Dann zuckte es überraschend und flüchtig in mir, ich spürte einen unwillkürlichen Krampf tief in meinem Innern. Pietro drehte mich in die gewünschte Position und schaukelte mich, lockte mich so lange, bis ich Evas Qual in den Hinterkopf verbannte und mich eine süßere Qual überkam. Danach schliefen wir eng umschlungen ein.

Monate später, als ich eines Morgens allein die Pinsel mit Lösungsmitteln reinigte, überkam mich plötzlich eine Welle der Übelkeit. Der Gestank war überwältigend. Ich öffnete die Fenster, doch ich hielt es keinen Moment länger aus, schaffte es nicht mehr, die frische Luft einzuatmen. Sie war ohnehin nicht frisch. Sie stank nach dem Fluss. Ich ließ mich auf einen Stuhl sinken und umklammerte die Lehnen. Ich hatte einen schrecklichen Geschmack im Mund. Das Zimmer verschwamm vor meinen Augen. Ich rannte zum Spülbecken und übergab mich.

Seit ein, zwei Monaten wartete ich schon auf meine Blutung. Auch wenn ich gewusst hatte, dass es irgendwann einmal passieren würde, war ich doch verblüfft, dass es nun tatsächlich eingetreten war. Ein Baby. Ich bekam Angst. Was, wenn Pietro …? Ich wollte diesen Gedanken noch nicht einmal in Worte fassen.

Hatte meine Mutter im Augenblick der Vorahnung auch diesen seltsamen Schwindel, dieses Schwellen gefühlt – nicht nur im Bauch, sondern auch am Hals und hinter den Augen? Doch sie war im Kindbett gestorben, in einem Bett voller Schreie und Blut. Ich war damals zwölf und zu Tode geängstigt gewesen. Ich hatte all das gesehen. Und glühte vor Zorn über Vater, der sie umgebracht hatte, so schien es mir damals, und schwieg monatelang, bis Paola und Graziela mit ihrer Liebe meine Erstarrtheit überwanden und ich wieder aufzuleben begann.

Daran durfte ich nicht denken. Ich wollte ein Kind, und ich wollte, dass auch Pietro ein Kind wollte. Ich würde es ihm noch nicht erzählen. Erst, wenn ich ganz sicher war.

Und so geschah jeden Tag dasselbe: Ich erbrach mich beim Geruch von Lösungsmitteln, selbst bei Leinöl. Ich konnte meine Farben nicht mehr mischen. Aber abends ging es mir prächtig. Ein paar Wochen später meinte ich, dicker geworden zu sein, dazu waren meine Brüste entschieden empfindlicher als sonst. Es musste stimmen.

Also hieß es, Vorbereitungen zu treffen. Ich wusch mir das Gesicht, zog mich an, band mein Haar in einem Knoten zusammen und befestigte ihn, an diesem bedeutsamen Tag, mit dem Haarschmuck meiner Mutter. Ich rollte meine *Susanna*, meine *Judith* und meine *Lautenspielerin* auf und verschnürte sie mit einem Band. Ich wusste nicht, wann mein Bauch anschwellen würde, und einigen Leuten würde es wohl unverständlich oder gar lächerlich erscheinen, wenn ich mich sichtbar schwanger als Malerin vorstellte. Ich hatte der Akademie vier fertige Bilder von mir zeigen wollen, doch jetzt hatte ich noch nicht einmal die Judith fertig, geschweige denn andere große Bilder. Ich hatte ein paar Studien, doch da ich nicht mit einem Modell gearbeitet hatte, fehlte ihnen jegliche Individualität.

»Ob ich nun fertig bin oder nicht, es muss jetzt geschehen«, teilte ich Pietro mit.

Er wusste, warum ich die Bilder zusammenrollte. Die Accademia. Wir hatten schon darüber gesprochen, da ich jedoch Schwierigkeiten hatte, meine geheimsten Hoffnungen mit ihm zu teilen, hatte ich nicht viel gesagt.

»Warum jetzt?«

»Es gibt einen Grund. Ich werde ihn dir morgen verraten. Versprochen.«

Er warf mir einen düsteren Blick zu, den ich nicht verstand. Als ich die Tür öffnete, fragte ich mich, ob ich einen Fehler beging.

»Verrate ihn mir jetzt.«

Wenn ich das tat, ließ er mich vielleicht nicht gehen. Ich wollte, dass die Akademie und das Kind in seinem Kopf getrennt voneinander bestanden. Also musste ich ihn vertrösten. Ich stellte die Leinwandrollen an der Tür ab, ging zu seinem Platz, beugte mich über ihn und fuhr ihm mit den Fingern durch die Locken, so wie er es mochte. Ich küsste ihn aufs Ohr und flüsterte: »Es ist eine Überraschung. Nur für dich.« Er griff spielerisch nach mir, doch ich wich ihm aus, schnappte mir die Leinwände und glitt aus der Tür.

Unten am Tor suchte ich nach guten Vorzeichen, die mich beruhigen sollten. Die Geranien explodierten in scharlachroten Blüten. Ein Finkenpärchen, das in unserem Feigenbaum zwitscherte, trieb mich vorwärts. Ebenso die Glocken von Santa Croce. Über mir spannte sich der Himmel wie glatte Seide in einem hellen Azur. Die Luft selbst war sonnengetränkt und leuchtete golden. Alles schien gesegnet.

Mit den Bildern unter dem Arm und einem Kind im Bauch trat ich hinaus auf die Straße, in das Gewimmel der Bäckerjungen, die Bretter mit Brotlaiben auf ihrem Kopf balancierten, der Handkarren voller Feigen, Weintrauben und Melonen, der fliegenden Händler, die lautstark Kochtöpfe und Messer anpriesen. Das Knallen von Peitschen und Rattern von Rädern, die über die unebenen Pflastersteine fuhren, erfüllte mich mit der Geschäftigkeit der Stadt. Meiner Stadt. Der Stadt von Masaccio, von Fra Angelico, Michelangelo und mir. Artemisia Gentileschi. Vielleicht würde ich mich Artemisia Lomi nennen, nach meinen Vorfahren.

Je näher ich dem Zisterzienserkloster im Borgo Pinti kam, wo die Accademia dell'Arte del Disegno untergebracht war, desto schwerer wurde es für mich, Pietros Blick aus meinem Gedächtnis zu verbannen. Ich musste in einem Vorzimmer warten, an dessen Wänden kleine Bilder vom heiligen Lukas, dem Schutzpatron der Künstler, aufgereiht waren. Ich versuchte, sie zu studieren, konnte mich aber nicht konzentrieren. Nun, da ich wirklich hier war, war mir gleichzeitig heiß und kalt vor Aufregung. Zum ersten Mal würde ich meine Arbeit Fremden zeigen, auf mich allein gestellt und ohne Vaters Unterstützung. Ich musste für mich selbst sprechen. Also ging ich im Kopf durch, was ich sagen wollte.

Ein dicker Amtsträger mit teigigem Gesicht trat zu mir. Er trug ein Hemd aus grünem Damast ohne Wams darüber, so als wäre er zu Hause. »Ja, Signorina?«

»Ich bin Artemisia Gentileschi aus Rom. Mein Vater ist Orazio Gentileschi. Wenn Ihr so freundlich wäret, ich habe hier ein paar Bilder zu zeigen.«

»Ah ja, Signor Gentileschi. So viel ich weiß, war er ein guter Freund von Michelangelo da Caravaggio.«

»Ja, das war er. Ich habe ihn auch kennen gelernt, bevor er starb.«

»Unter mysteriösen Umständen, möchte ich hinzufügen. Höchst wahrscheinlich erwischte es ihn, als er um sein Leben rannte, nachdem er jemanden im Streit um eine Hure erstochen hatte. Er war gespornt und gestiefelt und trug Schwert und Dolch wie ein Brigant. Kam ständig ins Gefängnis, weil er

Ärger mit der Polizei hatte oder die päpstliche Garde beleidigte. Und Ihr sagt, Ihr kanntet ihn gut?«

»Nein, nicht gut. Ich war noch ein Kind, Signore. Mein Vater ...«

Ich wechselte meine Leinwandrollen von einem Arm auf den anderen, um den Mann zur Kunst zurückzubringen.

»Ihr Vater schickt seine Tochter, um uns seine Bilder zu zeigen? Warum kommt er nicht selbst?«

»Nein, Signore. Es sind nicht seine. Sondern meine. Ich bin auch Malerin.«

Seine Stirn legte sich in Falten. Er nickte kurz und ungeduldig, und ich entrollte die Leinwände auf einem langen Holztisch mit einer Haltevorrichtung am einen Ende, wo ich sie befestigte. Er stellte den Tisch senkrecht und trat zurück, um besser zu sehen, sagte jedoch nichts. Er litt an einem nervösen Zucken im Nacken, was ich aus Höflichkeit zu ignorieren versuchte. Dann starrte er auf meine Hände.

»Einen Augenblick.«

Ich setzte mich und wartete, bis er mit einem dünnen Mann zurückkam, dessen fahlbrauner Bart wie ein Spaten zugeschnitten war. Unhöflicherweise flüsterten sie in meiner Gegenwart. Dann blickte der dünne Mann mit seinen Augen, die das stumpfe Braun von Weinbergschnecken besaßen, ebenfalls verstohlen auf meine Finger. Ich befahl meinen Händen, sich nicht zu bewegen. So also lief der Hase. Sie wussten Bescheid. Die Welt der Künstler war wirklich klein. Das bewies mir nur, dass ich einen Auftrag bekommen musste, bevor mein Bauch anschwoll. Sonst würde ich sie nur in ihrem Urteil bestätigen und die römischen Beschimpfungen würden mir bis hierher folgen. Ich faltete die Hände über meinem Bauch.

Der dünne Mann sagte: »Ich bin Signor Bandinelli, *luogotenente* der Accademia. Mein Sekretär sagt, Ihr hättet diese Bilder mitgebracht. Warum wollt Ihr sie uns zeigen?«

Ich stand auf. »Warum? Natürlich um zugelassen zu werden.«

»Es sind Eure? Zur Gänze von Euch gemalt?«

»Ja, Signore.«

Er wandte sich dem Tisch zu, um sie zu studieren. Nach einer Weile räusperte er sich. »Die meisten weiblichen Maler, die professionelle Wertschätzung anstreben, erachten eine konservative Nachahmung der Alten Meister als ausreichend für ihre Hoffnungen. Solch ausdrucksvolle Einzigartigkeit anzustreben« – er wies mit seiner Hand auf meine Judith – »mit solcher *invenzione*, könnte Euer fragwürdiges Werk ebenso gefährden wie Euer beispielloser Antrag, als Frau in unsere Accademia aufgenommen zu werden.«

»Welchen Sinn hat die Wiederholung?«, fragte ich.

»Den Sinn, Signorina, dass bewusste Extravaganz in Bezug auf biblische Themen deren spirituellen Gehalt mindert.«

Blick ihnen in die Augen und zeige keine Furcht, hatte Graziela gesagt. »Vielleicht sind die großen Momente, die verdienen, von der Kunst verherrlicht zu werden, nicht nur Momente *spiritueller* Größe.« Was war in mich gefahren, dass ich ihm widersprach? Nach kurzem Überlegen lächelte ich ihn süßlich an.

Bandinelli nahm sich Zeit, um Judith und ihre Magd Abra gründlich zu studieren. Er konnte nicht übersehen, dass dies keine schwachen Frauen waren, die nur durch die Intervention Gottes Kraft bekamen. Er musste ihre starken Arme sehen und anerkennen, dass sie selbst das Geschehen unter Kontrolle hatten, Abra, die Holofernes' Arm niederdrückte, während Judith ihn bei den Haaren festhielt. Ausgehend von Pietros erster Reaktion wusste ich, dass Männer einen solchen Anblick nicht gerade gern sahen.

»Das ist also der Einfluss von Caravaggio? Der Schatten auf ihrem Gesicht?«, fragte der Sekretär.

»Ja. Wegen des dramatischen Effekts. Damit die Aufmerksamkeit auf die erhellte Seite gezogen wird. Und damit man auf einen geheimen Akt schließt.«

Einen Augenblick hasste ich mich, dass ich erklärte, was doch wohl offensichtlich sein musste.

Sie übergingen die *Lautenspielerin* ohne weiteren Kommentar und starrten mit derselben Lüsternheit auf die nackte Susanna wie die alten Männer, erregt wohl auch von dem Gedanken, dass das Bild von einer Frau mit beflecktem Ruf gemalt worden war. Signor Bandinelli runzelte die Stirn, als wollte er einen Gedanken fassen. Das Bild war offenbar einfach zu neuartig. Der Fokus lag hier nicht auf den lüsternen Alten, die, wie in all den anderen Bildern Susanna im Bad angafften, er lag nicht auf der hämischen Freude der Männer über ihre Eroberung, während Susanna auf das Unvermeidliche wartete. Offensichtlich wollte Signor Bandinelli nicht zugeben, dass das wahre Thema dieses Bildes Susannas Angst war.

»Für einen weiblichen Maler ist es unnötig, Originalität in der Interpretation zu erlangen, vielleicht sogar gefährlich«, sagte er und blickte den rundgesichtigen Mann Beifall heischend an.

»Gefahr ist mir nicht fremd, Signore«, sagte ich, bevor der Sekretär zustimmen konnte.

Ich nickte den beiden kurz zu, und als sie wortlos zurücknickten, rollte ich die Leinwände auf und wartete einen Moment, um ihnen die Gelegenheit zu geben, etwas auch nur halbwegs Ermutigendes zu mir zu sagen.

Doch sie blickten mich nur ausdruckslos an.

»Ich bin sicher, wir werden uns wiedersehen«, sagte ich und ging mit bebendem Herzen zur Tür hinaus.

8 Palmira

PIETRO BLICKTE von seiner Skizze auf, kaum dass ich in der Tür stand. Langsam und ohne ein Wort legte er seine Zeichenkohle nieder. Ich ließ die aufgerollten Leinwände auf den Boden fallen und schob sie mit dem Fuß zur Wand. Dann ging ich in die Küche und starrte auf das Stück Brot, das vom Frühstück übrig geblieben war. Pietro kam hinter mir her, legte mir die Hände auf die Schultern und tätschelte sie ein paar Mal, als wollte er ein schmollendes Kind beruhigen. Ich riss das Stück Brot in zwei Stücke.

»Was hast du erwartet? Bis jetzt hat noch kein florentinischer Mäzen eines deiner Bilder gekauft und in der Akademie ist noch nie eine Frau aufgenommen worden.«

Ich wirbelte herum, um ihm ins Gesicht zu sehen. »Aber es wäre möglich. Kein Gesetz spricht dagegen.«

Sein schiefes, wissendes Lächeln bewirkte, dass ich mir wie eine Närrin vorkam. Wie unerhört: eine Frau, die malte. Wie seltsam. Wie drollig. Sie dachte gar, die Akademie würde sie aufnehmen. Dummes Weib. Wenn er mit seinen Freunden in der Taverne saß, konnte er darüber lachen und das alte Sprichwort zitieren: »Eine Frau ist wie ein Ei. Je mehr sie auf die eine oder andere Weise geschlagen wird, desto besser wird sie.«

Ich bereitete ein karges Abendessen und ging in bitterem Schweigen frühzeitig zu Bett.

Als ich nach einer unruhigen Nacht am nächsten Morgen erwachte, blieb ich im Bett liegen und grübelte über das, was in der Akademie geschehen war, und darüber, was ich wohl Falsches gesagt hatte. *Weiblicher* Maler, hatten sie gesagt. *Sind sie zur Gänze von Euch gemalt?* Als hätte mir mein Vater die

Hand geführt, während ich den Pinsel hielt. Vor lauter Enttäuschung wurde mir übel und dann fiel es mir wieder ein: ein Kind. Wärme durchflutete mich und wirkte der Übelkeit entgegen, eine überraschende und mir ganz fremde Vorfreude. War dies das Wachsen und Drängen des Mutterinstinkts? Nie zuvor hatte ich dieses Gefühl gehabt, hatte mich nie nach einem Kind gesehnt wie einige andere Frauen, doch nun, da es da war, ganz eindeutig da, glühte ich vor ängstlicher Hoffnung, dass auch Pietro darüber glücklich sein würde.

Als Pietro sich rührte, zog ich seine Hand auf meinen Bauch und sagte leise: »Wie wäre es wohl für einen Sohn, wenn er vom Vater *und* von der Mutter malen lernen würde? Von beiden gemeinsam?«

Pietro fuhr in die Höhe. »Ist das die Überraschung?«

»Mhm, vielleicht. Wir wären die erste Malerfamilie in Florenz.«

»Du meinst ein Kind? Wann? Bald? Ein Sohn. Ich werde einen prächtigen, strammen Sohn haben.«

»In einem halben Jahr, schätze ich.«

»Wir müssen alles vorbereiten.«

Ich lachte. »Jetzt noch nicht.«

»Wir werden ihn Pietro Giovanni Andrea Filippo Leonardo Michelangelo Stiattessi nennen. Das ist ein prächtiger Name für einen prächtigen Sohn.«

Seine Aufregung und meine Erleichterung darüber verbannten die Enttäuschung über die Akademie in den hintersten Winkel meines Kopfes.

In einer Art Glühen, das mich umgab, versuchte ich, so viele Bilder wie möglich in dem noch verbleibenden halben Jahr fertig zu stellen, doch das Lösungsmittel verursachte mir jedes Mal Übelkeit, an manchen Tagen konnte ich überhaupt nicht arbeiten. Ich wollte dem keinerlei Bedeutung beimessen, obwohl es doch wie ein schlechtes Omen erschien: Mutterschaft gegen Malerei. Pietro brachte das Bild, an dem er arbeitete, mitsamt Pinseln und Farben zur Fertigstellung in das Atelier eines Freundes, damit der Geruch mich nicht weiter störte.

Als Pietro eines Tages das Haus verließ, entdeckte ich, dass ich malen konnte, wenn ich mir ein Dreieck aus Stoff vor Mund und Nase band. So fand mich Pietro, als er nach Hause kam.

»Nimm das ab«, sagte er harsch.

»Warum? Damit rieche ich das Öl und das Lösungsmittel nicht so stark.«

»Nimm das ab.« Er blickte mich nicht an.

Ich verstand nicht, was ihn so aufbrachte. Doch seine finstere Miene schreckte mich ab, ihn zu fragen. Wollte er nicht, dass ich weitermalte? Ich brachte Pinsel, Palette, Leinöl und Lösungsmittel auf den Balkon, schloss die Tür und band das Tuch los.

»Ich möchte dich nie wieder so sehen.«

Ich ging in die Küche, holte Pasta mit Auberginen und dicke Bohnen in Öl für das Abendessen, hatte jedoch nicht die mindeste Lust, etwas zu essen. Ich breitete die Kissen auf der Posierbank aus, ließ mich darauf nieder und legte mir die Hand auf den Bauch, um eine flatternde Bewegung zu erspüren. Während er aß, schwiegen wir beide.

»Es ist doch nur, weil ich unbedingt malen möchte«, sagte ich leise.

Dann hörte ich, wie sein Löffel klappernd auf den Tisch fiel. »Als ich ein kleiner Junge war, legten meine Mutter und all die Frauen, die nicht die Stadt verlassen konnten, beim ersten Anzeichen der Seuche Tücher wie deines an. Als ich sie das letzte Mal sah, trug sie auch eines und küsste mich durch dieses Tuch hindurch, bevor mein Onkel meinen Bruder Giovanni und mich wegbrachte.«

Ich würgte an meiner Spucke. »Das wusste ich nicht.« Schweiß floss mir in einem dünnen Rinnsal die Schläfe entlang. »Es tut mir Leid. Ich werde es nie wieder tun.«

Er kam herüber zur Bank, blickte zu mir herab und nahm meine Hand. »Ich war nur schockiert. Ich wollte nicht …«

»Ich verstehe schon. Ich kann ohnehin vor lauter Rückenschmerzen nicht mehr an der Staffelei stehen.«

Am nächsten Tag zeichnete ich im Bett, balancierte meinen Zeichenblock auf dem Bauch und nutzte ein Bild von Pietro, das an der gegenüberliegenden Wand hing, als Vorlage. Als er nach Hause kam, brachte er eine Holzwiege und eine Decke mit. Er stellte sie neben mir ab, setzte sich aufs Bett und stieß die Wiege an. Beide, Wiege und Decke, waren gebraucht, das konnte ich sehen, aber in meinen Augen waren sie Vorzeichen des kommenden Glücks.

»Was ist das? In der Wiege?«

Eingeschlagen in die Decke lag ein irdenes Gefäß mit einem Korkverschluss. Er hob es heraus.

»Was ist das?«, fragte ich.

Er grinste und gab es mir. »Rate mal.«

Ich schüttelte es ein wenig.

»Nein! Lass das. Der Verschluss könnte sich lösen.«

»Etwas zu essen?«

»Nein.«

»Etwas zu essen für das Baby?«

»Nein. Mach es mal auf.«

Ich hob den Korken. Im Gefäß befand sich feiner gelblicher Puder. »Es riecht nach Blumen. Ist es fürs Baby?«

Da stand Pietro auf, beugte sich vor, streckte das Gesäß heraus und zeigte darauf. Es sah so komisch aus, dass ich lachen musste, obwohl mir der Rücken wehtat. »Wenn es wund wird, reibst du Olivenöl drauf und streust den Puder darüber«, sagte er und beschrieb Gesten in der Luft, als würde er es über sein Hinterteil streuen und einreiben.

»Woher hast du es?«

»Aus der Apotheke. Franco nennt es Wundpulver.«

»Woher weißt du so viel?«

Er grinste, zuckte mit den Schultern und hob sein Kinn. »Ich schätze, ich bin einfach klug.«

Es war ein seltsames Gefühl, dass er mehr wusste als ich.

»Ich wünschte, ich könnte mehr tun, als einfach nur hier herumzuliegen«, sagte ich und versuchte, mich bequem auf eine Seite zu legen, doch das war auch nicht besser. Pietro hatte versucht, mich in den vergangenen Wochen zu beschäftigen, indem er immer neue Bilder an der Schlafzimmerwand befestigte, doch selbst das Zeichnen war mühsam geworden, und die letzten Tage hatte ich nur noch versucht, eine halbwegs bequeme Lage zu finden.

»Wenn das Baby erst mal da ist, hast du so viel zu tun, dass du dir einen Tag im Bett wünschen wirst.«

Es musste bald kommen. Es war nur noch eine Frage von Stunden. Jeden Tag war die Angst in mir hochgekrochen und hatte gegen meinen Bauch gedrückt, jetzt brauchte ich meine ganze Kraft, um sie zurückzudrängen. Ich blickte auf Pietro, der mit eingezogenem Kopf hin und her hüpfte wie eine Krähe auf dem Fensterbrett.

»Bleib stehen!« Ich streckte meine Hand aus, und er trat zu mir, um sie zu halten, dabei zwang ihn die niedrige Decke, seinen Kopf zu beugen. Ich wollte ihn mir noch einmal genau ansehen, für den Fall, dass es das letzte Mal war.

»Soll ich nach ihr schicken?«, fragte er erneut.

»Nein.« Er meinte die Hebamme. Der Nachbarjunge wartete im Hof, um sie zu holen.

»Vielleicht geht es mir besser, wenn ich aufstehe.« Er half mir hoch, und wir gingen langsam ins große Zimmer. Plötzlich strömte eine warme Flüssigkeit an meinen Beinen herab. Ich war peinlich berührt und verkroch mich wieder ins Bett. Nach einer Weile war es, als würde mich eine riesige Hand in meinem Innern gleichzeitig zusammendrücken und auseinander reißen. Ich stöhnte, bis es vorbei war.

Pietro kniete sich neben mich und wischte mir mit einem kühlen Tuch über die Stirn. »Du bist tapfer, *amore*.«

»Nein, bin ich nicht.« Ich war gereizt. Als wäre Tapferkeit etwas Einfaches. »Ich bin überhaupt nicht tapfer. Ich habe keine andere Wahl.«

»Dann bist du tapfer, weil du keine andere Wahl hast.« Er lächelte schwach, und ich wusste, er meinte es gut.

»Ich will dieses Baby, Pietro.«

Die riesige Hand drückte, riss und ließ von mir ab, über eine Stunde lang, wieder und wieder. Dann überwältigte mich ein Schmerz, gegen den der vorherige wie ein bloßes Zucken gewesen war. Ich spannte mich dagegen an. Als ein noch schlimmerer direkt danach kam, schrie ich: »Jetzt! Lass sie jetzt holen!«

Pietro sprang auf, stieß sich den Kopf an einem Balken, rannte durch die Tür und rief etwas zu dem Jungen hinunter. Er war zurück, bevor der Schmerz nachließ. Angst ergriff mich.

»Wenn das Blut kommt und nicht aufhören will ... wie bei Mutter ... wenn es ein Junge ist ... und auch wenn es ein Mädchen ist. Papa hat mir schon ganz am Anfang die Namen der Farben beigebracht. Ah ... Alizarinrot. Venezianischrot. Scharlach. Krapp. Es stammt aus einer Pflanze, sagte Papa. Zinnober. Vom spanischen Cinnabar. Pozzuolirot. Von einem Vulkan bei Neapel. Tizianrot. Wenn ... wenn ich nicht mehr bin, bringst du es ihm bei. Oder ihr. Bring es ihr trotzdem bei, Pietro.«

Er nahm meine Hand. »Du wirst es ihr beibringen. Da bin ich sicher.«

»Wenn ich sterbe, wenn ich sterbe, Pietro, gib Vater meine Bilder. Nein. Nicht ihm. Er kann sie sich ansehen. Ich will, dass er sie sich ansieht. Gib sie Mutter. Nein, das war falsch. Grazie... ahh ...ela.«

»Sprich jetzt nicht.«

»Eines für sie. Eines für Paola. Der Rest für dich.«

Dann kamen die Hebamme und ihre Helferin und brachten einen Holztrog und einen Geburtsstuhl mit Griffen, Riemen und einem Loch im Sitz mit. Er sah aus wie ein Folterinstrument der Inquisition. Ich schloss die Augen.

»Gehen Sie jetzt, Signore«, sagte die Hebamme. »Machen Sie Feuer.«

Ich schrie, weinte und presste.

»Nein. Noch nicht pressen«, befahl die Hebamme. »Es ist noch ein langer Weg.«

Über Stunden versuchte ich zu tun, was sie sagte, versuchte, nicht zu pressen, flehte sie an, mich pressen zu lassen, und ruhte mich dazwischen aus. Wieder und wieder. Ich wusste nicht, wo Pietro war. Es war mir gleichgültig. Ich hörte mich schreien, wann immer der Schmerz kam. Würde das ewig so weitergehen?

»Macht ein Ende damit«, brüllte ich. »Gebt mir etwas. Ich weiß, Ihr könnt dem ein Ende machen!«

»Nein, mein Kind. Ihr seid auf die Welt gekommen, um diesen Schmerz zu ertragen. Seit Eva ist dies das Schicksal der Frauen.«

»Nein! Ich wurde geboren, um zu malen.«

Dann der schlimmste, längste Schmerz von allen.

Die Hebamme setzte mich auf den Stuhl. »Jetzt kommt es. Jetzt pressen!«, sagte sie.

Alles in mir spannte sich an, zog sich zusammen und presste. Presste gegen den Boden, so schien es. Laute wie von einem wilden Tier entfuhren mir. Und dann die Erlösung. Schlaf. Ich wollte schlafen.

Ich wachte im Bett auf. Wie war ich hierher gekommen? Wellen von Schmerz fluteten mir vom Bauch bis zur Schädeldecke. Ich hielt sie. Ein Mädchen. Welch eine Farbe. Helles Krapp. Ein winziges Gesicht, zusammengezogen wie eine Faust. Ein rührend kleines, durchscheinendes Ohr, vollkommen wie in Wachs geformt. Und Pietro. Pietro war da. Pietro auf den Knien. Bei mir. Summend. »*Che amore di bambina.*« Pietro, mit einer tiefroten Beule auf der Stirn.

Wir nannten sie Palmira Prudenzia. Palmira nach seiner Mutter, Prudenzia nach meiner. Er schien nicht im mindesten enttäuscht, dass es ein Mädchen war. Ich für meinen Teil war überglücklich. Eine Tochter. Ein Wunder. Ein Mirakel. Eines Tages eine wunderschöne Frau. Ich spürte jetzt schon ihre Wirkung, sie war ein Vorbote der Liebe. Pietros Lippen berührten mein Ohr.

»Sie ist eines Palastes würdig«, sagte er. »Sieh dir ihre Haut an. Adern wie die blaue und rote Maserung im Stein des Palazzo Pitti.«

Schließlich schrieb ich an Vater.

Du bist jetzt Großvater. Ihr Name ist Palmira Prudenzia. Sie hat Lippen, die geschwungen sind wie Amors Bogen, dazu ein anmutiges, spitzes Kinn und eine Haut so weich wie Satin. Vielleicht hätte Mutter gesagt, dass sie so aussieht wie ich als Baby. Im Moment besteht ihr einziges Talent darin, Blasen zu bilden, aber wer weiß. Sie könnte die erste Künstlerin sein, die Florenz hervorgebracht hat. Es ist dein Erbe. Wir werden ihr die großen Kunstwerke der Stadt zeigen, so wie du es für mich in Rom getan hast. Aber in einem kannst du sicher sein: Ihr wird nicht von der Öffentlichkeit die Ehre entrissen werden. Dafür sorge ich.

Die Akademie wollte mich nicht. Noch nicht.

Mir geht es gut.

Deine Tochter,
Artemisia

Er schrieb zurück:

Liebe Artemisia,

als du geboren wurdest, konnte ich den Blick nicht von dir abwenden, du warst so klein und deine Hände so zart. Ich erinnere mich daran, dass ich dir fast eine Stunde dabei zusah, wie du versuchtest, mit deinen kleinen rosafarbenen Fingern eine Bohne zu greifen. Wenn ich jetzt in Florenz wäre, würde es wieder das Gleiche für mich sein. Ich würde ihr gern etwas vorsingen.

Die Akademie ist in Traditionen verstrickt wie die Kirche. Der Fortschritt hält nur im Schneckentempo Einzug, doch sie können ein Talent wie deines nicht ewig ignorieren. Hast du vergessen, Michelangelo Buonarroti den Jüngeren aufzusuchen? Wenn du ihn besucht hättest, hätte ich davon gehört. Er wohnt in der Via Ghibellina.

Lehre Palmira Prudenzia den Namen
Orazio Gentileschi

Wir brachten Palmira am 25. März, dem Neujahrstag des alten florentinischen Kalenders, zur Taufe, an dem Tag also, da alle im vorausgegangenen Jahr geborenen Kinder zum Baptisterium gegenüber vom Dom gebracht wurden. Die Schlange der Familien mit ihren Kindern wand sich um das ganze achteckige Gebäude. Pietro hielt Palmira mit dem Gesicht nach vorn, damit sie einen ersten Blick auf Ghibertis großartige Goldbronzetür werfen konnte.

»Die Geschichte besagt, dass Ghiberti über diese Türen ›Seht, welch schönes Werk ich vollbracht habe‹ schrieb.«

»Dasselbe könntest du auch über Palmira sagen«, antwortete ich. Pietro lächelte zu mir herunter, seine dunklen Augen leuchteten vor Stolz.

Eine barfüßige, zerlumpte Frau mit wildem Blick und strähnigem Haar saß auf den Stufen des Doms und stieß zwischen »Ave Marias« Schluchzer hervor. Ich hatte schon einige dieser Büßer in Florenz gesehen, doch niemals einen, der so wild und so verzweifelt war.

»Sie ist oft hier oder vor Santa Croce oder San Lorenzo und verbüßt lautstark ihre Sünden«, sagte Pietro.

Wollten sie während des Prozesses das aus mir machen? Ich erschauerte.

»Manchmal ist sie sogar auf der Ponte Vecchio«, fuhr er fort. »Überall dort, wo viele Menschen sind. Es geht gar nicht wirklich um die Religion. Es geht um das Schauspiel. Beachte sie nicht, sonst schreit sie noch lauter.«

Ich war noch nie im Baptisterium gewesen. Die Menschenmenge quetschte sich durch das Südportal von Pisano. Im Gedränge vor dem Taufbecken, wo die Familien mit ihren Babys, von denen einige weinten, dicht an dicht standen, wirkten Pietro und ich wie ein ganz normales Paar, das Seite an Seite Gott sein Kind darbot. In dem Augenblick, da Palmira gesalbt wurde, waren wir eins: Mutter, Vater, Kind.

Ich fasste Pietro am Arm und flüsterte: »Sie ist nun zwischen all den großen Malern, Bildhauern und Poeten von Florenz, die genau hier, an dieser Stelle, getauft wurden. Gott hat ihr Werk gesegnet.« Meine Hoffnung rührte mich zu Tränen.

Durch den Tränenschleier hindurch blickte ich auf den alles überragenden Christus auf dem Mosaik über dem Altar und zuckte unter dem Urteil seiner alles durchdringenden Augen zusammen. Neben ihm wurden auf der einen Seite die Guten im Himmel willkommen geheißen und auf der anderen die Bösen von Dämonen verschlungen. Die Qualen der Hölle wurden ebenso detailgetreu abgebildet wie die Segnungen des Himmels. Bis in alle Einzelheiten wurde in kleinen roten, blauen und goldenen Glasquadraten dargestellt, wie Menschen geröstet, geschlagen, gekocht und verstümmelt wurden. Vielleicht war es Aberglaube, aber ich hielt meine Hand über Palmiras Kopf, um sie von diesem Anblick abzuschirmen.

»Wer hat die Decke erschaffen?«, fragte ich.

»Das ist unbekannt«, sagte Pietro.

Sie stammte aus einer Zeit, in der die Künstler anonym zur Ehre Gottes arbeiteten. Als Menschen aus Fleisch und Blut, mit Neigungen und Ängsten, als Eltern waren sie nichts. Wenn man bedachte, dass solche Künstler bereits vergessen waren! Eine riesige Leere überkam mich und drohte, mir diesen freudigen Tag zu verderben. Man kannte noch nicht mal ihre Namen!

Ihr Säuglingsalter verbrachte Palmira glucksend in der Wiege, die wir mit dem Fuß anstießen, während wir malten. Ich war erfüllt von einer Zufriedenheit, die mir neu war, auch wenn meine Zeit an der Staffelei zwischen den Stillzeiten wie im Flug verging. Manchmal, genau wie Vater geschrieben hatte, konnte ich mich nicht satt sehen an Palmiras wohlgeformten Lippen, die ständig Blasen bildeten, oder an ihren winzigen Fingernägeln, die wie Wachsflocken wirkten, und vergaß darüber meine Arbeit. Andere Male, wenn ich mich in die Arbeit oder ein Problem vertieft hatte – ein Auge, eine Hand oder ein verkürzter Fuß –, rissen mich ihre Schreie aus meiner Konzentration, und ich brauchte einige Zeit, um wieder zurück in den Alltag zu finden. Als sie zu krabbeln begann, versuchte sie einmal, Neapelgelb aus einer Schale zu essen, die wir auf einen niedrigen Hocker gestellt hatten. »Schau mal, sie ist begierig darauf, auch Malerin zu werden«, sagte ich zu Pietro. Palmira verlieh unserer Eheschließung den Glanz der Normalität.

Einmal nahm Pietro uns als Modell für die Madonna mit dem Kinde. Er hüllte mich in einen geliehenen blauen Samtumhang mit krapprosa Bändern, als Palmira auf meinem Schoß schlief. Dann wies er mich an, den Kopf zu neigen und sie anzublicken, was ich ohnehin nie müde wurde zu tun. »*Che bellina*. Mein heiliges Kind«, säuselte ich. Von Zeit zu Zeit stießen ihre kleinen Beinchen gegen meinen Bauch. Pietro blickte uns stundenlang konzentriert an und ich wähnte mich der Liebe näher als je zuvor.

Trotz dieser Hoffnung wurde ich vom langen Sitzen unruhig. Ich wollte Palmira im Arm halten und wollte sie gleichzeitig selbst malen. Ich fragte mich, ob sich in den vergangenen zwei Jahrhunderten je ein weibliches Modell – eine Madonna, eine Eva, Maria Magdalena, Venus, Delilah, Salome oder Judith – danach gesehnt hatte, auf der anderen Seite der Staffelei zu stehen. »Hattest du schon mal ein Modell, das selber malen wollte?«

»Ich habe nie danach gefragt.«

»Aber es muss doch so jemanden in dieser Stadt geben. Ich frage mich, wie ich es herausfinden könnte.«

»Ssch.«

Am Ende der Sitzung legte ich Palmira in ihre Wiege und warf einen Blick auf die Leinwand. Ich war schockiert. Mein Gesicht war zu oval, mein Hals viel zu dünn, meine Finger zu lang und zu schmal.

»Das bin doch nicht ich«, sagte ich. »Und es liegt nicht an deinem Talent. Du bist ein guter Maler. Das war doch Absicht.«

Pietros Gesicht wurde rot, als er das Bild betrachtete.

»Was bin ich denn? Nur ein Gerüst, an dem Stoff hängt und Licht reflektiert wird? Du hast nur auf die Falten im Stoff geachtet. Warum, Pietro?«

Er reinigte seine Palette und wich meinem Blick aus. »Ich habe meine Gründe.«

»Und die wären?«

Er dachte einen Moment nach, dann legte er seine Palette ab und ging mit großen Schritten zur Tür. Ich rannte ihm nach und versperrte ihm den Weg.

»Sag sie mir!«

»Bist du sicher, dass du sie wirklich wissen willst?«

»Ja.«

Sein Blick war gequält. »Don Carlo kennt dich. Du hast ihn kennen gelernt, erinnerst du dich? Er weiß, wie du aussiehst. Er weiß, was in Rom passiert ist.«

»Und?«

»Dein Ruf. Ich kann doch eine befleckte Frau nicht als Modell für die Madonna nehmen.«

»Befleckt! Pietro, denkst du das wirklich?«

»Natürlich nicht, aber es zählt nicht, was ich denke«, sagte er sanft. »Don Carlo … Er würde das Bild zurückweisen.«

Mir wurde schwindlig, sodass ich mich mit dem Rücken zu ihm an den Tisch lehnte. Er trat an mich heran und legte mir die Hände auf die Schultern.

»Ich wollte es dir nicht sagen.«

Ich nickte. »Wird mich das mein ganzes Leben lang verfolgen?« Ich wandte mich zu ihm, verletzt, doch nicht von ihm.

Er zog meinen Kopf an seine Schultern. »Eines Tages werde ich dich in einem goldenen Kleid malen, und jeder wird wissen, dass du es bist. Es wird so prächtig sein, dass ich es niemandem verkaufe. Nicht einmal Cosimo de' Medici. Nicht einmal«, er warf den Arm in die Höhe, »dem Papst!«

Ich lachte leise über seine Extravaganz. Es war doch dumm, etwas allein für uns zu malen. Wir beide mussten unsere Arbeit tun.

»Morgen machen wir weiter, ja?« Ich wollte nicht, dass er sich ein anderes Modell suchte und es anblickte, wie er nur mich anblicken sollte. Wer wusste, wohin das führen konnte? Florentinische Frauen sind wunderschön, hatte er gesagt.

Am nächsten Tag und dann so lange, wie er eine Trägerin für den blauen Umhang brauchte, saß ich still und stumm da und hoffte auf seine Liebe.

Er verkaufte das Bild zu einem guten Preis und wir alle waren glücklich. Wenn wir jetzt Kirchen besichtigten, trug er Palmira, und ich hakte mich bei ihm unter. In den Uffizien, die neuerdings einen Tag in der Woche für Künstler geöffnet waren, zeigte uns Botticelli die Süße des Lebens. In der Venus auf der Muschel sah ich unser Kind als entzückende, üppige junge Frau, die um ihre Schönheit nicht weiß. Vor dem *Frühling* streckte Palmira ihre mit Grübchen versehene Hand nach der Gestalt der Flora aus, deren Blumengewand sie faszinierte.

»Wie kann das sein, dass sie unter all den Gestalten auf dem Bild diese heraussucht? Sie ist doch noch ein Baby.«

»Nicht mehr lange. Dann wird auch sie schöne Kleider haben wollen«, sagte Pietro.

Entwickelte ein Mensch schon so früh seine Neigungen? Reagierte das Kind Michelangelo auf Donatellos Skulptur vom jungen David? Streckten sich seine kleinen Arme, die eines Tages den Klöpfel eines Bildhauers führen sollten, jedes Mal aus, wenn er an einer Nische mit einer Skulptur darin vorbeigetragen wurde? Ich fragte mich, wie jung ich war, als mein Vater mir zum ersten Mal die Bilder von Rom gezeigt hatte. Waren meine Augen da auch so begierig über Farben und Formen hinweggeglitten?

Pietro und ich malten Seite an Seite, während Palmira zwischen unseren Staffeleien umherkrabbelte. Als sie anfing zu laufen, stolperte sie einmal und kippte Pietros Staffelei um, die krachend auf sie herunterfiel. Sie schrie und wir stürzten zu ihr. »Ssch, Palmira. Es ist alles in Ordnung. Mama ist hier. Papa ist auch hier.« Ihr kleiner Körper bebte vom Schluchzen und mit einem leisen Gefühl der Hilflosigkeit drückte ich sie an die Brust. Pietro hielt ihre nackten Füße.

Am nächsten Tag baute er ein Laufgerüst für Palmira, eine drehbare Stange vom Boden bis zur Decke mit einer davon ausgehenden, horizontalen Stange, die etwa in Palmiras Taillenhöhe war. Wenn wir sie daran festbanden, war sie gestützt und konnte in einem Kreis umherlaufen, war bei uns, doch störte uns nicht bei der Arbeit. Ich war so gerührt über Pietros Werk, dass ich Graziela und Paola darüber schrieb. In meinen Augen bedeutete es, dass er fand, ich könne gleichzeitig Mutter sein und einen Beruf ausüben. Und das konnten nicht viele Frauen von ihren Männern sagen.

9 *Inclinazione*

Endlich hatte ich genug Bilder – und Selbstvertrauen –, um bei Michelangelo dem Jüngeren vorstellig zu werden. Da ich den blumigen Stil, der für ein derartiges Gesuch erforderlich war, nicht beherrschte, bat ich Pietro, für mich einen Brief zu schreiben, in dem er Buonarroti an den Brief meines Vaters erinnerte und um eine Audienz bat.

»Dein Vater kennt ihn?«

»Ja. Von früher.«

»Nein.«

»Pietro, bitte. Ich beherrsche diese Kunstsprache nicht. Dann sag mir einfach, was ich schreiben soll. Ich werde mit Artemisia Gentileschi unterschreiben, Frau des Malers Pierantonio Stiattessi. Dann wird er auch dich kennen.«

Er ließ sich erweichen. Ich schnitt eine Feder zu und schrieb auf, was er mir diktierte. »Langsamer«, sagte ich und quälte mich mit jedem Buchstaben.

Ein Antwortbrief kam rasch und brachte die Einladung zum Haus Buonarrotis in der Via Ghibellina. Pietro las das Schreiben, zog eine Augenbraue in die Höhe, sagte jedoch nichts. Ich ging allein hin, stolperte über lose Pflastersteine, wurde von einer vorbeifahrenden Kutsche bespritzt und landete schließlich aufgeregt und außer Atem vor einer unscheinbaren Haustür in einer schmalen Straße. Ein junger Diener führte mich in den ersten Stock, durch einen kleinen, leeren Vorraum hinein in eine rechteckige Empfangshalle mit Kassettendecke. Dort trug ein Mann mit einem grünen, ärmellosen *lucco* gerade ein Bündel Papiere von einem großen Schreibtisch zu einem langen Tisch in der Mitte des Raums. Der Diener verkündete meinen Namen.

»Ah, Signora, ich habe Euch schon erwartet«, sagte der Mann mit einer Stimme, die sanft unter seinem überhängenden Schnurrbart hervordrang.

»Es tut mir Leid, Euer Hochwohlgeboren. Ich wusste den Weg nicht.«

»Ich meine, ich habe Euch schon seit dem Brief Eures Vaters erwartet. Ihr hättet direkt nach Eurer Ankunft in Florenz zu mir kommen sollen.«

»Das wusste ich nicht.«

»Unwichtig. Zeigt mir, was Ihr mitgebracht habt.«

Um Platz zu machen, räumte er die Bücher und Mappen von dem polierten Holztisch, der einen Rand mit steinernen Intarsien hatte. Ich legte die neuen Studien und Zeichnungen darauf. Er betrachtete alle sorgfältig, zog an seinem spitzen Bart und murmelte etwas. Es klang wie Anerkennung. Wir befestigten die Judith und die Susanna an Zeichentischen. Er kippte sie senkrecht, trat zurück, und ich ließ die Leinwände los, dass sie sich entrollen konnten. Da fuhren seine Augenbrauen in die Höhe und ein Lächeln umspielte seinen Mund. »Genau wie Euer Vater geschrieben hat.«

»Gefallen sie Euch, Signore?«, wagte ich zu fragen.

Er lachte leise und warf mir einen Blick zu, der trotz seines buschigen Barts unmissverständlich liebevoll war. »Eure Susanna hat echtes Fleisch. Die Linien an ihrem Hals, die Falten an ihrem Unterarm, die Fleischwulst unter ihrem Magen – alles Details, an die männliche Künstler nicht denken würden. Und diese Judith ist eine erstaunlich komplexe Komposition und doch so echt und wirklichkeitsgetreu, als wäret Ihr selbst dabei gewesen. Eure Interpretation wird die Meinung der Welt über sie verändern.«

Mein Herz klopfte so laut in meiner Brust, dass ich dachte, er müsste es hören. »Danke, Euer Hochwohlgeboren.«

»Ich bin gerade dabei, die Räume auf dieser Etage in ein Museum zu Ehren meines Großonkels, *il divino*, umzuwandeln. Dieser Raum soll eine Allegorie seiner Tugenden und Leistungen darstellen. Dazu werden viele Künstler beitragen. All die Kassetten an der Decke werden mit Bildern bestückt werden.« Ich blickte auf und sah tiefe Aussparungen, die von schweren Leisten mit gold-weißer Schneckenverzierung begrenzt waren. »Könnte ich Euch für ein Bild in *quadro riportato* gewinnen?«, fragte er.

Ich senkte meinen Kopf und vollführte so elegant, wie es mir nur möglich war, einen langsamen Knicks. »Das war meine größte Hoffnung.«

»Eine Figur. Einen weiblichen Akt. Sie soll die *inclinazione* repräsentieren, das heißt seine natürliche Begabung. Eine Eigenschaft, die Ihr mit *il divino* teilt.«

Ich konnte mein Gesicht nicht genug unter Kontrolle halten, dass es bei diesem Kompliment nur Bescheidenheit zeigte.

Er lächelte väterlich und blickte wieder auf die Susanna. »Eurer wird der einzige weibliche Akt sein. Natürlich seid Ihr nicht nur durch Eure Begabung, sondern auch durch Euer Geschlecht begünstigt. Denn die Akademie erlaubt nicht, weibliche Akte vom Modell zu malen. Die Maler müssen mit jungen, männlichen Modellen vorlieb nehmen und sich die weiblichen Attribute hinzudenken, und ihre Vorstellungen sind nicht immer ganz glaubwürdig. Doch wenn sie von Bildern abmalen, erschaffen sie immer nur ein Ideal. Eure realistischen Elemente liegen jenseits ihrer Vorstellungskraft.« Fältchen bildeten sich an seinen Augen, als ob er sich freute, etwas zu bekommen, was sonst niemand hatte.

Er schlug ein Exemplar von Cesare Ripas *Iconologia* auf, genau so eines, wie mein Vater besaß, und wir fanden die *inclinazione* mit einem Kompass in der Hand und einem hellen Stern über ihrem Kopf, der sie führte. »Setzt sie vor einen dunkelblauen Himmel. Verleiht ihr eine stolze Haltung. Ihr sollt ein Modell Eurer Wahl bekommen und dazu alle Materialien, die Ihr braucht. Es wird mir gefallen, das weiß ich schon jetzt.«

»Ich werde morgen damit anfangen. Mit ganzem Herzen.«

Mein erster Auftrag! Ich hatte gute Lust, Luftsprünge zu machen und die Botschaft bis nach Rom zu rufen. Ich fragte mich, ob ich den Auftrag auch ohne Vaters Brief bekommen hätte, doch ich konnte nicht lange darüber nachdenken. Kaum zu Hause angekommen, stürzte ich mich voller Hoffnung und Aufregung auf die ersten Skizzen. Pietro betrachtete mich schweigend aus einer Ecke des Raumes mit vor der Brust verschränkten Armen. Ich erzählte ihm nicht, was Buonarroti über meine Begabung gesagt hatte.

»Wo kann ich ein weibliches Modell bekommen?«, fragte ich.

»In der Akademie.«

Dies betrachtete ich als wunderbare Gelegenheit, die Akademie wissen zu lassen, dass ich auch ohne ihre Hilfe einen Auftrag von einem bedeutenden Mann bekommen hatte. »Dann gehe ich morgen hin.«

»Und wer kümmert sich um Palmira? Ich muss arbeiten.« Sein Tonfall war ausdruckslos und endgültig.

»Ich bin nicht lange weg.«

»Aber ich will Skulpturen in den Uffizien zeichnen.«

»Bist du zugelassen?«

»Ein Freund von mir ist dort Pförtner. Er lässt uns hinein.«

»Uns?«

»Freunde von der Akademie.«

»Ich kann Palmira nicht mit zur Akademie nehmen.«

»Dann bring sie hinauf zu Fina.«

Ich hatte Fina fast jeden Tag auf der Treppe oder unten im Hof beim Wasserholen gesehen, und wir hatten stets ein paar Worte miteinander gewechselt, aber ich war noch nie oben in ihrer Wohnung gewesen. Jedes Mal, wenn sie Palmira sah, hatte sie ihr süße, lustige Namen gegeben – *Stella del Mattino*, wenn wir sie morgens sahen, oder *Diva del lungarno*, wenn sie weinte. Manchmal streichelte sie Palmira oder kitzelte sie sanft. Als ich Fina Palmira das erste Mal halten ließ, strahlte sie wie von innen übers ganze Gesicht und flüsterte: »*Fiore dolce.*«

Ich rannte nach oben, um sie zu fragen. Fina hatte die Wohnungstür offen und sang, während sie Wäsche wusch. Ich war überrascht über ihre kräftige Altstimme. Sie hatte offensichtlich Freude bei ihrem Tun.

»Das ist ein vollkommener, wunderschöner Tag«, sagte sie, nicht als Frage, sondern als Feststellung.

»Wie könnt Ihr das sagen? Ihr wart doch noch nicht draußen.«

»Er kommt zu Euch, wenn Ihr ihn nur hereinlasst. Die Fenster sind alle geöffnet. Habt Ihr die Drossel gehört?«

»Nein, ich glaube nicht.«

Die Schönheit des Tages spiegelte sich so auf Finas Gesicht wider, dass selbst ihre schlichten, leicht aufgequollenen Züge angenehm wirkten. »Euer Gesang erinnert mich an meine Mutter. Sie sang den ganzen Tag bei der Arbeit. Und mein Vater auch. Derbe Lieder von Abenteurern, von den Feldzügen der *condottieri* und von Trinkgelagen. Doch meine Mutter sang die Lieder der Troubadoure.«

»Singen macht das Leben leichter.«

Anscheinend bestand ihre Wohnung nur aus einem großen Dachraum mit einem Bett, einem kleinen Tisch, einer Truhe, einem Ölofen, einer Feuerstelle, einem Waschbecken und einem Waschtrog. Ein Möbelstück allerdings stach daraus hervor: ein gerader Stuhl, dessen Sitz und Lehne mit zerschlissenem, burgunderfarbenem Samt bezogen und mit abgenutzten, silbernen Fransen und Messingbeschlägen versehen waren. Er war wohl früher einmal elegant gewesen und zeugte von besseren Tagen. Überall im Raum lagen haufenweise Kleider durcheinander.

»Gehören all diese Kleider Euch?«, fragte ich.

»Madonna, nein! Glaubt Ihr, ich sei eine vornehme Dame? Sie gehören der Familie unter Euch.«

Ich half ihr, sie mit einem Holzpaddel im Waschtrog umherzurühren, während sie heißes Wasser dazugoss. »Ihr wascht auch für andere?«

»Ja, gewiss, vor Eurer Hochzeit auch für Pierantonio.«

»Wie lange kennt Ihr ihn schon?«

»Seit er eine Ausbeulung im Bauch seiner Mama war.«

Nur zu gern wollte ich erfahren, was für ein Junge er gewesen war und was sie sonst noch so über ihn wusste, doch das musste warten, bis ich sie besser kannte.

Sie lehnte sich aus dem Fenster, um ein paar Kleider auszuwringen, und hängte sie dann an eine Leine, die zwischen zwei aus dem Gebäude herausragenden Stangen gespannt war. »Signora Bruni vom Erdgeschoss möchte nicht, dass ich sie in unseren Hof hänge, wo ihre Besucher sie sehen könnten, also hänge ich sie über der Straße auf. Dumme Frau. Jetzt kann jeder sie sehen, der auf der Straße vorbeigeht.«

»Ich hätte Arbeit für Euch, doch es geht nicht ums Wäschewaschen.«

»Es gibt nicht viel, wozu ich sonst noch tauge. Was möchtet Ihr?«

»Seht, ich male auch und ich habe gerade einen wunderbaren Auftrag bekommen –«

»Ihr malt? Wie Euer Ehemann?«

»Ja.«

»Für Geld?«

»Ja.«

»*Mamma mia.* Ich nehme an, er erlaubt es, weil es für Geld ist. Man stelle sich das vor, eine Frau, die für Geld malt. Ihr seid sicher, dass Ihr nicht Modellstehen meint? Ihr seid eine Schönheit, wisst Ihr?«

»Nein, Fina. Ich male. Ist das so absonderlich?«

Sie neigte den Kopf und schob ihre Unterlippe unter dem Schatten ihrer Oberlippe hervor.

»Ich muss morgen zur Accademia del Disegno, und Pietro kann nicht auf Palmira aufpassen, während ich weg bin. Kann ich sie zu Euch hinaufbringen?«

»Oh, das wollt Ihr, wie? Natürlich. Bringt sie hoch. Ihr wisst doch, dass ich die kleine *principessa* vergöttere.«

»Wenn Ihr nichts dagegen habt, wäre das nicht das einzige Mal. Natürlich werde ich Euch dafür bezahlen.«

Am nächsten Tag blickte mich in der Akademie der Sekretär mit dem teigigen Gesicht an, rümpfte die Nase und fragte: »Was habt Ihr hier zu schaffen?«

Dieses Mal aber würde ich mich nicht provozieren lassen.

»Ich möchte mich nach weiblichen Modellen erkundigen, Euer Hochwohlgeboren.«

»Wir haben eine Liste, derer sich die Künstler bei Bedarf bedienen.« Er brachte ein Bündel Papiere, das mit einem Lederriemen zusammengebunden war, und legte es auf einen Tisch. »Ihr könnt hier Euren Namen eintragen.« Er schob mir ein Tintenfass zu. »Wenn Ihr schreiben könnt.«

Wisch den Schimmel aus deinem Gehirn, dachte ich.

»Wie Euer Hochwohlgeboren sich vielleicht erinnern, bin ich Malerin. Ich möchte mir ein Modell für einen Auftrag verpflichten, den mir Signor Buonarroti für sein Museum gegeben hat. Sicher wisst Ihr von dieser Unternehmung.«

Er schürzte die Lippen. »Die Liste ist aber nur für Mitglieder.« Er machte eine rasche Bewegung, um die Papiere einzusammeln.

»Ist Signor Buonarroti ein Mitglied?«

»Selbstverständlich.«

»Dann nehme ich ein Modell für Signor Buonarroti.«

Er entließ ein schnaufendes Geräusch aus seinen Nüstern. »Ihr könnt die Liste einsehen«, beschied er knapp.

Jetzt kein selbstgefälliges Gesicht machen, befahl ich mir. Lass nicht zu, dass dein Mund sich hämisch verzieht, das hat Mama verabscheut. Tu einfach, was du tun wolltest, und bedank dich dafür.

Mühsam schrieb ich zwanzig Namen und Adressen ab und beauftragte den *messaggero* der Akademie, jedes Modell mit der kurzen Nachricht aufzusuchen, dass ich am folgenden Freitag ein Modell in meiner Wohnung auswählen würde.

Viele Frauen kamen an diesem Tag, während Pietro zu einem Barbier und anschließend zum Zeichnen in die Uffizien ging. Ich befahl einer Frau nach der andern, ihre Kleider auszuziehen, war jedoch immer enttäuscht. Mir gefiel das Gesicht der einen, die Brüste und Schultern der andern, der Oberkörper und Bauch einer dritten. Vielleicht war das der Blick, mit dem Männer Frauen auf der Straße betrachteten. Ich entschied mich schließlich für Vanna, eine schöne Frau mit hellen Haaren, honigfarbener Haut, glatten, wohlgeformten Gliedern und genau der richtigen Mischung aus Kraft und fließender Anmut. Mich störte nur, dass sie ständig die Nase hochzog.

Ein Gefühl der Unbeschwertheit und Großzügigkeit überkam mich, und ich hatte die Idee, Pietro nicht mehr in die Uffizien gehen zu lassen, sondern zu Hause zu behalten, damit er gegenüber seinen Freunden von der Akademie im Vorteil war. »Mein Mann, Pierantonio Stiattessi, ist ein guter Maler. Würde es Euch stören, wenn er Euch auch zeichnete, während ich die ersten Skizzen anfertige? Nackt, meine ich.«

Sie dachte einen Moment nach. »Für das Doppelte?«, fragte sie.

»Noch mal die Hälfte.«

»Einverstanden. Wenn Ihr die Pose bestimmt und im Raum bleibt.«

»Selbstverständlich.«

»Und keiner von Euch darf es der Akademie verraten.«

»Natürlich.«

Am nächsten Morgen saßen Pietro und ich vor unseren Zeichenblöcken, die wir an der Staffelei befestigt hatten, und warteten, bis Vanna ihr Entkleidungsritual vollzogen hatte, das darin bestand, sich jedes Kleidungsstück langsam auszuziehen und es sorgsam zu falten, bevor sie sich dem nächsten widmete. Sie vermied es offensichtlich, Pietro anzusehen, doch an ihren trägen Bewegungen wurde überdeutlich, ihr war auf primitive Weise äußerst bewusst, dass Pietro ihr nacktes Fleisch betrachtete. Ich murmelte ein paar Anweisungen, sie stellte sich entsprechend hin und ich fing an.

Pietro nicht. Obwohl ich nur auf Vanna und meine Zeichnung blickte, merkte ich, dass er lange Zeit einfach bewegungslos dasaß. Ich versuchte, an Vannas Gesichtsausdruck abzulesen, wie Pietro sie ansah. Was ich an der Art, wie sie den Kopf hielt – Kinn hoch, doch die Augen auf uns gesenkt – erkannte, waren Selbstvertrauen, Stolz auf ihre Schönheit, ja sogar ein Anflug von Hochmut. Doch bald verlor ich mich in meine Arbeit, und man hörte nur noch das Kratzen unserer beider Kohlestücke, Vannas Schniefen und Pietros gelegentliches Räuspern. Nachdem wir eine Weile gearbeitet hatten, verrückte Pietro seine Staffelei, um einen anderen Blickwinkel zu bekommen. Das war eine gute Idee. So waren wir nicht versucht, auf das Werk des andern zu schielen.

Als ich das Ende ihrer letzten Pose verkündete, ließ Vanna ihren Blick auf Pietro verweilen, wandte sich um und bot ihm ihre Rückseite dar, während sie sich anzog. Die Münzen nahm sie in steifer Würde von mir entgegen.

»Wollt Ihr mich«, sie hörte auf zu schniefen, »morgen wieder?«

»Ja, von nun an jeden Tag.«

Am Abend verglichen Pietro und ich unsere Skizzen. Er führte die Zeichenkohle mit kräftiger, sicherer Hand und betonte die üppige Sinnlichkeit der Gestalt, doch übersah er, was ich sah, zum Beispiel dass ihr Brustmuskel von ihrer Armbeuge ausging und ihre Hand Grübchen aufwies. »Deine Strichführung ist sicherer«, sagte ich. »Und die Verkürzung des Fußes ist bei dir besser. Sieh mal hier und hier, bei jedem Fuß. Warum habe ich solche Schwierigkeiten damit?«

Langsam hob er eine Schulter, enthielt sich jedoch jeder Äußerung.

Am nächsten Morgen platzierte Pietro sein Zeichenbrett auf der Staffelei und befestigte darauf einen Bogen Papier. Als

Vanna kam, wechselten sie einen Blick, der mich beunruhigte. Abrupt verließ er die Wohnung – mit der Behauptung, er hätte etwas zu erledigen. Es schien äußerst unvernünftig von ihm, eine solche Gelegenheit verstreichen zu lassen.

Vanna fing an, sich auszuziehen.

»Das braucht Ihr heute nicht. Zieht einfach Eure Schuhe aus und hebt Euren Rock. Setzt Euch auf den Tisch, sodass Eure Füße herunterhängen.«

»Er will nicht, dass Ihr malt«, sagte Vanna.

»Wie wollt Ihr das wissen?«

Sie zuckte mit den Schultern. »Das meine ich eben.«

»Ihr seid nicht hier, um etwas zu meinen. Ihr werdet fürs Posieren bezahlt.«

Den ganzen Tag übte ich nur Füße und Fußgelenke und verdrängte alles andere aus meinem Bewusstsein. Ich zeichnete Füße von links und von rechts, aus einem Dreiviertelprofil von beiden Seiten und von vorn, immer und immer wieder, danach malte ich kleine Studien. Schließlich war ich zufrieden und entließ Vanna für diesen Tag.

Kaum war sie gegangen, stürzte Pietro hochrot und energiegeladen herein, warf sein Wams auf einen Stuhl, fasste mich um die Taille und wirbelte mich herum. »Ich habe einen Auftrag. Morgen fange ich an.«

»*Buono*. Von wem?«

»Von einer Kirche in Monte Uliveto.« Er goss sich etwas Wein ein.

»Dann kannst du doch nicht das Modell abzeichnen. Was für eine Arbeit ist das?«

»Ein Fresko.«

»Aber du hast doch noch nie ein Fresko gemacht?«

»Als Lehrling schon.«

»Decke oder Wand?« Als er sich hinsetzte, stellte ich mich hinter ihn und rieb ihm die Schultern, wo sie verspannt waren.

»Wand.«

»Das ist gut. Darfst du dir das Sujet aussuchen?«

»Nein. Es ist −« Er nahm einen Schluck von dem Wein und blickte zur Seite auf meine Fußskizzen. »Es ist eine Restaurierung.«

Was würde ihm das nutzen? Doch an der Art, wie er sich ein Stück Brot von dem Laib abriss und die Zeichnungen studierte, merkte ich, dass ich besser nicht nachfragte. Trotzdem verspürte ich leichtes Unbehagen.

In den folgenden Wochen brach er nie auf, bevor Vanna kam. Sie wechselten ein paar Worte und dann war er aus der Tür. Der Auftrag vor der Stadt mochte Zufall sein oder auch ein Akt der Freundlichkeit von ihm, damit ich in Ruhe allein malen konnte. Ich fragte ihn nicht. Ich arbeitete. Vater hatte mich gelehrt, dass die Gestalt umso exakter sein muss, je einfacher der Hintergrund ist, und da mein Hintergrund nur aus Himmel und Wolken bestand, fertigte ich dreimal so viele Skizzen an wie bei anderen Bildern.

»Die Qual der Wahl«, sagte Buonarroti und schmunzelte. »Ihr bringt es fertig, dass einem alten Mann der Kopf schwirrt.« Er hatte alle Zeichnungen auf dem Boden des Raums mit der Kassettendecke ausgebreitet und ging dann hin und her, um sie zu studieren. Der Holzboden knackte, während ich wartete. Schließlich entschied er sich für eine Frontalansicht, bei der die Figur leicht seitlich gedreht auf einer grauen Wolke saß und die Beine ausgestreckt auf einer weißen Wolke ruhen ließ. Ihr Vorderfuß war verkürzt. Plötzlich erfüllte mich ein warmes Gefühl des Glücks.

»Es wird genau hier hängen.« Er wies auf eine Eckkassette direkt gegenüber dem Eingang, schrieb dann die Maße auf und übergab mir das von ihm unterschriebene Papier.

»Nun kommt mit mir. Ich habe Euch etwas zu zeigen.« Er lächelte in Vorfreude, und ich folgte ihm die schmale Treppe hinab in einen kleinen, abgeschlossenen Hof, der keinerlei Pflanzen, aber in der Mitte einen kleinen Brunnen aufwies. Er ging hinüber zu einer Holzkiste, die auf dem Steinboden stand. »Das ist gestern erst gekommen.« Er hob den Deckel und entfernte eine Lage Stroh. Darunter lag, auf Stroh gebettet, ein Basrelief, das die Madonna mit dem Kinde an einer Treppe zeigte. »Seine erste Arbeit. Ausgeführt, als er gerade sechzehn war.«

»Von Michelangelo?« Ich hielt den Atem an und konnte es kaum glauben. Dort vor mir, einfach so in einer Kiste, lag die Marmorplatte. Ich beugte mich darüber und berührte die Kiste so vorsichtig, als wäre sie die heilige Krippe. Die Madonna stillte das Kind mit äußerst anmutiger Bescheidenheit, während das Kind seinen Kopf unter ihren Umhang gesteckt hatte und sein Arm in glücklicher Selbstvergessenheit nach hinten geworfen war, mit gekrümmten Fingern, ganz wie bei Palmira.

»So viel Ausdruck in so einem kleinen Relief.« Tränen traten mir in die Augen. »Man bekommt das Gefühl, dass Mutterschaft etwas Heiliges ist.«

Dann bemerkte ich den Fuß der Jungfrau und sah, dass das Bein am Fußgelenk zu dick für einen so kleinen Fuß war. Selbst Michelangelo hatte in seiner Jugend Schwierigkeiten mit Füßen gehabt.

»Es war im Besitz der Medici, doch Cosimo hat es dem Museum gestiftet, also ist es heimgekommen«, sagte er leise.

Ich blickte zu Michelangelo dem Jüngeren auf und sah, dass er wieder diesen liebevollen Blick hatte, der mich an das Fresko mit Michelangelo in der Santa Trinità erinnerte. »Sah er Euch ähnlich?«, fragte ich.

»Kommt und seht selbst.«

Er brachte mich in ein kleines Arbeitszimmer im Erdgeschoss. Dort säumten auf Bänken ganze Reihen von Körben mit Briefen die Wände und an einer Wand hing ein Porträt. Das Gesicht hatte dieselben tiefen Falten zu beiden Seiten der Nase, die bis zu den Enden seines Bartes hinabführten, dieselben Furchen auf der Stirn, dieselben drei feinen Linien, die sich von den Augenwinkeln her auffächerten, denselben sanften und doch durchdringenden Blick wie das Gesicht des Mannes, der hier neben mir stand.

»Welch eine Verantwortung, diese Ähnlichkeit der Welt zu zeigen. Habt Ihr ihn gekannt?«

»Er war schon ein alter Mann, als ich noch ein ganz kleiner Junge war. Einmal sagte er zu mir: ›Arbeite, Michelangelo, arbeite und verschwende keine Zeit.‹«

»Das ist auch ein guter Rat für mich«, sagte ich und starrte auf das Porträt.

Auf dem Heimweg schwirrte *mir* der Kopf. Ich hatte Michelangelos erste Arbeit gesehen, hatte sein Gesicht gesehen, und sein Nachkomme wollte, dass ich ihn mit meiner eigenen Arbeit ehrte. Mit einem so wichtigen Auftrag und mit dem Geld, das er mir für die Materialien gegeben hatte, führte ich in der größten Kunststadt der Welt wirklich das Leben eines Künstlers.

Ich machte am Laden unseres Apothekers, Franco, Halt. Dort waren wachsversiegelte Flaschen und Gefäße auf Regalen aufgereiht und verdorrte Wurzeln und getrocknete Blätterbüschel hingen von der Decke. Bleche mit Pigmentbrocken, die in Papier eingeschlagen und mit einem Daumenabdruck in ihrer Farbe versehen waren, warteten in ordentlichen Reihen auf mich. Und ich konnte alles kaufen.

»*Buon giorno, Signora.* Wie geht's der kleinen *bambina*, eh?«, fragte Franco.

»Sie wächst schnell. Und ist unser ganzer Stolz.«

»Möchten Sie noch etwas Wundpulver?«

»Nein. Ich möchte Farben.«

Ich nahm Alabaster für die Haut und spanisches Cinnabar für die Rötungen. Ich suchte ein paar Safranfäden zum Pulverisieren aus, dazu Ocker zum Trocknen und Zermahlen. Auf das Häufchen kamen noch eine Menge Bleipigmente in Weiß und Grau für die Wolken und dann sagte ich: »Ich muss einen dunkelblauen Himmel malen.«

»Ich habe gutes *azzurro dell'Allemagna*«, sagte Franco. Mit seiner Zunge löste er ein paar Essensreste von den Zähnen und der Unterlippe.

»Nein, Franco. Dieses Mal will ich reines Ultramarin.«

Franco starrte mich unter zusammengezogenen Augenbrauen an. »Lapislazuli wird Euch aber etwas kosten. So viel wie Gold. Ist es für Pierantonio?«

»Warum fragt Ihr?«

Er zögerte und spielte wieder mit seiner Zunge.

»Wenn Ihr mir nichts zeigen könnt, dann sagt es einfach und ich versuche es anderswo.« Ich ließ meinen Geldbeutel heftig genug auf die Theke fallen, dass er die Münzen darin hören konnte.

Er stutzte einen Moment, dann wandte er sich um und schloss einen Schrank auf. Heraus holte er ein verschnürtes Stück Stoff, löste die Ecken und breitete die Steine darauf aus. »Aus dem Fernen Osten«, sagte er in gedämpftem, geheimnisvollem Tonfall. »Denkt nur, durch wie viele fremde Hände es gegangen ist, um diese lange Reise zurückzulegen.«

»Ja, und jede hat den Preis erhöht. Wie viel?«

»Welchen Stein wollt Ihr?« Er berührte versuchsweise den größten.

»Alle.«

Er riss die Augen auf, wir einigten uns auf eine Summe, dann sagte er: »Darf ich fragen, wer ein solches Bild erhalten wird?«

Ich sammelte meine Einkäufe und Zeichnungen ein, wandte mich zur Tür, lächelte schief und sagte: »Florenz.«

Ich beauftragte einen Tischler, gemäß Buonarrotis Maßen den hohen, schmalen Rahmen für eine lebensgroße Figur anzufertigen, dazu eine größere Staffelei und meinen eigenen Schrank für die Skizzen, Pinsel und Farben. Von nun an waren wir wirklich eine Familie mit zwei Künstlern. Und eines Tages vielleicht mit drei.

Ich grundierte zunächst die Leinwand und zermahlte die Pigmente, doch fügte ich das Leinöl erst an dem Tag hinzu, als ich sie wirklich benötigte. Mit Vanna als Modell deutete ich mit den Farben zunächst nur skizzenhaft die Umrisse an. Die Wochen vergingen in der Freude, Form durch Farbe und Schattierung zu erschaffen. Ich war wie in Ekstase, vergaß alles um mich herum im bloßen Vergnügen, Farben aufzutragen. Ich arbeitete gerade an einem Fußgelenk, als ich Palmiras Stimme wie aus einem fernen Land hörte. »Mama, ich hab Hunger, Mama.«

Ich holte tief Luft. Es war schon später Nachmittag. »Oh, mein Schatz, es tut mir Leid. Wir werden sofort etwas essen.« Ich holte eilends eine Schüssel mit Pasta vom Vortag. Über kalte dicke Bohnen sprenkelte ich Olivenöl und legte Pecorino und Paprika dazu, damit auch genug für Vanna da war. Auf ein Stück Pecorino träufelte ich Honig und gab es Palmira.

»Gut, ein Kind in der Nähe zu haben«, sagte Vanna. »Dann hört Ihr auf zu arbeiten und wir essen zusammen.«

»So gut wie diese neuen Schlaguhren.« Ich schob einen Teller mit Feigen zu ihr hinüber. »Wolltet Ihr jemals malen?«, fragte ich.

»Nein, nie. Wozu diese Qualen? Männer malen. Frauen posieren. So sollte es sein.«

»Wenn Ihr so denkt, warum seid Ihr dann gekommen, obwohl klar war, dass das Gesuch von einer Frau stammte?«

»Ich brauche das Geld. Ich bin alleinstehend und habe zwei Söhne. Ihr kennt die Alternativen so gut wie ich.«

Obwohl ich mich fragte, was mit ihrem Mann war, falls es denn einen gegeben hatte, respektierte ich ihre Privatsphäre und fragte nicht nach.

»Glaubt Ihr, Ihr werdet jemals berühmt, weil Euch jemand gemalt hat?«

»Ja, sicher. Vielleicht wird man nicht meinen Namen kennen, aber man wird mich an einer Wand oder einer Decke in einem Palast sehen, in den ich niemals gelangen würde, um mich dort umzusehen.«

»Und das gibt Euch Befriedigung?«

»Ja. Gewiss.« Sie wirkte gleichzeitig defensiv und wehmütig, eine seltsame Mischung. »Vielleicht erkennt mich jemand, der mich auf einem Bild gesehen hat, auf der Straße und blickt zweimal hin. Spricht mich vielleicht sogar an. Das wäre doch möglich.«

»Ja, wahrscheinlich schon. Aber da wäre auch noch die Zukunft.«

»Ihr meint, wenn wir beide tot sind?« Sie straffte die Schultern, was ihre Büste hervorschob. »Ich werde viel länger so sein, wie ich jetzt bin, als jeder Künstler, der mich malt.«

Darauf wusste ich keine Entgegnung. Was sie sah, war nur oberflächlich. Mein Beitrag war in ihren Augen unkörperlich und daher kaum von Bedeutung.

»Mögen Eure Jungen Feigen? Dann nehmt ihnen welche mit.« Ein hochmütiger Zug trat in ihr Gesicht. »Bitte«, drängte ich. »Wir haben mehr an dem Baum im Hof, als wir essen können.«

»Es wird sie mit seiner Realität schockieren«, sagte Buonarroti und blickte auf das fertige Bild, das auf einer Staffelei in seiner Empfangshalle lehnte.

»Eine nackte Frau, die auf einer Wolke sitzt, hat Realität?« Er lachte leise. »Eine Frau. Eine echte, rosige Frau aus Fleisch und Blut. Sie ist bezaubernd.«

»Ich bin sicher, sie wäre glücklich, wenn sie das hören würde.«

»Die Akademie, Bandinelli, Cosimo, sie alle werden es sehen und bestaunen«, sagte er, als er die vierunddreißig Goldflorine auf dem Tisch abzählte, sie in einen braunen Samtbeutel steckte und mir gab. Er grinste. »Wollt Ihr wissen, welchen Teil ich an ihr am meisten liebe?«

Ihre Brüste? Ihre Hüften? Ich wusste es nicht. »Ihr Gesicht«, sagte ich.

»Nein. Es ist der plumpe linke Unterarm mit der reizenden Verdickung am Ellbogen. Ihr seid ein zweiter Rubens. Und ich bin der Erste in Florenz, der das erkannt hat.«

»Ich werde Euch für immer dafür dankbar sein.«

Mit dem Rücken zu mir stöberte er in einer Schublade seines Schreibtischs herum, die mit Papieren und Federn voll gestopft war, und zog schließlich einen Pinsel hervor, der so breit war wie mein Zeigefinger. Der lange Stiel war aus geöltem Walnussholz und hatte eine Ferulle aus Messing, die Haare waren vom Marder. Den gab er mir. »Hier. Verliert ihn nicht. Er gehörte meinem Großonkel.«

»Michelangelo persönlich?«

Er lehnte sich amüsiert zu mir und nickte väterlich. »Er war mein einziger Großonkel, der malte. Also muss der Pinsel wohl von ihm sein.«

»Das ist ja ein Schatz. Ich werde ihn niemals benutzen!«

»Oh doch. Das müsst Ihr. Lasst ihn Euch eine Mahnung sein, dass Gott ein Genie nur mit Bedacht auszeichnet.« Er wedelte mit dem Zeigefinger. »Begabung sollte nicht vor der Welt verborgen werden.« Er blickte wieder auf mein Bild. »›Jede Schönheit, die hier unten von Menschen mit einem besonderen Gespür gesehen wird, ähnelt mehr als alles andere dem himmlischen Born, aus dem wir alle stammen.‹ Das ist aus einem seiner Gedichte.«

»Von Gott?«, scherzte ich. »Gott schrieb Gedichte?«

»Nein. Michelangelo.«

»Das läuft auf dasselbe hinaus.«

Zu Hause legte ich die vierunddreißig Münzen in eine Reihe, damit Pietro sie sehen konnte, und zwar so, dass immer die Lilien nach oben wiesen. Den Pinsel zeigte ich ihm nicht. Ich hatte Schwester Grazielas Stimme im Ohr. *Sei weise.*

Während ich wartete, empfand ich eine vage Unruhe, eine Unzufriedenheit, die ich nach Beendigung der Susanna oder Judith nicht empfunden hatte. Die *Inclinazione* mochte wunderschön sein. Sie mochte Realität haben, doch ihr fehlte etwas. Das Vergnügen bei diesem Bild war für mich visueller Natur gewesen, weil ich Form geschaffen und Farbe aufgetragen hatte, und wohl auch fühlbar, weil ich die dicke, cremige Farbe auf meine Palette geschmiert hatte, doch mein Vergnügen war keinesfalls geistiger Natur gewesen. Dieses Bild hatte keine *invenzione*. Es erzählte keine Geschichte. Hier hatte das Handwerk gezählt, nicht die Kunst.

Über dieses Bild würde ich Vater nicht schreiben.

»Ich kann es nicht glauben«, sagte Pietro, als er nach Hause kam und die Münzen sah. Während er sie zählte, schien sich sein Mund einfach nicht schließen zu können. »Andere Künstler, die von Buonarroti mit einzelnen Figuren beauftragt wurden, haben nur zehn bekommen.«

»Woher weißt du das?«

»So was weiß man eben. Es gehört zu unserem Beruf, es zu wissen.«

In dieser Nacht lag er wie versteinert in seinem Bett und rührte sich nicht.

10 Die Akademie

I CH WUSCH MIR DAS HAAR und entfernte mit einem dünnen Zweig die Farbe unter meinen Fingernägeln. Meine alten Schuhe rieb ich mit Schweinefett ein und dann wusch ich mein gutes, weinrotes Kleid. Das Wams sah tropfnass zwar nicht schlecht aus, aber der Rock wirkte wie ein Scheuerlappen. Mir brach der kalte Schweiß aus und ich brachte beides hinauf zu Fina.

»Gott, Kind. Ein so feines Kleid weicht man nicht in Wasser ein. Man säubert nur den betroffenen Bereich. Jetzt haben wir eine Menge Arbeit vor uns, dass es wieder anständig aussieht.«

»Habe ich es ruiniert?«

»Legt Holz nach.«

Sie zeigte mir, wie man das Kleid mit zwei eisernen Blöcken in Form von Spitzbögen, die sie auf dem Ofen erhitzt hatte, wieder glättete. Als ich jedoch immer nur weitere Falten erzeugte, anstatt sie herauszubekommen, stieß sie mich mit dem Ellbogen beiseite. »Haltet den Rock hoch, damit er nicht über den Boden schleift. Der ist nämlich nicht besonders sauber.«

Das Unterfangen nahm einen Großteil des Nachmittags in Anspruch. »Von nun an werde ich Euch bezahlen, damit Ihr unsere ganze Wäsche wascht.«

»Erzählt mir, zu welchem Anlass Ihr ein solches Kleid tragt.«

»Ich bin in der Accademia del Disegno eingeladen. Auf der Einladung heißt es ›Aufnahme von neuen Mitgliedern und Ausstellung zum Fest des heiligen Lukas‹.«

»Oh?« Sie blickte mich neugierig an.

»Buonarroti hat das Bild, das ich für ihn gemalt habe, Mitgliedern der Akademie gezeigt. Ich glaube, ich werde aufgenommen.«

»Und Pierantonio?« Sie blickte finster auf den Rock und unterbrach ihre Arbeit nicht. »Ist er auch eingeladen?«

»Nein.«

»Was hält er davon?«

»Das hat er nicht gesagt.«

»Dann sage ich nur: Seid vorsichtig.«

»Vorsichtig! Wie kann ich noch vorsichtiger sein, als ich es schon bin? Ich musste ihm doch die Einladung zeigen!«

Als er sie las, hatten sich seine Augen verengt und sein Mund sich verzogen. Ich hatte gesagt: »Dieser aufgeblasene Sekretär mit dem Hefeteiggesicht hätte meinen Namen besser nicht auf die Liste mit den Modellen setzen sollen. Glaubst du, deshalb bin ich eingeladen?«

Und Pietro hatte mir einen Blick zugeworfen, wie man ihn einem lästigen Narren auf der Straße zuwerfen würde, und gesagt: »Woher soll ich das wissen?«

Ich half Fina, den Rock umzudrehen. »Ich werde vorsichtig sein.«

Der Ausstellungssaal der Akademie war voller Männer, die sich in Grüppchen vor Bildern versammelten und lautstark diskutierten. Signor Buonarroti sah mich, gleich als ich eintraf, und kam mir mit ausgestreckten Armen entgegen.

»Eines Tages werdet Ihr ein Ehrengast sein, denkt an meine Worte«, flüsterte er mir ins Ohr, dann stellte er mich dem Sekretär vor, der versucht hatte, mich als Modell zu registrieren.

»Ich glaube, wir haben einander schon kennen gelernt«, sagte ich. Als ich ihm die Hand bot, konnte ich ein anzügliches Lächeln nicht unterdrücken.

»In der Tat.«

Zu meiner Überraschung grüßte mich Signor Bandinelli herzlich, forderte mich auf, die Bilder zu studieren, und ging dann weiter, um andere zu begrüßen.

Signor Buonarroti wies auf den *granduca* Cosimo de' Medici, der eine purpurfarbene Weste mit Schlitzen trug, die den Blick auf smaragdgrüne Seide darunter freiließen, dazu Seidenstrümpfe und eine Kniebundhose in passendem Grün. Das Mittelstück seiner Weste bildete ein Einsatz mit Goldstickerei. Er trug eine schmale, weiße Halskrause.

Oh, wenn man doch ein Bild mit solch ausgesuchten Details und diesem leuchtenden Grün malen könnte, wenn man den Glanz mit einzelnen Schichten einer Lasur zwischen den Farbschichten erzeugen könnte, die genauso hauchfein waren wie die Seide selbst, und dies mit einem Pinsel, dessen Spur aussähe wie Seidenfäden. Doch das war unmöglich. Ein derart leuchtendes Grün konnte nur aus mazedonischem Malachit erzeugt werden, und es würde nur dann so leuchtend bleiben, wenn man es allenfalls grob zermahlte. Doch dann blieben feine Partikel auf der Leinwand zurück, die für Seide unpassend wären. Eine Schande. Es war ein spektakuläres Porträt, würde jedoch nur in meinem Kopf existieren.

Bedauerlicherweise hatte Cosimo ein nicht gerade ansprechendes Äußeres, obwohl er noch jung war, noch nicht einmal dreißig. Seine kolbenförmige Nase warf einen Schatten auf seinen Mund, und unter seiner vorgeworfenen, mit Rouge versehenen Unterlippe trug er einen ziemlich albernen Bart, der aussah wie ein winziges Dreieck.

»Schenkt ihm Euren ehrfürchtigsten Knicks«, murmelte Buonarroti. »Und los.« Er nahm mich beim Arm. Obwohl ich kaum glauben konnte, was nun geschehen sollte, trat ich vor, und der *granduca* bemerkte mich, doch bevor Buonarroti mich vorstellen konnte, klopfte der Sekretär mit seinem Stab und bat um Aufmerksamkeit.

Die Akademiemitglieder bildeten zwei gegenüberliegende Reihen, deren eine Signor Bandinelli beschloss. Ich stellte mich neben Buonarroti. Uns gegenüber stand ein bärtiger, pausbäckiger Mann, der ein braunes Gewand wie die Gelehrten trug und uns anlächelte.

Signor Bandinelli räusperte sich. »Granduca Cosimo de' Medici, Mitglieder der Accademia dell'Arte del Disegno und

Gäste. Wir freuen uns, an dieser Feier zum Tag des heiligen Lukas, des Schutzpatrons der Künstler und Handwerker, die Neuzulassungen für das Jahr 1615 verkünden zu können.«

Ein Flattern in meinem Magen brachte mich dazu, meine Hand auf mein Mieder zu legen.

»Die Mitglieder der Akademie genießen unter den Künstlern der Stadt Florenz die höchste Achtung und haben folgende Privilegien: Unterricht in Zeichnen, Malen und Bildhauern, in Architektur, Rhetorik und Mathematik; Zulassung zu allen außerordentlichen Vorträgen, zu den Uffizien und, auf Antrag, zu anderen Privatsammlungen; dazu die Nutzung der Ateliers, der Bibliothek, der Kostüme, Requisiten und registrierten Modelle der Akademie. Die folgenden Personen mögen bitte vortreten, um ihre Einschreibungsunterlagen entgegenzunehmen und ihre Registrierung gegenzuzeichnen.«

»Antonello Ignazio Barducci.«

»Jacopo d'Arcibaldo Daviolo.«

Der Sekretär gab die Unterlagen aus. Bei jedem Namen klopften die Mitglieder beifällig mit ihrem Stab auf den Boden und riefen »*Bravo!*« Meine Füße verkrampften sich und ich konnte nur noch flach atmen.

»Antonio Guido da Fiorentino.«

»Gianlorenzo Frapelli.«

Ich hielt den Atem an.

»Francesco Alfonso Grepini.«

Ich spürte meinen Herzschlag bis in die Magengrube.

»Giacomo Luigi Romano.«

Ich wollte im Boden versinken.

»Und Artemisia d'Orazio Gentileschi Lomi.«

Einen Moment lang hallte mein Name im Saal wider. Dann das Klopfen der Stäbe auf Stein und das laut gerufene Wort: »*Brava!*« Mein wild klopfendes Herz sprengte meinen Brustkorb und übertönte alles andere. Ich trat vor und unterschrieb mit einem großen A, G und L. Dann wandte ich mich zu den Männern um und sah überall nur Lächeln, auch vom *granduca*, und vor allem im herzlichen, stolzen Gesicht von Signor Buonarroti, der aussah, wie *il divino* höchstselbst. Ich hätte sie alle umarmen können.

Niemand erwähnte, dass ich die erste Frau war, die überhaupt aufgenommen worden war. Nur ein Wort zeugte davon: »*Brava.*«

Oder sah ich Groll in dem steifen Rücken des Mannes in der Ecke des Saals? In der hochgezogenen Augenbraue seines Nachbarn? Hatte irgendjemand nicht mit seinem Stab geklopft? Wen musste ich noch mit Worten überzeugen und nicht nur mit meinem Pinsel? Doch das später. Ich würde mich später darum kümmern. Jetzt wurde mir gratuliert.

»Es ist an der Zeit, dass Ihr eine von uns seid«, sagte Signor Bandinelli. »Allein die Leistung Eurer *Inclinazione* gebietet Eure Aufnahme.«

»Allein diese?« Offensichtlich mochte er meine Susanna und meine Judith immer noch nicht. »Ich danke Euch untertänigst, Signore.«

Dann wurden Wein und Süßigkeiten serviert, und Buonarroti führte mich im Saal herum und sorgte dafür, dass auch jeder wusste, dass die *Inclinazione* aus meinem Pinsel stammte. Würde ich den Mitgliedern der Akademie eines Tages darin gleichen, dass ich mehr vom Handwerk beeindruckt war als von mühsam errungener, durchdachter *invenzione*?

Gerade als wir uns dem *granduca* näherten, trat uns der Sekretär entgegen. »Kommt mit mir, Signora, auf eine Führung.« Ein Befehl, in öligem Ton vorgetragen. Er führte mich mit ausgestreckter Hand, sammelte noch drei weitere neue Mitglieder ein und brachte uns hinauf zur Bibliothek und zu den Ateliers, wo er uns die Schränke mit den Zeichnungen, das Skelett und die Gussformen für die Plastiken zeigte und dann eine lange, detaillierte Beschreibung der einzelnen Klassen folgen ließ. Nichts von alldem wäre dringlich gewesen. So rasch ich konnte, bezahlte ich meine Einschreibungsgebühr und trug mich in eine Klasse für Schreiben und Rhetorik ein. Als ich wieder hinunterkam, hatte sich die Menge zerstreut. Der *granduca* war gegangen. Es war vorbei, einfach so – wie ein Traum.

Als ich das Gebäude verließ, drückte ich das Dokument an meine Brust und hätte nach Hause tanzen mögen. Das würde ich Vater schreiben. Und Graziela und Paola. Doch in meine Aufregung mischte sich die nackte Angst, es Pietro erzählen zu müssen.

Ich eilte auf schmalen Seitenstraßen zurück und schlängelte mich zwischen zwei Bettlern auf der Piazza Salvemini hindurch. Vor der *macelleria* von Pietros Freund hingen ungerupfte Hühner und Gänse an Eisenhaken, und das Blut tropfte in einen Trog, der auf der Straße ausgeleert wurde. Ich trat darüber hinweg, ging hinein und kaufte etwas Wildschweinwurst, Pietros Lieblingswurst, die es bei uns nur ganz selten gab. Dann ging ich zu einem *vinaio*.

»Eine Flasche von Eurem besten Wein. Für eine Feier.« Meine Stimme weckte den Hund, der auf den Stufen zum Weinkeller schlief.

Ich bahnte mir einen Weg zwischen den Kindern, die auf der Straße spielten, zwischen den schwarzgewandeten Ordensbrüdern der Misericordia, die eine Totenbahre zur Santa Croce trugen. Die große Piazza überquerte ich diagonal. Wegen der Büßerin mit der wilden Mähne, die sich an der Kirchentür geißelte und dazu heulte, blieb ich noch nicht einmal wie gewöhnlich an Michelangelos Grab stehen, das nur ein paar Schritte hinter der Tür lag. Er hätte meine Aufregung verstanden. »*Brava*«, hatten sie gesagt.

Was sollte ich Pietro nur sagen, um ihn zu besänftigen?

Die bunten Seidenbahnen auf dem Corso dei Tintori schienen nur mir zu Ehren im Wind zu wehen. Ich eilte eine kurze Strecke den Lungarno entlang, dann die Treppe hinauf, drei Stockwerke, zwei, ich keuchte, nur noch eines, und hörte Palmira weinen. Ich öffnete die Tür. Palmira hatte sich auf dem Boden in meinen Morgenmantel gekuschelt und war außer sich. Ich rannte zu ihr.

»Oh, Palmira, *tesoro*. Wo ist dein Papa?«

Mir stockte das Herz. Er war nicht da. Gott allein wusste, wie lange er sie schon allein gelassen hatte. Dabei hätte er sie doch zu Fina bringen können.

Ich nahm sie in die Arme und küsste ihre geröteten Wangen, ihre Stirn, ihre Ohren und ihre kleinen Fäuste. Ihre Tränen salzten meine Lippen. »Mein kleiner, einsamer Schatz. *Poverina*. Weine nicht.« Ich spürte, dass ihr kleiner Körper von Schluchzern erschüttert wurde. Ich presste sie an mich und wiegte sie sanft. »Mama ist ja jetzt da.«

Da beruhigte sie sich und ihr nasses Händchen strich über die Stickerei auf meinem Wams. Ihre Finger wanderten hinauf zu der Borte an meinem Ausschnitt, doch noch war sie nicht bereit, sich ganz besänftigen zu lassen. Da sie wusste, dass sie meine volle Aufmerksamkeit hatte, holte sie tief Luft und schob die Unterlippe vor. »Ich will auch so ein Kleid.«

»Du wirst viele Kleider haben. Das verspreche ich dir. Jetzt ist Mama in der Akademie. Vielleicht wirst du auch eines Tages aufgenommen.«

Später gab ich ihr ein halbes hart gekochtes Ei und etwas Brühe mit Zucchini in ihrer Lieblingsschüssel aus blauer Fayence, und als sie fertig gegessen hatte, wand sie sich von meinem Schoß hinunter, schlang sich meinen Morgenmantel um die Schultern und tänzelte, ihn hinter sich herziehend, durch den Raum. Zu jedem anderen Zeitpunkt hätte ich das nicht zugelassen und das wusste sie.

Ich schnitt die Wildschweinwurst für Pietro in dünne Scheiben und legte sie um den Rand eines Zinntellers, sodass sie aussahen wie dunkle, alte Münzen, die einander berührten. In der Mitte arrangierte ich Birnenstücke um die andere Hälfte des Eis. »Sieh mal, wie schön. Wie ein Stern.« Dann nahm ich einen anderen Teller für Olivenöl. Und Brot. Wie sollte ich es ihm sagen? Ich durfte meiner Stimme nicht zu viel Triumph verleihen. Ich übte es: »Ich bin aufgenommen worden«, ausdruckslos, als sagte ich: »Es wird regnen«, doch ich konnte meiner Stimme nicht trauen. Auf das Öl streute ich gerebeltes Oregano, in Form der Buchstaben A und D für *Accademia* und *Disegno*. Die Zulassung mit dem großen A und dem großen D legte ich neben den Teller, goss zwei Gläser Wein ein und wartete.

»Halt still«, sagte ich zu Palmira und zeichnete eine Karikatur von ihr mit meinem Morgenmantel, der bis über die Seite hinaus hinter ihr herflog.

»Bin ich das, Mama?« Einen Moment glänzten ihre Augen vor Freude, bis ihr wieder einfiel, dass sie schmollte.

»Das ist mein allerliebster Schatz. Wie heißt mein Schatz?«

»*Tesoro.*«

»Und wie noch?«

»Palmira«, sagte sie mit honigsüßer Stimme, und da wusste ich, dass alles wieder gut war.

Ich nahm eine Wurstscheibe und arrangierte die anderen um, damit die Lücke nicht auffiel. Langsam, mit winzigen Bissen aß ich die Köstlichkeit. Ich versuchte mich zu beschäftigen, meinen Malschrank aufzuräumen, doch nahm ich immer wieder eine Wurstscheibe und arrangierte die anderen um und mit jedem fehlenden Wurststück auf dem Teller wurde der Grund für Pietros Abwesenheit klarer. Mittlerweile musste er die Neuigkeit selbst erfahren haben. Ich verrührte das Öl mit einem Stück Brot, damit er die Buchstaben nicht sah, schob den Teller beiseite und holte Schreibpapier hervor.

Vater,

ich habe Neuigkeiten für dich, die dich sehr glücklich machen werden. Ich bin in die Accademia dell'Arte aufgenommen worden, als erste Frau.

Als ich am Anfang die Judith und die Susanna in die Akademie brachte, spotteten sie über mich und sagten, Frauen sollten nichts mit neuer Deutung malen. Dann brachte ich die

Bilder zu Signor Buonarroti. Danke, dass du ihm geschrieben hast. Er ist ein freundlicher, gutherziger Mensch und beauftragte mich, einen großen weiblichen Akt für einen Deckenteil in einem Museum für Michelangelo zu malen. Anscheinend sahen Mitglieder der Akademie diesen Akt und änderten ihre Meinung. Doch Triumph ist nicht angezeigt. Die Zukunft ist weiter ungewiss.

Palmira Prudenzia ist nun fast drei Jahre alt und steht niemals still. Sie hat Pietros dunkle Augen und braune Locken und steckt voller Fragen. »Wie kann ich schneller wachsen?«, fragte sie neulich. Das bin ich nun also: Künstlerin der Akademie und Mutter. Ich kann es kaum glauben. Meine einzige Sorge gilt der Frage, wie Pietro wohl meine Zulassung zur Akademie aufnehmen wird.

Immer deine Tochter,
Artemisia

Die Dämmerung brach herein und entzog der Welt draußen ihre Farben. Ich zündete eine Kerze und die Öllampe meiner Mutter an, um unser Heim zu einem behaglichen Ort zu machen, an den man gern zurückkehrt. Viele Male hatte Mutter das Abendessen für Vater bereit gehabt und er kam erst nach Hause, nachdem es schon kalt geworden war. Dann hatte sie leise im tanzenden Licht der Lampe gesungen, um sich aufzumuntern, doch in meinen Ohren hatte ihr Gesang immer melancholisch geklungen. Die Birnen wurden an den Rändern schon braun. Diesen jämmerlichen Anblick konnte ich nicht ertragen. Also aß ich alle bis auf zwei Stücke. Schließlich war das meine Feier. Irgendetwas verdiente die erste Frau in der Geschichte der Akademie doch wohl.

Ich gab gerade Palmira den letzten Rest der Birne, als Pietro durch die Tür stürmte und sich sein Wams herunterriss. Zorn blitzte über sein fein geschnittenes, schmales Gesicht.

»Du hättest warten können«, sagte er.

»Warum hast du sie allein gelassen? Sie weinte, als ich nach

Hause kam. Und wie meinst du das: Ich hätte warten können! Worauf?«

»Bis ich zugelassen bin.« Er warf sich sein Wams über die Schulter und marschierte ohne einen Blick auf das Dokument am Tisch vorbei. Die Kerze flackerte. Dann hörte ich, wie die Tür zu unserer Kammer geschlossen und verriegelt wurde.

»Pietro, was tust du da?« Ich hämmerte gegen die Tür. »*Per amor di Dio*, was soll das heißen? Tu mir das nicht an.« Palmira rannte zu mir und umschlang meine Beine. »Du solltest dich freuen. Das bedeutet mehr Aufträge, für uns beide.« Gedämpftes Schluchzen drang durch den winzigen Spalt zwischen Tür und Türrahmen. »Was willst du?«, fragte ich durch die Tür. »Dass ich aufhöre zu malen? Aufhöre, das zu sein, wozu ich bestimmt wurde? Aufhöre zu atmen?« Ich nahm Palmira auf den Arm und ging mit großen Schritten zwischen dem großen Zimmer und der Küche hin und her.

Palmira kuschelte ihren Kopf in meine Halsbeuge, als würde sie alles verstehen. Ich setzte sie auf dem Spültisch ab und streichelte mit einer Hand ihr Gesicht, während ich mit der andern das schmutzige Geschirr im Steinbecken spülte. Dann machte ich Palmiras Bett im großen Zimmer und legte sie schlafen. Sie steckte ihre gekrümmten Finger wie ein Eichhörnchen unter ihr Kinn. Ich wickelte die Decke um sie und flüsterte: »Ich schwöre dir, mein Schatz, ich werde niemals zulassen, dass du in eine Ehe ohne Liebe gedrängt wirst. Du wirst niemals eine Zweckehe eingehen, niemals das Beste aus dem machen müssen, was die Umstände dir bescheren.«

Ich lehnte mich gegen die Wand. Aber war das nicht letzten Endes das Leben: mit dem zurechtkommen, was die Umstände einem bescherten? Wenn es Agostino und Vater nicht gegeben hätte, hätte ich möglicherweise jemanden heiraten können, der mich liebte und stolz auf mich gewesen wäre. Doch wenn ich aus Liebe geheiratet hätte, wäre ich immer noch in Rom und der Akademie unbekannt. Ich dachte an Graziela. Auch bei Liebesheiraten gab es keine Sicherheiten. Zwei Dinge gab es, die ich am meisten für mein Leben wollte: Malen und Liebe – und das eine hatte jede Möglichkeit auf das andere ausgeschlossen. Warum war das Leben so verrückt, dass es mir nicht auch nur einen Fetzen vom Glück geben konnte oder wollte, ohne mir die gleiche Menge an Unglück zu bescheren?

Ich schleuderte das schmutzige Spülwasser im Abtropfeimer mit Nachdruck aus dem Fenster.

11 *Judith*

WEDER DER TEIGGESICHTIGE Sekretär noch Pietro würden mir den Weg zu Cosimo de' Medici verstellen. Ich begann, an einer weiteren Judith zu arbeiten, die im wesentlichen dieselbe Komposition, doch andere Gesichter und üppigere Gewänder in anderen Farben aufwies. Judiths Gewand würde aus dunklem Gold sein, für das Florenz eine Vorliebe zu haben schien, und außerdem vollere Ärmel haben, die allerdings nach oben geschoben wären, damit sie ihr Werk vollbringen konnte. Und da die Florentiner Schmuck und dekorative Accessoires liebten, bekam Abras Kopftuch eine Goldborte und Judith ein filigranes Goldarmband mit grünen Steinen, in die Artemisgestalten geritzt waren. Da die Herstellung von feinem Tuch einer der Haupterwerbszweige der Stadt war, nahm ich eine breitere Leinwand, damit ich Holofernes' Bettwäsche aus rotem Samt voluminöser gestalten konnte. Ich säumte sie mit Goldstickerei. Und wegen des sinnlichen Aspekts versah ich das blühende Fleisch von Judiths voller Büste mit einem winzigen Blutspritzer, ebenso ihr florentinisches Goldkleid – all dies wohlkalkuliert, um Ihrer Hoheit Cosimo de' Medici zu gefallen.

Der schwierigste Teil bestand darin, den Begleitbrief zu verfassen, in dem ich ihm das Bild als Geschenk präsentierte und meine Dienste für weitere Aufträge anbot. Drei Tage lang mühte ich mich ab, die ehrerbietige Sprache der Dienstbarkeit zu vervollkommnen. Ich saß am Tisch und verschwendete einen Bogen Papier nach dem andern mit ungenügenden Briefanfängen und betrachtete Palmira, die mit einer Papierpuppe spielte, welche ich ihr aus einem missglückten Brief gebastelt hatte.

Schließlich verfasste ich einen einfacheren Brief.

Liebe Graziela,

Palmira ist nun drei Jahre alt und voller Fragen. »Warum ha-
ben Ameisen kein Fell?«, fragte sie mich neulich. Fina, mein
guter Engel, der über uns wohnt, hat ihr ein Lied über ein
Kind beigebracht, das, auf einem gelben Vogel sitzend, in ein
fernes Land reist. Und das höre ich nun ständig. Es erinnert
mich an die Vögel in deinen Illuminationen. Hast du noch
weitere Psalter verziert? Und ist euer Dach repariert?

Pietro scheint es nicht zu stören, dass ich male, doch es ärgert
ihn zutiefst, dass ich vor ihm in der Akademie aufgenommen
wurde. Ich habe noch eine Judith gemalt, die ich Cosimo de'
Medici als Geschenk präsentieren will. Vergib mir, Graziela,
aber ich habe ihrem Schwert die Form des Kruzifixes verlie-
hen. Sollen sie in den nächsten Jahrhunderten doch darüber
rätseln! Wenn Cosimo es für seinen Palast akzeptiert oder ein
weiteres Bild bei mir in Auftrag gibt, fürchte ich jetzt schon die
stürmischen Zeiten, die zu Hause anbrechen werden. Sprich
ein kleines Gebet.

> *Für immer deine Schülerin und Bewunderin*
> *Artemisia*

Als ich diesen Brief beendet hatte, fiel mir der an Cosimo
leichter.

Eine Woche, nachdem ich Bild und Brief übergeben hatte, lud
mich Cosimo in den Palazzo Pitti ein, wann immer es mir genehm sei – eine noble Geste von ihm.

Pietro grummelte: »Natürlich. Was erwartest du denn, wenn
du einfach deine Werke verschenkst?«

»Du weißt ja, dass du das auch hättest tun können.«

»Ihm ein Bild aufdrängen? Es ist weitaus würdiger, für geringere Gönner der Stadt zu malen und zu warten, bis er von
selbst auf dein Werk aufmerksam wird.«

»Warten? Wie lange denn? Wir sind sterblich, Pietro. Bei jedem unserer Atemzüge rinnt weiterer Sand durch das Glas.«

»Sei nicht makaber.«

»Das bin ich nicht. Ich bin realistisch.«

Da es Frühherbst war, diese kurze, dunstgeschwängerte, schöne Zeit zwischen den langen, glühend heißen Tagen des Sommers und den regennassen des Novembers, ging ich zu Fuß über die Ponte Vecchio, anstatt mein Geld für eine Kutsche auszugeben. Der Arno war zu einem schlammigen Rinnsal geworden, das sich müde dahinschleppte, und die Spiegelungen der ockerfarbenen Gebäude, die sonst auf der Oberfläche des grünen Wassers vibrierten, waren verschwunden. Stattdessen säumten auf den Uferdämmen Unkraut und vertrocknetes Gras den fauligen Strom und ganze Wolken von Stechmücken wallten über dem stehenden Gewässer auf. Doch das beeinträchtigte nicht meine Stimmung.

Wäre Pietro bei mir gewesen, so hätten der Geruch und die Stechmücken ihm die Stimmung getrübt. Vielleicht wäre er sogar umgekehrt, überzeugt, es an einem anderen Tag noch mal zu versuchen, um dann doch seine Entschlusskraft zu verlieren. Es schien, als täte er immer Dinge, die ihm schadeten, zum Beispiel die Restaurierung eines Freskos zu übernehmen, ohne auf einen neuen Auftrag zu drängen. Und er benutzte nie den venezianischen Bernsteinfirnis, obwohl wir doch beide wussten, dass er seine Bilder verbessern würde. Das konnte ich nicht verstehen. Wenn man etwas über alles liebte, wenn man das Werk seines Herzens und seiner Hände wertschätzte, dann war es doch nur natürlich, dass man, ohne zu zögern, seine ganze Seele, rein und ungeteilt, diesem Werk hingab. Große Kunst konnte nicht weniger verlangen.

Ich fegte armfuchtelnd meinen Weg durch die Mückenwolken frei und ging weiter.

Der Palazzo Pitti erstreckte sich in steifer Förmlichkeit auf der linken Seite der Via de' Guicciardini. Immer noch erschien mir dieses einschüchternde Gebäude eher wie die Residenz eines

Despoten und nicht wie das Heim eines Kunstfreundes, obwohl ich es doch besser wusste. Am hohen, schweren Tor nannte ich dem Pförtner meinen Namen, der daraufhin auf einer Liste nachsah. Er führte mich hinauf zum *piano nobile*, dem Stockwerk mit den Empfangsräumen. Von einem Fenster aus entdeckte ich, dass der Palast noch größer war, als er von der Straße aus erschien, und zwei Flügel hatte, die sich im rechten Winkel zu einem ansteigenden grasbewachsenen Hang hin erstreckten und dem ganzen Gebäude eine U-Form verliehen, die einen Wagenhof umschloss.

Ich ging durch den ersten Saal, der viele Fenster hatte und voller antiker Statuen war, und wurde durch eine Marmortür in einen Saal mit raffinierten weißen und goldenen Kranzgesimsen geführt, dessen Wände mit dunkelrosa Brokat bespannt und mit unzähligen Bildern voll gehängt waren. Ich konnte sie mir nicht direkt ansehen. Die Etikette verlangte, dass ich nur Cosimo ansah. Er und seine Gäste saßen mit dem Gesicht zum Hof und aßen etwas, das aussah wie gefüllter Fasan, der mit Oliven und Artischocken umlegt war. Fasanenfedern erhoben sich dekorativ wie eine Fontäne über Hügeln von Quitten, Datteln, Feigen und Mandeln. In Rom hatte ich nicht gewusst, dass aus Essen auch Kunstwerke gestaltet werden konnten.

Ein Bediensteter kündigte mich an und ich trat näher und machte einen Knicks.

»Dies hier also ist die weibliche Hand, die einen derart ausdrucksstarken Pinsel führt«, sagte Cosimo und streckte zur Begrüßung einen Arm aus. »Ich hatte gehofft, Euch in der Akademie kennen zu lernen.«

»Ich fühle mich geehrt, Eure Durchlauchtigste Hoheit«, sagte ich, verharrte im Knicks und blickte auf das Muster des Steinfußbodens zwischen uns. »Und ich bitte um Verzeihung, dass ich Euch und Eure Gäste störe.«

»Angesichts eines solchen Geschenks bin ich der, der sich geehrt fühlen sollte, Signorina.«

Wie schmeichelhaft, mich so anzureden. Offenbar gehörte

es zum guten Ton in Florenz, die »Signora« Frauen vorzubehalten, die älter waren als ich. Ich fragte mich, was er über mich wusste.

»Ihr habt Eurer Judith ein hartes Gesicht gegeben.«

»Sie konzentriert sich. Wie alle Heldinnen ist sie durchdrungen von ihrer Aufgabe.«

»Zweifellos genauso wie Ihr von der Euren durchdrungen seid«, sagte er mit einem leisen Lachen. »Und wer, wenn ich fragen darf, war das männliche Modell, das solche Vergeltung verdiente?«

»Hier handelt es sich nicht um persönliche Vendetta, Eure Hoheit.« *Santa Maria*, gib, dass ich ihn nicht beleidige. »Wenn man es überhaupt Vergeltung nennen kann, dann Vergeltung für Tyrannei.«

Dazu nickte er langsam und nachdenklich. »Ich werde für Eure Judith einen schönen Platz in der Sala dell'Iliade finden.« Er lachte wieder. »Einen Platz, wo meine Gäste vielleicht von passiveren Freuden erwachen müssen. Seid versichert, dass es in guter Gesellschaft sein wird, und außerdem, dass es kein Geschenk sein muss. Ihr werdet großzügig dafür entlohnt werden.«

»Welche Ehre, Hoheit.«

»Aber das Bild soll nicht das einzige Zeugnis von solchem Talent bleiben.«

Hoffnung stieg in Wellen meine Kehle empor.

»Lasst ein zweites Bild ähnlicher Qualität folgen und Ihr werdet zweifach entlohnt werden.«

»Noch eine Judith?«

»Ja! Sicher gibt es noch andere Momente in ihrer Geschichte, die Eures Pinsels würdig sind.«

»Es wird mir ein Vergnügen sein, mich sogleich daran zu wagen.«

»Warum fliegen Tauben, Mama?«, fragte Palmira, die neben mir herhüpfte, als wir am nächsten Tag auf der Suche nach einer Idee Straßen, Plätze und Kirchen anschauten.

»Ich nehme an, um kleinen Mädchen und Jungen zu entfliehen, die sie ärgern wollen.«

Wie sollte ich einen anderen Moment finden, der so dramatisch war wie der Tötungsakt selbst? Ich dachte an Vaters Version, in der die beiden Frauen sich über dem Haupt des Holofernes zusammengedrängt hatten. Als ich noch lernte, hatte ich das Bild kopiert. Die Figuren waren sehr ausdrucksvoll, aber ihre Haltung störte mich.

Am einen Ende der Loggia della Signoria stand Donatellos Bronzestandbild *Judith und Holofernes*. Ich hatte nie besonders darauf geachtet. Hier lag Holofernes nicht auf seinem Lager, sondern er saß, während Judith ihren Arm mit dem Krummsäbel zum Schlag erhoben hatte. Die Figuren waren ungeschickt positioniert, die Wirkung ohne jeden Reiz.

Dann blieb ich vor Michelangelos David stehen. Sein grimmiges Gesicht, das auf die Piazza della Signoria hinausblickte, schien dem Riesen Goliath zu bedeuten: *Wie kannst du es wagen, zu denken, du könntest mich mit deinem Schwert vernichten! Das* war Kühnheit. *Das* war Selbstvertrauen. Die Florentiner liebten David, weil er der Schwächere war, der den Stärkeren herausforderte und bezwang. So sahen sie sich selbst in der Welt und auch Judiths Geschichte entsprach dieser Sicht.

Während Palmira hinter den Tauben herjagte, sodass sie laut flatternd aufstoben, stand ich an meiner Lieblingsstelle, von der aus ich das geliebte Profil Davids mit dem Blick nach links auf Goliath betrachten konnte. Wie ließ sich diese wunderschöne Kurve seines Halses für mich verwenden? Wie er so zur Seite blickte, wirkte er, als wäre er sich der Gefahr bewusst, doch keineswegs angespannt, nur bereit, mit seiner Schleuder über der Schulter. Wenn ich meine Judith einen Augenblick nach dem Tötungsakt zeigte, mit Holofernes' Kopf in Abras Korb, dann konnten die beiden Frauen, die sich vielleicht anblickten, plötzlich von einer neuen Gefahr alarmiert sein, vielleicht von einem Geräusch im Lager. Das würde eine Herausforderung sein: ein Geräusch malen. Judith konnte wie David nach links blicken, wo die Gefahr herkam, und somit konnte ihr Hals dieselbe Kurve beschreiben wie Davids.

Statt der Schleuder hätte sie das Schwert auf ihre Schulter gelegt, direkt an den Spitzensaum ihres weißen Unterkleides. Das gefiel mir – vielleicht würde die Klinge Fäden der Spitze durchtrennen, die Welt der Schwerter und die Welt der Spitzen, so verschieden und doch so gefährlich nah beieinander. Ja. Es würde neu sein. Es würde ganz und gar meins sein. Und es würde nicht für ein Zeitalter bestimmt sein, in dem Frauen ihre Fähigkeiten aus Respekt vor den Männern versteckten, selbst wenn es die Ehemänner waren.

Eines Morgens, als ich schon mitten in der Arbeit am Bild steckte, nahm ich Palmira mit über den Fluss zur Via Maggio, der Straße der Antiquariate, die ihr gewiss gefallen würde, und kaufte in einem Trödelladen einen alten, quadratischen Metallspiegel, der einen standfesten Holzrahmen mit Kippvorrichtung besaß. Ich stellte ihn zu Hause auf den Tisch und studierte in ihm meinen Hals und den meiner Judith, – Vannas Hals eigentlich, denn ich hatte sie wieder als Modell eingestellt. Vannas Hals, den ich getreu abgebildet hatte, war zu zart. Judith konnte nicht so weiblich und grazil sein. Es war richtig von mir gewesen, Vanna einen Tag freizugeben, auch wenn sie trotzdem hatte bezahlt werden wollen. Jetzt begab ich mich daran, Vannas Hals zu verbreitern und ihn meinem dickeren Hals mit den ersten Anzeichen eines Doppelkinns anzunähern.

Als Vanna am nächsten Tag kam, war Pietro noch nicht gegangen. Sie warf einen Blick auf das Bild und rief: »Was habt Ihr getan? Ihr habt es ruiniert. Das bin nicht ich!«

»Nein, das ist Judith. Aber die Augen sind von Euch und der Mund und die Haare.«

Sie zog schmollend die Nase hoch. »Dieser Hals ist hässlich.« Mit großen, tränenerfüllten Augen und Mitleid erregender Miene wandte sie sich an Pietro. »Findet Ihr nicht auch, dass er hässlich ist?«

»Es ist der Hals von Michelangelos David«, antwortete ich, bevor Pietro etwas sagen konnte. »Von der Piazza della Signoria.«

»Soll ich deswegen etwa stolz sein? Die Leute werden nicht wissen, dass dieser Hals zu einem Mann gehört. Pietro, wie könnt Ihr zulassen, dass sie mich ruiniert?«

Hin und her gerissen zwischen uns beiden, zuckte Pietro nur mit den Schultern und hob verlegen die Hände.

»Vanna, bitte putzt Euch die Nase und nehmt Eure Position ein. Ich brauche Euch nur noch für ein paar Tage.«

Sie dachte einen Moment nach. »Doppelte Bezahlung. Ich bleibe nur, wenn Ihr mir doppelte Bezahlung versprecht.«

Reglos blickten wir drei einander an und warteten darauf, dass einer den ersten Schritt machte.

»Gib es ihr«, murmelte Pietro.

»Gut, gut.« Ich gab ihr Grazielas Ohrring. »Steckt ihn an, damit ich sehen kann, welchen Schatten er wirft.«

Ich entließ sie, so rasch ich konnte, und nutzte mein eigenes Profil im Spiegel.

Den Glanz und Flor von Judiths braunem Samtkleid zu malen, das Gold und die schwarzen Onyxperlen der beiden verschlungenen Einsätze von Florentiner Litze, Mutters goldenen Haarschmuck mit dem Blutstein, den Griff von Judiths Schwert, der wie der Kopf einer schreienden Gorgone geformt war – all das befriedigte mich zutiefst, doch als ich zu Holofernes' Kopf in Abras Korb kam, wurde es schwieriger. Obwohl ich Caravaggios Goliath im Sinn hatte, gelang es mir nicht, das grünlich graue Gesicht einem anderen als Agostino ähneln zu lassen. Das störte mich. Ich wollte nicht aus Hass malen. Das wäre kleingeistig und engstirnig gewesen und hätte meine Kunst und Ausdruckskraft für immer beschränkt. Ich arbeitete und mühte mich ab, und es ging immer langsamer voran, aber ich durfte nicht aufgeben. Ich wollte durch die Ähnlichkeit nicht für immer mit Agostino verbunden werden, nicht, wenn das

Bild zwischen all den anderen hing, die aus Liebe geschaffen waren.

Ich schrieb Graziela und teilte ihr mit, dass ich nicht vorwärts kam. Wie werde ich den Hass los?, fragte ich. Ich konnte keine Ruhe finden, bis ihre Antwort kam.

Cara mia,

wenn dieser Mann dich nicht von der Liebe Gottes entfernt hat, und das hat er nicht, dann ist dein Hass auf ihn nur noch lebendig, weil du den Gedanken an ihn aufrecht erhältst. Nur dein Stolz erhält ihn in deiner Erinnerung und in deiner Malerei. Verabschiede dich von deinem Stolz, dann verabschiedest du dich von deinem Hass. Es ist nicht klug, immer noch von dem Hass besessen zu sein, den der Schmerz erschuf. Sei vorsichtig, Artemisia. Er kann dir all deine Kraft für das rauben, was du als deine Bestimmung erkannt hast. Da dieser Hass dich verstört, hast du bereits erkannt, dass er deiner höheren Ziele unwürdig ist, und das, tesoro, *ist der Beginn der Demut.*

Grazie a Maria haben die Arbeiten an unserem Dach begonnen. Schwester Paola lässt fragen, ob du schon die Santa Trinità dei Monti in Florenz besucht hast. Das große Kruzifix in einer der Kapellen blickte einst auf San Giovanni Gualberto, der in Anbetung versunken davor kniete. Sie möchte, dass du das weißt. Ich verzehre mich danach zu erfahren, was du alles in Florenz gesehen hast – jedes Bild, jede Skulptur, jede Kirche, jede Piazza und jeden Turm, alles, ob im Sonnenlicht, in der Schattenkühle, ja, selbst im Regen. Wenn du die Zeit erübrigen kannst und du es möchtest, dann fasse das, was deine Künstleraugen gesehen haben, in Worte.

Schwester Paola sendet dir ihre tiefste Liebe, genau wie ich.

Die deine in Christus,
Graziela

Ein Brennen in meinen Augen ließ die Buchstaben verschwimmen. Ich hatte nicht gewusst, wie sehr ich Graziela vermisste.

Sofort antwortete ich ihr und beschrieb Michelangelos erstes Basrelief mit der Madonna und dem Kinde, dann seinen muskulösen David im Vergleich zu Donatellos gefälligem, jungen David, dazu den Dom, Masaccios Adam und Eva und Botticellis Venus. Doch hatte ich das Gefühl, die Bewunderung, welche diese Kunstwerke in mir hervorriefen, nicht in Worte fassen zu können. Daher gab ich es auf, machte mit Palmira einen Spaziergang und fertigte einige kleine Zeichnungen von dem an, was ich ihr zu beschreiben versucht hatte, dazu eine von Palmira auf Taubenjagd und steckte sie alle in den Brief.

Zwischen den Zeiten an der Staffelei war stets Essen zu kaufen, Essen zu bereiten, Geschirr zu spülen. Eine Mahlzeit folgte auf die andere, und das so rasch. Ich wusste nie, wann Pietro nach Hause kam und wann nicht. Nachdem er die Restaurierung des Freskos beendet hatte, brachte er eine Staffelei und ein paar seiner Malutensilien aus dem Haus, wohin wusste ich nicht. »So hast du mehr Platz«, erklärte er. Ein verborgener Teil von mir verdorrte wie die Weinreben, die sich auf den Winter vorbereiten. Pietro nahm einen Lebenswandel an wie mein Vater, er kleidete sich prächtiger und malte, aß und trank nicht mehr zu Hause, sondern irgendwo mit seinen Freunden. Er beraubte sich der Freude, Palmira aufwachsen zu sehen. Ich erinnerte mich, wie Vater einst mit Agostino oder Caravaggio auf der Straße gesungen hatten, nachdem sie den Nachhauseweg zurückgelegt hatten, schwankend und prahlend, welch große Leistung sie vollbrächten und welch großartige Maler sie wären, und dann bahnte sich Vater lautstark seinen Weg durch die Wohnung, stieß Stühle um und fiel schließlich stinkend auf sein Bett. Sollte so meine Zukunft aussehen?

Der Winter war außerordentlich kalt; es fiel sogar Schnee. Das Wasser in unserem Brunnen gefror und ein paar Mal mussten wir morgens sogar ein Loch mit einer Eisenstange ins Eis schlagen. Palmira bekam Fieber, Schüttelfrost und Husten und ich war gelähmt vor Entsetzen. Den ganzen Monat, den sie im Bett lag, malte ich nicht. Zuerst weinte sie viel, schluchzte, bis sie keine Luft mehr bekam, dann wurde sie zu schwach dafür. Der Gedanke, sie zu verlieren, peinigte mich Tag und Nacht. Pietro blieb öfter zu Hause, um das Eis aufzubrechen und Wasser für die nassen Tücher zu holen, mit denen ich ihr Fieber senkte. Er unternahm endlose, sorgenvolle Gänge zur Apotheke und kümmerte sich ums Feuer, während mich Palmiras kräftezehrender Husten an ihrem Bett hielt. Eines Nachts ging Pietro ruhelos im Raum umher, hob Gegenstände hoch, stellte sie wieder hin und wusste nicht, was er tun sollte.

»Setz dich zu uns«, bat ich. Er zögerte. »Vielleicht hilft es.«

Er trug den zweiten Strohstuhl mit der hohen Lehne zu uns, setzte sich und legte seine Hand über Palmiras Bein auf die Decke.

»Ich erinnere mich daran, dass ich als kleines Mädchen einmal krank war. Ich lag im Halbschlaf und hörte die Stimmen meiner Eltern, die sanft murmelnd durch einen Nebel zu mir trieben. Ich wusste nicht, was sie sagten, aber das war auch gleichgültig. Das Ineinander ihrer Stimmen klang natürlich und liebevoll und das tröstete mich.«

An Palmiras Schläfe, direkt an ihrem Auge, klebte eine schweißnasse Haarsträhne. Pietro schob sie beiseite, dann streichelte er, unbeholfen zunächst, über ihr Bein, schließlich legte er seinen Kopf auf ihr Bett. Es war die zärtlichste Geste, die ich je von ihm gesehen hatte.

»Sag etwas, dann kann sie auch deine Stimme hören.«

Er wandte seinen Kopf auf dem Bett zur Seite. Hilflosigkeit stand in seinen Augen. »Palmira, dein Papa ist hier«, sagte er. »Du wirst wieder ganz gesund werden.« Ich nickte ihm ermutigend zu. »Ich habe dich lieb, kleine Taube.«

Mein Herz schwoll mir vor Rührung, so als hätte er diese Worte zu mir gesagt, und das brachte meine Gefühle für ihn zurück. Ich wollte diesen Augenblick nicht verstreichen lassen, und so kämmte ich mit meinen Fingern durch sein Haar, was ihn immer beruhigt hatte. Er schloss die Augen. Als er tief und regelmäßig atmete, legte ich mich neben ihn, bettete den Kopf auf seiner Schulter und zog mein Umschlagtuch um uns beide.

So mussten wir eine Weile geschlafen haben, als Familie, einander so nah wie an dem Tag, da Palmira getauft wurde. Als sie sich rührte, wachten wir beide auf, und die Steifheit in unserem Nacken und Rücken war nichts gegen die Steifheit, die sich wieder schmerzend zwischen uns ausbreitete. Pietro sah mich mit seinen dunklen, verschlossenen Augen an, erstaunt über seine eigene Zärtlichkeit. Ich küsste ihn auf die Schläfe. Da verzog sich einer seiner Mundwinkel zu einem leisen, verwirrten Lächeln.

Der Frühling vertrieb Palmiras Krankheit und Pietro ging wieder häufiger fort. Wohin, wusste ich nicht. Ich wagte auch nicht zu fragen. Eine neue Verzweiflung kam in mir auf. Mit meinem Bild war ich einen Monat im Verzug und hatte noch Holofernes' Gesicht zu malen. Arbeite hart, befahl ich mir.

Doch ich arbeitete nicht. Da Palmira mir durch die Angst, sie zu verlieren, nur noch näher am Herzen lag, verbrachte ich mehr Zeit mit ihr. Ich empfand unaussprechlichen Trost, wenn sie ihre kleine, weiche Hand in meine legte, wann immer wir am Fluss spazieren gingen. »Sieh mal, Palmira. Sieh das Licht auf dem Wasser. Merkst du, wie es tanzt? Es ist nicht nur grün. Es ist auch blau und braun und grau. Sieh, wie sich die Farben bewegen.«

»Ich kann es nicht sehen.«

»Steh still, dann siehst du es. Schau nur auf eine Stelle.«

Doch in ihrer Freude, draußen zu sein, konnte sie nicht stillstehen.

Am anderen Ufer stand ein Turm mit Zinnen und drei Bögen. Ich erfand Geschichten über eine Prinzessin, die dort gefangen gehalten wurde, während ihr trauriger Liebster in einen langhalsigen, weißen Vogel verwandelt worden war und immer noch hingegeben in seiner Liebe zu ihr auf dem grasbedeckten Uferdamm unter dem Turm lebte. Im Sommer, als das Wasser flach wurde, fassten wir uns an den Händen und wateten über eine diagonale Sandbank durch den Fluss. Palmira genoss es, das kühle Wasser an ihren Fesseln zu spüren und mit einem Schilfrohr Angeln zu spielen.

Ich erzählte ihr von Graziela und Paola, die in einem römischen Kloster auf einem Hügel lebten. Auf einem Straßenmarkt kaufte ich zwei Holzschalen und rüstete sie mit Zweigen und Papiersegeln aus. Wir schnitten Puppen aus Papier aus, die Palmira mit einem Kohlestück von der Feuerstelle zu Hause schwarz färbte. Nur die Gesichter und Hände ließ sie weiß. Sie nannte die beiden Schwester Graziela und Schwester Paola. Ich brachte ihr die Buchstaben ihrer Namen bei und sie schrieb sie auf ihre Rücken. Den beiden Namen stellte sie immer das »Schwester« voran, so als wäre es ein Titel. Ich band eine Schnur an die Schalen, dann ließen wir sie zu Wasser, sahen zu, wie die Nonnen hüpften und den Fluss hinuntertrieben, während wir am Ufer entlanggingen, und waren glücklich in unserem Spiel. Als ich Palmira beobachtete, wie sie Graziela an ihrer Schnur hinter sich herzog, ging mir auf, dass Graziela Recht hatte, weil es Palmira wieder gut ging. Ich war nicht von der Liebe Gottes entfernt.

Nur ein paar Wochen, bevor das Bild fertig sein musste, gestaltete ich, ohne lange nachzudenken, Holofernes' Gesicht breiter und seine Nase länger. Holofernes wurde ein Assyrer und nichts anderes als ein Assyrer. Ich entfernte die grünliche Färbung aus seinem Gesicht, sodass es aussah, als wäre es aus glattem, grauen Stein oder Metall. Es hatte nun dieselbe Farbe wie der schreiende Kopf auf dem Schwertknauf und verwies auf das, was er einen Moment zuvor getan hatte, obwohl er nun still dalag. Ich ließ ihn in Frieden ruhen.

Das Bild sollte dem *granduca* anlässlich eines abendlichen Empfangs im Palazzo Pitti präsentiert werden. Pietro kam nicht mit. Eine kurzsichtige Entscheidung. Dort, in der Galleria Palatina, hätte er die ganze Medici-Sammlung und Cosimos gegenwärtige Künstler gesehen, mit denen er über Komposition, Interpretation und Technik sprechen konnte. Er hätte einen neuen Auftraggeber kennen lernen können. Ich hätte ihn als guten Maler bei Cosimo eingeführt. Aber Pietro wollte nicht auf mich hören.

Mir wurde eine Kutsche geschickt. Als ich einstieg, hörte ich, wie etwas über meinen Rippen riss. Fina hatte mir ein neues, enges Mieder in Dunkelgrün angefertigt, dessen Ärmel man abnehmen konnte, sodass mein Kleid, wenn ich denn noch einmal eingeladen würde, mit anderen Ärmeln vollkommen neu aussähe. Ich wusste nicht, wo der Riss war. Ich konnte nur hoffen, dass er nicht zu sehen war.

Im Palast sprangen mir die Farben der Kleider, Bilder und Deckengemälde entgegen, während ich durch die Zimmerfluchten bis zur großen, quadratischen Sala dell'Iliade ging. Dort hingen die Bilder bis zu drei Reihen hoch an den Wänden, ohne erkennbare Ordnung, doch alle in raffiniert geschnitzten Rahmen – ein Fest für die Augen. Meine Judith war auch dort, in einem reliefartig geschnitzten, eleganten Goldrahmen. Mir stockte der Atem, es neben wahren Meisterwerken hängen zu sehen. Wer hatte sie gemalt? Raffael? Tizian? Tintoretto? Rubens? Andrea del Sarto? Welch ein Segen für mich, hätte ich nur jemanden gehabt, um mit ihm über all diese Bilder zu sprechen.

Ich machte einen tiefen Knicks vor dem *granduca*. Dieses Mal trug er seine Farben in umgekehrter Ordnung: smaragdgrüne Hose und Jacke mit raffiniert geschlitzten Ärmeln, die darunter purpurfarbenen Satin zeigten. Ich hielt mich an der Samtlehne eines Stuhls fest, als meine neue Judith, bedeckt mit einem Tuch, auf eine geschnitzte Nussbaumholz-Staffelei neben meine erste Judith gestellt wurde. Als es enthüllt wurde, achtete ich nur auf Cosimo. Er zog selbstzufrieden an dem kleinen dreieckigen Haarbüschel unter seiner Unterlippe und blickte von einem Bild zum andern.

»*Brava*, Signorina. *Magnifico*«, sagte er und die ganze Gesellschaft stimmte in einem Atemzug zu. »Ich habe eine Entdeckung gemacht. Hier in Artemisia Gentileschi Lomi haben wir den rationalen Kopf eines Mannes und die sinnliche Hand einer Frau.«

Ich konnte nicht anders, ich musste mein Bild betrachten. Der Schein der Kerzen in den Wandleuchtern hob das Licht an Judiths Gesicht und Kehle, an Abras Kopftuch und Ärmeln, selbst an der weißen Paspel zwischen Abras Mieder und den Falten ihres Rocks hervor. Mehr denn je fiel mir auf, wie schön der Schatten auf den Punkt zulief, wo Judiths Hals endete und ihr Brustkorb begann. Ich war höchst zufrieden.

»*Non c'è male*«, hörte ich von irgendwoher aus dem Saal. Ich hasste diesen überstrapazierten florentinischen Ausdruck: »Nicht schlecht.«

»Mehr als das«, fuhr Cosimo fort, »mit den beiden Bildern haben wir zwei Aspekte des Weiblichen. Wir haben den aktiven und den kontemplativen. Noch einmal: *Brava!*«

Andere, die nun der Meinung waren, dass es besser war als »nicht schlecht«, äußerten Komplimente wie »gut« oder »beeindruckend«, die von vornehmen Verbeugungen begleitet wurden.

Ein graubärtiger, etwa fünfzigjähriger Mann mit brauner Kniebundhose, der etwas abseits stand, kam lächelnd auf mich zu. Seine lange, gerade Nase und dieser Bart, der sich über sein Kinn wölbte wie der Rücken eines Zinnlöffels, schienen mir vertraut, doch markanter als dieser Bart war der Grützbeutel auf seiner runden Wange unter dem linken Auge. Ich war sicher, dass ich ihn schon irgendwo einmal gesehen hatte.

»Ihr habt eine große Zukunft vor Euch, Signorina«, sagte er, »eine Zukunft, die zweifellos zu Eurer großen Schönheit passt.« Der Ausdruck in seinen braunen Augen war aufrichtig.

Was konnte ich nach meinem gestammelten Dank noch sagen?

»Vielleicht könntet Ihr mir etwas über diese wundervolle Sammlung erzählen.«

Damen in grellvioletten, ultramarinblauen und dunkelgrünen Brokatkleidern kamen wie ein Schwarm irisierender Insekten über den Marmorboden auf mich zugeflattert. Sie umrundeten mich so ungestüm, dass ihre hohen, drahtverstärkten Kragen wippten, und der Mann in Braun zog sich zurück. »Kommt Ihr aus Rom?«, fragte eine Dame und bewegte ihren bemalten Papierfächer mit einem Stab.

»Oder weiter aus dem Süden?«

Ich hatte das Gefühl, in der Falle zu sitzen. »Ich wollte diesen Herrn gerade etwas über die Bilder fragen. Er schien sich auszukennen …«

»Wer? Signor Galilei? Nein, der kennt sich nicht in der Malerei aus. Er ist unser Hofmathematiker. Ihm schwirren nur Sterne und Zahlen im Kopf herum.«

»Sagt uns bitte«, fragte eine andere Frau in durchdringendem Flüsterton, »habt Ihr, da unten im Süden, einen Mann gekannt, gut gekannt, meine ich, der so dunkelhäutig war wie der Mann auf dem Lager?« Die anderen kicherten.

Ich hielt mich so aufrecht wie möglich, als ich nur ein einziges Wort sagte: »Nein«, um nicht zu zeigen, dass ich die Beleidigung bemerkt hatte.

Ich wurde mit einer Kutsche, ohne Begleitung, über die Ponte Vecchio nach Hause gebracht. Als wir über den Arno ratterten, hielt ich mir den Lavendelzweig vor die Nase, den jede Dame bekommen hatte, um nicht ohnmächtig zu werden.

»Schön« hatte mich niemand mehr genannt seit – ich hasste es zuzugeben – Agostino.

Die Stadt war in schwarzsamtene Dunkelheit gehüllt. Kein Mond. Keine Sterne. Nur ein paar Laternen flackerten vor den Eingängen der größeren Häuser oder beleuchteten die kleinen

Nischen, in denen die Skulpturen der Schutzheiligen standen. Bei Fina weckte ich Palmira auf und trug sie nach unten. Sie war nun vier Jahre alt und definitiv zu groß für ein solches Unterfangen. Bei jeder Stufe schlug ihr Fuß an eine Stelle meines Oberschenkels.

»Ich habe geträumt, Mama. Ich war mit dir im Palast. In einem wunderschönen roten Kleid«, murmelte sie.

»Das ist schön.«

»Mit Perlen bestickt.« Als ich sie in ihr Bett legte, schlief sie bereits wieder.

Pietro war nicht zu Hause. Ich zündete eine Kerze an und öffnete in der Hoffnung auf eine kühle Brise eine der Balkontüren, trotz des Gestanks vom Fluss. Irgendwo am Ufer quakte ein Frosch, konnte genauso wenig schlafen wie ich. Cosimo de' Medici wirkte auf mich wie ein stattlicher, smaragdgrüner Frosch, der von geschäftig flatternden Insekten umschwärmt wurde. Ich war im Herzen von Florenz gewesen, umgeben von Meisterwerken, Malern und künftigen Auftraggebern, als Cosimo selbst mich um ein neues Bild gebeten hatte, dieses Mal eine Maria Magdalena.

Ja, es war ein überwältigender Sieg, süß wie lilienförmiges Marzipan, doch nur ein vorläufiger. Durch die Jahre, die kommen sollten, reihten sich die Hofempfänge mit Cembalo, Musikern und Poeten, mit Mandelkuchen und kandierten Früchten wie Perlen an einer Schnur auf – und ich würde nur dann zu ihnen eingeladen, wenn Cosimo ein neues Bild von mir zu enthüllen hatte. Gut. Das war gut. Ich tat, was ich liebte, lernte jeden Tag dazu und wurde dafür anerkannt. Ich hängte den Lavendel an einen Haken neben unsere schmiedeeisernen Töpfe. Wenn er getrocknet war, würde ich ihn mit Mörser und Stößel zerreiben und ihn zu einer Kelle Brunnenwasser geben, eine Minute aufkochen und Parfüm damit herstellen, und wenn ich das nächste Mal eingeladen war, würde ich Hals und Wangen damit bespritzen. Vielleicht würde der Hofmathematiker auch dort sein.

Ich schlug nach einer Stechmücke, mochte aber nicht die Balkontür schließen. Ich streifte die Kleider ab und zog mein Nachthemd an. Das leise, hohe Zirpen der Fledermäuse, die vom Fluss aufflogen, war das einsamste Geräusch der Welt.

Was nun? Vater schreiben? Ja, das konnte ich tun. Er würde meinen Triumph genießen, auch wenn Pietro es nicht tat. Doch Vater hatte mich immer als sein Produkt betrachtet. »... *Akte fleischlicher Lust, die dem Ankläger schweren und weitreichenden Schaden brachten* ...« Es verletzte mich immer noch, dass er mich als Kuriosität betrachtete, die man verkaufen konnte, doch die Verbitterung barg Gefahr. Sie konnte sich für immer in mein Gesicht eingraben oder als weibliche Unverschämtheit erscheinen und dann konnte ein Gönner es ebenso als Affront empfinden wie anfangs die Männer der Akademie und mich abweisen. Ich konnte es mir nicht leisten, Ressentiments zu zeigen.

Selbstbeherrschung musste mein öffentliches Ich sein. Übrigens war es nicht *er*, der mein Talent verkaufte. Ich selbst war es. Das war ein gewaltiger Unterschied, den es vielleicht nicht gegeben hätte, wenn ich in Rom geblieben wäre – das heißt, wenn es keinen Prozess gegeben hätte. So hatte ich noch nie darüber gedacht.

Pietro kam nicht nach Hause. Es wäre nett gewesen, in aller Ruhe über den Abend zu sprechen – wenn nicht mit ihm, so doch mit irgendjemandem, zum Beispiel dem Mann, der mich als schön bezeichnet hatte – es wäre nett gewesen, über den Herzog, den Hof, über mögliche Auftraggeber, die Musik, das Essen, die ganze Pracht zu plaudern, und, wenn es Pietro gewesen wäre, sich Stück für Stück im Kerzenlicht auszuziehen, mit einer Feige im Mund, während die Augenblicke des Abends aus mir herausströmten wie pralle Weintrauben aus einer umgekippten Schale. Es wäre sicher wünschenswert gewesen, aber nicht lebensnotwendig. Malen war lebensnotwendig.

Der schaurige, klagende Nachtschrei einer brünstigen Katze wühlte mich auf, ließ meinen von der Hitze feuchten Leib einen Moment erschauern. Machte mir die Sehnsucht bewusst, die von einem dunklen Ort in mir aufstieg, die Sehnsucht, jemanden zu streifen, zu berühren, zu streicheln, wie eine Katze. Und berührt zu werden, sich in eine Handfläche zu schmiegen, sich Fingerspitzen entgegenzuwölben, dem Drängen des Fleisches.

Unruhig holte ich Michelangelos Pinsel aus den Tiefen meiner Truhe und wickelte ihn aus dem Stück Stoff. Ich hatte ihn nie benutzt. Ich hielt ihn in die Höhe, als würde ich etwas oder jemanden malen. Wen? Den Mann mit dem Kopf in den Sternen. Den breiten, weißen Kragen, der sich in einer Kurve über seinen Schultern gewölbt hatte, die gerade, aristokratische Nase, seine intelligenten, freundlichen Augen. Ich wusste nun, wo ich ihn schon einmal gesehen hatte – bei der Zulassungszeremonie in der Akademie hatte er mir gegenübergestanden. Lächelnd.

Ich legte mich auf die gepolsterte Bank und berührte mit den weichen Pinselhaaren meinen Hals, den Hals, den Vanna hässlich fand. Und wenn schon. Nicht jeder fand ihn hässlich. Außerdem hatte ich etwas, das kein anderer hatte. Die Pinselhaare, weich wie Katzenfell, meinen Hals hinauf, um mein Ohr herum, ihre quälende, erregende Berührung in meinem Ohr, die Hand von *il divino* persönlich auf diesem Pinsel, meinen Hals hinunter, während ich die Augen vor dem Kerzenlicht schloss, vor allem, was mich von dieser Empfindung ablenkte, zwischen meinen Brüsten, während ich den Stoff meines Hemdes verschob und dann sanft erst die eine in einem großen Kreis umfuhr, dann die andere, und die Kreise kleiner werden ließ, innehielt, kleinere und kleinere Kreise, um die Brustspitze herum, das Kribbeln tief unten in meinem Leib spürte, das Zusammenziehen, Entspannen, Zusammenziehen, ein Rhythmus, der mich hob, eine Welle, die brechen wollte, brechen wollte, dann brach. Ich zitterte und entspannte mich, lag lange Zeit still und zufrieden und träumerisch da.

12 Galileo

DER FEIERTAG ZU EHREN des heiligen Johannes brach mit einem prächtigen blauen Himmel an. Warme, seidige Juniluft lud mich ein, innezuhalten und tief durchzuatmen, als ich die Balkontüren öffnete. Finas geliebte Finken begrüßten den Feiertag des florentinischen Schutzheiligen.

»Es wird ein großartiger Tag werden. Bist du sicher, dass du nicht mit mir zum Palazzo Pitti kommen willst?«, rief ich über die Schulter zu Pietro, der gerade seine neue zimtfarbene Hose anzog. »Cosimos Einladung gilt für uns beide. Es wird ein großes Festmahl geben. Und Musik und Commedia dell'Arte und danach können wir im Garten spazieren gehen.«

»Den Garten und die Musik überlasse ich dir«, sagte er vage. »Ich gehe zum *calcio.*« Seine Lippen verzogen sich zu einem selbstironischen Lächeln. »Ich hole mir meinen jährlichen Anteil an krachenden Barbarenschädeln.«

Er witzelte über die Brutalität und doch ging er jedes Jahr an Johanni hin und beteiligte sich am Geschrei. In den Jahren zuvor war ich mit ihm auf die Piazza di Santa Croce gegangen, um die Spiele zu sehen – ein Turnier mit je vier wilden Banden, die sich wegen eines Balls stießen und traten, je eine benannt nach einer Kirche in einem der vier Sektoren der Stadt, die im Namen Johannes des Täufers Krawall machten. Im letzten Jahr hatten die Brüder der Misericordia zwei Spieler auf Bahren abtransportiert.

An einem Feiertag wie diesem und angesichts der Tatsache, dass die Einladung für zwei Personen galt, hatte ich das Gefühl, Palmira mitnehmen zu können. Sie würde begeistert sein. Außerdem wollte ich Fina nicht ans Haus binden, wenn auf jeder Piazza die Menschen Musik machten und sangen.

Pietro seinerseits sang in einem bombastischen Bariton und drückte sein Kinn auf die Brust, als wir drei nach unten gingen und durch das Tor traten. Heute schien die ganze Stadt auf der Straße zu sein. Wo der Corso dei Tintori vom Lungarno abbog und wir getrennte Wege gehen mussten, fasste Pietro Palmira am Ohr und drehte es scherzhaft.

»Sei ein artiges Mädchen beim Großherzog, ja?« Und zu mir: »Ciao, amore«, mit einem leichten Kuss auf meine Schläfe. Er sagte selten amore, und so kostete ich es einen Moment aus. Fast hätte ich mich umentschieden, wäre mit ihm gegangen, so heiter und liebevoll war er, andererseits schlug man nicht leichtfertig eine Einladung in den Palast der Medici aus. Wir würden uns also später zu Hause erzählen, was wir erlebt und getan hatten. Das wäre, als würden wir den Tag zweimal erleben.

Es war gut, dass die Läden der Goldschmiede an der Ponte Vecchio wegen des Feiertags geschlossen waren. Sonst hätte ich mir vor jedem Geschäft Palmiras endlose Ausrufe – »oooh« und »wie schön!« – anhören müssen. Sie ging das erste Mal zum Palazzo Pitti, und kaum stiegen wir die Treppe hinauf, weiteten sich ihre kleinen Augen. Sie war so beeindruckt von den schönen Gewändern, dass sie mucksmäuschenstill wurde und nur noch flüsternd auf das eine oder andere Kleid hinwies. Die Menschen schienen für sie viel weniger real zu sein als die Kleider. Ich wusste, wenn wir nach Hause kämen, würde ich sie nicht stoppen können in ihrem Redefluss über dies alles.

In der großen Sala Bianca wurde ihre Aufmerksamkeit von dem Dutzend doppelstöckiger Kristallleuchter gefesselt. »Werden die heute angezündet, Mama?«

»Wahrscheinlich nicht. Die Leute werden vor Einbruch der Dunkelheit gehen, um noch die letzte Partie calcio zu sehen.«

Auf den Anrichten standen Tabletts mit Antipasti – Melonenscheiben, die mit Prosciutto umwickelt waren, dazu crostini mit Pfauenleberpastete, die Tabletts selbst jeweils mit einem Fächer Pfauenfedern dekoriert. Palmira gefiel die exotische

Schönheit der Ausrichtung, doch wagte sie nicht zu kosten. Stattdessen aß sie ein kleines, mit Marmelade gefülltes Plätzchen. Die Tische waren in einem breiten, flachen U aufgestellt, das sich zum Fenster hin und auf den Hof darunter öffnete. In den offenen Terrassentüren hingen Büschel mit Lavendel und Basilikum, um die Bremsen und den Geruch vom Wagenhof fern zu halten.

Ich betrachtete die Erzherzogin Maria Magdalena, die am Tisch in der Mitte saß. Sie trug einen schlichten, schwarzen Kopfschmuck, eine Art Wimpel, der in einer Spitze auf ihrer Stirn zusammenlief. Ich konnte nicht verstehen, warum sie sich für einen derart strengen Stil entschieden hatte. Er betonte in ungünstiger Weise ihr schmales, ovales Gesicht. Ein großer, dunkler Rubin hing von einer Goldkette herab, die sie zu strangulieren schien. Ihre Kinder traten hinter sie und flüsterten ihr etwas zu. Mir schien, sie hörte ihnen nicht zu, sondern wies sie eher ab. Cosimo wollte ihr zu Ehren eine Maria Magdalena von mir. Ich wusste nichts über sie. Wie konnte ich eine Kurtisane erschaffen, selbst eine Edelkurtisane, die sie ehrte?

Das Mahl bestand aus gegrillten Guineahühnern, Rindskaldaunen mit Pfeffersauce und Spinat und einem Dessert aus gebackenen Pfirsichen mit Mandelfüllung. Palmira mochte den Nachtisch am liebsten.

Nach dem Essen ging ich mit Palmira auf den Balkon, der zu einer großen Terrasse führte, wo Signor Galilei in einer Gruppe von Männern stand. Ich war sicher, dass er es war, auch wenn er nicht seine braune Jacke trug. An diesem Tag war er mit seinem langen, blauen, ärmellosen *lucco* so elegant wie jeder andere Höfling. Die weißen Ärmel seines Hemds bauschten sich wie Wolken. Graue Fäden, die sein braunes Haar durchzogen, glänzten im Sonnenlicht. Würde er sich an mich erinnern?

Die Männer, die um ihn herumstanden, schienen sich ihm unterzuordnen, ließen ihn mehr sprechen und achteten auf seine Reaktion, wenn andere sprachen. Ich hörte einen Moment lang zu. Sie waren in eine lebhafte Debatte darüber vertieft, ob die Bildhauerei der Malerei überlegen sei – eine ganz andere Art von Unterhaltung also als die Randale, die auf der anderen Seite des Arno stattfand. Hier konnte ich mitreden. Ich ließ Palmira an der Balustrade zurück, auf der sie ihre Strohpuppe tanzen ließ, und ging zu ihnen hinüber.

»Da Statuen dreidimensional sind und Bilder zweidimensional, sind sie wirklichkeitsgetreuer als Bilder«, sagte einer der Herren. »Also können sie täuschender eine Illusion erschaffen, was bedeutet, dass die Bildhauerei die höchste der Künste ist.«

»Da bin ich ganz und gar nicht Eurer Meinung«, sagte ich und blieb ein paar Schritte abseits und hinter Galileo stehen. In dem Augenblick, als er mich erkannte, erstreckte sich sein Lächeln bis hinauf zu dem Grützbeutel unter seinem Auge. Er öffnete den Kreis, um mich nähertreten zu lassen.

»Was meint die Signorina?«, fragte einer der Herren nach, als wäre es vollkommen neu, dass eine Dame es wagte, eine Meinung zu vertreten.

Ich kannte die Männer nicht, doch sprang ich ins kalte Wasser und nahm ihren kunstvollen Sprachstil an. »Das Relief, das die Vorstellung täuscht, steht dem Gemälde und der Skulptur nahe, denn das Gemälde nutzt alle Farben der Natur, um Form zu erschaffen, wo die Skulptur nur Hell und Dunkel hat. Wo die Skulptur Relief hat, also Körperlichkeit, die durch Berührung wahrgenommen wird, erschafft das Gemälde diese Körperlichkeit ohne den Vorteil, ertastbar zu sein. Genau darin aber liegt die größere Herausforderung und somit die Überlegenheit.«

»Die Signorina hat Recht«, sprang Galilei ein. »Was ist so beeindruckend daran, die große Bildhauerin, die Natur, mithilfe ihrer selbst, mit Stein zu imitieren, um Form zu erschaffen?« Er wandte sich Beifall heischend zu mir. »Von beiden ist die Malerei die überlegene Kunst, doch aus noch einem Grund. Da ein Bild zweidimensional ist, ist es weiter von der Realität entfernt, und je weiter die Mittel der Imitation vom zu Imitierenden entfernt sind, desto bewunderungswürdiger ist die Imitation.«

»Ist das ein generelles Prinzip, das auf alle Künste angewandt werden kann?«, fragte einer der Männer.

»In der Tat. Wir müssen den Musiker bewundern, der unser Mitgefühl mit einem abgewiesenen Liebhaber erregt, indem er seine Sorgen und Leidenschaften in Gesang und nicht durch Schluchzer präsentiert.« Sein an mich gerichtetes Lächeln war scherzhaft. »Gesang ist dem natürlichen Ausdruck von Schmerz diametral entgegengesetzt, während Schluchzen ihm sehr nahe steht.«

»Dann ist in diesem Sinne, Signor Galilei«, sagte ich und warf ihm einen Seitenblick zu, um ihm zu bedeuten, dass ich ihn übertrumpfen würde, »bloße Lautenmusik überlegener als Gesang oder Malerei, da sie weiter vom menschlichen Ausdruck entfernt ist.«

Die Männer im Kreis neckten ihn, weil er besiegt worden war. Er wedelte gutmütig mit den Händen und fragte: »Auch wenn Ihr mich gerade besiegt habt, dürfte ich meine Bezwingerin doch um das Vergnügen bitten, eine *passeggiata* im Garten zu unternehmen?«

Ich streckte eine Hand nach Palmira aus. Sie hüpfte munter zu uns. »Meine Tochter, Palmira.«

»Ah, ein reizendes Kind. Ein Miniaturabbild der Mutter.«

Wir gingen hinunter und dann eine Rampe hinauf zum Eingang des Gartens und eines grasbewachsenen Amphitheaters, wo ein paar kleine Jungen *calcio* spielten. Das Grün der Zypressen und dekorativen Buchsbaumhecken war intensiver, das Gras samtiger, die Brise kühler und die Vögel melodiöser als an allen Orten, an denen ich je gewesen war.

»Alles scheint mit einer Lasur versehen, die die Farben anreichert.«

»Da spricht die Malerin in Euch.«

Also erinnerte er sich an mich. »Wohin führt dieser Weg?«, fragte ich.

»Zu vielen Freuden, hoffe ich. Insbesondere zu einigen Heckenlabyrinthen.«

»Oh, das wird dir gefallen, Palmira.« Bis dahin konnte sie sich an den Kleidern der vielen Spaziergänger erfreuen, die mittlerweile den Garten bevölkerten.

»Ihr wolltet mich etwas fragen, als wir uns das letzte Mal sahen«, sagte er.

»Ja, ich wollte fragen, was Ihr über die Bilder im Palast wisst, aber jetzt muss ich etwas anderes wissen.«

»Und was könnte das sein?«

Palmira entdeckte einen schwarzrot gemusterten Schmetterling, und wir blieben stehen, damit sie ihn betrachten konnte, bis er wegflog.

»Was wisst Ihr über die Erzherzogin?«, fragte ich.

»Sie kommt aus Österreich. Streng religiös. Schwärmt für düstere, freudlose Messen und endlose Vespern. Aber zugleich ist sie eine Frau, die sich an den dramatischen Augenblicken der christlichen Geschichte ergötzt, deren Exzesse und Extreme liebt. Sie wäre dem heiligen Franziskus gefolgt, wenn sie zu jener Zeit gelebt hätte.«

»Oder dem Beispiel von Maria Magdalena? Ich meine, wenn sie unter anderen Bedingungen aufgewachsen wäre?«

»Selbst ohne andere Bedingungen. Es gibt Frauen, die nehmen die Sünden der Welt auf sich und üben sich in ewiger Buße.«

»Entsagen der Welt und beten wie eine Büßerin, obwohl sie ihren Schmuck nicht ablegen?«

»Genau.«

»Dank Euch. Das könnte sich als hilfreich erweisen.«

Galilei wandte die gestreckte offene Handfläche und dirigierte uns zu einem schmaleren Pfad zwischen weiß blühenden Hecken. Der süße Duft von Jasmin hing berauschend in der warmen Luft des Nachmittags.

»Hilfreich für ein Bild?«, fragte er.

»Ja, der Großherzog hat eine Maria Magdalena bei mir in

Auftrag gegeben. Ich möchte an ihr etwas anderes entdecken und zeigen als den herkömmlichen Aspekt einer Sünderin, die plötzlich bekehrt wurde oder spontan bereute. Ich glaube, ein tiefgehender, langer und schmerzvoller Prozess des Nachdenkens muss ihren großen Persönlichkeitsumschwung bewirkt haben. Habt Ihr Masaccios *Adam und Eva* in der Brancacci-Kapelle gesehen?«

»Natürlich.«

»Evas Leib ist nichts als Denken und Fühlen. So wie Evas Leib durch Massaccios Gestaltung Gedanken ausdrückt, so soll auch der Leib meiner Magdalena Gedanken ausdrücken. Ich weiß noch nicht, welche Gedanken das sein sollen, doch ich weiß, dass es etwas Komplexeres sein muss als nur Schmerz beim Anblick ihrer selbst.«

»Dürfte ich vorschlagen, Euch im Baptisterium Donatellos Holzrelief der Magdalena anzusehen? Darin liegt eine Exzessivität, die der Erzherzogin gefallen würde.«

»Aber wie wäre mir das zu dieser Jahreszeit möglich? Ich muss bis März warten, bis zur jährlichen Taufe.«

Er blieb stehen, um nachzudenken. »Mit ein wenig Nachdruck von Seiner Hoheit wird Euch der Zutritt sicherlich gewährt. Für den nötigen Nachdruck kann ich leicht sorgen, und ich würde mich geehrt fühlen, Euch heute zu begleiten. Euch und Eure reizende Tochter.«

»Heute? Wäre das nicht unhöflich?«

»Nein. Die Gäste werden wegen des letzten *calcio* früh aufbrechen.«

Wir kürzten unseren Spaziergang ab und er sprach mit Cosimo unter vier Augen. Als wir bemerkten, dass die ersten Gäste aufbrachen, verabschiedeten wir uns respektvoll und fuhren dann in einer offenen Kutsche über den Arno, was bei Palmira erneut für Entzücken sorgte. Sie hatte noch nie in einer Kutsche gesessen. Galilei griff in seine Tasche und zog seine geschlossene Faust daraus hervor. »Öffne bitte deine Hand, Palmira«, sagte er.

Palmira bat mich mit einem Blick um Erlaubnis und tat dann, was er gesagt hatte. Galilei ließ ein hartes gelbgrünes Bonbon auf ihre Handfläche fallen, das eine unregelmäßige Form aufwies. Mir bot er auch eines an.

»Zitronenbonbons. Ich habe ein paar Zitronenbäume im Garten meiner Villa.«

Palmira zog die Wangen ein und gab saugende Geräusche von sich. »Warum haben wir nicht solche Bonbons, Mama?«

»Wenn wir welche hätten, wären sie nichts Besonderes mehr. Seltenheit steigert den Wert der Dinge.«

Galileo blickte mich eine Weile an, bevor er sich selbst ein Bonbon in den Mund warf.

Auf dem Fluss, der an diesem Tag weniger trüb und blauer als sonst war, drängten sich alle möglichen Boote um ein Prunkschiff mit Musikanten, die unter goldenen Fahnen aufspielten. Die *renaioli* hatten ihre Arbeit unterbrochen und baggerten nicht mehr den Sand aus dem Flussbett, um die Uferdämme zu bauen.

An diesem Tag nutzte jeder Sandfahrer sein kleines Boot als schwimmende Feierstätte. Vom gegenüberliegenden Ufer schallten die Trompeten vom *calcio*-Festzug. Palmira war außer sich vor Begeisterung.

Am Baptisterium hielten wir an und Signor Galilei stieg aus. »Es wird nicht lange dauern. Ich kenne den Küster.« Er ging in ein Gebäude auf der Piazza.

Palmira wurde es in der Kutsche langweilig, so ließ ich sie aussteigen. »Bleib in der Nähe«, warnte ich. Sofort rannte sie hinter drei Tauben her. Ehe ich mich's versah, konnte sie fortgelaufen und in der Menge verschwunden sein. Ich folgte ihr, um sie im Auge zu behalten, zwischen den Musikern, Obstverkäufern und Spielern hindurch, die auf kleinen Tischen mit Würfeln spielten. Palmira wurde von einem *porchetta*-Wagen angelockt, auf dem ein Schweinekopf, abgeschnitten wie Holofernes' Haupt, auf seinen gegrillten Körper blickte. Ich erzählte ihr nicht, dass das Schwein mit seinen eigenen Ohren und Innereien gefüllt war.

Die zerlumpte Büßerin saß wimmernd auf den Stufen der Kathedrale. Ihre Qualen schienen mir, im Gegensatz zu Pietro, nicht vorgetäuscht. Keine Frau würde sich entscheiden, ihre Tage so zu verbringen und so ungepflegt auszusehen, wenn sie nicht durch etwas dazu gezwungen wurde, das mächtiger war als ihr Wille. Bei Palmira überwog die Neugier ihre Schüchternheit und sie näherte sich der Frau. Die Mitleid erregende Kreatur heulte lauter und Palmira rannte weinend zu mir zurück. Doch je lauter Palmira weinte, desto lauter heulte auch die Frau. Ich musste Palmira erst schütteln, ehe sie aufhörte. »Das ist nicht nett von dir. Sie ist eine traurige, alte Frau und du solltest gar nicht auf sie achten.«

»Sieh mal, wie schmutzig sie ist. Ihre Füße sind ganz schwarz, Mama.«

»Deine wären es auch, wenn du dir keine Schuhe leisten könntest. Jetzt benimm dich. Hier kommt Signor Galilei. Er tut uns einen Gefallen, also sei nicht frech.« Ich nahm ein Taschentuch heraus und wischte ihr das Gesicht ab. »Wir werden uns jetzt den Ort ansehen, wo du als kleines Baby getauft wurdest.«

Wir folgten Signor Galilei und dem Küster zum Baptisterium, und dann zogen beide Männer gemeinsam die massive Bronzetür gerade weit genug auf, dass wir mit einem Seitenschritt hindurchschlüpfen konnten. Wir standen im Dämmerlicht, das von den hohen Fenstern hereinkam, bis unsere Augen sich daran gewöhnt hatten und ich Einzelheiten entdeckte, die ich bei Palmiras Taufe nicht bemerkt hatte – die Wände mit dem geometrischen Muster aus grünen und weißen Steinen und die flachen, kannelierten Säulen. Ein riesiges, reich verziertes Kreuz über dem Altar zog Palmiras Aufmerksamkeit auf sich.

Ich ließ sie dort, wo sie stand, und durchquerte mit Galilei die weite Fläche. Zwischen zwei rosa Marmorsäulen stand Donatellos alte Magdalena aus Holz. In einem einzigen schockierenden Moment erfasste ich alles. Eine ausgemergelte Gestalt mit wilden, hohlen Augen in tiefen Höhlen und eingesunkenen Wangen, die von der Zeit in der Wüste ausgezehrt war und mit geschlossenen Händen betete. Sie war barfuß und stand, die dünnen Beine weit auseinander gestellt, nackt da, nicht als kunstvoller Akt, sondern entblößt, nur bedeckt von ihren wirren Haaren, die ihr bis auf die Knie reichten. In ihrem klaffenden Mund waren nur zwei Zähne zu sehen, die wie winzige Grabsteine wirkten. Ihre runzligen, weit auseinander stehenden Beine und ihre krallenförmigen Zehen hielten sie auf der Erde, während sie sich nach dem Himmel sehnte. Mich schauderte.

»Das ist die Frau von draußen!«, schrie Palmira hinter mir. Sie barg ihr Gesicht in meinem Rock und brach in lautes Weinen aus, das in der leeren Steinkirche widerhallte. Palmira würde sich nicht beruhigen, was ich auch sagen mochte. Die einzige Lösung war, sie schnell aus der Kirche zu bringen.

Ich blickte Signor Galilei hilflos und wie gelähmt vor Scham an. »Es tut mir Leid, Signore. Ich glaube, wir müssen gehen.«

Ich packte Palmiras Hand und zerrte sie hinter mir her, doch dann wandte ich mich noch mal für einen letzten Blick auf die Magdalena um. Arme Frau, immer noch irre an ihrer Sünde, die siebzehn Jahrhunderte zurücklag.

»Ihr braucht uns nicht nach Hause zu bringen, Signor Galilei. Wir wohnen nicht weit von hier. Es tut mir Leid, Euch Umstände gemacht zu haben.«

13 Venus

Am nächsten Nachmittag überbrachte ein Bote einen Brief.

Verehrte Signorina,

ich bitte demütigst um Verzeihung für die Unannehmlichkei-
ten, die ich Euch und Eurer Tochter gestern bereitet habe. Es
war gedankenlos von mir, nicht die Reaktion eines Kindes auf
solch eine unheimliche Gestalt vorherzusehen, obwohl ich si-
cher bin, dass die Anwesenheit der unglücklichen Frau vor dem
Baptisterium zum Kummer Eurer Tochter beigetragen hat.

Könnte ich versuchen, meine guten Absichten dadurch zu
bekräftigen, dass ich Euch zu dem Festmahl im Palazzo Pitti
einlüde, das anlässlich des Geburtstags von Cosimos Sohn Gio-
vanni Samstag in einer Woche stattfinden wird? Cosimo hat
mich ermächtigt, Euch eine Kutsche zu schicken, und er hat
mich, Euch auszurichten, dass er gleichermaßen von Eurer
Anwesenheit entzückt wäre. Ich küsse Eure Hand und bitte
Euch, mich weiter mit Eurer großen Seele und Eurem scharfen
Verstand zu begünstigen, ebenso wie mit Eurer Anwesenheit,
wenn wir den Planeten Venus besichtigen, sollte der Himmel an
diesem Abend wolkenlos sein.

Euer ergebenster Diener,
Galileo Galilei

Das rote Wachssiegel zeigte ein Raubtier unter einer Krone, die
von einem Lorbeerkranz umgeben war. *Accademia Nazionale dei*
Lincei.

Besichtigung des Planeten Venus? Warum gerade diesen
Planeten? Was würde Pietro davon halten? Was hielt ich da-

von? Ich war mir nicht sicher. Gewiss war sein Interesse an mir rein väterlicher Natur. Schließlich war er alt genug, mein Vater zu sein. Ich hatte ihm Unannehmlichkeiten bereitet und wollte nicht undankbar erscheinen. Und es hatte entschieden Vorteile, Verbindungen zu Cosimos Hof zu haben. Jeder Herr dort war ein potenzieller Auftraggeber, eingeschlossen Cosimos Söhne Ferdinando und Giovanni, wenn sie erst einmal erwachsen waren. Ich sagte also zu.

Am Abend aber überdachte ich es noch einmal. Ich wusste nicht, wie Signor Galileis Absichten aussahen. Wenn Pietro mitkäme, würde wohl kein Argwohn aufkommen. Als er vom Malen nach Hause kam, erzählte ich ihm beiläufig, während ich Zwiebeln schnitt, von der Einladung.

»Würdest du mitkommen?«

»Zeig mir mal die Einladung.«

Mein Messer rutschte mir von der Zwiebel ab. »Es gibt keine Einladung. Ein Bote in der Livree der Medici kam und rezitierte sie in Versen. Ziemlich raffiniert.«

Ich blickte angestrengt auf die Zwiebel und schnitt vorsichtiger weiter.

»Wann ist es?«

»Samstag in einer Woche. Am späten Nachmittag und Abend. Um durch ein Teleskop zu sehen.«

»Nein. Ich gehe zum Pferderennen.«

Pferderennen. Das hieß, er würde entweder in Hochstimmung zurückkommen und mit dem Geld um sich werfen oder verdrießlich und mit geballten Fäusten.

Am Nachmittag von Giovannis Geburtstag war die ganze Stadt eine einzige Waschküche. Schwüle Hitze quoll von den Pflastersteinen auf und prallte an den Mauern ab. Die Luft war so schwer, dass eine Motte kaum ihre Flügel heben konnte.

In der Sala Bianca führte mich ein Diener zu dem Platz direkt neben Galilei, am Ende einer hufeisenförmig angeordneten Tischreihe. Kaum sah er mich, stand er schon auf, verbeugte sich und zog den Stuhl für mich zurück.

»Habt Ihr mir verziehen, dass ich Euch dem Küster auf Gedeih und Verderb ausgeliefert habe?«, fragte ich. »Ich fürchte, meine Tochter und ich haben uns ziemlich ungehörig benommen.«

»Und ich fürchte, ich habe Euch wieder enttäuscht, Signorina.«

»Wie das?«, fragte ich.

»Die Wolken.« Er blickte aus dem geöffneten Fenster. »Heute Abend wird Venus sich nicht zeigen.«

»Vielleicht weht der Wind sie noch fort«, sagte ich.

Da wies Galilei nur mit seinem Zeigefinger auf ein Banner, das schlaff und reglos am gegenüberliegenden Flügel des Palastes hing.

Nichts von dem, was er sagte, gab mir einen Hinweis auf seine Absichten. Mehr als einmal entdeckte ich, dass er nicht dem Tischgespräch folgte, sondern geistesabwesend mit seinem Daumennagel über seine Fingerspitzen kratzte. Sein Geist weilte in den Sternen, so wie die Frau es gesagt hatte.

Diener servierten die Vorspeisen, die aus Anschovis in Olivenöl und Zitronensaft und aus frittierten Zucchiniblüten bestanden. Die Gäste aßen langsam, sprachen langsam und bewegten sich so wenig wie möglich. Selbst ihr Lachen war langsam und lustlos. Kein Lüftchen drang durch die geöffneten Fenster. Den Dienern rann der Schweiß in kleinen Bächen herunter. Die Gäste tupften sich mit Servietten die Stirn ab. Signor Galilei befeuchtete sein Taschentuch und legte es zur Abkühlung über mein Handgelenk.

Wir aßen die *prima portata*, eine pikante Schweinepastete mit Zwiebeln, Datteln, Mandeln und Safran, während Sänger ein stürmisches Lied vortrugen, das Lorenzo de' Medici komponiert hatte. *Chi vuol esser lieto, sia di doman non c'è certezza*, sangen sie. Sei heute glücklich, denn die Zukunft ist ungewiss. Was für ein Geburtstagslied. Einige lachten und legten ihre bemalten Papierfächer nieder, um Beifall zu klatschen, aber auf mich wirkte dieser Geburtstagsgruß bizarr. Ich dachte an Pietro, der jetzt bei den Pferderennen war und wettete. Signor Galilei schien in diesem Augenblick ebenfalls dunklen Gedanken nachzuhängen, auch wenn ich nicht wusste, was das für welche sein mochten. Sein Daumen stieß ziemlich rasch gegen die anderen Finger.

Cosimo geleitete seinen Sohn den Tisch entlang und führte ihn ein wie einen kleinen Erwachsenen, obwohl Giovanni nicht älter als sieben oder acht sein konnte. Als sie zu mir kamen, sagte Cosimo: »Das ist Donna Artemisia Gentileschi, eine große Malerin. Sie arbeitet gerade an einem Bild für deine Mutter.«

Mir sank das Herz, denn ich hatte noch nicht einmal angefangen und fürchtete, er würde sich nach meinen Fortschritten erkundigen.

»Eines Tages wirst auch du Bilder von ihr in deiner Sammlung haben wollen.«

»Ich werde mich glücklich schätzen, eines Tages für Euch zu malen«, sagte ich und sie gingen weiter.

Von meinem Platz aus konnte ich die finstere Erzherzogin Maria Magdalena sehen. Sie war eine stolze Erscheinung, doch sie zeigte ihrem Jungen keinerlei Herzlichkeit, ganz im Gegensatz zu Cosimos Mutter, der Großherzogin Christina, die sie ganz frei äußern konnte. Das Verhalten der Mutter ließ das Engagement und die Lebhaftigkeit vermissen, die die Großmutter bewies, als sie ihren Enkel mit dem Vortrag eines Gedichts ehrte, das ihm gewidmet war.

Ich beugte mich zu Signor Galilei und flüsterte: »Die Erzherzogin mit dem eiförmigen Gesicht, die derart gravitätisch am Tisch thront, würde von der Auszehrung und Wildheit, die Donatellos Skulptur zeigt, nicht gerade geschmeichelt sein.«

»Weshalb malt Ihr? Um einem Gönner zu schmeicheln oder um eine Idee auszudrücken?«

»Meine eigene Idee wohlgemerkt, die nicht dahin geht, dass

eine Frau fürs Leben gezeichnet ist durch übertriebene Reue. Ich hatte gehofft, sie als Heldin darstellen zu können, doch eine Büßerin ist keine Frau, die eine kühne Tat vollbringt, auf die sie später stolz sein kann.«

»Was werdet Ihr also tun?«

Ich holte langsam und tief Luft. »Ich weiß es nicht.«

Neben mir fächelte sich eine Dame Luft zu, doch dann war ihr das zu anstrengend und sie starrte einfach aus dem Fenster.

»Die besten Bilder zeigen einen besonders darstellenswerten Augenblick«, sagte ich und sprach damit meine Gedanken aus. »Ich hatte daran gedacht, den angstvollen Moment vor Simons Haus darzustellen, als sie mit dem Alabastergefäß voll kostbarem Öl darauf wartet, eintreten und die Füße des Herrn waschen und salben zu können, doch jetzt bin ich mir nicht mehr sicher.«

»Ihr habt die Heilige Schrift gelesen?« Sein Daumen hörte auf zu kratzen.

»Nein. Ich habe mir den Moment vor dem Haus nur vorgestellt.«

»Aber Ihr kennt die Bibel.«

»Als meine Mutter starb, wurde ich zu den Schwestern der Santa Trinità dei Monti in Rom gegeben.«

»Heißt das, Ihr nehmt die Bibel wörtlich?«

»Ich bin kein Theologe. Ich bin Malerin. Die Bibel ist eine reiche Quelle an Geschichten, die in Bildern und Skulpturen dramatisch dargestellt werden können«, hier lächelte ich, »und im Gesang, welcher Eurer Meinung nach die höhere Kunst ist. Was den absoluten Wahrheitsgehalt der Geschichten angeht, so liegt diese Frage nicht in meinem Zuständigkeitsbereich. Meiner ist die Imagination.«

»*Bene.*« Er lehnte sich bequem zurück.

»Und meine Imagination sagt mir, dass Maria Magdalena eine engere Bindung zu Jesus hatte als ihre Schwester Martha, die sich nur um das Essen kümmerte. Er sagte zu Martha, dass Maria den besseren Weg gewählt habe.« Ich blickte auf die

Hände der Erzherzogin, die mit riesigen Ringen überladen waren. »Und genau das möchte ich irgendwie zeigen, dass Marthas aktives Leben mit all den Sorgen um Schicklichkeit und weltliche Dinge nicht so wichtig war wie Marias kontemplatives Leben, als der Herr sprach. Magdalena war die Schwester, die ihrem Wesen nach in der gedanklichen Domäne weilen konnte, die meist nur von Männern eingenommen wurde.«

Er hob seinen Weinbecher, trank aber nicht. »Nur von Männern?«

»Fast ausschließlich. Seht Euch doch seine Jünger an. Alle, die vernünftige Gedanken ausdrücken und seien es nur Fragen – nur Männer. Die Frauen in der Bibel vollziehen Taten, die von Glauben und Spiritualität zeugen, doch wo sieht man sie diskutieren oder fragen wie Maria Magdalena im Gespräch mit dem Herrn?«

»Und was ist mit der Heiligen Jungfrau?«

»Hat sie je etwas gesagt, das auf ein spirituelles Bewusstsein schließen lassen könnte? Welche Hinweise haben wir auf einen fragenden, sprühenden Geist? Haben wir von der Jungfrau ein Gebet wie das Vaterunser? Das Magnificat kommt dem wohl noch am nächsten.«

»Eine solche Beurteilung würde die Heiligen Väter aber nicht erfreuen.«

»Ich will ihr ja nicht die Heiligkeit absprechen, doch Ihr müsst zugeben, dass sie nahezu stumm durch die Jahrhunderte gekommen ist. Maria Magdalena, sprach zumindest mit einem Verstand, der eine andere Perspektive einnehmen und Argumente ersinnen konnte.«

»Wenn ich das so sagen darf, seid Ihr in dieser Hinsicht wie Eure Magdalena und das macht Euch, nach Eurer eigenen Darlegung, zu einer außergewöhnlichen Frau.«

»Wie das?«

»Ein kontemplativer Verstand. Der die Dinge aus verschiedenen Perspektiven betrachten kann.«

Ich nahm sein Kompliment mit einem Nicken entgegen.

»Aber es ist schwierig, etwas davon in einem Bild zu vermitteln. Und denjenigen, die nicht über ein Bild nachdenken wollen, entgehen solche Implikationen.«

Nach einem kurzen Intermezzo, das von Spielern auf Stelzen gegeben wurde, servierten die Diener die *seconda portata* – geröstete, in Schinken eingerollte Täubchen, und danach Feigen, die mit dunklen Muskatellertrauben gefüllt waren. Doch niemand hatte Lust zu essen. Es war immer noch nicht kühler geworden.

»Signorina, oder darf ich Euch Artemisia nennen?«

»Signora, doch bitte nennt mich Artemisia.«

»Gut. Ich war sehr beeindruckt von Eurem Beitrag zu unserer Debatte über Malerei und Bildhauerei.«

»Eine interessante Diskussion, wenn auch nicht ganz meine Domäne.« Wann jemals hatte ich eine solche Diskussion mit Pietro gehabt? Ich konnte mich nicht dran erinnern.

»Ist Euch die Größe Eures Erfolgs bewusst? Ihr seid die erste Frau in der Akademie. Eine Frau, die gegen die scharfen Stacheln der Engstirnigkeit und Tradition tritt. Eine Frau mit einer Vision ihrer selbst. Äußerst bewundernswert.«

Bei diesen Bemerkungen musste ich unwillkürlich lächeln. Wenn es kühler gewesen wäre, hätte ich mir eine gesittete Antwort überlegt.

Die Gäste verteilten sich auf der Suche nach Schatten und einer kühlen Brise über Terrasse und Garten. Galilei aber machte keinerlei Anstalten, den Tisch zu verlassen. Er zog das Taschentuch mit den Zitronenbonbons aus seiner Tasche. »Das Laster eines alten Mannes.« Mit dem Taschentuch über der Hand bot er sie mir dar.

»Sie sind wunderbar. Jedes hat eine andere Form. Wie geschmolzenes Glas.« Ich nahm mir eines. »Oder seltene Edelsteine.«

»Die Zitronen waren dieses Jahr reichlich. Ich ziehe sie im Garten meiner Villa in Terrakottatöpfen. Auch Orangen und Limonen.«

»Bonbons, die auf Bäumen wachsen?«

Er lachte leise angesichts seines Gedankensprungs. »Bonbons, die von Schwester Maria Celeste im Kloster San Matteo in Arcetri aus den Früchten hergestellt werden.« Er legte das Taschentuch auf den Tisch und sah zu, wie die Bonbons hinauskullerten. »Meiner Tochter.«

»Oh. Ich wusste nicht, dass Ihr verheiratet seid.«

»Bin ich auch nicht.« Er ließ einen Moment verstreichen. »Noch war ich es jemals.«

Das hätte eigentlich keine Überraschung für mich darstellen sollen. Obwohl Galilei nicht besonders gut aussah, war er doch ein liebenswürdiger Mann, dessen Galanterie aufrichtig war und den eine intelligente Frau leicht lieben konnte.

»Seltsam, nicht wahr? Für einen Mann in meinem Alter.«

»Vielleicht nicht so seltsam für einen Mann, der die Sterne liebt.«

»Ich habe noch eine Tochter und einen Sohn. Ihre Mutter und ich verstehen uns gut, haben aber nie zusammen gelebt. Sie ist jetzt verheiratet und lebt in Padua.«

Ich lenkte meinen Blick diskret von den Bonbons auf sein Gesicht, um festzustellen, welche Gefühle er für sie hegte, doch sein Blick gab nichts preis.

»Wir haben zu viel über meine Arbeit gesprochen. Jetzt erzählt mir etwas über Eure«, sagte ich.

Er blickte mich forschend an. »Ich glaube, Ihr habt einen Verstand, der sich vor der Welt des Sichtbaren nicht verschließt und nicht gelähmt ist vom Diktum des kanonisierten Glaubens.«

»Die Aufgabe der Künstler wie der Gelehrten ist es, die Welt des Sichtbaren zu studieren.«

»Dann darf ich es Euch wohl erzählen, auch wenn meine Verleumder mich zwingen, vorsichtig zu sein und die Ergebnisse meiner Arbeit als reine Theorie darzustellen.« Er lehnte sich vor und sprach rasch weiter. »Aufgrund der vergrößerten Sicht durch mein Teleskop habe ich beobachten können, dass der Mond Hügel und Krater hat genau wie unsere Erde und dass die Sonne Flecken hat.«

»Flecken?«

»Nebel oder Dämpfe, die sich als dunkle Bereiche vor der Sonne zeigen – und das ist der Punkt.« Er stützte seinen Ellbogen auf den Tisch, vergaß die Hitze und gestikulierte zur besseren Veranschaulichung mit beiden Händen. »Sie bewegen sich über die Sonnenoberfläche, was nahe legt, dass die Sonne ein Fixstern ist, der sich um die eigene Achse dreht.« Er stellte das größte Bonbon auf eine Spitze und drehte es.

»Ein Fixstern! Wie kann sie dann auf- und untergehen?«

»Das ist nur eine Illusion vom Blickwinkel der Erde aus.« Er reckte seinen Zeigefinger in die Höhe und missachtete in dem Bestreben, es zu erklären, meine Verblüffung. »Und außerdem hat der Planet Jupiter vier Monde« – er legte vier schmalere Bonbons um das große – »auch wenn einige Theologen behaupten, Gott würde niemals erlauben, dass die Elemente des Planetensystems die heilige Zahl sieben überschreiten. Wir müssen anerkennen, was unsere Augen sehen.«

»Und die Bibel nicht wörtlich nehmen?«

»Sicherlich nicht in jeder Hinsicht. Dies habe ich in einem Brief gegenüber der Großherzogin Christina geäußert, die ihre Zweifel hat, obwohl ihr Sohn mich unterstützt. Ich war sein Lehrer. Er hegt eine gewisse Loyalität mir gegenüber.«

»Könnt Ihr diese Monde in Eurem Fernglas sehen? Vielleicht sind sie ja auch eine Illusion.«

»Sie existieren wirklich! Mein Teleskop zeigt, wie sie sich über die Oberfläche des Jupiters bewegen, und beweist damit … oder vielmehr … lässt den Schluss zu, dass sich nicht nur um die Erde Himmelskörper drehen, sondern auch um andere Himmelskörper.«

»Das ist verblüffend! Eine komplette Umkehrung. Von jeher wurde uns beigebracht, dass sich alles um … uns dreht. Wollt Ihr damit sagen, dass nicht alles, was die Heilige Mutter Kirche sagt, unbedingt wahr ist?«

Er hob seine Schultern und schürzte die Lippen.

»Das ist eine wilde und gefährliche Vorstellung, Signore. Wie könnt Ihr so sicher sein?«

»Langjährige Beobachtung. Und Logik. Wenn Aristoteles ins Leben zurückgerufen werden und ich ihm mein Teleskop zeigen könnte, würde er seine Schriften als Erzeugnisse eines primitiv denkenden, engstirnigen Egozentrikers verwerfen und zerreißen.«

»Ich würde gern diese ... Monde sehen.« Ich wies auf die Bonbons.

»Ich würde sie Euch heute Nacht zeigen, wenn der Himmel klar wäre. Aber wegen der Wolken sind sie nicht sichtbar. Irgendwann, wenn die Bedingungen einmal perfekt sind, werde ich sie Euch zeigen. Und die Krater des Mondes und die Phasen der Venus ebenfalls.«

»Phasen?«

»Von der Sichel bis zum vollständigen Rund.«

»Dann ist die Venus ein Mond!«

Er lächelte plötzlich und tippte sich an die Stirn. »Das könnte man so sagen. Ein Mond der Sonne, die sie umkreist.«

»Ihr wollt sagen, die Göttin der Liebe nimmt zu und ab?«

Rasch wechselndes Mienenspiel zeichnete sich auf seinem Gesicht ab – ein Anflug von Verstimmung angesichts der Ableitung seines Gedankens, über den ich lächelte, dann vorübergehende Zweifel, ob er meinem Gedanken oder seinem folgen sollte, und schließlich die Anstrengung, sein Terrain zurückzugewinnen.

»Die Phasen zeigen, dass die Venus sich um die Sonne dreht, wie der Mond sich um die Erde dreht, seht Ihr das nicht?« Er legte ein Bonbon zurecht, das die Venus darstellen sollte, und senkte die Stimme. »Und weil ein Planet um die Sonne rotiert und weil die Sonnenflecken zeigen, dass die Sonne sich um die eigene Achse dreht, ist es möglich, dass die Sonne uns alle, alle Planeten, in ihrer Umlaufbahn hält.« Er bewegte die kleineren Bonbons in Kreisen um das große Bonbon.

»Wir bewegen uns?« Ich blickte aus dem Fenster und hatte Schwierigkeiten, vollständig zu erfassen, wovon er sprach. »Ich habe nicht das Gefühl, dass wir uns bewegen.«

»Nichtsdestoweniger, Artemisia, *bewegen* wir uns, und das mit enormer Geschwindigkeit. Wir haben nur die Illusion, still zu stehen.« Er sagte es ganz langsam, so als würde er einem Kind erklären, wie man läuft.

Ich wies aus dem Fenster. »Warum hängt die Fahne dann nach unten und fliegt nicht zur Seite? Und die Frau auf der Terrasse, warum weht ihr Haar nicht?«

»Das verhindern andere Kräfte.« Er lehnte sich in seinem Stuhl zurück. »Ihr habt einen sehr aufgeweckten, originären Verstand.«

Ich lächelte. »Wo Kunst und Wissenschaft sich berühren, ist das Reich der Imagination, der Ort, wo originelle Ideen geboren werden, der Ort, wo wir beide uns am lebendigsten fühlen.« Trotz der Unglaublichkeit seiner Ideen band uns Geistesverwandtschaft aneinander. Ich musste meinen Blick abwenden, um die Bewunderung darin zu verbergen.

»Sowohl der Künstler als auch der Wissenschaftler tut gut daran, eine gesunde Skepsis gegenüber traditionellem Denken zu hegen«, sagte er.

»Ich empfinde Achtung vor Euch, Signore, angesichts des Risikos, das Ihr eingeht«, sagte ich flüsternd.

»Galileo, bitte, nicht Signore.«

Wir gingen hinaus und blickten von der Balustrade auf eine Reihe dunkler werdender Zypressen, die wie düstere Turmspitzen in den Himmel wiesen. »Wir beide gehen Risiken ein«, sagte er. Seine Miene verfinsterte sich. »Ich werde meine Entdeckungen bald dem Papst präsentieren müssen. Um ihn aus den Fesseln von Aristoteles und Ptolemäus zu befreien und um seinen Schutz zu erbitten für den Fall, das ich ihn brauche.«

»Nach Rom! Ihr begebt Euch in die Höhle des Löwen?«

»Ich fürchte, da bin ich schon.«

»Und darf ich mir Sorgen machen, wenn Ihr geht?« Ich

streckte meine Hand aus, um seine Antwort zu verhindern. »Gleichgültig, wie Ihr auch antworten mögt, weiß ich doch, dass ich mir Sorgen machen werde. Ihr seid zu vertrauensvoll. Jeder mit neuen Ideen hat Feinde. Im Reich des Papstes kann man Eure Worte schneller verdrehen, als man eine Kerze putzt. Rom ist eine gefährliche Stadt. An einem Tag noch prahlt man mit Euren Ideen, am nächsten widerspricht man ihnen. Rom mag starke Persönlichkeiten bewundern, doch es erfreut sich auch an ihrem Fall.«

»Und woher wisst Ihr das?«

»Habt Ihr das vergessen? Ich stamme aus Rom.«

Wir schwiegen eine ganze Weile und dachten in der einbrechenden Dunkelheit an das, was wir mit Rom verbanden.

Ein paar der Gäste näherten sich uns. »Keine Sternguckerei heute, Signore?«

»Der Himmel gewährt uns nicht immer, was wir uns wünschen«, antwortete Galilei. Er ging hinein und kam mit einer Laute zurück.

»Das Lautenspiel«, erinnerte ich ihn, »ist die höchste aller Künste. Höher noch als die Malerei. Höher noch als die menschliche Stimme. Spielt etwas Trauriges. Zu Eurem Abschied.«

Die Noten hingen in der sich verdichtenden Dunkelheit, so wie dieser Abend in meiner Erinnerung haften würde, wie die Sterne hinter den Wolken, das wusste ich.

Als die Gäste aufbrachen, ging Galilei mit mir die Treppe hinunter und half mir in eine der wartenden Kutschen. Er legte am Rand der Kutschentür seine Hand auf meine. »Seid versichert, dass ich Euch benachrichtigen werde, sobald ich zurück bin.« Seine sanften Augen mit den schweren Lidern glitzerten im Licht einer Kutschenlampe.

»In der Zwischenzeit«, sagte ich, »versuche ich zu spüren, dass die Erde sich bewegt.«

14 Maria Magdalena

Während der Mittagsruhe fragte ich Pietro, der mit der dösenden Palmira neben sich auf dem Bett lag: »Was ist deiner Meinung nach die Grundanforderung für einen Maler?«

»Zuerst, zuletzt und immer muss er ein scharfer Beobachter sein.«

»Und wenn der Maler etwas Unangenehmes sieht?«

»Muss er dennoch hinschauen.«

»Du meinst, er darf seinen Blick auch nicht abwenden, wenn er zurückschreckt?«

»Worum geht's eigentlich?«

»Um meine reuige Magdalena.« Ich nahm meine Bleistifte und einen schmalen Block mit Zeichenpapier. »Bleibst du ein bisschen hier bei Palmira? Ich will die Büßerin suchen.«

»Wozu?«

»Das weiß ich noch nicht genau. Aber wenn ich sie sehe, werde ich es wissen. Ich bin zurück, bevor ihr euer Schläfchen beendet habt.«

Sie war nicht an der Santa Croce. Ich umkreiste den Dom und das Baptisterium. Warum war sie ausgerechnet dann nicht da, wenn ich sie brauchte? Schließlich fand ich sie vor San Lorenzo. Ich stellte mich so, dass sie zwischen Pferd und Wagen in meinem Blickfeld war.

Die Frau saß mit entblößten Schienbeinen auf dem Boden, wiegte sich vor und zurück und stöhnte vor Reue, vor so starker Scham, dass sie allen Anstand hatte fahren lassen. Welche schändliche Tat konnte sie vollbracht haben, um ein Leben voll Selbsterniedrigung zu verdienen? Nicht einmal ein Tyrann verdiente derart unaufhörliche Qual. Ich weinte mit ihr, um sie, um Eva, um vergangene Kümmernisse und um Kümmernisse, die noch kommen würden. Meinen Bleistift legte ich beiseite. Es war falsch, lebendigen Schmerz zu malen. Vorausgesetzt ein Künstler wäre in Bethanien dabei gewesen, es wäre falsch gewesen, wenn er mit seiner Kreide oder Kohle Maria Magdalenas Weinen festgehalten hätte, als sie Jesus Füße wusch. Einige Dinge waren zu roh für die Kunst, ehe die Zeit ihnen die Schärfe genommen hatte.

Ich zog mich zwischen die Gebäude zurück und ging nach Hause.

Wenn der Augenblick der Umkehr zu solch erniedrigendem Elend führte, wollte ich nicht ihn malen, sondern den Augenblick unmittelbar davor – das war jetzt das eigentlich Faszinierende für mich. Der Augenblick vor der Entsagung, wenn Eros sie noch in seinen Fängen hatte, als sich ihr der Kopf drehte angesichts der dunklen Zukunft, die vor ihr läge, wenn sie sich einfach treiben ließe; in diesem Augenblick fürchtete sie möglicherweise, all das aufzugeben, woran sie noch hing. Dann könnte sie noch ein prächtiges Kleid tragen, dass den Florentinern gefallen würde. Ihr ungebändigtes Haar könnte eine kaum unterdrückte Sinnlichkeit zeigen. Wenn sie unbewusst einen nackten Fuß am Saum ihres Kleides entblößen würde, bekäme sie eine Spur der wilden Preisgabe, die Donatellos Magdalena besaß – und der Fuß würde nicht hübsch sein, sondern der einer arbeitenden Frau.

Angefeuert von dieser Idee lief ich schneller.

Sie musste ironisch sein – widersprüchlich und zweideutig. Sie würde Furchen auf der Stirn haben, Tränen in den Augen, die Augenlider vor Scham über ihre Vergangenheit rot und geschwollen, doch würde sie immer noch luxuriöse Seide und Schmuck tragen und vor dem Spiegel sitzen, in Vorbereitung auf den nächsten Galan. Die Zweideutigkeit würde sich in ihren Tränen zeigen. Wem galten sie wirklich?

In der Nähe unserer Wohnung, auf dem Corso dei Tintori,

hing von den oberen Stockwerken polierte Goldseide zum Trocknen herab. Ganze Bahnen erstreckten sich auf hölzernen Rahmen. Das war die ideale Farbe für die Magdalena! Eine junge Frau hob mehr von der Seide aus einem Bottich und das Sonnenlicht wurde von der Flüssigkeit reflektiert und beschien die kräftigen, nackten Unterarme und den Nacken der Frau. Ich betrachtete sie eine Weile, sie war ein großes, schönes, kräftiges Mädchen mit goldbrauner Haut und lockigen Haaren, dessen Gesicht sich in einem schmerzhaften Ausdruck verzogen hatte. Wenn ich sie dazu bringen konnte, diesen Ausdruck anzunehmen und nach oben zu schauen anstatt hinein in den dampfenden Bottich ...

Ich trat näher. »Die Farbe ist herrlich. Macht Euch die Arbeit nicht große Freude?«

»Nein, Signora. Würdet Ihr gern jeden Tag Ammoniakdämpfe einatmen und Euch die Haut verbrühen?«

Ihre Augen waren rot und wässrig. Perfekt. Es würde aussehen, als hätte sie geweint.

»Was würdet Ihr denn lieber tun?«

»Weben oder sticken.«

»Also etwas, wobei man sitzen kann?«

»Oh ja!«

»Wie würde es Euch gefallen, einfach nur fürs Stillsitzen bezahlt zu werden?«

Sie beäugte mich misstrauisch. »Ich bin eine anständige Frau, Signora. Ich bin keine ...«

»Ich bin Malerin. Und ich würde Euch gern malen. Ihr seid schön.«

Als Antwort verzog sie spöttisch den Mund. »Mein Vater wird mir nicht glauben.«

»Lasst mich mit ihm sprechen.«

Sie führte mich ins Hinterzimmer eines kleinen Ladens. Seine Antwort war ein lautes Nein.

»Wer sollte sich um deinen Bottich kümmern?«, fragte er sie und ignorierte mich anscheinend vollkommen. Doch ganz sicher war ich mir nicht. Eines seiner Augen wanderte und blickte in eine andere Richtung. Ich fragte mich, wie die Welt wohl für ihn aussah, und fand es schade, sollte sie schwanken und sich verzerren.

»Ich bin sicher, Ihr könntet jemanden finden, der von einem Drittel des Geldes, das ich für sie zahlen würde, bei Euch arbeiten würde.«

»Sie wird ihre Kleider nicht ausziehen, egal wie viel Ihr ihr bietet«, knurrte er.

»Im Gegenteil, ich würde ihr ein Kleid aus dieser herrlichen Goldseide anziehen. Aus genau dem Stoff, den Ihr da gerade trocknet. Der Stoff sieht aus, als wäre er aus purem Gold gemacht. Ich bin sicher, es ist der feinste Stoff der ganzen Stadt, oder?«

»Natürlich. Meine Familie ist schon seit zweihundert Jahren im Färbergewerbe.«

»Und würde es Euch nicht gefallen, wenn Maria Magdalena de' Medici, die Erzherzogin höchstpersönlich, den Färber kennen würde, der eine solch herrliche Farbe zustande bringt? Mein Bild ist für sie bestimmt. Wie ist Euer Name, Signore?«

»Marco Rossi.«

»Und der Eurer Tochter?«

»Umiliana.«

»*Bene*. Dann ist es abgemacht.« Ich streckte die Hand aus. Mit argwöhnischem Gesicht schlug er ein, als wäre ich ein Mann. Ich lächelte ihn an und wandte mich an Umiliana. »Wascht Euch. Eure Haare auch. Kommt am Montagmorgen zu mir. Direkt am Lungarno, vor der Piazza Piave. Sucht nach einem Holztor mit einem geschnitzten Löwenkopf drauf. Ihr werdet einen viereckigen Brunnen und einen Feigenbaum im Hof sehen. Zieht an der Glockenschnur, die drei Knoten hat.«

Am Montag brachte Umiliana einen Pfirsich mit. Ich teilte ihn in drei Teile, für Palmira, Umiliana und mich.

»Es tut mir Leid, Signora. Ich wusste nicht, dass Ihr ein Kind habt. Sonst hätte ich einen für sie und einen für Euch mitgebracht.«

»Es braucht Euch doch nicht Leid zu tun. Seht auf diese wunderbare Farbe im Innern. Fast wie Goldseide. Heute kommt eine Näherin, nimmt Eure Maße und dann schicken wir sie zum Laden Eures Vaters, um die Seide zu kaufen.«

»Das wird ihn sehr glücklich machen.«

»Euer Haar ist heute so glatt«, sagte ich.

»Das liegt daran, dass ich heute Morgen nicht gearbeitet habe. Es kräuselt sich vom Dampf.«

»Ah, aber ich will es so haben. Die Haare etwas in Unordnung. Haltet Euren Kopf bitte jeden Tag, ehe Ihr kommt, über einen heißen Bottich.«

Vertrauensvoll folgte sie meinen Anweisungen, obwohl sie nicht fand, dass es schön aussah. Die ganze Woche probierte ich mit ihr verschiedene Posen, und sie erwies sich als fügsam, neugierig und darauf bedacht, zu gefallen.

Jeden Tag fragte sie: »Habt Ihr das Kleid?«

Palmira war fast genauso aufgeregt wie Umiliana. »Kommt es morgen, Mama?«

»Keine Sorge«, sagte ich zu beiden. »Es kommt schon.«

Als es endlich geliefert wurde und ich es auf einem Stück Stoff auf dem langen Tisch drapierte, hüpfte Palmira vor Aufregung und Umiliana pfiff durch ihre Zähne und trat einen Schritt zurück. Ihre Augen wölbten sich in zwei hohen Bögen über der Stirn.

Ich lachte. »*Dio mio*, keine Angst, Umiliana. Hier, helft mir, es Euch anzuziehen.«

Sie wurde ganz still, als sie rasch ihre eigenen Kleider zu Boden fallen ließ und ihre Arme über den Kopf hob. Palmira sah mit großen Augen neidisch zu, wie ich das Kleid über Umilianas Kopf streifte. Als es geschlossen war, konnte sich Palmira kaum noch halten. Sie quiekte und wedelte vor Bewunderung mit den Armen. »Sie sieht aus wie eine Königin«, rief sie und machte dann einen Knicks vor Umiliana. Anmutig wies sie auf den alten Samtstuhl, den ich mir von Fina geliehen hatte. »Und das hier ist ihr Thron.«

»Hol mir bitte den Spiegel, Schatz.« Palmira hüpfte davon und trug ihn mit beiden Händen herbei, als wäre er etwas besonders Wichtiges.

Ein verlegenes, fast schockiertes Lächeln breitete sich über Umilianas Gesicht aus. »Ich werde nie ein Kleid wie dieses besitzen, das kann ich Euch versichern.«

Ich zog den Ausschnitt herunter, um eine Schulter zu entblößen. »Ich wahrscheinlich auch nicht.«

»Was geschieht damit, wenn wir fertig sind?«, fragte Umiliana.

»Oh, ich nehme an, ich werde es verkaufen müssen.«

»Ein bisschen viel Aufwand für ein Bild, meine ich.« Sie fuhr mit einem Finger über die Borte des Mieders, während sie in den Spiegel blickte.

»Nicht, wenn es für die Botschaft des Bildes so wichtig ist.«

»Ich wünschte, Giorgio könnte mich darin sehen.«

»Giorgio?«

Das Kleid hatte sie kühn gemacht, doch plötzlich zog sie sich wieder in ihre Schüchternheit zurück. »Mein …«

»Ah ja. Natürlich.« Ich lächelte. »Wenn wir fertig sind, kann er einen Blick auf das Bild werfen, bevor ich es abliefere. Aber das wird noch eine Weile dauern.«

»Gut.«

Ich setzte Umiliana im Dreiviertelprofil an einen Tisch, sodass die Falten des sich üppig bauschenden Rocks gute zwei Drittel des Bildes einnahmen. Beim Anblick des Holzrahmens auf dem Tisch kam mir eine Idee. Wie wäre es, wenn der Spiegel nicht die Frau zeigte, die sie augenblicklich war, sondern die, die sie werden würde – grau und hohlwangig, mit ausgezehrtem Gesicht, Donatellos Vision? Mochte der Betrachter doch rätseln, ob sie so werden würde, wenn sie nicht bereute, oder gerade, wenn sie bereute. Darin läge die *invenzione*. Ich arrangierte ihre linke Hand, als würde sie den Spiegel von sich weg in den Schatten schieben und sich damit vor dem bösen Streich der Zeit schützen wollen.

»Legt Euch die rechte Hand auf die linke Brust. Weiter oben. Nein, nicht umfassen, nur drauflegen. Gut. Mit dem Daumen in die Kluft.«

»Das fühlt sich seltsam an.«

»Es sieht aus, als wärt Ihr betrübt. Und genau so will ich es haben. Jetzt blickt drein, als wäre es ein glühend heißer Tag und Ihr müsstet Eure Arme in den dampfenden Bottich tauchen. Wie wäre dann euer Gesichtsausdruck?« Sie verzog ihr Gesicht. »Zu übertrieben. Ah, ja. So, als hättet Ihr gerade eine traurige Geschichte gehört. Die traurigste Geschichte, die Ihr Euch vorstellen könnt. Dass Giorgio Euch verlassen hat.«

Ihr Gesicht verzog sich, als wäre sie den Tränen nahe, doch dann kicherte sie über sich selbst. »Es tut mir Leid, Signora.« Sie nahm sich zusammen und versuchte es noch einmal.

»Das ist gut. Jetzt blickt nach oben, statt nach unten. Auf den Riss in der Wand, der von der Decke herabläuft. Perfekt. Bleibt so.«

Im Lauf der nächsten Wochen entdeckte ich – und auch Umiliana –, dass sie stundenlang ohne Unterbrechung eine Pose halten konnte und sogar den betrübten Gesichtsausdruck. Es war genau die richtige Miene für eine Maria Magdalena, die sich davor fürchtete, allem zu entsagen, was sie kannte.

Eines Morgens bemerkte Umiliana, nachdem sie Pietro mit farbverschmierter Kleidung hatte das Haus verlassen sehen: »Zwei Maler in einem Haus. Seltsam.«

»Gibt es denn nicht mehrere Färber in Eurem Haus? Mein Vater ist auch Maler. Wir tun, was uns natürlich erscheint.«

»Wie fängt dann jemand etwas anderes an?«

»Indem er ein anderer Mensch ist. Indem er nicht mehr in das Muster passt. Indem er starke eigene Neigungen hat.«

Ich machte mir einen Moment Sorgen, was diese vorübergehende feinere Arbeit bei ihr bewirken würde, wenn sie zurück an ihre Bottiche musste. Möglicherweise erweckte es in ihr Hoffnungen, die unglaublich weit von dem entfernt waren, was sie vom Leben zu erwarten hatte, und ich wäre dafür verantwortlich. Und doch ist das unaufhörliche Klopfen der Hoffnung an unserer Schulter etwas Gutes, erinnert es uns doch an das größere Ganze und ermöglicht uns, unsere schlimmsten Tage durchzustehen.

»Wie weiß jemand, wen von Euch beiden er mit einem Bild beauftragen soll?«, fragte Umiliana.

»Ich nehme an, indem er unsere Arbeit betrachtet.«

»Und wo kann man die sehen?«

Ich wies mit meinem Arm auf die Wände. »Hier. All diese Bilder sind von ihm.« Sie sah sie an, als wäre es zum ersten Mal. »Wer ist besser?«

Palmiras Kopf tauchte am Tisch auf.

»Keiner von beiden«, sagte ich.

»Habt Ihr keinen Streit, wer von Euch beiden der Bessere ist?«

Palmira beobachtete uns so aufmerksam, dass ihr der Haferbrei vom Löffel tropfte.

»Nein, keinen Streit. Hier, fangen wir an.«

»Wie wisst Ihr ganz allgemein, welcher von zwei Malern der bessere ist?«

Ich dachte einen Moment nach. »Manchmal ist es unmöglich, es zu sagen. Jeder ist auf seine Weise gut.« Ich blickte auf eine Heilige Familie von Pietro, die schon am Tag meiner Ankunft an der Wand gehangen hatte. Die Maria war wunderschön, mit einer Sinnlichkeit in den niedergeschlagenen Augen und dem nackten Hals, die eine Jungfrau eigentlich nicht zeigen durfte. Bedauerlicherweise hatte das Bild mich nie angerührt. Die Maria hatte nichts Individuelles an sich.

»Die Trennlinie zwischen Bedeutungslosigkeit und Unsterblichkeit ist manchmal so dünn wie ein Faden. Man weiß nie, wie nah jemand dran reicht. Ein Maler kann, für sich betrachtet, hoch begabt sein, doch wenn er neben ein Genie gestellt wird, würde sein Werk mittelmäßig wirken. Das ist alles ungeheuer kompliziert.«

Wahrscheinlich war die Erklärung ausführlicher als nötig, doch ich konnte ihrem neugierigen Geist nicht widerstehen.

Im Sommer brachte Umiliana frischen Rosmarin und Majoran aus dem Garten ihrer Mutter mit. Im Herbst bedachte sie uns mit frischem Pecorino, den Schafhirten aus den Bergen in Giorgios Käseladen gebracht hatten, als er noch ganz weich war. Im Winter gab es Birnen, Äpfel und Maronen zum Rösten.

»Nicht viel geschafft heute«, sagte Umiliana oft mit fröhlicher Miene, wenn sie am Ende des Nachmittags einen Blick auf die Leinwand warf.

Am letzten Tag schrieb ich *Optimam Partem Elegit* in verschnörkelten Goldbuchstaben auf den Rahmen des Spiegels, die lateinische Wendung für »Sie hat den besseren Weg gewählt«.

»Da seid Ihr, so schön wie die Venus von Botticelli«, sagte ich, als wir fertig waren.

»Habt Ihr nicht morgen noch etwas zu tun?«

»Nur meine Signatur darauf zu setzen.«

»Darf ich zusehen?«

Plötzlich kam mir in den Sinn, dass sie in all den Monaten auf der anderen Seite der Staffelei gestanden und nie wirklich gesehen hatte, wie ich die Farbe auf die Leinwand auftrug. Unabsichtlich hatte ich sie vom Kern des Schaffensprozesses ausgeschlossen. »Natürlich.« Ich mischte noch eine winzige Menge Goldfarbe an, drehte das Bild zur Seite und schrieb »Artemisia Lom« auf die Seitenstrebe des Stuhls. »Artemisia Lom«, sagte ich für den Fall, dass sie nicht lesen konnte.

»Euer Name ist Lom?«

»Lomi. Es ist der Name meiner Vorfahren. Jetzt fehlt nur noch ein Buchstabe. Stellt Euch hier hin, direkt vor mich. Gebt mir Eure Hand.« Ich drückte ihr den Pinsel in die Hand und umfasste mit meiner Hand vorsichtig ihre, damit wir zusammen das »i« schreiben konnten. »Und jetzt setzt allein einen kleinen Punkt direkt über den letzten Buchstaben.«

Angesichts dieser großen Verantwortung verzog sich ihr Mund, während sich ihre Hand, gestützt von ihrer anderen Hand am Gelenk, langsam durch die Luft auf die Leinwand zubewegte. Nachher drehte sie sich zu mir um und holte so tief Luft, dass sich ihre Nasenlöcher verengten. Ihre Augen waren feucht. »Danke.«

Dass etwas so Einfaches so viel bedeuten konnte. Ihre gesamte Erfahrung als Modell hütete sie wie einen Schatz. Ich umarmte sie und sah über ihre Schulter hinweg auf Palmira, die uns verständnislos beobachtete.

»Von wem habt Ihr eben gesprochen?«, fragte Umiliana.

»Vom Maler Botticelli. Seine Venus ist in den Uffizien ausgestellt. Ich nehme nicht an, dass Ihr jemals Zutritt dort hattet.«

»Nein.«

»Dann schreibe ich in meiner Eigenschaft als Mitglied der Akademie einen Brief und erkläre, dass Ihr mein Modell seid, und Ihr geht hin und seht Euch alles genau an. Es ist eine Sünde, sein ganzes Leben in dieser Stadt zu leben und die Bilder und Skulpturen nicht zu sehen.«

»Ich sehe die Statuen überall. Mir gefallen sie nicht. Sie alle tun irgendwas Gemeines. Der Mann in der Loggia della Signoria zum Beispiel, der den Kopf der Frau mit dem Schlangenhaar hochhält, und die ganzen Stränge, die aus ihrem Hals heraushängen. Huh! Jedes Mal, wenn ich daran vorbeikomme, blicke ich in eine andere Richtung. Warum sind sie alle so grausam?«

»Das stimmt, Mama. Warum?«, fragte Palmira.

Es überraschte mich, dass sie aufgepasst hatte. Ich hatte nicht bemerkt, dass sie zuhörte.

»Das kann ich nicht sagen. Es liegt an den Themen, die die Bildhauer auswählen, glaube ich.« Ich war froh, dass Umiliana nie meine Judith gesehen hatte. »Gut denn. Vergesst die Skulpturen. Seht Euch die Bilder an und achtet darauf, wie anmutig die Frauen sind. Merkt Euch, wie sie stehen und sitzen. Ihr werdet es eines Tages vielleicht brauchen. Und danach könnt Ihr Giorgio einladen. Aber geht zuerst in die Uffizien. Ich werde Euch fragen, was Ihr gesehen habt.«

Am nächsten Tag suchte ich den Sekretär der Akademie auf. »Habt Ihr noch die Liste mit den Modellen?«, fragte ich. »Ich möchte einen Namen hinzufügen.«

Er neigte sein selbstgefälliges, rundes Gesicht zur Seite und erlaubte sich ein verkniffenes Lächeln, als hätte er eine Art Sieg errungen. »Sicher, Signora.« Die Worte tropften ihm so ölig von der Zunge, als wären es voller Genugtuung ausgesprochene Schimpfworte.

Er langte nach dem Blätterbündel und überreichte mir eine Feder. In großen, deutlichen Buchstaben schrieb ich *Umiliana Rossi, Corso dei Tintori* und drehte die Seite zu ihm, damit er es lesen konnte. »Sie ist ein ausgezeichnetes Modell. Sorgt dafür, dass sie Aufträge bekommt!«

Da erschlaffte sein Lächeln zu einem geraden Strich.

15 *Pietro*

Es war kalt. Es war Februar. Es wurde bereits dunkel. Ich musste Römisch-Umbra und Neapelgelb kaufen. Also schüttete ich auf den Tisch alle Münzen aus Vaters blauem Beutel aus, der durch die drei Aufträge gefüllt worden war, die Cosimo mir nach der Magdalena erteilt und großzügig dotiert hatte. Das Bild der Magdalena hatte der Erzherzogin gefallen. Dennoch war der Beutel nun fast wieder leer.

Angezogen von dem Geräusch kam Palmira von der Feuerstelle herüber und half mir, die verschiedenen Münzen zu sortieren und aufzustapeln, damit ich sie besser zählen konnte – sechs venezianische *zecchini*, fünf *piastre*, einen *giulio*, einen *scudo*, der sieben Lire wert war, und vier Lire. Für vier Lire konnte man eine Person eine Woche lang ernähren.

Palmiras Zeigefinger legte sich auf den silbrig glänzenden *giulio* und zog ihn auf ihre Seite des Tisches. »Kann ich den haben, Mama?«

»Nein. Den brauche ich.«

Ihre kleine Faust schloss sich um die Münze und verschwand unter dem Tisch.

»Gib ihn mir«, befahl ich.

Sie versteckte ihre Hand hinter dem Rücken und schüttelte den Kopf.

»Palmira, ich möchte, dass du ihn mir jetzt gibst.«

Sie rannte weg und ich hinterher, durch die Tür hinaus auf den Balkon.

»Du böses Kind. Gib ihn her.« Ich packte sie an der Schulter und gab ihr einen Klaps auf ihr Hinterteil. Sie schrie, entwand sich meinem Griff und warf die Münze weit über den Balkon.

»Du bist gemein«, sagte sie mit hasserfülltem Blick, stampfte zurück in die Wohnung und stieß mit dem Fuß meine Staffelei um. Meine unvollendete Heilige Katharina fiel zu Boden. Palmira beugte sich halb triumphierend, halb ängstlich darüber.

»Das war sehr hässlich von dir! Du solltest dich schämen. Geh ins Bett.«

»Ich brauche noch nicht ins Bett. Ich bin schon acht.«

»Nein, bist du nicht! Noch nicht. Du bist siebeneinhalb! Und ich will dich jetzt nicht sehen. Geh zu Bett!«

Sie hob ihren Fuß, als wollte sie auf das Bild treten.

»Nein!«, schrie ich und sprang auf sie zu. Sie rannte ins Schlafzimmer und warf sich aufs Bett. Ich schmetterte die Tür hinter ihr zu und lehnte mich an die Wand.

War das das Ende? Lief alles darauf hinaus? Auf einen dummen Streit mit einem Kind? Ich setzte die Katharina zurück auf die Staffelei – die Heilige, die gemalt und für ihr Kloster in Bologna Bilder von Frauen gekauft hatte. Wenn sie nur jetzt noch lebte!

Vielleicht war ich wirklich nicht gut genug, um vom Malen zu leben. Vielleicht hatte Vater bei mir falsche Hoffnungen genährt. Vielleicht träumte ich einen närrischen Traum.

Ich steckte die Münzen zurück in den kleinen Beutel und versuchte, in aller Ruhe nachzudenken. Ich durfte eigentlich nur noch Geld für Essen ausgeben, bis ich einen neuen Auftrag hatte, doch Cosimo wollte nun, da er plante, den Pitti zu vergrößern, keine Bilder mehr. Ein halbes Jahr war ich schon ohne Auftrag. Dennoch musste ich weitermalen, um etwas vorweisen zu können. Also würde ich nur einen Viertelwürfel von dem Neapelgelb kaufen.

Es konnte als Illoyalität oder Respektlosigkeit angesehen werden, wenn man sich in einer Stadt einen zweiten Gönner suchte, doch nicht, wenn man für die Kirche arbeitete. Am nächsten Tag also ließ ich Palmira bei Fina, froh, etwas Zeit ohne sie zu verbringen, wickelte meine unvollendete Heilige

Katharina in ein Tuch und brachte das Bild zur Santa Maria del Carmine, wo sich möglicherweise ein Platz dafür in den Kreuzgängen finden würde.

Ich fragte einen jungen Priester, ob ich mit dem Monsignore sprechen könne, und wartete in der Brancacci-Kapelle, die mir wegen Masaccios *Adam und Eva* die liebste war. Doch jetzt berührte mich ein anderes Fresko von ihm so tief, als würde ich es dort zum ersten Mal sehen: Jesus, der Petrus aufforderte, Geld für die Steuern im Maul eines Fisches zu suchen. Das Gesicht Christi wirkte ruhig und vertrauensvoll, obwohl seine Jünger ihn besorgt und verwirrt ansahen. Jesus wies ungerührt auf den See, und Petrus tat es ihm nach, doch sein Gesicht drückte ein ungläubiges: »Da?« aus.

Wie tief musste der Glaube Christi sein, wenn er an einem solch ungewöhnlichen Ort suchen ließ. Nicht der Schatten eines Zweifels. Kein Selbstmitleid, dass er arm war, dass er Steuern zahlen musste, dass er nicht wusste, woher seine Jünger die nächste Mahlzeit bekämen. Oh, solch einen absoluten Glauben in den Heiligen Vater zu besitzen! Ich kniff die Augen zu und versuchte, Seine Führung zu spüren. Als ich die Augen wieder öffnete und das auf dem Wandbild dargestellte Vertrauen sah, erkannte ich, dass ich zum ersten Mal in meinem Leben eine Kirche und die Kunst darin so nutzte, wie es beabsichtigt war. Ungeachtet der Argumente Galileos, das erkannte ich jetzt, war es die höchste aller Künste, den Geist zu erheben, mit welchen Mitteln auch immer.

Der Monsignore näherte sich mir mit besorgtem Blick. Selbst das tröstete mich. Ich stellte mich ihm vor, bot ihm mein Bild an und erklärte, es würde die heilige Katharina darstellen.

»Es sieht aus, als sei es noch nicht fertig.«

»Ist es auch nicht. Ich dachte nur … Ich liebe Masaccios Fresken. Mir würde die Vorstellung gefallen, ein Bild von mir könnte hier hängen … wenn es fertig ist.«

»Seid Ihr nicht die Ehefrau von Pierantonio Stiattessi, dem

Maler, der die Fresken in Monte Uliveto bearbeitet hat?«, fragte der Monsignore.

»Ja.«

Seine Lippen verzogen sich abschätzig. »Die Frau, die malen will.«

Was wollte er? Dass ich zu Hause blieb, um Gänse zu rupfen und Silber zu polieren?

»Stiattessi ist nun Mitglied der Akademie.«

»Ja. Das sind wir beide.«

»Ich habe gehört, ihm wurde übel mitgespielt.«

»Von wem?«

»Von Euch natürlich, wenn Ihr vor den Augen der Kirche wirklich seine Ehefrau seid.«

»Das bin ich. Und ich habe ihm nichts getan.«

»Nichtsdestoweniger haben wir hier keinen Platz für Euer Bild. Es tut mir Leid.«

»Monsignore, ich habe schon für die Medici gemalt.«

»Die Medici sind nicht die Kirche.« Er steckte seine Hände in die Ärmel, als wolle er damit anzeigen, dass das Gespräch beendet sei.

Ich war bestürzt. Zögernd blickte ich wieder auf das Fresko. Was ich auch sagte, es würde wie Selbstmitleid klingen. Ich fügte mich mit einem Nicken, nahm mein Bild und ging.

An wen sollte ich mich jetzt wenden? Das Natürlichste wäre Pietro gewesen, doch seit er in der Akademie aufgenommen worden war, verbrachte er noch weniger Zeit zu Hause. Da ich nicht wusste, was das bedeuten sollte, wollte ich auch nicht fragen. Ich wusste ja nicht, was meine Bitte enthüllen würde. Vater würde mir helfen, doch in seinem letzten Brief hatte er geschrieben, er würde Rom verlassen, um in Genua zu leben. Dort konnte ich ihn nicht erreichen. Ich schämte mich zu sehr, Buonarroti um eine weitere Anleihe zu bitten. Ich wusste nicht, ob Pietro seinen Anteil von der letzten zurückgegeben hatte. Galileo war meine einzige Hoffnung.

Langsam, trotz des Nieselregens, ging ich am Fluss entlang

nach Hause. Galileo hatte seine eigenen Schwierigkeiten. Ich hasste es, ihn zu belästigen. Als er ein paar Jahre zuvor aus Rom zurückgekommen war und wir einen Spaziergang im Garten des Pitti machten, hatte er erzählt, dass er sich der Weisung von Kardinal Bellarmino gebeugt hatte. Er hatte versprechen müssen, die kopernikanische Theorie nicht zu verteidigen. Seine Wangen hatten ihre Fülle verloren und er sprach leiser als zuvor.

»Der Gedanke, dass die Kirche Euch verfolgt, macht mir Kummer«, hatte ich gesagt.

»Ich habe gehört, dass Ihr Eure eigenen unangenehmen Erfahrungen mit dem päpstlichen Gericht hattet«, hatte er geantwortet.

»Ich hoffe, Ihr habt in Rom noch Wertvolleres als dies erfahren.«

»Ja. Ich habe erfahren, dass Rom einen Gelehrten nur dann respektiert, wenn seine Ideen nicht den Schatten eines Zweifels am überlieferten Glauben hinterlassen.«

Was hätte ich sagen können, um ihn aufzuheitern? Ich verstand nur zu gut, wie sehr eine Fehlbeurteilung schmerzte.

»Papst Paul hat mir Schutz zugesichert.«

»Doch ist damit noch nicht das letzte Wort gesprochen.«

»Nein. Das war nicht das letzte Wort.«

Zu Hause stellte ich meine Heilige Katharina zurück auf die Staffelei und nahm Galileos letzten Brief aus meiner Schatulle mit den Andenken.

Meine liebe Artemisia,

der kalte Tramontana weht so heftig, dass selbst ich davor zurückschrecke, bei Nacht hinauszugehen, um nur eine Stunde durch mein Teleskop zu blicken. Ich konnte die Kometen nicht sehen, weil ich krank war. Die Einladung, die ich vor so langer Zeit ausgesprochen habe, gilt noch immer. Ihr sollt wissen, dass ich sie in meinem Geist bewahre und dass Ihr eines

*Tages ein willkomener Gast in meiner Villa in Bellosguardo
sein werdet, wo der Blick auf den Himmel noch unverstellt ist.
In der Zwischenzeit studiere ich die Gezeiten und bin recht
glücklich.*

*In Bewunderung,
Euer Freund Galileo*

Ich hatte versucht, ihm in meinen Briefen Mut einzuflößen,
hatte ihm geschrieben, er solle sich nicht darum bekümmern,
uns alles zu erklären. Es wäre vielleicht nicht das Schlechteste,
wenn uns ein paar Geheimnisse blieben, die unsere Imagination
entzündeten.

Jetzt schrieb ich:

Hochberühmter Gelehrter und Freund,

*ich denke oft an Euch und vertraue darauf, dass Eure mannig-
faltigen Interessen Euch Freude bereiten.*

*Auch auf die Gefahr hin, dass Ihr denkt, ich würde Euch
nur schreiben, wenn ich etwas brauche, möchte ich Euch doch
um einen Gefallen bitten. Ich glaube, er liegt in Eurer Macht,
und ich hoffe angesichts unserer Freundschaft, dass es Euch
eher ein Vergnügen und nicht eine allzu große Belästigung sein
wird, wenn Ihr mir helfen könntet.*

*Die erste Judith, die ich für Cosimo malte – vielleicht erin-
nert Ihr Euch, das Bild, auf dem sie Holofernes enthauptet –
nun, Cosimo sagte, er würde dafür bezahlen, doch das ist bis
jetzt nicht geschehen. Er ist jung, und all seine Gedanken gel-
ten nun dem Umbau des Pitti, so hat er es vielleicht vergessen.
Ihr habt Einfluss auf ihn. Ein Wort unter vier Augen, von seinem früheren Lehrer, könnte bewirken, dass er sich an sein
Versprechen erinnert. Ich würde nicht darum bitten, wenn ich
es nicht müsste.*

*Ich habe einige Monate meine Erinnerung durchforstet, um
darauf zu kommen, was ich über Kardinal Bellarmino gehört*

habe. Jetzt weiß ich es wieder. Er wird der »Ketzerhammer«
genannt. Eine Nonne erzählte mir das in Rom. Seid äußerst
vorsichtig, mein Freund.

Ich küsse Eure Hand und werde Euch ewig dankbar sein –

Immer die Eure
Artemisia

Es dauerte nicht lange, da wurde mir eine ansehnliche Summe
ausgezahlt, doch nachdem ich meine Schulden beim Tischler,
beim Schneider und beim Apotheker beglichen und einen
Grundstock zu essen gekauft hatte, der eine ganze Weile reichen würde, musste ich wieder sparsam sein. Die Zukunft war
ungewiss.

Eine Woche hatte es schon jeden Tag geregnet, und ich hatte
die Zeit damit verbracht, Palmira im Lesen und Schreiben zu
unterrichten, damit sie mehr konnte als nur die Namen der
Schwestern. Ich schrieb ihr kleine, alberne Botschaften – *Sieh*
in den Spiegel. Da sitzt ein Huhn auf deinem Kopf – und versteckte sie in der ganzen Wohnung, damit sie sie suchte. Dann
schrieb sie mir zurück – *Ein Pferd ist unter deinem Rock* – und
zwang mich, meine jeweilige Tätigkeit zu unterbrechen, um
ihren Zettel zu suchen. Das beschäftigte sie eine Weile, doch
schon bald wurde sie quengelig und unausstehlich, weil sie ans
Haus gefesselt war.

Ich hatte zu nichts weniger Lust, als im Regen hinauszugehen, doch ich packte Palmira warm ein und ließ sie ihre Strohpuppe und ihren kleinen Gummiball mitnehmen. Wir eilten
durch die regendunklen Straßen zur Loggia della Signoria, wo
wir ein Dach über dem Kopf hatten und genug Platz für sie,
dass sie Achten um die Statuen herum laufen und ihren Ball
gegen die Wand werfen konnte, während ich die Skulpturen ab-
zeichnete. Wir kamen nass, aber in besserer Stimmung als zuvor dort an.

Ich hatte schon die drei ineinander verschlungenen Gestalten von Giambolognas *Raub der Sabinerinnen* auf der Piazza gezeichnet. Jetzt umrundete ich die Plastik, das erste Standbild, das so konzipiert war, dass es von allen Seiten betrachtet werden konnte, um zu überprüfen, ob ich vielleicht aus einem anderen Blickwinkel etwas Neues entdeckte.

Der Entführer war deutlich in Bewegung, überstieg alle Hindernisse, selbst einen alten, zu Boden gefallenen Mann, dem er sie wahrscheinlich entrissen hatte. Mit einem muskulösen Arm versuchte er, sie an ihrer Schulter festzuhalten, den anderen hatte er um Hüfte und Oberschenkel geschlungen. Mir war vorher nie aufgefallen, dass er seine Finger tief in das Fleisch ihres Oberschenkels presste. Dieser riesige, muskulöse Mann musste all seine Kraft aufbringen, um ihrer heftigen Abwehr standzuhalten. Nicht nur ihr offener Mund, ihr entsetzter Blick und der verzweifelte Hilfeschrei, den ihr Körper gestisch ausdrückte, sondern auch dieser Griff um ihren Oberschenkel zeigte deutlich, dass sie gegen ihren Willen entführt wurde. Dieser eiserne Griff würde das Zentrum meiner Zeichnung sein. Ich würde sie meine Pietà nennen.

»Was machen die da, Mama?«

»Die Männer entführen sie. Sie wollen etwas mit ihr tun, was sie nicht will.«

»Sie sieht aus, als hätte sie Angst.«

»Hat sie auch.«

Ich setzte mich auf den kalten Steinboden und begann zu arbeiten, während ich darüber nachsann, dass die von mir ausgewählte Skulptur eine Vergewaltigung darstellte. Seit wann hatte meine eigene Vergewaltigung aufgehört, mich so sehr zu schmerzen, sodass ich mich nun entscheiden konnte, diese hier zu malen? Vermutlich seit Pietro und Palmira mir gezeigt hatten, wie man liebte. Ich konnte diese Sabinerin, die neunzehn Jahrhunderte vor mir gelebt hatte, studieren und Mitgefühl empfinden, doch wirkte ihr Kampf nicht mehr niederschmetternd auf mich, ich zuckte nicht mehr zusammen wie noch vor einigen Jahren, als ich sie das erste Mal gesehen hatte. Tausend Mal war ich auf meinem Weg zum Gemüsemarkt an dieser Skulptur vorbeigegangen und war nicht starr vor Zorn geworden. Gewalt gegen Frauen existierte immer noch auf dieser Welt, doch das Leben ging weiter. Und weiterhin mussten Zwiebeln und weiße Bohnen gekauft werden.

Palmira sah mich aus großen, ängstlichen Augen an. »Warum malst du nicht mehr?«

»Oh, ich zeichne jetzt lieber.«

»Das ist nicht der Grund.« Es klang wie eine Anklage.

»Nein? Woher weißt du das, meine kleine Kriegerin?« Ich kniff ihr in die Nase und sie wich zurück. »Hier, ich zeige dir etwas.«

Sie schüttelte den Kopf und rannte hinaus auf die Piazza, in den Regen.

»Palmira, komm zurück.«

Das tat sie, doch erst, nachdem sie vollkommen durchnässt war.

Eine Frau in einem langen Umhang stürzte in die Loggia und lüftete ihre tief violettrote Kapuze, um das Wasser abzuschütteln.

»Vanna!« Ich hatte sie seit Jahren nicht mehr gesehen.

Als sie mich da auf dem Boden sitzen sah, wirkte sie fassungsloser, als ich es war. Innerhalb einer Sekunde verzog sich ihr schönes Gesicht zu einer mürrischen Miene.

»Warum habt Ihr eine gewöhnliche Wollwäscherin mit rauen Händen genommen und nicht mich?«

»Was meint Ihr?«

»Für Eure Maria Magdalena. Irgendeine Nutte mit rauer Haut von den Bottichen. Eine andere Frau für Eure Diana, Persephone und Aurora. Vier Aufträge von den Medici, vier Chancen für mich, in ihren Palast zu kommen, und Ihr habt mich nicht ein einziges Mal gewählt.«

»Woher wisst Ihr, wen ich nehme und was ich male?«

»Pietro hat es mir erzählt. Er erzählt mir alles«, giftete sie

190

und reckte die Nase in die Höhe. Sie zögerte einen Moment und schwelgte in ihrer Häme. »Er weiß um Euren schlechten Ruf. Ihr und dieser schmierige Kutscher. Ein niederer Dienstmann! Ihr habt keine Ahnung von dem, was einen Maler ausmacht – oder eine *Frau*.«

Augenblicklich wusste ich Bescheid. Sie war Pietros Geliebte.

Als sie mich sprachlos sah und bemerkte, was sie enthüllt hatte, zog sie sich die Kapuze über und schoss durch den Regen zum Seiteneingang der Uffizien. In einem prächtigen dunkelroten Umhang, den sich kein Modell mit zwei Kindern leisten konnte, huschte ihre schemenhafte Gestalt an Davids Marmorlenden vorbei. Ein Phantom.

Verstohlene Blicke. Heiß umschlungene Hände. Heimliche Verabredungen. Pietro hatte eine Geliebte, die genau in diesem Augenblick in die Uffizien ging. In den Uffizien zeichnete Pietro mit seinen Freunden, in letzter Zeit häufiger denn je. Genau in diesem Moment eilte sie in feuriger, schwellender Leidenschaft zu ihm, aus der Fassung gebracht von dem zufälligen Treffen mit »der Frau«. Und dem kleinen Mädchen. Das jetzt größer war und widerspenstig. Sollte sie ihn warnen, dass »die Frau« alles wusste? Nein. Möglicherweise verließ er sie dann. Nicht, wenn die Frau und ihr Kind gerade draußen waren. Man musste später darüber nachdenken. In seinem Atelier. Nachdem sie mit den Fingern über seinen Rücken, seine muskulösen Lenden und die benachbarten Täler gefahren war, welche in einem dunklen Gewirr endeten, nachdem sie seine Lenden geküsst, mit ihrer Zunge weitergefahren und ihn dazu gebracht hatte, sich aufzubäumen, sich zu erheben, immer weiter, rasend vor Verlangen nach ihr.

Aufhören!, befahl ich mir. Denk nach.

Ich durfte nicht mehr hier sein, wenn sie die Uffizien verließen. »Palmira, komm. Wir gehen nach Hause.«

»Wir sind doch gerade erst gekommen.«

»Nimm deinen Ball.«

Ich packte meine Stifte, meinen Block und ihre Puppe unter meinen Umhang, nahm sie bei der Hand und rannte. »Zähl die Pfützen«, rief ich, damit sie etwas hatte, womit sie sich beschäftigen konnte. Ich riss sie um die Pfützen herum, an den Bottichen vorbei, in denen jetzt nur Regenwasser war, weil die Färber einen solchen Tag im Haus aussaßen, und schließlich durch unser Gartentor hindurch. Außer Atem brachen wir beide auf unserer Treppe zusammen.

Oben zog ich ihr die nassen Sachen aus, trocknete rasch ihr Haar, wickelte sie in meinen Morgenmantel, löffelte heiße Brühe in ihren Mund und schnitt ihr ein paar Apfelschnitze zurecht. »Bist du ein bisschen schläfrig? Manchmal macht Brühe schläfrig.« Ich machte ihr Bett und steckte sie hinein. »So wirst du warm«, sagte ich und rieb ihren Körper mit der Decke.

»Warum sind wir gerannt, Mama?«

»Wegen des Regens, mein Schatz.«

»Aber wir waren doch schon nass.«

»Schsch. Schlaf jetzt. Ich bin oben bei Fina. Wenn du aufwachst, kannst du hochkommen.« Ich summte ein Schlaflied, und als sie tatsächlich eingeschlafen war, ging ich nach oben. Fina spülte gerade ihr spärliches Geschirr.

»Schrecklicher Tag«, sagte ich.

»Wo ist Palmira?«

»Schläft in ihrem warmen Bettchen. Wir waren eben nass bis auf die Knochen. Wir hätten nicht hinausgehen sollen.« Ich spürte, wie mein Kinn zitterte.

»Was ist los? Was ist passiert?«

»Oh, Fina, du weißt doch, dass unsere Ehe eine Zweckehe war, oder?«

Sie trocknete sich die Hände an einem zerschlissenen Handtuch. »Ich habe das vermutet.«

»Und dass er eine Geliebte hat?«

»Ja«, sagte sie nach einem Moment ruhig.

»Mehr als eine?«

»Bist du sicher, dass du das wissen willst?«

»Ja.«

»Er hatte eine ganze Reihe Frauen. Ich habe sie nicht gezählt. Es ist ein Segen, dass seine arme Mutter das nicht mehr miterlebt hat.«

»Glaubst du, er hat noch eine Wohnung?«

Sie schloss die Augen und hob die Schultern. »Möglich. Alles ist möglich.«

»Warum hat er mich denn geheiratet? Weißt du es?«

Sie holte so tief Luft, dass ihre Brust sich hob. »Weil er Schulden hatte. Es ging um die Mitgift.«

»Gut, aber warum dann mich? Warum nicht jemanden in Florenz?«

»Wegen seines Rufs. Frauen, die behaupten, er sei der Vater ihrer Kinder, hätten Einspruch erhoben, sobald er in Florenz ein Aufgebot bestellt hätte. Er konnte nur eine Frau außerhalb von Florenz finden.«

»Ich war eine Närrin, Fina! Eine vollkommene Närrin.« Ich ließ mich auf ihren traurigen Samtstuhl fallen und kämpfte mit den Tränen. Sie schob einen Hocker zu mir und zog meinen Kopf an ihren weichen Busen. »Glaubst du, wenn ich das Malen aufgegeben hätte, hätte ich ihn ganz haben können? Er hat nie etwas gesagt oder getan, woraus ich hätte schließen können, dass er mehr von mir wollte, als ich ihm gab. Er hat mich nur bis zu einem bestimmten Punkt an sich herangelassen.«

Sie strich mir über den Hinterkopf. »Er kann jede Frau nur bis zu einem bestimmten Punkt an sich heranlassen. Deshalb verlässt er sie und geht zur nächsten, sobald er sich unbehaglich fühlt. Es ist nicht dein Fehler.«

Ich lachte schwermütig. »Vielleicht wird seine Geliebte das auch entdecken.«

Wir schwiegen eine Weile und ich spürte ihr Herz tröstlich gegen meine Wange klopfen. Als sie aufstand, um eine Öllampe anzuzünden, dankte ich ihr und ging wieder nach unten. Palmira schlief tief und fest.

Graziela hatte einmal gesagt, sollte ich mich von Gott verlassen fühlen, hätte ich ihn nur umso mehr zu lieben. Ich hätte Gottes Güte zu bekräftigen. Das wollte ich später tun. Morgen würde ich Seine Güte bekräftigen. Eine Nacht der Bitternis wollte ich haben, eine Nacht voller Selbstmitleid, eine Nacht, um alles loszuwerden.

Ich hatte keine Ahnung, was eine Frau ausmachte? Hatte Vanna Recht? Wenn Pietro und ich einander am nächsten waren, im Bett, war sein Bedürfnis auf mich übergesprungen und hatte eine Entsprechung gefunden, so als würde man in einem dämmrigen Raum in einen Spiegel gucken, obwohl keiner von uns je von dem Ort in unserem Innern gesprochen hatte, wo dieses Bedürfnis herrührte. Doch hätte das etwas geändert?

Ich wusste, ich sollte Graziela nicht in einem solchen Zustand schreiben, doch ich konnte nicht anders.

Zuerst versuchte ich aufzupassen, vorsichtig zu sein, doch am Ende tat ich genau das, wovor du mich gewarnt hast – ich verlor mich an einen Mann. An eine Illusion, genau wie du sagtest. An einen Mann, der sich einer anderen hingibt. Ich hatte nie wirklich seine Liebe. Was ich hatte, war lediglich, was ich hoffte zu haben. Und nun habe ich den ersten Blick auf einen traurigen und weitreichenden Verlust, und warum? Damit ich das Ganze eines Tages malen kann?

Aber ich werde mich nicht Gott schenken, nicht in ein Kloster gehen, und sollte ich bettelarm werden. Auch wenn ich keinen Auftraggeber, kein Geld und keinen echten Ehemann habe, so habe ich doch einen Ort, an dem ich leben kann. Meine Mitgift garantiert mir das. Und ich habe eine Begabung, die ich nicht vor der Welt verbergen sollte. Ich werde Briefe schreiben. Ich werde mir einen neuen Auftraggeber suchen. Ich werde meinen Lebensunterhalt verdienen. Ich werde weitermachen, als wäre nichts geschehen. Ich werde ein neues Leben finden.

Als ich den Brief mit Kerzenwachs versiegelte, kam Pietro, nass bis auf die Knochen, nach Hause.

»Furchtbares Wetter«, brummte er und hängte seinen tropf-nassen Umhang an einen Haken. »Du hast einen Brief ge-schrieben?« Er setzte sich an den Tisch.

»Nur an Schwester Graziela.« Ich schob den Brief an den Tischrand und legte einen Apfel aus dem Obstkorb darauf. »Sie wollte, dass ich ihr weitere Kunstwerke beschreibe.« Ich rieb ihm das Haar mit einem Tuch trocken. Die schwarzen Locken, die ich so liebte, rochen nach einem fremden Haaröl.

»Glaubst du, es wird morgen aufhören zu regnen?«, fragte ich. Eine dümmliche Frage.

»Nein.«

Ich wärmte die Brühe auf und fügte Zwiebeln und altbackenes Brot hinzu. Während er aß, warf er verstohlene Blicke auf den Brief.

»Was hast du heute gemacht?«, fragte er und langte nach einem Apfel, zufällig dem, den ich auf den Brief gelegt hatte.

»Ich habe versucht, Palmira mehr Lesen und Schreiben beizubringen.« Ich zeigte ihm ihre Zettel. »Sie war schrecklich unruhig, aber jetzt schläft sie.«

Er lächelte, als er die Zettel las, dann berührte er den Rand meines Briefes an Graziela, entweder versehentlich oder absichtlich, weil er mich testen wollte, weil er wusste, warum ich ihn geschrieben hatte. Ich erstarrte und blickte gebannt seine Finger auf dem Brief an.

Ein plötzlicher Schauer schlug so hart gegen die geschlossenen Fensterläden, dass der Regen am Fensterrahmen entlangsickerte. Das lenkte uns einen Augenblick ab. Wir stopften die undichten Stellen mit Mallappen.

»Zumindest werden die Straßen und Bauten gewaschen«, sagte er. »Wenn es endlich vorbei ist, wird die ganze Stadt sauberer aussehen.«

Mir kam eine Idee.

»Ist es möglich, auf die Laterne an der Spitze des Doms zu steigen?«, fragte ich.

»Ich glaube nicht.«

»Und was ist mit dem Campanile?«

»Wozu?«

»Um die Stadt zu sehen. Wenn sie sauber ist.«

»Es ist ein langer Weg dort hinauf.«

»Umso besser.«

»Ich nehme an, er muss eine Treppe für den Glöckner haben«, sagte er. »Wenn wir ihm ein paar Lire geben, lässt er uns vielleicht hinauf.«

»Ich möchte sehen, ob wir in dieser Höhe spüren, wie sich die Erde bewegt.«

Pietro blickte mich an, als hätte ich den Verstand verloren.

»Kennst du den Philosophen und Mathematiker an Cosimos Hof, Galilei? Er sagt, dass sich die Erde um die Sonne dreht und die anderen Planeten auch.«

»Eines Tages wird er deswegen Schwierigkeiten bekommen. In der Santa Maria Novella hat einmal ein Priester in seiner Predigt die Mathematiker als die Handlanger des Teufels bezeichnet. Jeder wusste, dass er Galileo meinte.«

»Vor kurzem?«

»Nein.«

»Wenn wir uns wirklich bewegen, können wir es dort oben vielleicht spüren. Lass es uns ausprobieren. Morgen. Sonntag.«

»Wahrscheinlich wird es regnen.«

»Das ist egal. Wenn wir es jetzt nicht tun, dann vielleicht niemals.«

Er blickte mich mit seltsamer Miene an – so als würde er erkennen, dass ich vielleicht alles wüsste oder unsere Zweckverbindung bald zu einem abrupten Ende käme. Eine Sekunde glaubte ich, Schmerz in seinen Augen gesehen zu haben.

Doch konnte ich mich wirklich ausschließlich ihm widmen? Jeden Tag? Jede Stunde? Ihn zum Mittelpunkt meines Lebens machen? Malerin oder Frau. Frau oder Malerin. Was wollte ich wirklich sein? Dort oben würde ich es vielleicht herausfinden.

»Ich möchte das alles hinter mir lassen …« Ich wedelte vage mit der Hand. Sollte er entscheiden, was ich damit meinte.

»Palmira auch?«

»Nein. Die bleibt bei Fina. Sag ihr, wir müssen etwas malen.«

Eine Seite seines Mundes verzog sich zu einem leisen, traurigen Lächeln. »Wie unsere Ausflüge am Anfang, als du … gerade hierher gekommen warst.«

»Ja, genau so.«

»Willst du immer noch gehen?«, fragte er, als er am nächsten Morgen die Fensterläden öffnete.

Ich stand auf, um einen Blick nach draußen zu werfen. Der Regen versah den Fluss mit kleinen Sprenkeln. »Ja.«

Wir sagten Fina nicht, wohin wir wollten, und sie warf mir einen verständnislosen Blick zu. Das verursachte mir ein Kribbeln im Magen, so als würden wir etwas Verbotenes tun. Ich streifte meinen Umhang mit der Kapuze über, dann gingen wir schnell und mit gesenktem Kopf durch den Regen. Auf der Piazza del Duomo warteten wir unter der Loggia der Bruderschaft der Misericordia, bis die Glocken zu Mittag läuteten. Der Regen ergoss sich nun heftiger auf die Steine der Piazza. Der Marmor auf dem viereckigen Turm glänzte wie polierter Edelstein.

»Ich wünschte, Giotto hätte lange genug gelebt, um ihn vollendet zu sehen«, sagte ich, »um wenigstens einmal hinaufzusteigen, bevor er starb.«

»Seltsam, dass man sein ganzes Leben an einem Ort lebt und nicht auf die Idee kommt, das hier zu tun«, sagte Pietro. Er machte gute Miene zu meinem Spiel. Es war liebenswürdig von ihm, und es war falsch von mir, meinen Hass gegen Vanna auf ihn zu übertragen.

Als der Glöckner die Tür des Turms öffnete, stürzten wir unter der Loggia hervor, um ihn aufzuhalten.

»Wir sind Künstler«, sagte Pietro, »und wir würden gern von der Turmspitze aus einen Blick auf den Dom werfen.«

»Für eine Zeichnung für die Accademia del Disegno.«

Er blickte mich argwöhnisch an. »Ihr beide? Seid Künstler?«

»Wenn Ihr uns kurz eintreten lassen würdet …«, sagte ich. Er trat einen Schritt zurück, damit wir vor dem Regen flüchten konnten. Ich öffnete meinen Umhang und zeigte ihm meine Insignie von der Akademie. Pietro drückte ihm zwei Lire in die Hand.

»Ihr habt Euch einen üblen Tag ausgesucht, um etwas so Närrisches zu tun.«

»Was kümmert Euch das?«, fragte Pietro, leicht verstimmt.

Der Glöckner zuckte mit den Schultern. »Macht doch, was Ihr wollt.« Er wies uns hinauf.

Wir stiegen die steile Steintreppe innerhalb eines separaten Treppenhauses hinauf, das uns von allen Seiten ein- und die Welt ausschloss. Die Treppe führte bis zum ersten Stock in einem breiten Viereck an den Wänden des Turms entlang, und auf dieser Höhe gaben Bögen zwischen raffiniert verschlungenen Säulen den Blick nach draußen frei. Der Turm vom Palazzo Vecchio wirkte noch eindrucksvoller, da die erste Stufe mit dem Zinnenfries von dieser Höhe aus größer wirkte als vom Boden. Häuser, Straßen und Menschen sahen unwirklich aus, wie Schachteln und Puppen.

»Vielleicht sieht es so für Gott aus«, sagte ich.

Pietro lächelte zu dieser Bemerkung.

Über dem ersten Stock wand sich die Treppe in einer Ecke des Turms in einem engen Kreis, um den Blick von außen durch die offenen Bögen nicht zu behindern. Pietro hob meinen Umhang, damit er nicht über die dreihundert Jahre alten Steinstufen schleifte. Auf dem Weg nach oben musste ich immer wieder anhalten und ausruhen. Er ließ es zu, dass ich mich bei ihm anlehnte. Unter meiner Wange hob und senkte sich seine Brust.

Im zweiten offenen Stock rüttelte uns der Wind durch, der durch die Bögen fegte. Wir störten eine Taubenfamilie auf, die in einem Riss im Mauerwerk nistete, sodass sie laut flatternd vor uns flüchtete. »Es ist seltsam, von oben auf fliegende Vögel zu blicken, nicht wahr?«, fragte ich. Wir waren fast in Augenhöhe mit der Basis des Gewölbes, das die große Steinkuppel der Kathedrale stützte.

»Stell dir die Aufregung der Menschen vor, die diesen Dom haben wachsen sehen«, sagte Pietro. »Denk dir einen Jungen. Als er geboren wurde, war der Dom noch nicht da, doch der Dom fing an zu wachsen, als der Junge alt genug war, das mitzubekommen, und als der Junge erwachsen war und selbst einen Jungen hatte, trafen die Steinrippen aufeinander und der Dom wurde geschlossen. Was für eine Zeit!« Er legte mir die Hand auf die Schulter, während wir den Dom betrachteten. Ich bewegte mich nicht: So würde seine Hand dort ein Weilchen länger bleiben, so lange, bis wir weitergingen.

»Weißt du, dass dieser Turm hundert Jahre vor dem Dom fertig gestellt wurde?«, fragte Pietro. »Was meinst du, wie oft Brunelleschi diese Stufen hinaufgestiegen ist, um sich anzusehen, was er da baute?«

»Jedenfalls nicht täglich!«

»Nein, aber ich wette, mindestens einmal im Monat. Ich jedenfalls hätte es getan.«

Bis zum dritten Stock machten wir keine Pause, wir waren begierig, die Spitze zu erreichen. Beide atmeten wir schwer. Einmal hob ich meinen Fuß nicht hoch genug, sodass er an einer Stufe hängen blieb und ich ruckartig nach vorn stürzte. Da packte mich Pietro von hinten und hielt mich, seine Hände direkt unter meiner Brust, eng an sich gepresst, bis ich wieder normal atmete.

Ein paar Windungen noch, dann öffnete Pietro eine Tür und wir traten hinaus. Regen schlug uns entgegen und stach auf meinen Wangen wie tausend kleine Nadeln. Unsere Umhänge schlugen im Wind, sie bauschten sich und drohten hinwegzufliegen, wenn wir sie nicht festhielten. Es ängstigte und faszinierte mich gleichzeitig, so hoch oben zu sein und nur eine taillenhohe Mauer vor uns zu haben, die uns davor schützte, vom Turm gefegt zu werden.

»Sieh mal«, rief ich. »Du kannst das Steinmuster auf dem Dom sehen.« Wir mussten schreien, um uns zu verständigen.

Er nahm mich bei der Hand und so wanderten wir um das Viereck und blickten in alle vier Richtungen – auf die Kuppel von San Lorenzo, die weiße Fassade von Santa Croce, das Dach von Vasaris Korridor über der Ponte Vecchio, auf den Palazzo Pitti und seine Gärten und auf die grauen, nur schemenhaft zu sehenden Hügel – ganz Florenz in einem Rundgang.

»Denk nur an die abertausend Menschen, die hier gelebt und das nie gesehen haben«, sagte ich.

Langsamer gingen wir noch einmal um den Turm. Pietro lehnte sich über die Mauer.

»*Attenti!*«, schrie ich.

Meine Angst um ihn bewirkte, dass er von der Mauer zurücktrat und mir einen sanften Blick zuwarf. »Es ist ja gut. Ich werde vorsichtig sein.«

Das Sims war glatt. Er lehnte sich wieder hinüber. Ich hielt mit beiden Händen seine Arme. »Oh, Artemisia«, rief er voller Ehrfurcht. »Die Menschen dort unten sind so klein. Die Steine von der Piazza sind wie Salzkörner. Das musst du sehen! Hier, ich halte dich.«

Er schlang die Arme um mich, sodass ich mich sicher fühlte, und ich lehnte mich ein wenig über das Sims. Der Wind riss mir die Kapuze vom Kopf, und der Regen durchnässte mein Haar. »Ohhh!« Der Regen, der vom Wind in alle Richtungen gefegt wurde, lasierte die Mauern der Stadt, die Medaillons auf den Mauern, die Nischen und die Statuen in den Nischen. »Halt mich fester«, rief ich, weil mir schwindlig wurde, und als er es tat, lehnte ich mich noch weiter hinaus. Mein Haarknoten löste sich auf, sodass die Strähnen ihm ins Gesicht schlugen.

Ich hatte das Gefühl, der ganze steinerne Turm würde im Wind schwanken. Ich schloss die Augen. »Die Erde bewegt sich wirklich«, schrie ich. »Es ist keine Illusion. Spürst du es, Pietro? Galilei hatte Recht! Denk nur! Wir sausen durchs Universum.«

Er zog mich zurück und drehte mich um und hinter mir blähte sich mein Umhang. Seine Lippen trafen meine, nass und glatt und süß, glitten mir über die Kehle, über meine Augen – und meine Lippen auf seinen, üppig und süß und im erregenden Schauer des Unerwarteten. Frag nicht, warum, befahl ich mir selbst. Ich fuhr mit meinen Händen durch sein nasses Haar. Er griff nach meiner durchnässten Brust und presste seine Lenden an mich, sodass ich erschauerte und mich ebenso an ihn presste.

Wir ließen den Regen auf uns niedergehen und allen Schmerz, allen Argwohn aus unseren Herzen spülen, und wir hielten einander im Wirbel von Wind und Gefühlen, die Knie weich, die Augen glänzend vom Regen, beide vom Sturm erhoben über alle irdischen Wunden, beide voll Sehnsucht nach dem, was einstmals möglich war, beide verzweifelt über das, was wir verloren wussten.

In dieser Nacht liebten wir uns mit dem drängenden, bittersüßen Schmerz von Liebenden, die bald getrennt werden. Worte wurden nicht gewechselt. Ich befahl mir, mich nur auf den Augenblick zu konzentrieren, gar nicht zu denken, nur zu fühlen – Pietros Hände, die über meinen Körper strichen wie die eines Bildhauers über seine Skulptur, seine Zunge auf meiner Kehle, seine Hand auf meinem Schenkel, dann sein Knie, das mich drängte, mich zu öffnen und mit ihm über die sturmgepeitschte See zu fahren, bis die Wellen sich legten.

Ich schlief ein mit dem Gedanken an die unbegreifliche, rätselhafte Ordnung des Universums, die bewirkte, dass die Planeten ihre Bahnen beschrieben, die Vögel flogen und die Türme nicht umstürzten. In diesem Universum, wo wir, das wusste ich nun, nicht der Mittelpunkt waren, wo ich so unbedeutend und gewöhnlich war wie ein Salzkorn, das man von einem Turm aus sieht, erlaubte mir Gott meinen nächsten Atemzug.

16 Graziela

SIEH MAL, MAMA.«

Ich zog gerade einen Eimer Wasser aus dem Brunnen, während Palmira im Kreis um eine Pusteblume hüpfte, die zwischen den Pflastersteinen wuchs, und ein Lied über den Mond sang, das Fina ihr beigebracht hatte. Ich lobte sie abwesend und bemerkte die kugeligen Blüten der Pusteblumen im ganzen Hof, wie fahlgelbe Monde auf steifen Stängeln – Galileos Jupitermonde, die ich nie zu sehen bekommen hatte.

Ich pflückte eine, hielt sie an meine Lippen, um die Sporen wegzupusten, und ging meine Liste mit Wünschen durch – dass ich eines Tages Galileos Monde sehen konnte; dass Palmira eine gute, geachtete Malerin werden würde; dass Umiliana als Modell arbeiten konnte und nie wieder zu den Bottichen zurückmusste. Und dann fügte ich die Wünsche hinzu, die mir wirklich auf der Seele brannten – dass ich Vanna nie eingestellt und nie Pietro aus reiner Großzügigkeit erlaubt hätte, sie nackt zu malen, dass unsere Zeit im Turm ihm mehr bedeutete als ein vergänglicher Ausbruch der Leidenschaft; dass er erkannte, wie falsch es war, mich nicht zu lieben; dass er an diesem Abend nach Hause kommen und mir sagen würde, er hätte sie verlassen.

Zu viele Wünsche für eine einzige Pusteblume. Unter den gegebenen Umständen wusste ich, ich hatte nur einen Wunsch, und zwar diesen: dass ich meinen Lebensunterhalt verdienen konnte.

Ich schloss die Augen und stellte den Wunsch so stark ich nur konnte vor alle andern, obwohl ich den Campanile und Pietros innige Umarmung beiseite schieben musste. Ich blies gegen die Pusteblume und dachte: Gott hat mir erlaubt, meinen nächsten Atemzug zu tun, ja. Der Wind hat uns nicht vom Turm geweht. Diese Dinge hätten mir etwas bedeuten sollen, aber sie taten es nicht.

Als ich die Augen wieder öffnete, sah ich einen kleinen, zerlumpten Jungen vor unserem Gartentor stehen.

»Ich habe eine Nachricht für Signora Gentileschi«, sagte er mit einer Stimme, die vor lauter Verantwortung ganz hell klang.

»Ich bin Signora Gentileschi.« In Erwartung eines Briefes steckte ich meine Hand durch die Holzlatten.

»Sie steckt hier«, sagte der Junge und wies auf seinen Mund, der sich zu einem perfekten O gerundet hatte. »Ich soll Euch sagen, dass Ihr zur Kirche Santa Trinità gehen und nach Schwester Veronica fragen sollt.«

»Wann?«

»Jetzt.«

»Warum? Was weißt du noch?«

»Nichts, nur dass Schwester Veronica gesagt hat, Ihr solltet allein kommen.«

Ich dankte ihm und bot ihm mit der Schöpfkelle etwas Wasser durch die Latten des Tores an.

»Ich will mitkommen«, sagte Palmira und warf sich rückwärts gegen das Tor.

»Nein, du musst zu Fina.«

Sie stampfte mit dem Fuß auf. »Ich muss immer zu Fina.« Sie äffte meinen Tonfall nach, erlaubte mir aber, sie die Treppe hinaufzuziehen.

Die Kirche Santa Trinità lag hinter dem Viertel der Gerber am Lungarno. Ich versuchte, möglichst wenig von der fauligscharfen Luft einzuatmen. Ich war schon einmal in der Santa Trinità gewesen und hatte mir, nach Schwester Paolas Wunsch, das riesige Kruzifix angesehen. Als ich jetzt die schwere Tür öffnete, war ich glücklich über den würzigen Geruch von Kerzenwachs und Weihrauch. Eine Nonne, die neben dem Tablett mit den Kerzen stand, grüßte mich und stellte sich als Schwester Veronica vor.

»Ich bin Artemisia Gentileschi.«

»Darf ich Euch die Kirche zeigen?«, fragte sie.

»Bitte.«

Wir gingen durch das Seitenschiff. Zur Rechten des Hochaltars zog sie mich in eine Seitenkapelle. »Die Fresken zeigen das Leben des heiligen Franziskus. Sie sind von Ghirlandaio.« Sie zog aus ihrem weiten Ärmel einen winzigen Stoffbeutel. Dann senkte sie die Stimme. »Schwester Graziela aus der Santa Trinità in Rom hat dies hier mit einer Sendung getrockneter Kräuter geschickt. Sie wies mich schriftlich an, es Euch zu übergeben und zu entschuldigen, dass es nach Oregano riecht.«

Ich lächelte und hielt mir den Beutel an die Nase. »Ja, Oregano. Und Rosmarin.« Ich ließ ihn in meinen Ärmel gleiten.

»Und hier auf diesem Bild seht Ihr, wie der heilige Franziskus ein Wunder vollbringt, ein totes Kind zum Leben erweckt, das aus einem höheren Stockwerk gefallen ist. Direkt hier auf der Piazza Santa Trinità.«

»Oh ja. Ich erkenne die Kirchenfassade auf dem Bild.«

Wir machten einen Rundgang durch die Kirche, an der Tür dankte ich ihr und gab ihr eine Lira. »Für Euren Orden.«

Sie neigte zum Dank den Kopf.

Zu Hause öffnete ich den Beutel und kippte einen Ohrring heraus – Grazielas Perlenohrring. Auf einem kleinen Stück Papier, das mit Grazielas Blätterranken verziert war, standen die Worte: »Verkaufe das Paar. Kaufe Farbe.«

Eine warme Welle durchflutete mich. Ich führte mir den Ohrring an die Lippen und schloss die Augen in der Gewissheit, jetzt erst verstanden zu haben, was Liebe bedeutete.

Wochen später, gerade als ich schon dachte, ich müsste Pietro um Geld bitten – denn ich konnte mich nicht durchringen, Grazielas Ohrringe zu verkaufen –, bekam ich einen Brief von einem Genueser Kaufmann, Cesare Gentile. Begierig riss ich ihn auf. Darin hieß es, er hätte meine Arbeit im Pitti gesehen und sei gewillt, mir einen Auftrag für ein großes Bild zu erteilen, einen weiblichen Akt, eine Figur, über deren Identität nach meiner Ankunft in Genua befunden werden könne. Er bot mir eine bescheidene Summe, ein Zimmer und ein Atelier in seinem Palast und mögliche weitere Aufträge, wenn mein erstes Bild ihm gefiele. Mir entfuhr ein Schrei und gleich darauf ein Seufzer.

Ce-sa-re, erhaben und nobel. Gen-ti-le, freundlich und sanft. Sein Name schien ein gutes Omen zu sein.

»*Grazie a Dio!* Palmira, wir sind gerettet.« Ich nahm Palmiras Hände, lehnte mich zurück und dann drehten wir uns so schnell im Kreis, dass sich ihre kleinen Füße vom Boden hoben und sie anfing zu quieken.

»Was ist mit Papa?«, fragte sie.

»Pietro kann auch mitkommen, wenn er will.«

Doch ihre Frage erinnerte mich an meinen eigenen Papa. Vater war in Genua. Es war eine Sache, ihm hin und wieder zu schreiben. Eine andere war es, in der gleichen Stadt zu wohnen wie er. Wie konnte ich – schon wegen Palmira – so tun, als wäre nichts zwischen uns vorgefallen.

Ich musste es versuchen.

Ich blickte auf und sah vor mir die unfertige Zeichnung von der Loggia, die Sabinerin, die in dem Moment verewigt wurde, als ihr Gewalt widerfuhr. Genau wie Rom war Florenz eine Männerstadt, aus Stein geformt von Männern wie Lorenzo *il magnifico* und Brunelleschi, mit einem Renommee, das unerschütterlich war wie Stein. Stein, dessen Kälte im Winter durch die Schuhsohlen drang und der im Sommer glühte. Die einzige Frau, die ihnen gefiel, war die pathetische Büßerin Maria Magdalena. Diese Stadt war Frauen gegenüber nicht besonders zuvorkommend.

Vielleicht war Genua anders.

Genua aber hatte keinen Pietro.

Ich auch nicht.

17 Pietro

DEIN RUHM MEHRT SICH«, sagte Pietro scherzhaft, nachdem ich ihm den Brief aus Genua gezeigt hatte. Doch ein angespannter Zug lag um seinen Mund, den ich zuerst für gewöhnlichen Künstlerneid hielt, bis er hinzufügte: »Natürlich ein Akt. Deine besondere Begabung.«

Er meinte nicht die Kunst.

Offenbar waren ihm die verleumderischen Gerüchte zu Ohren gekommen. Wenn sie nicht gar von ihm ausgegangen waren. Die Vorstellung schockierte mich, bis ich genauer darüber nachdachte. Er hatte mir nie verziehen, dass ich vor ihm in die Akademie aufgenommen worden war, nie den Stachel verwunden, dass ich vor ihm Erfolg hatte. Waren die Gerüchte ein wohl durchdachter Versuch, mir die Aufträge abzujagen? Seinen Rang als Künstler und Mann wiederzugewinnen? War er dazu fähig? Ich schaute in seine ausweichenden Augen.

Ja.

Wenn die Gerüchte nicht von ihm in die Welt gesetzt worden wären, hätte er mich gewiss heftiger mit ihnen konfrontiert als mit dieser versteckten Anspielung. Jeder Mann hätte das. Doch er hatte Vanna nur etwas erzählen müssen, danach hatte sie dafür gesorgt, dass es in der ganzen Akademie bekannt wurde.

Er warf den Brief auf den Tisch vor mir, als wäre er wertlos.

»Ich muss annehmen, ich habe keine andere Wahl«, sagte ich rundheraus.

Er verzog sein Gesicht. Mit seinem Dreitagebart wirkte sein Gesicht dunkler, wilder und verhärmter. »Wahl?« Er hob die Stimme. »Du bist meine Frau.«

Ich setzte mich aufrecht hin. »Zunächst einmal bin ich Malerin.«

»Zunächst einmal Malerin?« Er zog sein Wams aus und warf es gegen einen Stuhl.

»Hör mir zu, Pietro.« Ich beugte mich vor und spreizte meine Finger auf der Tischplatte. »Am Tag des Jüngsten Gerichts werden wir beide vor Gott stehen, und wenn einer von uns sein Talent vor der Welt verbirgt, dann verweigern wir Gott den vollständigen Ausdruck Seiner selbst.«

»Wo hast du denn das gelernt? Bei deinen römischen Nonnen?«

»Vom Magnificat. ›Meine Seele erhebt den Herrn.‹ Das gilt für uns alle, Pietro. Gleichgültig wie klein es auch ist, ich werde der Kunst der Welt mein Mosaiksteinchen hinzufügen. Genau wie du.«

»Zunächst einmal Malerin«, höhnte er und ging zum Spülbecken, um sich das Gesicht zu waschen.

»Mein ganzes Leben wollte ich beides sein. Und ich war beides. Ich bin in keiner Hinsicht eine Versagerin – egal was Vanna auch sagt.«

Er wirbelte herum. »Vanna!«

Ich lachte bitter. »Glaubst du, ich hätte es nicht gewusst? Glaubst du, ich wäre so mit meinen Bildern und Palmira beschäftigt, dass ich deine Abwesenheit nicht bemerkte? Jede Nacht, wenn ich allein die Lampe löschen muss, bekommt mein Herz einen weiteren Riss. Zähl die Nächte und du siehst ein Herz in Fetzen.«

»Vanna ist Vanna, aber du bist meine Frau.«

Ich beugte mich weiter vor. »Wie lange, Pietro? Wie lange warte ich, dass du den Unterschied zwischen Vanna und mir bemerkst?«

»*Dio mio!* Verdreh hier nicht die Tatsachen, bis es aussieht, als hätte ich dich verlassen. Du bist die, die geht«, sagte er trotzig.

»Gab es auch etwas Gutes für dich in unserer Ehe?«, fragte ich leise. »Was hat dir das auf dem Turm bedeutet, Pietro?«

Er ruckte mit den Schultern, als wollte er eine Fliege verjagen.

Ich hielt den Brief aus Genua über die Lampe, gerade so hoch, dass er zu rauchen begann, aber noch nicht Feuer fing.

»Wenn das, was wir auf dem Turm empfunden haben, etwas für dich bedeutete, dann lass ich den Brief verbrennen und werde nie den Verlust zählen.«

Er blickte verstohlen auf meine heiße, zitternde Hand.

»Sag es mir, Pietro. Was hat es dir bedeutet?«

Sein Mund verzog sich zu einer Seite, wie immer, wenn er nicht wusste, was er sagen sollte.

»Nichts? War es nichts, was dich dazu brachte, dich im Sturm nassregnen zu lassen? Nichts, was dich dazu brachte, auf eine meiner Launen hin bis fast in den Himmel zu steigen? Nichts, als du meine Kehle mit Küssen übersätest, als du deine Männlichkeit im Angesicht von Gottes eigenem Haus an mich presstest?«

Für den Bruchteil einer Sekunde blickte er mir direkt in die Augen.

Er konnte es nicht sagen.

Ich legte den Brief auf den Tisch.

»Für mich bedeutete es eine Möglichkeit. Es bedeutete, dass die Entdeckung der Liebe in unseren Händen lag. In Reichweite, Pietro.« Ich ballte die Fäuste. »Hier, unter diesem Dach. War es für dich dasselbe, und sei es nur für einen Moment?«

Seine Schultern hoben sich, doch kein Wort war zu hören.

»Dann willst du nicht, dass ich bleibe. Du bist nur gekränkt, dass deine Frau dich verlässt. Das ist ein Unterschied und du weißt es.«

»Werd' nicht spitzfindig, Artemisia.« Er zog ungestüm einen Stuhl vom Tisch zu sich heran und setzte sich darauf.

»Wenn es irgendetwas Gutes gegeben hat – irgendetwas –, dann komm mit mir.«

Diese Vorstellung entlockte ihm nur ein spöttisches Schnauben. Ich wusste, was ihn abstieß — die Demütigung, dass seine Frau einen reichen Auftraggeber hatte und er nicht.

»Du kannst auch nachkommen, wenn du jetzt noch nicht

willst.« Ich legte ihm eine Hand auf den Arm. Unter meinen Fingern spannte er sich an.

Er starrte auf meinen Malschrank. »Du weißt ja, dass ich dich hindern kann zu gehen.«

»Und wozu, Pietro? Wenn dir der Campanile und jene Nacht nichts bedeutet haben, dann sind wir nicht mehr als zwei Partner eines Vertrags.«

Er fuhr mit den Fingern über den Leib der Artemis auf der Öllampe meiner Mutter. Er sah, dass ich ihn beobachtete.

»Nimm sie mit. Sie gehört dir«, sagte er.

Er stand auf, ging zur Wand, rückte eines seiner Bilder gerade und ging zur gegenüberliegenden Wand. Dann holte er tief Luft und stieß sie in einem großen Schwall hervor. Schließlich nahm er sein Wams und ging. Nicht zornentbrannt, nicht mit einer knallenden Tür oder einer extravaganten Geste, sondern langsam wie ein alter Mann. Mit der Hand auf dem Türriegel blieb er einen Moment stehen, dann schob er die Tür auf und blickte auf die Schwelle. Noch war er da und dann war er es nicht mehr. Mein letzter Blick auf ihn zeigte einen gut aussehenden, gequälten Mann, der von seinen geheimen Zwängen niedergedrückt wurde.

Ich weinte nicht. Mir blutete das Herz, doch ich weinte nicht. Es gab zu viel zu tun. Ich packte die ganze Nacht und hinterließ ihm Gentiles Adresse in einer Schublade meines wunderschönen Malschranks.

Am Morgen fragte Palmira verstört: »Kommt Papa nicht auch mit?«

Ich zog ihren Kopf an meine Brust. »Ich hoffe es. Eines Tages.«

Pietro blieb fort, bis die Kutsche uns und unsere Habseligkeiten aufnahm, doch ich entdeckte, dass er allein in der Loggia della Signoria stand und uns nachsah, als wir vorbeifuhren.

Er war kein Ungeheuer, nur ein unvollkommener, törichter Mann. Menschlich.

18 Kleopatra

Mama, nimm den Faden auf«, sagte Palmira und schob mir das Fadenspiel entgegen.

»Ich möchte jetzt lieber aus dem Fenster schauen.«

»Bitte, Mama.«

»Na gut. Noch einmal.« Ich nahm die Fäden an dem Punkt auf, wo sie sich kreuzten, hob sie über die Außenfäden des Vierecks und zog die Schlaufen zu einem anderen Muster auseinander, das sich straff um meine Fingeransätze spannte. Ich erschauerte. Es erinnerte mich an die Sibylle. Palmira streckte ihre vollkommenen kleinen Finger aus und vollführte anmutig den nächsten Zug. Wo hatte sie ein solch garstiges Spiel gelernt?

»Nimm es, Mama«, sagte sie und stand nun zwischen den Männern und mir in der Kutsche. Sie langweilte sich. Für sie war die Fahrt zu lang und zu öd, und die Bewegungen der Kutsche, die unerwarteten Schlenker, verursachten ihr Übelkeit, daher war sie widerborstig. Ich hatte ihr Brot angeboten, damit sich ihr Magen beruhigte, aber sie hatte nur den Kopf geschüttelt. Die toskanische Landschaft war für sie von keinerlei Reiz, doch mich erfüllte das Panorama, das, gerahmt vom Kutschenfenster, an mir vorbeizog, mit der Melancholie des Abschieds.

Als ich am Morgen durch Florenz gefahren war, hatte ich meinen Hals verrenkt, um einen letzten Blick auf Giottos Campanile zu werfen, das Wahrzeichen, das mehr als alles andere verkündete: Florenz, die Stadt der tausend Möglichkeiten! Der Gedanke daran schmerzte. Als ich zum letzten Mal den Corso dei Tintori entlangfuhr, hatte ich versucht, mir den Anblick der leuchtenden Seidenstoffe, die von den oberen Stockwerken herabhingen, ins Gedächtnis einzuprägen. Umiliana stand nicht an ihrem Bottich. Das war gut. Vielleicht bot die Stadt ihr noch einige Möglichkeiten. Nun, da wir an ocker- und aprikosenfarbenen Villen vorbeifuhren, die mit Oleander, goldblättrigen Weinreben und Maulbeerbäumen geschmückt waren und in Gärten voller Wein, Pflaumen, Birnen und Persimonen lagen, hatte ich das Gefühl, aus dem toskanischen Garten Eden vertrieben zu werden.

»Nimm es.« Palmiras Stimme war voller Ungeduld.

»Nein.«

Sie löste ihre Finger aus dem Fadenmuster und bewarf mich damit. Der Faden blieb am Knopf meines Mieders hängen, sodass ich ihn nahm und aufrollte.

»Warum hast du diese kleinen Linien an deinen Fingern, Mama? Ich habe keine. Ist es, weil du alt bist?«

Ich ließ meinen Blick kurz durch die Kutsche wandern, wo die Männer nun auf meine Finger schauten. »Ja, ich schätze, es liegt daran. Ich bin jetzt alt.« Vielleicht hatte das die verlorene Liebe bei mir bewirkt, ich war über Nacht alt geworden.

Palmira ließ sich neben mich auf die Bank fallen und einer der Männer schenkte ihr ein Lächeln. »Die Männer haben aber keine«, sagte sie.

»Vielleicht sind sie nicht so alt wie ich.« Die Männer lachten, und Palmira blickte rasch zwischen mir und ihnen hin und her, um herauszufinden, wer älter war.

»Schau mal, eine Stadt. Siehst du die Burg auf dem Hügel?«

»Ich finde es dumm, dass alle Städte auf Hügeln stehen«, sagte Palmira.

»Vielleicht sind sie auf Hügeln, weil man dann besser sieht, wer kommt. Oder weil man das Flachland für den Ackerbau aufspart, dort, wo es Flüsse gibt.«

Palmira rümpfte spöttisch die Nase.

»Es gab einmal ein Dorf namens Pocopaglia, und das war auf einem so steilen Hügel gebaut, dass die Menschen einen Sack unter dem Hinterteil ihrer Hühner anbrachten, damit die Eier nicht den Berg hinunterrollten.«

Palmira stemmte die Hände in die Hüften, weil sie wusste, sie wurde aufgezogen, und warf mir einen verärgerten Blick zu. »Ich finde es trotzdem dumm.«

Ich zuckte die Schultern. »Vielleicht wollen sie nur die Aussicht genießen.«

Einer der Männer schob seine Unterlippe vor, als wollte er sagen: ›Könnte sein.‹ »Ihr seid eine mutige Frau, dass Ihr eine solche Reise allein wagt.« Seine Stimme klang herablassend.

»Mit Eurem wissbegierigen Kind«, korrigierte ein anderer Mann.

Ich beschloss, es als Kompliment und nicht als verdeckten Vorwurf zu nehmen. »Es ist nicht freiwillig, ich suche Arbeit.«

»Arbeit?«

Argwohn schwang in dieser Frage mit. Genua war eine Hafenstadt, da gab es viel Arbeit für Frauen, nachts, auf den Docks. Ich konnte nicht zulassen, dass sie das von mir glaubten.

»Als Malerin. Ich bin Malerin. Ich habe in Genua einen neuen Auftraggeber. Ich stelle mir vor, dass Genua eine wunderschöne Stadt ist, mit stets frischem Wind vom Meer.«

Im Verlauf der langen Reise brachten die Männer mir unwissentlich etwas Wichtiges bei – ein Gespräch zu lenken, spärliche, geheimnisvolle Antworten über mein Privatleben zu geben, klarzustellen, dass ich einen Ehemann hatte, und dann diesen Bereich des Gesprächs abzuschließen mit der Andeutung, seine Abwesenheit sei darauf zurückzuführen, dass ich ihn verloren hätte.

Es tat mir weh, so von ihm sprechen zu müssen, ganz als hätte ich ihn damit getötet und mir jede Möglichkeit genommen, ihn wieder auferstehen zu lassen, was anfangs noch möglich schien. Schon wünschte ich, ich hätte ihn mehr gedrängt, mit uns zu kommen.

Ich verriet ihnen nicht meinen Namen. Die Genueser waren ein schwatzhaftes Völkchen. Genueser? Also ein Händler!, lautete eine Redensart, und sie handelten wirklich mit allem – mit

Informationen so gut wie mit Ballen und Kisten. Ich wollte mich erst eingelebt haben, bevor die Neuigkeit meiner Ankunft Vater erreichte.

Wie anders war nun mein Leben als zu der Zeit, da ich zum ersten Mal eine Reise in einer Kutsche unternahm. Als Vater aufgeregt an der Kutschtür mit den Händen gewedelt und gesagt hatte: »Hinein. Hinein.« Dieser eine Moment war mir vom Tag meiner Hochzeit mit solcher Klarheit im Gedächtnis geblieben, als wäre er gemalt und hinge in einem Rahmen vor mir. Plötzlich bemerkte ich, dass ich mir nicht mehr sicher war, ob er mich wirklich für unschuldig hielt. Ungeduld war bei ihm nicht gerade üblich. Vielleicht hatten Tuzias Anspielungen ihre Wirkung bei ihm nicht verfehlt und ihn misstrauisch gemacht. Vielleicht hatte hinter seinen Anstrengungen, mich in die Fremde zu verheiraten, der Versuch gesteckt, das loszuwerden, was seinen guten Ruf besudelte.

Am dritten Tag erreichten wir Genua. Palmira hatte ihren Kopf aus dem Kutschfenster gesteckt, als wir an weißen Villen vorbeifuhren, die sauber und vielversprechend aussahen, umringt von terrassenförmig angelegten, grünen Hügeln, die aufs Meer blickten. »Sieh mal!«, rief sie unaufhörlich, was genau das war, was ich tat.

Seewind drang tief in meine Lungen und erfrischte mich nach der langen Fahrt. In einer halbkreisförmigen Bucht lagen alle möglichen Schiffe vor Anker: Handelsschiffe, Galeonen und andere robuste Kriegsschiffe mit hohen Masten. Verwinkelte Straßen bildeten ein undurchschaubares Gewirr zwischen den Hügeln und den sonnenüberströmten Palästen in leuchtenden Terrakottafarben.

Palmira zitterte vor Aufregung. »In welchem Palast werden wir wohnen, Mama? In welchem?«

»Im Palazzo Cattaneo-Adorno an der Piazza de Banchi«, sagte ich zum Kutscher. Als der Wagen hielt, ließ sich Palmira auf ihren Sitz zurückfallen. Der Palazzo wirkte von außen nicht annähernd so großartig wie der Palazzo Doria oder der Palazzo Bianco, an denen wir vorbeigefahren waren.

»Du hast in jedem Fall höflich und dankbar zu sein«, sagte ich zu ihr.

Ein Pförtner führte uns in eine große Halle mit geschnitzten Intarsienmöbeln, auf denen eine Reihe raffinierter Objekte standen. Mir fielen zwei Lapislazuli-Krüge in Form von Vögeln auf, doch Palmira winkte mich zu einem seltsamen Fisch aus Bergkristall, dessen Mund weit offen stand, dessen riesige grüne Augen hervorquollen und dessen Bauch- und Rückenflossen aus Silber waren. An den Wänden allerdings hingen nur ein paar unbedeutende Bilder.

Ein dickbäuchiger Mann in einem Morgenmantel aus senffarbenem Brokat kam mit ausgestreckten Armen auf uns zu. »Ich bin Cesare Gentile. Seid willkommen in unserem Heim. In diesem Haus sind Künstler besonders hoch geachtet.« Ein breites, offenes Lächeln zog sein Gesicht auseinander und verlieh ihm ein Doppelkinn.

Mit einer schnellen Bewegung seiner pummeligen, roten Hand klopfte er Palmira auf die Schultern. »Zwei Künstler? Wirklich zwei? *Che splendido.*« Er zog die Augenbrauen hoch, kniff die Lippen in gespieltem Ernst zusammen und vollführte eine scherzhafte, übertriebene Verbeugung vor Palmira. Da kam eine große, anmutige Frau in die Halle. »*Santo cielo!* Bianca, *che prodigioso*«, sagte er. »Ich wusste nicht, dass ich zwei Künstler zum Preis von einem bekomme!«

Palmira warf mir einen panischen Blick zu, weil sie nicht wusste, was sie tun sollte, und wir alle brachen in Gelächter aus.

»Er ist völlig unberechenbar«, sagte die Frau in nachsichtigem Tonfall.

»Meine Frau, Bianca. Signora Gentileschi und Signorina …?« Er beugte sich freundlich zu Palmira hinab.

»Palmira«, sagte sie und kam mir mit der Vorstellung zuvor.

»Und Signorina Palmira Gentileschi«, sagte er grinsend.

»Wir freuen uns, Euch beide hier zu haben«, sagte Bianca.

Sie war eine elegante, dunkelhaarige Frau und trug ein Hauskleid aus weinrotem Samt mit einem Granatapfelmuster.

»Palmira und ich sind Euch aufrichtig dankbar und hoffen, dass unsere Arbeit Euch gefallen wird.«

»Dies sind unsere beiden Töchter, Theresa und Margherita.« Sie winkte ihnen, damit sie näher kamen.

Die beiden Mädchen waren älter als Palmira und trugen wunderbare Kleider, doch waren sie nicht gerade eine Augenweide. Dann reihte sich das gesamte Personal an der Wand auf, um vorgestellt zu werden. Signora Gentile rief eine junge Frau zu sich, die sich gerade die Ärmel herunterrollte. »Das ist Renata. Den ganzen Tag ist sie zum Fenster gestürzt, sobald ein Wagen nahte. Sie wird sich um Eure Bedürfnisse kümmern.«

Renata machte einen Knicks und Palmira – noch verstörter – machte ebenfalls einen Knicks, was uns erneut zum Lachen brachte.

»Ihr müsst müde von der Reise sein«, sagte Bianca. »Bitte, fühlt Euch wie zu Hause.«

Renata brachte uns die breite Marmortreppe hinauf zu unseren Zimmern. Palmira zupfte mich am Rock. »Werden wir hier wohnen?«, fragte sie staunend. Renata kicherte.

Das vordere Zimmer war geräumig und hell und hatte eine hohe Decke und zwei große Fenster. »Dies ist Euer Atelier«, sagte Renata und schnüffelte geräuschvoll.

»Das rieche ich.« Ich lächelte, als sie sich wegen des Lösungsmittelgeruchs die Nase zuhielt. Im Raum befanden sich drei unterschiedlich große Staffeleien, ein verstellbarer Hocker, ein langer, schmaler Tisch, eine Chaiselongue und verschiedene Stühle, Kissen und Stoffe zum Posieren. »Ein Zimmer nur zum Malen. Wundervoll!«

»Signor Cappelini hat ein Chaos hinterlassen. Farbe auf dem Boden, Ölspritzer und Kohleflecken überall – dabei war er noch nicht mal ein Jahr hier.«

Ich bekreuzigte mich übertrieben hektisch. »*Madonna benedetta*, lass mich länger als er hier bleiben.«

Sie lachte, was ich beabsichtigt hatte. »Er war ein alter Griesgram. Wir sind froh, dass Ihr nun hier seid.« Sie öffnete die Flügeltür zum Schlafzimmer, das die gleichen Maße aufwies wie das Atelier und mit feiner Bettwäsche, zwei Truhen für unsere Kleider und einem Kamin bestückt war.

»Was ist das?«, fragte Palmira und deutete auf etwas, das aussah wie eine viereckige Kiste mit einem runden Deckel.

»Ein Nachtstuhl«, sagte Renata.

Palmira blickte sie starr und ausdruckslos an.

Da lüftete Renata den Deckel. »Wie ein Nachttopf.«

Palmiras Mund bildete ein großes Oval. »Gepolstert?«

»Es gibt nur zwei davon im ganzen Palast. Ich überlasse es Eurer Einschätzung, wo der andere steht.« Renata wandte sich zu mir. »Wünscht Ihr meine Hilfe beim Einräumen?«

»Vielleicht später.«

Sie machte einen Knicks, warf Palmira einen Kuss zu und ging.

»Sieh mal, Mama, ein großer Spiegel.« Über einem niedrigen Tisch mit einem Leintuch, einer Vase mit Iris und einer Waschschüssel hing ein großer, blanker Metallspiegel. »Ich kann mich sehen.« Palmira drehte sich und blickte über ihre Schulter auf den Fall ihres Rocks.

Ich blickte nicht in den Spiegel, wo ich nur mein von der Reise erschöpftes Gesicht zu sehen bekommen hätte. Morgen erst würde ich einen Blick riskieren. Heute wollte ich mich nur noch auf das herrlich still stehende Bett legen, meinen schmerzenden Rücken ausruhen und dankbar sein, dass ich wieder festen Boden unter den Füßen hatte. Ich setzte mich auf den Bettrand und zog mir die Schuhe aus. »Dieses Bett bietet mehr als genug Platz für uns beide.«

Es klopfte an der Tür, und Renata trug mit besorgter Miene ein Tablett herein, auf dem Kelche und ein Krug aus grünem Glas standen, während ein zweites Dienstmädchen einen Majolikateller mit Süßigkeiten, Birnen und Walnüssen brachte.

»Bitte Signora, sagt es nicht Signora Gentile. Ich sollte das schon in Euer Zimmer bringen, als Ihr eintraft, doch ich – wir haben versucht, den Geruch durchs Fenster zu vertreiben.«

»Und wie?«

»Mit Eurer Bettdecke«, sagte sie verschämt. Das andere Mädchen kicherte. Sie setzten ihre Tabletts ab und führten uns dann vor, wie sie versucht hatten, die Luft mit der Decke zu fangen, die sich blähte wie ein Segel, und damit dann zum offenen Fenster gerannt waren.

Ich lachte. »Ich wollte, ich hätte es gesehen. Nein, Renata, ich verrate nichts. Wozu sollte dieses schöne Tablett mit dem Essen auch gut sein, wenn wir noch nicht da waren? Bitte richte ihr meinen Dank aus. Und Dank auch euch beiden.«

Renata errötete, knickste und scheuchte das andere Mädchen aus dem Zimmer.

Ich legte mich aufs Bett, blickte auf die Blätter und Ranken, die in den Rand der Kassettendecke geschnitzt waren, und spürte allen Willkommenszeichen noch einmal nach. Da gab es eine Menge leerer Wandfläche in der großen Halle. Vielleicht lag eine lange Zeit hier vor mir. Wie würde es sein, in einer heiteren Umgebung zu leben? Ich schloss die Augen und spürte, wie meine Schultern sich entspannten. Es würde gut für Palmira sein und gut für mich.

Am nächsten Morgen kam Renata früh, um mich ins Empfangszimmer zu bringen, wo Cesare mit mir über mein erstes Bild sprechen wollte.

»Er verliert keine Zeit«, sagte ich.

»Nehmt es als gutes Zeichen, Signora. Seit er aus Florenz zurück ist, spricht er über nichts anderes mehr. Als Ihr Euch bereit erklärtet zu kommen, war er so glücklich, dass er dem gesamten Personal einen Tag frei gab.«

Ich stellte ein paar Zeichnungen zusammen, die ich ihm als Arbeitsproben zeigen wollte. »Einen freien Tag?« Sie nickte energisch. »Und was hast du an deinem freien Tag gemacht?«

Sie blickte auf ihre gefalteten Hände. »Ich ging zu meiner

Lieblingsstelle in den Hügeln über der Stadt und versuchte, Euch aus meiner Vorstellung zu zeichnen.«

»Ich hoffe doch, du hast mich hübscher gezeichnet, als ich mich heute Morgen fühle.« Ich band mein Haar lose zusammen und steckte es hastig mit einem Kamm fest.

Cesare Gentile empfing mich wieder mit weit ausgebreiteten Armen, sodass ich die Stickerei auf seinem Hausmantel sehen konnte. »Vergebt mir, wenn ich Euch so früh rufen ließ. Das ist nur ein Zeichen meiner Begeisterung.«

»Ich habe ein paar recht neue Zeichnungen mitgebracht, damit Ihr einen Blick darauf werfen könnt.«

»Es wird mir ein Vergnügen sein, sie mir anzusehen, aber ich weiß bereits um Euer Talent.«

Er studierte sie mit größtem Interesse, nickte und murmelte in höchster Befriedigung vor sich hin und führte mich dann hinaus in den Garten. Wir gingen auf einem sandigen Pfad an einer blühenden Hecke entlang.

»Erstens möchte ich, wie Ihr wisst, einen Akt von Euch. Eine Frau, gemalt von einer Frau – damit Ihr tiefen Einblick in ihr Leben habt. Ihr kennt vielleicht einige Geheimnisse, die wir Männer, Ihr versteht schon, nicht kennen. Zweitens muss sie schön sein, aber nicht zu schön – damit meine reizenden Töchter nicht neidisch werden. Doch schön genug, dass sie selbst sich als etwas Kunstvolles betrachtet, als etwas Wertvolles.« Seine Hände beschrieben sinnliche Kurven in der Luft. »Und dann, wie Ihr auch bereits wisst, muss sie nackt sein.« Er warf seine Arme auseinander. »Uns all die Herrlichkeit einer Frau zeigen.«

»Und die Figur selbst? Allegorisch oder historisch?«

»Historisch natürlich. Jenseits der baren Schönheit muss uns die Kunst etwas sagen.«

»Da stimme ich Euch zu. Vielleicht eine liegende Kleopatra? Mit einem Problem, das sie zu lösen hat? Eine Schönheit sowohl was den Geist, als auch was den Körper betrifft? Die einen Verlust erleidet, einen Verlust, so groß wie Ägypten?«

»Das Sujet tut nichts zur Sache. Ich werde über jede Frau entzückt sein, die Ihr, die große Künstlerin aus Florenz, malt.«

Mir schien, dass ihm mehr an meinem Ruf gelegen war, welche Version er auch immer kannte, als an meiner Kunst, doch sein Lächeln war unschuldig. Ich würde abwarten müssen.

Er zwickte eine Gardenie von einem Busch und gab sie mir. Ich roch ihren berauschend süßen Duft. »Schön und exotisch«, sagte er. »Wie Eure Kleopatra, nicht?«

Als ich zurück in mein Zimmer kam, wartete Renata im Gang auf mich. »Wünscht Ihr meine Hilfe? Darf ich Eure Sachen aufräumen?«

»Ja. Danke.«

Ich überlegte einen Moment, ob ich sie als Modell nehmen sollte. Sie besaß eine schlichte, natürliche Schönheit – sanfte graue Augen voller Nachdenklichkeit und einen scharf gezeichneten, kurvenreichen Mund. Aber Kleopatras Schönheit war nicht natürlich, tatsächlich war sie vollkommen bewusst gestaltet. Außerdem sollte das Bild ein Akt sein. Das wäre unschicklich.

»Was meinst du, woher ich ein Aktmodell bekommen könnte?«, fragte ich.

»Das ist leicht. Die Huren an den Docks.«

»Welchen Docks? Die ganze Stadt besteht nur aus Docks.«

»An der Taverne meines Bruders. Ich werde Euch dorthin führen.«

Ein paar Tage später, als die Gentiles Palmira auf einen Ausflug mitnahmen, führte mich Renata durch die verschlungenen Gassen, die voll trocknender Wäsche hingen und vor Katzen und Ratten nur so wimmelten. Wir bogen scharf ab in eine breitere Straße, die unpassenderweise von Palästen gesäumt war, und gingen dann über eine Treppe, die auf einen geschäftigen Kai und zum grauen Meer führte. In der glühenden Sonne trugen Männer Taurollen und rollten Fässer die Docks entlang. Ich entdeckte ein kurzes, altes Stück Tau auf dem Kai und hob es auf. Das konnte als Viper dienen. In der Nähe saß ein alter Mann auf einer Kiste.

»Darf ich das haben?«, fragte ich.

»Gehört mir nicht.« Er zog an seiner Pfeife. »Nehmt es.«

Fischweiber verkauften lebende Aale und glänzende, goldgesprenkelte Meerbrassen aus großen Glasbecken.

»Lebendiger Tintenfisch«, schrie eine Frau und hielt zum Beweis einen hoch, der sich unter ihrem Griff wand.

»Austern und Muscheln hier«, schrie eine andere Frau und lehnte sich gegen ihren Karren.

»*Riccio di mare*«, rief eine Dritte.

»Was ist *riccio di mare?*«, fragte ich Renata.

»Das kennt Ihr nicht? Ihr müsst es probieren«, sagte Renata. »Es ist eine Genueser Spezialität. Seeigel.«

Mit einer Zange holte die Frau etwas Rundes, Rotes und Stacheliges aus ihrem Eimer und ließ das Salzwasser abtropfen. Sie schnitt es mit einem Messer auf, löffelte eine schleimige, rötliche, eiähnliche Masse heraus, die keineswegs appetitlich aussah, legte sie auf eine Austernschale, träufelte Zitronensaft darüber und gab sie mir.

»Es wird Euch schmecken«, sagte Renata.

Ich ließ es rasch die Kehle hinuntergleiten. »Lecker«, sagte ich, obwohl ich nicht mehr davon wollte. Ich wollte sie nur nicht vor den Kopf stoßen.

Die Taverne von Renatas Bruder war zwischen ein Lagerhaus und eine Herberge für Seeleute gequetscht. In dem rauchigen Etablissement tranken sonnenverbrannte Seemänner mit ledrigen Nacken und Gesichtern ihr Bier und musterten uns. Einer, der ein schwarzes Barett, einen roten Kummerbund und einen goldenen Ohrring trug, grinste uns an und sagte: »Auf der Suche nach Arbeit, wie? Für Schönheiten wie Euch gibt es hier genug!«

»*Zitto, marinaio!*«, zischte Renata. Ihr hochmütiger Ton veranlasste ihn, sich zu seinem Würfelspiel zu trollen. Mich amüsierte, dass ein Dienstmädchen eine derartige Autorität hatte.

Ich ging zum hinteren Teil des Raums, während Renata unter vier Augen mit ihrem Bruder sprach. Er schickte seinen Laufburschen los. Nach einer Weile stolzierte eine Parade von Huren mit orangefarbenen, roten und purpurfarbenen Röcken an den gaffenden Männern vorbei in den Raum. Dünne, geraffte Bauernblusen gaben den Blick auf ihre nackten Brüste frei. Einige der Huren waren zu alt und erfüllten mich mit Mitleid. Eine war nicht viel älter als Palmira, was mich noch mehr mitnahm.

Eine dunkle Marokkanerin mit breiten Hüften schlenderte herein und schwang ihren üppigen roten Rock. Sie fuhr sich mit den Händen über Brust und Taille und lehnte sich vor, um mir mehr zu zeigen. Ich hatte das Gefühl, dass sie die Männer auf den Docks auf die gleiche Art provozierte.

Eine Brünette mit hellerer Haut stellte sich im Profil auf und lüftete ihren orange-grünen Rock. »Ich bin schon einmal gemalt worden, Signora. Ich bin Sizilianerin.« Sie reckte hochmütig ihr Kinn. Zu viel Ähnlichkeit mit Vanna.

Eine Schönheit mit straff zurückgebundenem schwarzem Haar kämpfte sich mit den Ellbogen nach vorn. »Ich bin eine spanische Tänzerin«, sagte sie und vollführte eine rasende Drehung, während sie mit den Füßen aufstampfte und mit den Händen über dem Kopf klatschte.

»Aye, aye, aye«, rief eine andere Frau und die Männer fielen ein.

Die Frauen schienen einander zu kennen und an einen derart rüden Wettbewerb gewöhnt zu sein.

»Und woher kommt Ihr?«, fragte ich eine dunkelhaarige Frau mit unbeteiligter, wehmütiger Miene.

»Genua.«

»Bitte schiebt Eure Ärmel hinauf.« Ihre Hautfarbe war wie heller Honig. »Hebt Euren Rock.« Ihre Beine waren wunderschön geformt. »Seht einen Moment nach oben. Nein, nicht mit dem Kopf. Nur mit den Augen. Blickt besorgt und flehend. Jetzt blickt friedvoll.« Ihr Gesicht hatte wunderbar fließende

Züge und ihre Figur war gerade üppig genug. »Wie ist Euer Name?«

»Giuliana.«

»Posiert Ihr auch nackt?«

»Ja, Signora.«

»Aye, Giuliana!«, gratulierte die Spanierin ihr lautstark und stieß ihr Knie in Giulianas Hinterteil, um sie nach vorn zu schieben.

Giuliana wurde rot. Renata erklärte ihr, wo wir wohnten. Auf dem Heimweg sagte Renata: »Ich glaube, Ihr habt Euch für die Richtige entschieden.«

»Warum?«

»Die Arbeit mit ihr wird leichter sein als mit den andern.«

Giuliana hatte nicht die geringsten Hemmungen, sich vor mir auszuziehen, und es störte sie auch nicht, dass Palmira ein und aus ging. Während ich sie in verschiedenen Posen skizzierte – auf der Chaiselongue zwischen Kissen liegend von rechts und von links –, erzählte ich ihr Kleopatras Geschichte: wie reich und mächtig sie gewesen war und wie unwiderstehlich für die Männer. »Die Königin der Sinnlichkeit.«

»Ich wünschte, ich wüsste ihr Geheimnis.«

»Wünschen wir das nicht alle?«

Ich zeichnete sie mit dem Stück Tau am Busen und entschied mich dann dagegen. Das war das, was jeder erwartete. Vielleicht sollte sich die Viper um ihr Handgelenk winden? Während Kleopatra darüber sinnierte, wann genau sie sie an die Brust legen sollte? Das wäre eine Möglichkeit.

»Schließt Eure Augen ein wenig, Giuliana. Lasst sie zu Schlitzen werden, als würdet Ihr scharf nachdenken.«

»Worüber?«

»Versetzt Euch in Kleopatras Gedankenwelt.«

Ich drehte mich um, weil ich spürte, dass jemand hinter mir stand. Es war Renata mit einem Tablett voll Früchten, Olivenbrot, Käse und Mandeln.

»Oh«, sie trat ein paar Schritte zurück, starrte jedoch weiterhin auf meine Skizze. »Es tut mir Leid, Signora, und Signorina. Ich –«

»Schon gut. Es stört Euch doch nicht, oder, Giuliana?«

»Nein«, sagte sie und behielt ihre Pose mit den fast geschlossenen Augen bei.

Renata setzte ihr Tablett ab. »Es ist ein Wunder, was Ihr da vollbringt. Dass sie so plastisch wirkt. Wenn ich zeichne, ergibt es immer nur einen flachen Umriss.«

»Das liegt an deiner Schattierung.« Ich zeichnete weiter, um es ihr zu zeigen.

»Woher wisst Ihr, wie man es anstellen muss?«

»Indem ich darauf achte, wo das Licht auf ihr liegt und wo nicht.« Ich spürte, dass sie Giuliana musterte.

»Es muss eine andere Weise des Sehens sein. Als würdet Ihr die Farben ignorieren und nur noch auf Hell und Dunkel achten.«

»Ja, genauso ist es. Aber es gehört noch mehr dazu. Durch die Art der Schattierung kannst du dem Bild deine eigene Deutung verleihen.« Ich stand auf. »Das ist genug für heute, Giuliana. Hier, esst etwas, bevor Ihr geht.«

Giuliana streckte sich, schüttelte den Arm, auf den sie sich gestützt hatte, und setzte sich dann vollkommen nackt auf einen Stuhl, schnitt ein Stück Birne ab und aß es.

»Gefällt Euch das Modellstehen?«, fragte Renata.

»Ja, ganz gut. Es ist nett hier. Mir gefällt die Ruhe.«

»Was denkt Ihr, während Ihr hier den ganzen Tag posiert?«, fragte Renata.

»Ich soll Kleopatra darstellen, also denke ich darüber nach, wie es sein muss, wirkliche Liebe zu empfinden und so leidenschaftlich von Männern geliebt zu werden, dass sie bereit sind, für einen Kuss von mir ihr Königreich zu verlieren.«

Renatas Augen weiteten sich.

Auch mich überraschte Giulianas Offenheit. »Oh, Ihr müsst nicht Kleopatra sein, um darüber nachzudenken«, sagte ich mit leisem Lachen. »Die nackte Wahrheit ist, dass wir alle von diesem Wunsch beseelt sind.«

Wir saßen einen Moment schweigend da und dachten wohl, jede für sich, über unsere eigene Vorstellung von dieser Liebe nach.

»Es ist leichter für mich, es mir vorzustellen, als für Euch, es zu malen«, sagte Giuliana leise.

»Meint Ihr das mit Deutung? Dass Ihr auch Gedanken malen müsst?« Überwältigt von diesem neuen, unermesslichen Aspekt des Malens zog Renata die Augenbrauen zusammen.

»Es ist nicht unmöglich, Renata, aber sei nicht überrascht, wenn es ein ganzes Leben dauert, es zu lernen.«

Monate später, als Giuliana schon nach Hause gegangen war und ich den Kopf der Schlange an Kleopatras Fleisch malen musste, zeichnete Renata meine Komposition nach. Da tänzelte Palmira herein und schwang ein Stück zerrissene Spitze in der Luft, die Signora Gentile ihr gegeben hatte. Abrupt blieb sie stehen.

»Huh! Warum hält sie die Schlange in der Hand?«, fragte sie.

»Es ist eine Viper. Sie ist giftig. Das ist Kleopatra, die Königin von Ägypten, Zypern, Kreta und Syrien, eine sehr reiche und mächtige Frau«, erklärte ich ihr. »Sie hatte zwei große Lieben in ihrem Leben, Julius Cäsar, der Rom regierte, und Mark Anton, der Kleinasien regierte.«

»Aber warum hat sie die Schlange da?« Palmiras Stimme klang gereizt.

»Sie wird sich von ihr beißen lassen und sich dadurch das Leben nehmen. Vielleicht ist sie schon gebissen worden.«

Palmira zuckte mit den Schultern. »Sie ist reich und will trotzdem sterben?«

»Sie wurde von einem römischen Herrscher im Krieg besiegt und möchte nicht auf seinem Siegeszug durch die Straßen Roms zur Schau gestellt werden. Rom hat immer solche Spektakel geliebt, vor allem, wenn dabei Frauen gedemütigt wurden.«

»Es ist dumm, sterben zu wollen.«

»Nicht immer«, sagte Renata. »Wie würde es dir gefallen, von der Menge beschimpft und mit Gegenständen beworfen zu werden?«

Palmira zuckte die Achseln. »Und wo ist die Bisswunde?«

Ich zog die Brüste in Betracht, einen Oberarm, sogar die Kehle. Ich hasste es, dem Fleisch, das ich so glatt gemalt hatte, eine Wunde zuzufügen. »Ich weiß es noch nicht.«

»Vielleicht nirgendwo«, sagte Renata. »Vielleicht stirbt sie nur durch ihre Willenskraft. Oder vielleicht hat sie genug in ihrem Leben geliebt, dass sie einfach so in das andere Reich übergeht ... auf geheimnisvolle Weise ... vielleicht gerufen von Mark Anton, schon bevor die Viper sie verletzt.«

Das gefiel mir. Ich wandte mich zu Palmira, um zu sehen, was sie davon hielt.

»Sie ist nicht besonders hübsch«, sagte Palmira.

»Aber sie besitzt die Schönheit des Geistes«, sagte Renata.

Palmira legte sich die Spitze um den Hals und wirbelte in einem Tanzschritt umher, den Margherita ihr beigebracht hatte. »Das zählt nicht.«

Cesare und Bianca liebten die Kleopatra und sie rahmten sie aufwändig und hängten sie an exponierter Stelle in die große Halle. Am gleichen Tag noch kamen sie in mein Atelier und sahen, wie ich mich abmühte, meine *Lautenspielerin* auf einen Holzrahmen aufzuziehen.

»Nein, nein, Signora. Das dürft Ihr nicht«, sagte Cesare. »Ihr werdet damit Eure Hände ruinieren – diese wundervollen Hände, die nur malen sollten.«

War das eine anzügliche Bemerkung oder meinte er es aufrichtig? Wusste er, was er sagte? Das glaubte ich nicht. Es lag nicht in seiner Natur, andere zu verletzen.

»Ich werde morgen nach einem Tischler schicken, der all

Eure Bilder auf Rahmen zieht. Sie müssen hier in Eurem Atelier hängen, da Ihr ja nun ein ständiges Mitglied unseres Haushalts seid. Stimmt's nicht, Bianca? Jetzt wählt ein Sujet für Euer nächstes Bild«, sagte Cesare und tippte mir mit seinen plumpen, flatternden Fingern auf die Schulter. »Wir haben noch viele Wände zu füllen.«

»Ich darf wählen?«

»Was Ihr wollt.« Er sah mir erwartungsvoll in die Augen, als würde ich mich auf der Stelle entscheiden. Er faltete seine Hände über seinem Bauch und wartete.

»Hmmm. Was wäre mit einem … Porträt … von«, ich ließ ihn warten, gab vor, angestrengt nachzudenken, »von Euch! Als *condottiere*.«

»Von mir?« Ein breites Grinsen zog über sein Gesicht. »Von mir. Ja. Von mir!«

Bianca lachte.

»Habt Ihr eine Rüstung?«

»Mein Vater hatte eine.«

»Gut. Lasst sie polieren.«

Ich stellte ihn mit einem Schwert an seiner Seite dar, mit einem gefiederten Helm auf einem Tisch und einem befransten Kriegsbanner an der Wand hinter ihm. Er trug den steifsten, breitesten und extravagantesten Kragen, den ich je gesehen hatte, dazu entsprechende Manschetten. Über eine seiner Schultern drapierte ich ein Schultertuch aus Spitze. Eines Tages kam er mit vier Freunden im Schlepptau ins Atelier gerasselt, die ihm beim Modellstehen zusehen sollten. Er nahm seine stolze Haltung ein und errötete angesichts dieser Eitelkeit vor seinen Freunden, was Bianca zum Lachen brachte. Er setzte eine übertrieben beleidigte Miene auf. »Wir arbeiten hier hart, also bitte sei leise.«

»*Amore mio*, das ist eine schöne Pose und ein schönes Porträt«, sagte Bianca beschwichtigend. »Ich liebe es fast so sehr, wie ich dich liebe.«

Nach mehr als einem Jahr bei den Gentiles begleitete ich Palmira und die beiden Töchter des Hauses zu einer Geburtstagsfeier einer reichen Reederstochter. In der Loggia der Villa stand eine Gruppe Männer, und unter einem Baum, der mit gelben Blüten überladen war, waren vier Frauen in eine Partie Whist vertieft. Da ich niemanden kannte, setzte ich mich zwischen beide Gruppen auf eine Bank und sah den Kindern beim Spielen zu. Das Gelächter der Männer weckte meine Aufmerksamkeit, denn ich hörte – unverwechselbar – meinen Vater heraus. Mir sank das Herz. Er hatte mir den Rücken zugewandt. Ich überlegte, ob ich mich um die Ecke des Hauses schleichen konnte, damit er mich nicht sah, doch während ich noch nachdachte, wandte er sich zufällig zu mir.

»*Dio buono.* Artemisia!« Seine heisere Stimme drang kaum zu mir vor. Er löste sich von der Gruppe und kam mit weit geöffneten Armen auf mich zu.

»Vater.« Ich stand auf und wir umarmten uns. Sein Bart kratzte mir an der Wange, genau wie in meiner Kindheit.

»Ich wusste nicht, dass du in Genua bist«, sagte er. »Habe ich dir nicht geschrieben, dass ich hier bin?«

»Ja, aber ich wusste nicht, wo ich dich erreichen konnte. Ich habe einen neuen Auftraggeber. Cesare Gentile.«

»Ist er gut zu dir?«

»Oh ja. Ein amüsanter Mann und sehr großzügig. Ich bin glücklich hier.«

Seine Augen füllten sich mit Tränen. »Du siehst wunderschön aus.«

»Du kämmst dir jetzt das Haar in die Stirn, im römischen Stil.« Ich lachte leise, doch meine Anspannung klang mit. »Ich dachte, das wolltest du niemals tun. Es gäbe schon zu viele Cäsaren.«

»Jetzt ist mein Haar grau. Ich habe ein Recht dazu. Und man redet viel, wenn der Tag lang ist.«

»Sieh mal, dort, meine Tochter, in dem roten Kittel, bei den spielenden Kindern.«

Seine Augenbrauen hoben sich an ihren äußeren Enden, sodass sie wie hochgeschwungene Bögen wirkten, und selbst seine Stirn lächelte. »Meine Enkelin?«, sagte er staunend. »Ich dachte, ich würde sie nie zu Gesicht bekommen.«

»Palmira Prudenzia.«

»Sie ist ein hübsches Ding.«

»Und sie weiß es. Sie ist fast neun Jahre alt.«

»Sie erinnert mich an dich. Kann sie zeichnen?«

»Nicht sehr gut. Das bereitet mir Sorge. Malen ist der einzige Weg für sie, unser jetziges Leben fortzuführen.«

»Du musst dir keine Sorgen machen. Es ist offensichtlich, dass sie mal eine schöne Frau wird.«

»Ich werde noch alle Mühe haben, sie so einzukleiden, wie sie es möchte. Sie ist inzwischen zum Liebling der reichen Familien geworden, was mir einige Sorge bereitet.«

Langsam löste er seinen Blick von Palmira und wandte sich mir zu. »Stiattessi behauptet, du hättest seinen Bruder verlassen.«

Sein scharfer Ton schmerzte mich, als wolle er mir vorwerfen, ich sei undankbar gegen ihn gewesen, der sich solche Mühe gegeben hatte, diese Ehe zu arrangieren.

»Es gibt von jeder Geschichte zwei Seiten.«

»Warum bist du gegangen?«

Ich spürte, wie sich mein Kiefer anspannte und meine Backenzähne aufeinander drückten. »Pietro hätte mit mir kommen können. Ich habe ihm geschrieben. Er antwortet nicht.«

Wir standen in nervösem Schweigen voreinander.

»Artemisia, wir müssen uns wiedersehen.«

»Ich stecke mitten in einem Bild.«

»Umso besser. Ich möchte es sehen.«

»Ich ...«

»Im Stil Caravaggios?«

»Nein, eigentlich nicht.«

Er warf einen verstohlenen Blick auf meine Hände und sagte sanft: »Hab keine Angst vor mir, Artemisia.«

»Hätte ich nicht allen Grund dazu?«

Die Furchen auf seiner Stirn wurden tiefer. »Du würdest einem alten Mann doch nicht sein Enkelkind vorenthalten, oder?« Er blickte wehmütig auf Palmira, die zwischen den anderen Kindern hüpfte und lachte.

Die Haut seiner Wangen war rauer geworden, so als wäre sie von den Sandkörnern abgeschabt worden, die einzeln durch das Stundenglas fielen.

»Nein.«

19 Renata

VATER, PALMIRA UND ICH wichen einem Baumwollballen aus, der von einer Winde auf den Kai gesenkt wurde. Männer in weiten Hosen und schwarzen Schlappen lenkten ihn auf andere Ballen und sprachen in den scharfen Lauten einer fremden Sprache miteinander. Der Wind blähte ihre weiten, weißen Ärmel wie Segel.

»Warum ist ihre Haut so dunkel?«, fragte Palmira.

»Wegen der Sonne, *preziosa*«, sagte Vater. »Diese Männer kommen aus Marokko, dem Norden von Afrika.«

Ich ließ ihn ihre Fragen beantworten, weil er solche Freude daran hatte. Sie hingegen brauchte etwas väterliche Zuwendung, nachdem ich sie Pietro entrissen hatte.

Vater wies auf die prallen Säcke, die am Kai aufgereiht standen. »Riecht ihr den Pfeffer?«, fragte er. »Und Zimt.« Palmira sog übertrieben heftig Luft durch die Nase. »Wahrscheinlich aus Syrien. Die Schiffsladungen stammen aus vielen, verschiedenen Ländern – Ägypten, Sizilien, Korsika. Das Gold kommt aus Nordafrika.« Er blickte auf sie herunter, um sicherzustellen, dass sie auch zuhörte. »Seide aus Asien. Orangen aus Spanien. Und so kommen auch die Menschen von diesen Orten hierher. Moslems, Juden, Ägypter. Und sie bringen ihre eigenen Ideen mit.«

»Was für Ideen?«, fragte Palmira.

»Alles Mögliche. Über das Leben, die Religion, die Kunst, die Regierung. Und von hier aus fahren Schiffe mit Wein, Olivenöl, Silber und Marmor los. Die Genueser denken, ihr Hafen ist der Mittelpunkt der Erde.«

Ich lächelte angesichts der Torheit dieses Glaubens. Wenn Galileos Ideen erst angenommen wären, würde das niemand mehr glauben können. Veränderungen standen der Welt bevor. Dessen war ich mir sicher.

Wir blieben vor einem Laden mit Seemannsbedarf stehen und Vater kaufte Schiffszwieback und stark duftenden türkischen Kaffee. Er bemerkte, dass Palmira auf eine Auslage mit Messingknöpfen und Anstecknadeln für Matrosen starrte, die verschiedene nautische oder fremdländische Symbole zeigten. »Such dir etwas aus«, sagte er und gab dem Händler ein paar Münzen.

»Du musst sie mir anstecken.« Sie stellte sich ganz gerade hin, während er ihrer Aufforderung folgte.

Wir setzten uns auf ein paar Fässer am Kai, um den Kaffee zu trinken. Immer wieder berührte Palmira die Anstecknadel an ihrem Umhang.

»Erzähl mir, was du in Genua gemalt hast«, sagte Vater.

Das war sicheres Terrain.

»Ich habe mit einer Kleopatra angefangen, weil Cesare einen Akt wollte. Dann ließ er mich die Themen für einige Bilder selbst auswählen.«

Ich nahm einen Schluck von dem dickflüssigen, dunklen Kaffee und konnte ihn kaum herunterschlucken. Ich schob ihn zu Vater hinüber und kniff die Augen zusammen. »Trink du ihn.«

Er lächelte. »Man braucht eine Weile, um sich daran zu gewöhnen. Hier, iss einen Zwieback.«

Das tat ich. »Irgendwie fad.«

»Mir schmecken sie«, sagte Palmira, schwang ihre Beine und klopfte mit den Absätzen gegen das Fass.

»Tu das nicht, *cara*. Es ruiniert deine Schuhe.«

»Und was hast du noch gemalt?«, fragte Vater.

»Ein Porträt von Cesare als *condottiere*. Ich habe es vorgeschlagen, aber er ist begeistert drauf eingegangen. Ich habe es in Tizians Stil gemalt, mit dunklem Hintergrund. Es war nicht gerade ein Thema, das meinem Innersten entsprungen ist, aber es hat mir Freude gemacht, weil er so glücklich darüber war.

Wahrscheinlich male ich als nächstes Signora Gentile. Hier bin ich produktiver, als ich es je gewesen bin. Ich glaube, das verdanke ich der förderlichen Umgebung.«

Vater setzte seinen Becher mit einem dumpfen Geräusch auf dem Fass ab und blickte mich argwöhnisch an.

»Ich meine, weil ich mich nicht ums Essen kümmern muss und Palmira den ganzen Tag mit den Töchtern der Gentiles verbringt, habe ich mehr Zeit zum Malen.«

Ich konnte nicht genau bestimmen, warum ich das Gefühl hatte, mich verteidigen zu müssen, doch ich wusste, es war gefährlich, mich zu sehr zu entspannen. Selbst bei Vater, so ermahnte ich mich, musste ich vorsichtig sein.

»Durch Euch werde ich zu einem beneideten Mann«, sagte Cesare eines Morgens, als ich die Pinsel reinigte.

»Wie das?«

»Viele Herren in Genua würden nur zu gern ein Bild aus der Hand von Artemisia Gentileschi haben – von einer Frau, die die Frauen versteht. Ich muss Euch gut behandeln.« Er zwinkerte. »Sonst verlasst Ihr mich.«

»Ich denke nicht im Entferntesten daran, Euch zu verlassen. Wir sind glücklich hier. Das wisst Ihr doch.«

»Dann ist es Zeit, über ein neues Bild zu sprechen. Meine Töchter kommen bald in das gewisse Alter. Dieses Mal möchte ich eine Lukrezia.«

»Genau die Gestalt, die ich am wenigsten gern malen würde.«

Er entließ geräuschvoll Luft aus seinen runden Wangen. »Aber warum denn?«

»Ich habe kein Verlangen danach, eine Frau zu verewigen, die sich das Leben genommen hat, um der Schande der Vergewaltigung zu entfliehen.«

Er hob eine sorgfältig gezupfte Augenbraue. »Und gerade deshalb müsst Ihr es.«

Also wusste er über den Prozess Bescheid. Sollte Rom mir bis Genua folgen?

Er verzog in gespieltem Ernst sein Gesicht, ballte eine Faust und schwang sie in einem Bogen in die Luft. »Dem Feind entgegentreten und ihn zermalmen. Erschafft Eure eigene Lukrezia!«

Nur Cesare konnte eine ernste Miene fast übergangslos in ein ansteckendes Lachen verwandeln. Was seine Bitte betraf, so konnte ich sie nicht ablehnen.

Stundenlang fühlte ich mich elend – war beim Mittagsmahl so schweigsam, dass es Cesare und Bianca gewiss auffiel. Ich stocherte in meinem Essen herum und aß nur hier und da einen Bissen. Palmira bettelte unentwegt, mit mir einen Ausflug aufs Land machen zu dürfen.

»Nein, Palmira. Heute nicht. Wie oft muss ich es dir noch sagen?«

Sie stützte ihre Ellbogen auf das damastene Tischtuch und blies, die Wangen in den Händen vergraben, Trübsal. »Du denkst immer nur an dich«, murrte sie. »Großvater würde mit mir fahren.«

Ich schämte mich für ihr schlechtes Benehmen. Nach dem Essen floh sie die Treppe hinunter in den Garten und kam nicht, als ich sie rief.

Am späten Nachmittag war mein Atelier übersät mit halbherzigen Skizzen von Frauen, die sich erstachen, und Frauen, die blutend am Boden lagen. Renata kam herein und brachte einen riesigen Fächer aus dunkelroten Gladiolen mit. »Die sind von Signor Gentile«, sagte sie, während sie sie auf den Tisch unter dem Fenster stellte.

»Nur für mich? Sie sollten in der großen Halle stehen.«

»Nein. Signor Gentile hat mich angewiesen, sie in Euer Atelier zu bringen.«

»Sie sind wunderschön. Siehst du, wie das Spiel von Licht und Schatten die Farbe der Blüten von Krapprot bis zu einem dunklen Purpur changieren lässt, das fast schwarz wirkt?«

»Das Innere der Blüten«, bekräftigte sie, »sieht aus wie Wachs. Wie könnt Ihr das malen?«

Ich wollte ihr schon etwas über den venezianischen Bernsteinfirnis erzählen, als sie sich umwandte und meine Skizzen sah. »Doch nicht schon wieder eine Frau, die sich das Leben nimmt!«

»Das war nicht meine Entscheidung. Sondern Cesares. Deshalb war ich auch so gereizt. Zum ersten Mal in meinem Leben möchte ich etwas nicht malen.«

»Warum?« Sie sah mich mit ihrem gewinnenden Ernst an und setzte sich, um mir zuzuhören.

Ich erzählte ihr die Geschichte von Lukrezias Scham nach ihrer Vergewaltigung durch Tarquinius. »Die Geschichte besagt, dass sie meinte, wenn sie am Leben bliebe, wäre damit ein Präzedenzfall geschaffen, dass man Ehebrechern, ob Männern oder Frauen, verzeihen würde.«

»Ich glaube, Signor Gentile möchte dieses Bild wegen seiner Töchter. Er möchte ihnen ein wenig Angst machen, damit sie keusch bleiben.«

Ich warf meinen Bleistift auf den Tisch. »Ich hasse all diese Bilder, wo Lukrezia kurz nach ihrem Selbstmord in der Gelassenheit der Tugend daliegt, in der Seelenruhe, die eigentlich die des Malers ist und nicht ihre eigene. Selbstmord ist nicht so friedlich!«

Renata beugte sich vor und sah mich mit zusammengezogenen Augenbrauen an. Sie öffnete den Mund, um etwas zu sagen, und sank dann wieder zurück.

»Im Palazzo Pitti in Florenz hängt die Version von Filippino Lippi, wo sie den Akt öffentlich vollzieht. In meinen Augen ist das höchste Dummheit. Wenn sie ein unschuldiges Opfer war, brauchte sie keine Scham zu empfinden, dann war ihr Selbstmord ein überstürzter Akt des Stolzes, nicht der Erhabenheit. Ein solcher Ausweg mag kurzzeitig verlockend erscheinen, aber …«

»Aber was?«

»Niemand, der das Leben liebt, könnte sich bewusst für eine solche Flucht entscheiden.«

Auf Renatas Gesicht lag immer noch ein Ausdruck der Bestürzung. »Dann ergibt es keinen Sinn.«

Ich hob nachdenklich einen Finger. »Es sei denn natürlich, man denkt, die Opfer hätten einen Anteil an der Schuld oder die Tat gar herausgefordert. Lukrezias Tat ergibt nur für die einen Sinn, die nicht erkennen wollen, dass Frauen es nicht genießen, wenn man ihnen Gewalt antut. In meinen Augen aber war ihre Tat ein unnötiges und sinnloses Martyrium.«

»Werdet Ihr auf Eurem Bild ihre oder Eure Gedanken darstellen?«

»Eine wichtige Frage. Ich denke, meine. Cesare sagte, ich soll meine ganz eigene Lukrezia malen.« Die Aufgabe schien nun, da ich sie in Worte gefasst hatte, noch bedrohlicher als zuvor.

Die Art, wie Cesare mich angesehen hatte, mit dieser übertrieben hochgezogenen Augenbraue, sagte mir, dass er genau wusste, was er tat, als er mich erst einige Themen frei hatte wählen lassen und mich dann herausforderte. Und nun dieses üppige Blumenbukett, um seine Überzeugung, was ich anzugehen hatte, zu entschärfen. All dies unaufdringlich, respektvoll und in väterlicher Absicht.

Renata legte meine Skizzen in einer Reihe auf den Boden. Eine von ihnen hatte ich frustriert zerrissen. Sie hielt sie in Armeslänge von sich. »Dieses hier. Gefiel Euch das nicht?«

»Nein. Es ist das Schlechteste von allen.«

Sie studierte es und verzog in dem Bemühen, zu verstehen, was ich meinte, ein wenig ihr Gesicht. »Wenn Ihr sicher seid, dass Ihr dies hier nicht mehr haben wollt«, setzte sie an und biss sich auf die Lippe, »könnte ich es dann haben?«

»Warum denn?«

»Dann kann ich es abends in meinem Zimmer als Vorlage nehmen. Zum Üben. Ich kann Eure Umrisse und Schattierungen nachfahren und sehen, wie sich das anfühlt.«

Der Gedanke daran rührte. Ihr Geist war so rein, ihr Verstand so eifrig und aufnahmewillig und ihr Verlangen so leidenschaftlich – genau so, wie ich es mir bei Palmira wünschte.

Renata saß auf der Kante des Stuhls und wartete auf meine Antwort.

Plötzlich hatte ich Angst, dass ich alles, was ich wusste, nur einmal weitergeben konnte – dass ich es nur unmittelbar ausdrücken konnte, in dem Moment, wenn ich es selbst entdeckte, immer nur einmal, da ich es mit jedem Bild völlig neu lernte. Ich musste doch diesen geheimen Kern meines kreativen Selbst für Palmira bewahren, die aufgrund ihrer Geburt zufälligerweise mehr Anspruch darauf hatte und in einer besseren Position war, es zu nutzen, und doch …

Ich warf einen verstohlenen Blick auf Renata, die immer noch die zerrissene Skizze musterte und ebenfalls Angst zu haben schien. Wovor? Dass es das letzte Mal sein konnte, dass sie diese Skizze sah?

»Nimm sie, *carissima*. Und wenn ich fertig bin, kannst du sie alle haben.«

Ein winziger, liebenswerter Seufzer entfuhr ihrem schönen Mund.

Ich hörte das Rascheln eines Rocks hinter mir und wandte mich um. Bianca stand in der offenen Tür. Ich fühlte mich ertappt, weil ich zu vertraulich mit dem Personal umgegangen war und Renata von ihren Pflichten abgehalten hatte.

»Es tut mit Leid, Euch zu stören.« Ihre Stimme klang ungewöhnlich ernst.

»Kommt herein, bitte.«

Renata legte rasch die zerrissene Skizze auf einen Stuhl, knickste und ging.

»Cesares Sekretär ist gerade aus Florenz zurückgekommen, und ich wusste, Ihr würdet es wissen wollen. *Il granduca* Cosimo ist gestorben.«

»Gestorben?« Ich war sprachlos. »Er war doch noch so jung.«

»Erst dreißig, glaube ich.«

»Er hatte noch nicht mal die Zeit, sein Vorhaben, den Pitti zu vergrößern, zu Ende zu bringen.«

»Sein Herzogtum wird an seinen ältesten Sohn Ferdinando gehen, auch wenn er erst in acht oder neun Jahren mündig ist. Und Giovanni, der jetzt Venedig ›regiert‹, ist noch jünger.«

»Die arme Erzherzogin. Das wird ihr Jahre voller Vigilien bescheren.«

»Es ist doppelt hart für sie, da doch kurz zuvor ihr Idol gestorben ist.«

»Wer war das?«

»Papst Paul.«

Ich dachte an Galileo. Er hatte lebenslangen Schutz durch die Medici zugesichert bekommen, doch Ferdinando war möglicherweise kein so entschiedener Fürsprecher, wie Cosimo es gewesen war. Und der neue Papst war ein einziges Rätsel. »Das beunruhigt mich«, murmelte ich.

»Cosimo war vielleicht nicht so groß wie Lorenzo, aber er war ein gütiger Mann«, sagte Bianca.

»Er war mir gegenüber großzügig und hat mich immer zu Empfängen in den Palazzo Pitti eingeladen. Und jetzt sind seine Söhne ohne Vater.«

Bianca legte ihre Hände aneinander. »Es tut mir Leid, Euch dies an einem Tag mitteilen zu müssen, da …«

»Da ich nur an mich denke? Wie Palmira schon sagte? Es ist schon gut. Danke, dass Ihr es mir gesagt habt.«

Bianca schritt auf die Tür zu.

»Geht nicht.« Ich nahm die zerrissene Skizze vom Stuhl. »Bitte setzt Euch. Es tut mir Leid, dass Palmira heute so unhöflich war.«

»Selbst wenn sie unhöflich ist, ist sie bezaubernd.«

»Das ist ein Teil des Problems. Sie weiß es. Ich wünschte, ich könnte sie für irgendetwas interessieren.«

»Für's Malen?«

»Natürlich. Aber ich habe es auch mit anderen Dingen versucht. Sie hat sticken gelernt, aber Lesen und Schreiben übt sie nur, wenn ich sie anleite, und das raubt mir meine Konzentration.«

»Meine Töchter könnten es ihr beibringen. Theresa, meine ich. Es würde ihr Spaß machen.«

»Sind Theresa und Margherita so unterschiedlich?«

»So unterschiedlich wie Sonne und Mond. Es würde mich nicht überraschen, wenn Theresa Nonne würde, doch Margherita denkt nur an Picknicks und Feste.«

»Seltsam, nicht wahr, wie unsere Kinder sich entwickeln.« Ich zögerte, doch Biancas ermutigender Blick hieß mich fortzufahren. »Was wir am meisten von ihnen erwarten, was wir am liebsten von ihnen hätten …«

»Interessiert sie am wenigsten?«

»Genau.« Ich blickte auf die zerrissene Skizze. »Blutsbande scheinen so willkürlich.« Ich drehte den Stift zwischen meinen Fingern. »Ich dachte gerade über Renata nach. Sie …«

»Nur weiter. Ihr könnt ganz offen sein. Es ist schon gut.«

»Sie lechzt nach jedem winzigen Stück, das ich ihr beibringen kann.«

»Sie ist ein Lichtblick, nicht wahr?«

Ich nickte. Bianca legte den Kopf schräg und ermunterte mich damit, weiterzusprechen.

»Welche von beiden ist wirklich mein Zögling? Die, die ich unter Schmerzen zur Welt gebracht habe, die aber keinerlei Neigung zu dem hat, was ich über alles in der Welt liebe, oder die Tochter einer Fremden, die das Schicksal in mein Leben gebracht hat und die jedes Wort von mir begierig aufnimmt und hegt wie einen Schatz, deren Augen jeden Tag dazulernen, die ich nur zu gern unterweisen würde, außer dass ich Palmiras Eifersucht fürchte?«

Ich begann, den Stift mit einem Messer zu spitzen, weil ich mich vor Bianca für mein Bekenntnis schämte.

»Vielleicht kommt sie mehr nach ihrem Vater. Palmira, meine ich.«

Unwillkürlich entfuhr mir ein trauriges Lachen. »Nein. Er ist auch Maler. Sie hat nur seinen mürrischen, finsteren Blick geerbt.«

Wir saßen einen Moment da und blickten abwesend auf die Zeichnungen am Boden. Ich spürte nicht den Hauch von Verurteilung von ihr, nur Verständnis. »Ich habe eine Frage, wenn es nicht zu ungehörig ist.«

»Bitte, wie lautet sie?«

»Wie ist Renata zu Euch gekommen?«

Bianca lächelte. »Oh, das erzähle ich gern. Sie arbeitete früher auf dem Blumenmarkt. Cesare liebt Blumen, er kann nicht ohne sie leben.«

»Ich weiß!« Ich wies auf die Gladiolen. »Wusstet Ihr davon?«

»Ja. Er geht jeden Samstagmorgen ganz früh den Hügel hinunter, um sich die schönsten Blumen auszusuchen. Jahrelang ist er nur zu Renatas Stand gegangen, doch dann wurde er krank und musste eine Zeit lang das Bett hüten. Sie muss davon erfahren haben, denn sie brachte, aus eigenem Antrieb, jede Woche Blumen hier herauf, und zwar nur die Sorten und Farben, von denen sie wusste, dass sie ihm gefielen. Das erste Mal gab sie die Blumen einfach bei einem Diener ab und wartete nicht auf die Bezahlung.«

»Typisch für ihre Bescheidenheit.«

»Als sie wiederkam, bestand ich darauf, dass sie die Blumen zu ihm brachte, weil ich wusste, sie würde ihn aufheitern. Sie war so ergeben und so voller Liebreiz und Fröhlichkeit, dass er eines Samstags eine Geschichte erfand und behauptete, er bräuchte ganz dringend ein weiteres Dienstmädchen. »Würdest du bleiben, nur für eine Woche, um einem alten, kranken Mann zu helfen?« Er setzte eine derart traurige Miene auf und klang so Mitleid erregend, dass sie einfach nicht ablehnen konnte, aber als die Woche um war, faltete sie das Gewand, das ich ihr gegeben hatte, legte es auf die Truhe und schlüpfte hinaus, bevor Cesare aufgewacht war. Als er erfuhr, dass sie gegangen war, zog er sich zum ersten Mal nach Monaten an, ging höchstpersönlich zum Blumenmarkt und brachte sie zurück. Beide waren rot vor Freude und strahlten übers ganze Gesicht. Seitdem ist Cesare nie mehr krank geworden.«

»Wisst Ihr, wie glücklich Ihr Euch mit einem Mann schätzen könnt, der so …«

»*Gentile* ist? Ich erkenne es jeden Tag aufs Neue. Ich hoffe nur, dass auch meine Töchter Männer finden werden, die wenigstens halb so gütig sind.«

»Und Palmira auch. Und Renata.«

»Dies ist eine berühmte Römerin namens Lukrezia«, sagte ich zu Palmira, die auf einem Stuhl hinter mir saß, mit den Beinen baumelte und den Saft aus einer Orange sog.

Ich arbeitete gerade am Hintergrund, ohne das Modell. Das hatte ich in einem zerknitterten weißen Nachthemd dargestellt, welches sich mit der im Ton der Gladiolen gehaltenen Tagesdecke verknäulte. In der einen Hand hielt meine Lukrezia den Dolch meiner Mutter, welcher auf ihren vollen Busen zeigte, den ihre andere Hand umfasste. Leben und Mutterschaft gegen Martyrium und Selbstmord – da waren sie, beide Wege.

»Hast du sie gekannt?«

»Nein. Sie lebte vor zweitausend Jahren.« Vor so langer Zeit, dachte ich, und trotzdem hat sich einiges nicht geändert. Ich hielt mit dem Malen inne. »Und doch kannte ich sie auf eine Art und Weise.« Vielleicht war Palmira alt genug, um etwas jenseits ihrer Spitzen und Rüschen zu erfahren. »Ein Mann hat ihr Gewalt angetan und brachte Schande über sie. Das heißt, er tat ihr etwas an, was sie nicht wollte.«

Palmira sog an ihrer Orange. »Ihr Bein ist groß.«

»Damit ziehe ich die Aufmerksamkeit auf die Anspannung in ihrem Knie und ihrem Schenkel. Es stimmt mit ihrem Gesichtsausdruck überein. Verstehst du, man hat sie schlecht behandelt. Man dachte, ihr würde Spaß machen, was der Mann mit ihr tat, aber die Leute hatten Unrecht. Sie wollte ihnen nicht gegenübertreten.«

Palmira schob lautstark ihren Stuhl zurück.

»Und deshalb nahm sie einen Dolch –«

»Ich will das nicht hören. Nicht noch eine schreckliche Geschichte.«

Sie ließ die Orange fallen, presste sich die Hände auf die Ohren und rannte hinaus.

Ich war fassungslos. Ich hatte keine Ahnung, dass die Geschichten ihr derart zusetzten. Ich wollte ihr nachlaufen, legte meinen Pinsel nieder, doch dann dachte ich, dass sie wahrscheinlich nur in Margheritas Zimmer lief und sich etwas Ablenkung suchte. Das konnte nicht schaden.

Doch schadeten die Geschichten?

Eines Morgens stand ich nicht auf. Ich hatte drei Tage schon nicht an dem Bild gemalt. Reglos lag ich auf meinem Bett, starrte an die Decke und sah vor meinem inneren Auge das Bild, in dem Zustand, in dem ich es verlassen hatte. Ich hatte den Hintergrund fertig gestellt, den Faltenwurf ihres weißen Nachtgewands, die dunkelrote Tagesdecke, zerknüllt dort, wo sie vergewaltigt worden war, ihr ausgestrecktes Bein, den rechten Arm und die rechte Hand, die die Brust der Klinge entgegenhielt, doch die linke Hand, die am Gelenk angewinkelt war und den Dolch auf die Brust richtete, hatte ich nur angedeutet. Ich hatte einfach nicht weitermalen können. Das Modell war von mir nach Hause geschickt worden. Die letzten drei Tage hatte ich nur dagesessen und ins Leere gestarrt. Renata hatte mich mit dunklen, verwirrten Augen betrachtet und nicht gewusst, ob sie bleiben oder gehen sollte.

Der Dolch war das Problem. Ich schloss die Augen und sah ihn vor mir, wie er nach rechts wies, dann nach links, wie er in ihrem Busen steckte, und dann, wie er da lag, blutbespritzt, in ihrer geöffneten Hand.

Renata platzte herein und sagte: »Rasch, Palmira. Hast du das Picknick vergessen?«

»Welches Picknick?«, fragte Palmira. Renata half ihr beim Anziehen, dann rannte Palmira mit den Schuhen in der Hand aus dem Zimmer. Renata öffnete die Fensterläden, um das Licht hereinzulassen, kam dann zum Bett zurück und sah mich ohne ein Lächeln an. »Warum unterbrecht Ihr nicht die Arbeit an ihrer Hand und malt ihr Gesicht? Heute.«

Ich starrte an die Decke.

»Steht auf. Ich muss die Bettwäsche waschen.« Sie entriss mir die Decke und wies grob zum Atelier.

Ich war so überrascht, dass ich tat, was sie sagte. In meinem Nachthemd ließ ich mich auf den Hocker vor der Staffelei sinken und blickte das Bild nicht einmal an.

»Aus welcher Richtung kommt das Licht?«, fragte sie, als sie das Betttuch aufrollte. Sie fragte nicht, weil sie es wissen wollte. Die Antwort war leicht und wir beide wussten sie.

»Aus der Richtung des Betrachters.«

»Sagt mir, was das bedeutet.«

»Es muss Dunkelheit auf der anderen Seite sein. Ich habe nur ein Profil, die Hälfte ihres Gesichts, nur ein Auge im Licht, um den Sinn zu verdeutlichen.«

»Also beginnt«, kommandierte sie mit ihrer Tavernenstimme.

Mit zusammengezogenen Augenbrauen blieb sie stehen, wo sie war, bis ich zu arbeiten anfing. Schweigend und argwöhnisch kontrollierte sie mich den ganzen Tag über. Als sie mich einmal untätig antraf, stellte sie sich hinter mich und blieb dort so lange, ohne ein Wort zu sagen, bis ich wieder zu malen begann. Dann erst ging sie.

Lukrezias Gesicht bekam langsam einen Ausdruck. Es war Kummer, nicht Furcht. Ich versah den Raum zwischen den Augenbrauen mit Furchen, wie bei Renata. Ich konnte nicht aufhören, ihre Augen und die Haut darunter dunkler und dunkler zu malen. Je länger ich daran arbeitete, desto verwirrter wurde sie. Ich wollte sie verwirrt. Verstört und verstörend.

Doch dann, angesichts der Verwirrung in Lukrezias Blick, schien die Hand mit dem abgewinkelten Handgelenk, die den Dolch auf die Brust richtete, nicht mehr stimmig. Als ich Fleischtöne auf einen sauberen Pinsel auftrug, brachte ich es nicht mehr fertig, der Hand diese Richtung zu verleihen. Mein

Arm war gelähmt. Sprich mit mir, Lukrezia! Was soll ich deiner Meinung nach tun? Im Zimmer, im ganzen Haus war es still. Ich wartete. *Erinnere dich*, schien sie mir mit ihrem Blick zu bedeuten.

Erinnern?

Ich räumte meinen Arbeitstisch frei, setzte den verstellbaren Spiegel darauf und nahm den Dolch meiner Mutter. Es war ein Furcht erregendes Instrument, so lang wie mein Unterarm mit schwarzer Stahlklinge und Messinggriff in Form eines Kreuzes. Ich legte mir die Klinge flach auf die Wange. Die Kälte schockierte mich. Ich schob mein Nachthemd herunter und nahm wie in der Pose des Bildes meine linke Brust in meine rechte Hand. Dazu stützte ich den linken Ellbogen auf dem Tisch auf und winkelte mein Handgelenk auf der Höhe des Ellbogens an, um den Dolch gegen mein eigenes Fleisch zu richten. Ich erinnerte mich an den Tag der Sibylle. So kurz davor war ich nicht gewesen, hatte noch nicht mal den Dolch unter dem Bett hervorgeholt, doch ich hatte daran gedacht.

Mit unerträglicher Langsamkeit beugte ich meinen Arm weiter und bewegte die Spitze der Klinge auf mich zu. Langsam. Dann innehaltend. Ein kleines Stück weiter. Ich blickte hinunter auf die Schneide, wo ein Lichtstrahl in dem Maße auf und ab wanderte, wie ich den Dolch kippte. Mein Handgelenk schmerzte. Mit meiner anderen Hand spürte ich das Klopfen meines Herzens und stellte mir vor, wie das Metall durch mein Fleisch drang. Im Spiegel konnte ich sehen, dass meine Brust sich leicht hob und senkte. Dies mit einem kräftigen Hieb beenden – hätte ich das wirklich tun können? Und Lukrezia? Bot die Welt ihr wirklich keine andere Möglichkeit? Ich berührte mit der Dolchspitze meine Haut.

Ein durchdringender Schrei.

»Nein!«, schrie Renata. Der Dolch flog mir aus der Hand. »Tut das nicht!« Sie stürzte zu mir und ließ das Tablett mit Obst und Wasser fallen. Ein schreckliches Krachen. Sie griff nach meinen Handgelenken.

»Ich wollte es nicht tun«, brach es aus mir hervor. »Ich habe es mir nur vorgestellt. Für das Bild.«

Sie schluchzte laut. »Ihr hättet es mir sagen sollen! Wer bin ich, dass ich für Euch denke!«

»Es tut mir Leid.« Ich legte meine Arme um sie, strich ihr über den Hinterkopf, spürte, wie ihr Herz gegen meine Knie pochte, spürte die Liebe hinter ihrer Angst.

»Aber jetzt weiß ich es. Ich weiß es! Meine Lukrezia wird nicht so weit gehen. Dies ist kein Akt kurz vor der Vollendung. Sie denkt nach, wägt ab, was die Welt ihr gesagt hat, stellt ihr Martyrium in Frage, doch sie richtet nicht den Dolch auf sich. Ihr Handgelenk muss gerade gemalt werden und der Dolch aufrecht.«

Ich küsste Renata auf ihren Scheitel.

20 *Lukrezia*

AN CESARES UND BIANCAS Hochzeitstag sollte die Lukrezia feierlich enthüllt werden, und da Vater schon früh am Morgen kommen wollte, wusch ich mir direkt nach dem Aufstehen die Haare und zog ein sauberes Kleid an. Ich setzte mich in die große Halle auf den maurischen Stuhl und fuhr mit dem Finger über das geprägte Leder. Wenn er kam, wollte ich nicht oben sein, denn er sollte nicht ohne mich meine Bilder ansehen, also wartete ich und kratzte so lange an einer trockenen, verschorften Stelle meiner Unterlippe, bis sie blutete.

»Ich wurde aufgehalten«, mehr sagte er nicht, als er am Nachmittag endlich kam.

Wir gingen durch die Halle und er studierte jedes meiner Bilder. Er nickte, ging näher heran, trat dann wieder ein paar Schritte zurück, um jedes auch aus der Distanz zu betrachten. Er wippte auf seinen Absätzen vor und zurück, hielt seine Hände hinter dem Rücken verschlungen und schien Anerkennung zu empfinden und so stolz zu sein, als hätte er sie selbst gemalt, doch ich wollte mehr. Sag etwas, flehte ich mit meinen Augen.

Vor der Kleopatra fragte er: »Wo ist der Schlangenbiss?«

»Ist das alles? Du siehst meine Arbeit zum ersten Mal seit zehn Jahren und mehr fällt dir nicht ein als: ›Wo ist der Schlangenbiss‹?«

»Ich –«

»Vielleicht starb sie ohne Biss. Die Furcht vor der öffentlichen Schande war stark genug, um sie zu töten.«

Bei dieser Idee entfuhr ihm ein Laut, kein Wort.

»Verstehst du immer noch nicht, Vater? Wie tief die Furcht vor der Bloßstellung schmerzen kann?«

Als er seinen Blick vom Bild zu mir wandte, blähten sich seine Nasenflügel.

Ich schwieg einen Moment, doch als er nichts sagte, fügte ich hinzu: »Sie verdiente es, ihren Verlust ganz allein zu betrauern.«

Vater zog seine Lippen ein. »Du –« Er räusperte sich. »Du hast vom Leben mehr gelernt, als ich dir hätte beibringen können.«

Ich wiederholte diese Worte, um sie ein zweites Mal zu hören. »Danke.«

Dann nahm ich ihn mit hinauf in mein Atelier. Ich hatte die Lukrezia mit einem Tuch bedeckt, damit er sie nicht direkt sehen konnte. Er sah sich noch einmal die Judith und die Susanna an und lächelte bei ihrem Anblick.

»Sie sind so großartig, wie ich sie in Erinnerung hatte.«

Genau das hatte ich hören wollen. Dann enthüllte ich die Lukrezia. Er studierte sie eine Weile und dachte dieses Mal nach, bevor er etwas sagte. »Bei dir sieht es so aus, als hätte sie Angst, es zu tun.«

»Sieh noch einmal hin. Es ist keine Angst. Sie ist verwirrt. Sie muss darüber nachdenken, warum sie es tun soll, und einen ganz persönlichen Grund haben, der dies verlangt. Vielleicht ist sie nicht sicher, dass sie es tun muss.«

Ein betroffener Ausdruck erschien auf seinem Gesicht. »Aber das ist nicht die Lukrezia, wie alle sie sehen.«

»Ich weiß. Aber es muss so sein, dass sie nicht sicher ist, denn wenn eines Tages jemand dieses Bild betrachtet, sei es ein Mann oder eine Frau, wird dieser Jemand sich unbehaglich fühlen und vielleicht sogar Trauer darüber empfinden, dass in früheren, ignoranten Zeiten eine vergewaltigte Frau gedrängt wurde, ja, sogar von ihr erwartet wurde, sich das Leben zu nehmen.«

Ich hatte nicht gewusst, dass ich das sagen würde – weder zu ihm, noch zu sonst jemandem. Es kam direkt aus meinem schwelenden Innersten und das mit einer Stimme, die ich nicht kannte.

»Die Dinge ändern sich, Vater. Sie müssen sich ändern. Und Kunst kann helfen, die Veränderung zu bewirken.«

Seine Augen glänzten. »Meine Tochter. Die Sibylle einer neuen Epoche.« Er legte den Arm um meine Taille und blickte wieder auf das Bild. »Was hält Signor Gentile davon?«

»Ich habe es ihm noch nicht gezeigt. Ich habe es immer verhüllt, wenn es möglich war, dass er ins Atelier kam.« Ich lachte leise. »Er ist in fiebriger Erregung. ›Nicht mal einen winzigen Blick?‹« Ich ahmte nach, wie er gefragt und dabei seinen dicken Daumen und den Zeigefinger aneinander gelegt und die anderen Finger abgespreizt hatte, während er mit dem Kopf von einer Seite zur anderen wackelte. »›Nein, nicht mal ein Eckchen‹, habe ich geantwortet. Dann schob er schmollend seine Unterlippe vor. Er sieht so komisch aus. Ich ziehe ihn gern auf.«

»So was! Du ziehst deinen Auftraggeber auf!«

»Ihm gefällt es. Er gab vor, das Tuch wegziehen zu wollen, tat es aber nicht. Schließlich entschied er, das Bild auf der Feier zu seinem Hochzeitstag zu enthüllen, ohne es vorher gesehen zu haben.«

»Dann hat er großes Vertrauen zu dir.«

»Ich weiß.«

Nachdem uns Renata etwas zu essen ins Atelier gebracht hatte, trugen sie und Vater das verhüllte Bild in die große Halle.

»Euch wird gefallen, was Signor Gentile mit der Halle gemacht hat«, sagte sie, als wir hinabstiegen. Der große Raum war mit Rosen, Lilien, Chrysanthemen und einem riesigen Fächer Gladiolen auf dem Tisch in der Mitte geschmückt. »Als er mich heute Morgen losschickte, um sie zu besorgen, wies er mich an, darauf zu achten, dass die Gladiolen dunkelrot sind. Woher wusste er die Farbe der Tagesdecke? Hat er etwa heimlich einen Blick riskiert?«

Ich lächelte. »Reiner Instinkt, schätze ich.«

Als die Gäste eintrafen, erschien Cesare mit demselben steifen Kragen, den er auch für sein Porträt getragen hatte, das nun über dem Kamin hing. Als sich der Raum mit Gästen füllte, konnten ihre übertrieben süßen Parfüms nur notdürftig die moschusartigen Körpergerüche überdecken. Ein Diener brachte eine Platte voller *crostini* mit Anchovis in Öl und Zitrone. Mir wurde fast übel. Ich musste an die frische Luft. Ein anderer Diener kam mit einem Tablett voller Weingläser vorbei. Ich nahm mir eins, trat hinaus und ging ein paar Mal um den Hof, um mich zu beruhigen. Ich sah Palmira und einem anderen Kind beim Spielen mit den Papierpuppen zu, die ich ihnen gebastelt hatte.

Cesares Sekretär rief die Gäste in die Halle, als der Zeitpunkt gekommen war, das Bild zu enthüllen. Vater trat vor die Tür, um mich hineinzubringen. »Wir werden sehen, aus welchem Holz die Genueser sind«, flüsterte er.

Cesare stand mit erhobenen Händen neben Bianca, und bat um Ruhe. Zufrieden, alle Aufmerksamkeit auf sich gerichtet zu haben, wies er mit einer seiner großspurigen Gesten auf den Sekretär, der das Tuch mit einer angedeuteten Verbeugung herunterriss. Zunächst kam keine Reaktion. Meine Seele gefror. Im Springbrunnen draußen gurgelte das Wasser. Jemand hustete.

»Aha«, murmelte Bianca. Sie hatte wohl bemerkt, dass ich die Ausrichtung des Dolches verändert hatte, seit sie das Bild das letzte Mal gesehen hatte.

Ein breites Lächeln schlich langsam über Cesares Gesicht. Ich stieß die Luft aus, die ich unbewusst angehalten hatte. Einige Gäste klatschten höflich. Dann begann das Gewisper.

»Ich dachte, sie würde nackt sein.«

»Kein Blut.«

»Man sieht kaum den Dolch.«

»Sie ist nicht tot.«

»Sie wird es nicht tun.«

Bianca stellte sich zu mir. Unsere bauschigen Röcke drängten sich aneinander, als sie mir die Hand drückte.

Cesare schwang seine Faust in einem Bogen nach oben und seine Finger sprangen in Richtung des Bildes auseinander. »*Brava!* Ihr habt es getan, Artemisia Gentileschi!«, sagte er. »Ein Sieg der Ambiguität. Wenn die Zeit genau da angehalten worden wäre, hätten wir nie erfahren, ob sie es getan hat oder nicht. Sie ist ganz und gar die Eure.«

Er wusste, er besaß etwas, das niemand außer ihm hatte. Wenn er diese Auffassung des Themas in Frage stellte, hätte das den Wert meiner vorherigen Bilder für ihn geschmälert. Wenn er sie jedoch akzeptierte, würde es den Wert der nachfolgenden steigern.

Renata stand allein in einer Ecke des Raums und presste sich mit feuchten Augen die Hände gegen die Brust.

Die Gäste waren verwirrt. Das Bild hatte ihnen die Orientierung geraubt. *Bene.* Wenn diese Lukrezia ihnen ein neues Konzept vermittelte, würden sie vielleicht noch einmal über den fehlenden Schlangenbiss bei Kleopatra nachdenken.

»Du hast sie vor ein Rätsel gestellt, Artemisia«, flüsterte Vater.

»Ich weiß.«

Nach einer Reihe von Glückwünschen – einigen begeisterten und einigen kühlen – geleitete Vater mich in den Garten. Im Hochgefühl des Erfolgs nahm ich seinen Arm, während wir unter einer Rosenlaube hergingen.

»Es dürfte einige Zeit dauern, bis die Leute begreifen, wofür sie mir eigentlich gratuliert haben«, sagte ich. »Und was sie heute denken, ist vielleicht nicht das, was sie morgen denken werden.«

»Sie sind enttäuscht. Sie wollten Blut sehen. Sie erwarteten Blut. Weil sie Lukrezias Geschichte kennen. Stattdessen hast du ihnen Zweifel beschert. Lukrezias Zweifel.«

»Erwartete *jeder* das, Vater? Hast *du* es erwartet?«

Wir blickten einander in die Augen, was wir in Rom nicht vermocht hatten. Nach einer ganzen Weile setzte er sich ohne zu antworten auf eine Steinbank.

Ich gestattete ihm den Vorwand, ich hätte seine Erwartung an Lukrezia gemeint.

Ich setzte mich neben ihn in den lichten Schatten und sah den Kindern beim Spielen zu. Der Springbrunnen vor uns war gesäumt mit dunkelblauen Iris und orangefarbenen Tigerlilien. Das Wasser plätscherte, die Rosen dufteten, es war ein lieblicher Ort. Vater winkte Palmira und sie kam zu ihm und setzte sich gesittet auf seinen Schoß. Er ließ sie auf seinem Knie reiten, als wäre sie ein kleines Mädchen. Ihre dunklen Locken hüpften. »Ich bin zu alt dazu, Großpapa. Ich bin doch schon neun.« Sie stieß diese Worte bei jedem Hüpfer hervor, was uns zum Lachen brachte.

Dieses Reiterspiel – musste er auch mit mir veranstaltet haben. Überraschende Zärtlichkeit quoll in mir hoch, und ich dachte: Das muss Glück sein. Ich wollte die Zeit anhalten, den Augenblick andauern lassen. Ich fasste Palmiras zartes Fußgelenk.

Er wandte sich zu mir um: »Was ist los?«

»Nichts, Papa. Ich bin nur so glücklich.«

Es sah aus, als wüsste er nicht, was er darauf sagen sollte. Und ließ Palmira wieder reiten.

»Palmira, wenn du groß wirst, willst du dann eine gute Malerin werden wie deine Mama?«, fragte er.

Sie schüttelte heftig den Kopf, wackelte mit den Füßen und betrachtete ihre neuen roten Samtschuhe. »Ich werde eine feine Dame mit ganz vielen Kleidern und wohne in einem Palast.«

»In einem wie diesem hier?«

Ihr Kinn schnellte nach oben und dann wieder auf ihre Brust. »Größer. Und ich werde in einer schwarzen Kutsche fahren, mit einem Diener und zwei weißen Pferden.« Sie verglich die Größe ihrer Hände mit denen ihres Großvaters, doch dann verlor sie das Interesse und hüpfte zum Spielen davon.

»Als du in ihrem Alter warst, wolltest du die Pferde nur zum Abzeichnen.«

Ich fühlte mich wohl neben ihm. Ich verspürte das Vertrauen aus den Zeiten der Unschuld.

»Ich habe versucht sie anzuleiten, ihre Puppe zu zeichnen, aber sie kann nicht lang genug still sitzen.«

»Du hast ganze Tage still gesessen, hast alles immer wieder ausradiert und von vorn angefangen, nur um den Bäckerjungen richtig zu treffen.«

»Als ich in ihrem Alter war?«

»Da fing es an. Weißt du, das erstaunte Agostino so. Nicht nur dein Können, sondern auch deine Entschlossenheit.«

Bei dem Namen spannte sich alles in mir an. Ich hatte ihn Jahre nicht gehört, noch nicht mal in meinem Kopf.

»Wenn ich etwas nicht malen konnte, sagtest du immer: ›Morgen ist auch noch ein Tag. Fang morgen früh von vorn an.‹ Manchmal sage ich das jetzt selbst zu mir.« Ich berührte seine Hand. »Aber ich höre es immer in deiner Stimme.«

Eine Wolke verzog sich und die Sonne brach hervor. Palmira spritzte mit dem Wasser im Springbrunnen.

»Wir sind wieder Freunde geworden«, sagte er behutsam.

»Ja, Papa. Das sind wir.«

Er blickte alarmiert drein. »Ich meinte … Agostino und mich.«

Ein messerscharfer Schmerz fuhr mir bis auf die Knochen.

»Ich habe ihn über den Sommer eingeladen. Er kommt nächste Woche. Er ist gerade zwischen zwei Aufträgen und –«

»Hierher? Nach Genua?« Meine Stimme wurde schrill.

Er hielt seine Handflächen gegen mich, als wollte er meine Reaktion unterbrechen. »Ja.« Jetzt sprach er schnell. »Er hat ein gutes Gespür für Perspektive und im Casino delle Muse von Kardinal Borghese haben wir gut zusammengearbeitet. Du solltest es dir eines Tages ansehen. Und den Sala Regia im Quirinale auch.«

»Wie konntest du nur? Du hast ihn *eingeladen*? Er war fast mein Untergang!«

Vater konnte mir nicht ins Gesicht sehen. Er wedelte abschätzig mit der Hand. »Eine kurze Unannehmlichkeit, Artemisia, zwischen alten Freunden.« Hitze schoss mir in den Kopf und mir drehte sich alles. Er räusperte sich. »Ich dachte, er und ich könnten eine Zeit lang hier arbeiten und dann nach Frankreich gehen. Er hat ein paar Empfehlungsschreiben für Paris.«

»Du begreifst es immer noch nicht, oder?«

»Ich ... ich dachte, ihr beide hättet euch geeinigt.«

»Vater!« Ich stand auf. »Wie konntest du das auch nur denken? Mein Frieden und mein Glück bedeuten dir gar nichts. Mein *Auftraggeber* ist mir mehr ein Vater, als du es bist.«

Er packte meinen Arm. Ich entriss ihn seinem Griff.

»Artemisia, bitte nicht –«

»Mistkerl!«

Ich rief Palmira und zog sie die Treppe hinauf, ohne auf die Protestrufe der beiden zu achten.

Ich nahm Schreibpapier hervor. Ich musste weiterziehen, und zwar schnell. Wenn ich nur einen Brief von Pietro bekommen hätte, wäre ich nach Florenz zurückgegangen, aber das war nicht der Fall. Also schrieb ich:

Durchlauchtigste Hoheit Don Giovanni de' Medici,

bitte seid meines tiefsten Kummers und meiner größten Anteilnahme angesichts des Todes Eures hochberühmten Vaters Cosimo de' Medici versichert. Ich werde ihm ewig dankbar sein für sein eifriges Interesse an meiner Arbeit, und nun, in Übereinstimmung mit seinen Wünschen, stelle ich mich hiermit in Venedig in Eure Dienste. Ich werde jeden Eurer Aufträge annehmen, alles malen, was Ihr wünscht. Innerhalb von vierzehn Tagen werde ich in Venedig sein und hoffe, Euch wohl und glücklich anzutreffen. Ich küsse Eure Hand.

Eure demütige und dankbare Dienerin,
Artemisia Gentileschi

Es war lächerlich, so einem Zehnjährigen zu schreiben. Ohnehin trafen seine Berater die Entscheidung. Wahrscheinlich würde er diesen Brief nicht einmal zu Gesicht bekommen.

Ich nahm die Bilder in meinem Atelier aus ihren Rahmen und rollte sie auf.

»Warum tust du das?«, fragte Palmira.

»Weil die Rahmen nicht mir gehören.«

Ich verschloss meinen Bernsteinfirnis, das Lösungsmittel und das Leinöl mit ihren Deckeln und öffnete meine Maltruhe.

»Mutter! Was tust du da?«

»Hilf mir. Pack deine Kleider in deinen Koffer.«

»Nein!«, schrie sie. »Warum denn?«

»Wir gehen.«

»Warum?«

»Wegen deines Großvaters.« Ich wickelte Mutters Öllampe in Malerlappen und legte sie in die Truhe.

»Nein! Ich will nicht gehen!« Sie stampfte ins Schlafzimmer.

Ihre Schreie lockten Renata, Cesare und Bianca ins Atelier.

»Es tut mir furchtbar Leid. Ich fürchte, wir müssen Euch verlassen.«

Verwirrung breitete sich über Cesares Gesicht aus. »Haben wir Euch verärgert?

»Nein. Niemals.« Ein Kloß bildete sich in meiner Kehle. »Ihr ward der freundlichste Mann, den ich je kennen gelernt habe.«

»Wir lieben Euch«, sagte Bianca flehend.

»Ich weiß. Ich liebe Euch auch alle.« Ich schluckte.

»Warum dann also?«, fragte Bianca.

»Mein Vater holt den Mann nach Genua, der mich vergewaltigt hat,« sagte ich so leise, dass Palmira es nicht hören konnte. Bianca schnappte nach Luft. »Er denkt, ich wollte, wollte ...«

Renata verzog das Gesicht, als fügte sie für sich die Dinge zusammen. Große, glänzende Tränen rollten ihr über die Wangen.

Cesare zog mich an seinen runden, weichen Bauch. »Wir

können ihn von Euch fern halten«, flüsterte er mir ins Ohr. »Es gibt Mittel und Wege.«

Ich schüttelte meinen Kopf an seiner Schulter. »Das könnte ich Euch nicht zumuten.«

Eine ganze Weile standen wir so da und blickten uns nur an, fassungslos und voller Schmerz. Renata regte sich als Erste. Leise weinend ließ sie sich vor meiner Truhe auf die Knie fallen und fing an, meine Malsachen einzupacken, jeden einzelnen Gegenstand mit großer Ehrfurcht.

»Lass den Stapel mit den Lukreziaskizzen draußen. Und einen leeren Malblock und einige Stifte. Sie sind für dich, *cara*.«

21 *Palmira*

FAST EIN JAHR später stiegen Palmira und ich, beide ganz außer Atem, den Pincio zur Santa Trinità hinauf. »Nur noch ein kleines Stück. Du schaffst es«, sagte ich zu ihr.

»Warum gibt es hier keine Treppe? Wenn hier Venedig wäre, gäbe es eine Treppe. Und Statuen.«

»Umso glücklicher werden die Schwestern sein, wenn sie dich kennen lernen. Sie werden wissen, dass du hier hochgestiegen bist, nur um sie zu sehen.«

»Was werde ich zu ihnen sagen?«

»Alles, was du möchtest. Sie wissen schon alles über dich. Sie wissen sogar, dass wir sie als Papierpuppen in unseren Holzschiffchen haben fahren lassen.«

»Mutter!«

»Keine Sorge. Sie fanden es lustig.«

Auf der Spitze des Hügels angekommen, blickte ich zum linken Glockenturm. Eine große Uhr hing nun dort. Ich fragte mich, welche Veränderungen ich noch entdecken würde.

»Schwester Paola wird öffnen. Es gehört zu ihren Pflichten.«

Als Paola uns sah, entließ sie einen Schrei, der bis in den Himmel drang. »*Cara mia!*« Sie zog mich durch die Pforte und umarmte mich. »*Grazie a Dio*, du bist gekommen!«

»Das ist Palmira, meine Tochter.«

»Den Heiligen sei Dank!«

Paola streckte ihre Arme aus, um Palmira zu umarmen, und erstickte sie fast in ihrem schwarzen Gewand. »Schwester Graziela wird außer sich sein.«

»Wie die heilige Theresa?«

»Oh, sie ist so bedrückt. Das letzte Jahr war schwierig für sie. Warum hast du nicht geschrieben, dass ihr kommt?« Paola machte ein paar rasche Schritte, dann blieb sie stehen und sah uns erneut an. »Ooooh!«, rief sie wieder und schüttelte die Hände, weil sie nicht an sich halten konnte. Palmira kicherte. Paola scheuchte uns zum Werkraum, wo Graziela gerade malte. »Graziela, sieh mal!«, rief Paola.

»Santa Maria! Ich glaube es nicht«, murmelte Graziela. Sie stand auf, kippte den Hocker um und kam mit geöffneten Armen zu uns. »Ich habe letzte Nacht von dir geträumt.« Ihr Mienenspiel wechselte in einer flüssigen Bewegung von Überraschung zu Glück, von Erleichterung zu Dankbarkeit. »Du musst Palmira sein. Du siehst genauso aus wie deine Mutter, als sie zum ersten Mal hierher kam.«

Palmira machte einen anmutigen, kleinen Knicks. »Mutter hat mir alles über Euch erzählt. Euer Name war das erste Wort, das ich schrieb.«

»Mein Name! Ich fühle mich geehrt.«

Grazielas Gesicht sah ein bisschen dünner aus und hatte auch ein wenig mehr Falten, doch sie war immer noch die reife Schönheit, die einer jeden Leinwand würdig gewesen wäre. Paola hingegen war rundlich wie immer.

»Wir dachten, ihr wäret in Venedig«, sagte Graziela.

»Das waren wir auch. Fast ein Jahr«, sagte ich.

»Warum seid ihr nicht geblieben? Hat es euch nicht gefallen?«, fragte Paola.

»Mir schon«, sagte Palmira, immer noch ein bisschen wütend über den Umzug.

»Was hat dir denn gefallen?« Graziela berührte Palmiras Wange.

»Ich mochte den Palazzo, in dem wir wohnten.«

»Ooh, war er schön?«, fragte Paola.

Palmiras Kopf wippte enthusiastisch auf und nieder. »Und ich mochte die Gondeln und die Bootsrennen.«

»Ich glaube, sie war wieder gut mit mir, als wir die erste Gondelfahrt unternahmen.« Ich strich ihr übers Haar. »Du wolltest nicht gehen, oder?«

Ihre Augen, die Pietros so ähnlich waren, blickten kurz und kalt zu mir auf. »Ich wollte keinen Ort verlassen, an dem wir lebten.«

»*Allora*, dann müssen sie dir ja alle gefallen haben«, sagte Paola und legte sich die Hände unters Kinn.

»Und was war mit der Commedia dell'Arte?«, fragte ich neckend.

»Die war lustig.«

»Und die Spitzenklöpplerinnen?«

»Ich hatte schon Spitze, bevor wir nach Venedig gingen«, sagte sie mit einem Hauch Trotz in ihrer Stimme. »Signora Gentile in Genua hat mir Spitze gekauft.« Sie hob ihren Rock, um den schmalen Spitzensaum an ihrem Unterrock zu zeigen.

»*Che meraviglia!*«, sagte Paola.

»Und sie hat mir ihre alten Kleider zum Spielen gegeben«, fügte Palmira hinzu.

Palmira gefiel alles, was extravagant, luxuriös oder exotisch war. Wären wir von Genua aus direkt nach Rom gegangen oder in irgendeine andere Stadt, hätte sie ihren Zorn weiter genährt, doch die zahlreichen Schönheiten von Venedig hatten sie besänftigt und entzückt.

»Was ist mit dir? Warum bist du gegangen?«, fragte Graziela mich.

»Venedig wird immer eine prächtige Stadt sein, doch für mich war es eine einzige kalte, feuchte, unfreundliche Enttäuschung.«

»Warum?«, fragte Graziela erstaunt.

»Die Kunst dort, nein, die ganze Stadt ist von künstlicher Extravaganz. Tintorettos riesiges Ölbild vom Paradies zeigt Jesus und Maria umgeben von *fünfhundert* Heiligen. Ein ganzes Meer von Heiligen. Es ist einfach zu viel. Dort war kein Platz für mich. Die venezianische Schule hat sich, außer was ihre Raffinesse angeht, einfach überlebt.«

»Das ist zu schade.«

»Es liegt nicht an der Stadt. Jede Stadt nach Genua und Florenz hätte es schwer gehabt, meine Zuneigung zu gewinnen.«

»Für wen hast du gemalt?«

»Giovanni de' Medici, Cosimos Sohn. Stellt Euch vor: mit zehn Jahren schon ein Herzog. Seine Berater trafen die Entscheidungen und sie waren mir gegenüber nicht gerade aufgeschlossen. Und dann ist auch Giovanni gestorben. Der Niedergang der Medici.«

»Und wirst du hier bleiben?«, fragte Graziela.

»Ich hoffe es. Ich habe in Venedig gehört, dass Scipione Borghese und einige andere Kardinäle weitere Kunstwerke kaufen, um ihre Villen zu schmücken.«

»Papst Urban hat auch viele neue Projekte«, sagte Graziela.

»Wo werdet ihr wohnen?«, fragte Paola.

»Im Künstlerviertel, wo ich früher gelebt habe. Ich muss morgen eine Wohnung finden. Wir waren letzte Nacht in einer Herberge, aber ich möchte nicht länger als nötig dafür zahlen. Unsere Sachen sind noch in der Kutschstation.« Ich spürte, dass sie mich nicht gehen lassen wollten, aber ich musste weiter. »Ich komme wieder, sobald wir eine Bleibe gefunden haben. Ich wollte nur, dass Palmira Euch gleich kennen lernt.«

Beide brachten uns zur Tür, umarmten uns noch einmal, dann machten wir uns auf den Weg zu Porzia Stiattessi.

In der Via del Babuino hatte sich nichts verändert. Die Apotheke, wo wir unsere Pigmente gekauft hatten, war dieselbe und ebenso der Weinhändler an der Ecke der Via della Croce, meiner Straße. Ich richtete mich auf. Durch meine Straße wollte ich trockenen Auges und voller Würde gehen, so unbefleckt und vertrauensvoll wie als Kind, da ich jeden Pflasterstein geliebt hatte, über den ich hüpfte. Ich nahm Palmira bei der Hand. »Hier habe ich früher gewohnt«, erklärte ich ihr. Die Kinder, die auf der schmalen Straße spielten, sangen ein Lied auf Französisch. Ich kannte die Melodie, und so sang ich auf Italienisch mit. Sie starrten mich erstaunt an und kicherten dann.

»In diesem Haus wurde ich geboren«, sagte ich vor dem Torbogen leise zu Palmira. Hier und da war der Putz abgeblättert, sodass die Häuserwand fleckig aussah.

»Es sieht aber nicht sehr schön aus.« Sie berührte ein Stück vom bröckelnden Putz, das gleich herabfiel.

Ich riss sie zurück. »Irgendwo muss man ja geboren werden.« Der linke Fensterladen fehlte und der rechte hing traurig an nur noch einem Scharnier herab. »In diesem Haus sind Dinge geschehen. Dinge, die mein Leben verändert haben.«

»Und etwas klein ist es auch.«

»Hast du einen Palast wie den von Cesare oder von Giovanni de' Medici erwartet? Wir sind jetzt auf uns allein gestellt, also gewöhnst du dich besser an so was.«

Ich stieß sie vor mir her und zog an der Glockenschnur neben der Tür.

»Wir hatten auch so eine Glocke«, sagte ich und bereute es schon, so harsch mit ihr gesprochen zu haben. »Meine Mutter polierte sie immer blitzblank, weil sie dachte, eine glänzende Glocke würde fröhlicher läuten. Dies ist das Haus von deiner Tante und deinem Onkel. Vom Bruder deines Vaters.«

Porzia kam zur Tür und warf die Hände in die Höhe. »*Mamma mia!* Artemisia! Ich – *Dio mio.*«

Ich lachte. »Was staunst du so? Ich bin doch kein Geist.«

»Nein. Nein. Du hast dich gar nicht verändert!«

»Du auch nicht«, antwortete ich, obwohl wir beide wussten, dass es nicht stimmte. Ich war fülliger geworden und sie sah verhärmt aus und eine ihrer Schultern stand höher als die andere. Das war mir vorher nie aufgefallen.

»Dies ist Palmira. Meine Tochter.«

»Von Pierantonio?«, fragte sie mit leiser Stimme.

»Natürlich.« Was dachte sie denn? Dass ich ihr ein Kind der Liebe ins Haus bringen würde?

»*Che bellina.* Du hast die Locken und die dunklen Augen von deinem Vater und die Haut von deiner Mutter.«

Porzia schob die Tür weiter auf und wir gingen über den kleinen Hof in ihr Haus. Sie hinkte jetzt so stark, dass es mich schmerzte, ihr beim Gehen zuzusehen. Von einem eisernen Topf, der über dem Feuer hing, schöpfte sie drei Schalen mit

Polenta, dann goss sie Wein in zwei kleine Kelche und hielt ein winziges Wasserglas hoch. »Ein Schlückchen für sie? Mit Wasser gemischt?«

»Ja, ein Schlückchen.«

»Wirst du in Rom bleiben?«

»So lange es hier Arbeit für mich gibt. Wir müssen der Tatsache ins Auge blicken, dass die Malerei Arbeit für fahrende Leute ist, nicht wahr, Palmira?«

»Was bedeutet das?«

»Dass wir umherreisen müssen. Denk doch nur! Nicht viele Kinder sind in drei Städten aufgewachsen.«

»Gibt es Boote in Rom?«, fragte Palmira Porzia.

»Nein, aber andere Dinge, die dir gefallen werden. Dinge aus der Vergangenheit.«

Palmira verzog eine Seite ihres Gesichts und ließ ihre Beine baumeln. Ich hoffte, dass sie für das endlose Baumeln bald zu alt wäre. Lange würde es ja nicht mehr dauern.

»Die Zeiten sind gut hier für Künstler«, sagte Porzia. »Wir können es kaum fassen, mit welchen Summen der Papst um sich wirft.«

»Die Frage ist nur, wird er auch etwas in meine Richtung werfen? Vielleicht nicht, wenn mein Ruf immer noch nicht wiederhergestellt ist. Haben die Leute hier schon vergessen?«

»Den Prozess? Ja. Das Leben geht weiter und neue Schicksalsschläge ziehen die Aufmerksamkeit der Leute auf sich. Aber vielleicht werden sie durch deine Rückkehr erinnert.«

»Agostino ist nicht in Rom, oder?«

»Das Letzte, was wir hörten, war, dass er erst nach Genua und dann nach Paris gegangen ist.«

»Wahrscheinlich mit meinem Vater. Du musst es nicht vor mir geheim halten. Ich weiß es schon.«

Sie kratzte mit ihrem Fingernagel an hart gewordenem Wachs auf dem Tisch. »Es hat mich krank gemacht, zu sehen, wie sie Arm in Arm die Straße hinuntertorkelten. Jedes Mal hat es mir in der Seele wehgetan …«

Ich hielt meine Hand in die Höhe. Ich wollte es nicht hören.

»Weißt du, wo wir günstig zwei Zimmer mieten können? Hier in der Nähe?«

»Zwischen hier und der Piazza del Popolo gibt es ständig Leute, die ein- oder ausziehen.«

»Wir werden morgen die Straßen abklappern müssen.« Ich lehnte mich im Stuhl zurück, versuchte mich zu entspannen.

»Weißt du, dass Florenz von der Pest heimgesucht wurde?«, sagte Porzia und wartete mit forschendem Blick auf meine Reaktion.

»Nein, das wusste ich nicht. Wir sind von Süden, von der Küste her gekommen. Ich dachte, es beträfe nur Mailand.«

»Es gab Prozessionen von Flagellanten, die von Kirche zu Kirche gezogen sind. Aus Furcht vor der Ansteckung haben sie sogar den *calcio* abgesagt.«

»Und Pietro –? Hast du etwas von ihm gehört?«

»Von ihm haben wir es erfahren, aber das war vor einem Monat.«

Gedankenverloren trank ich meinen Wein.

»Es hat uns Leid getan, dass du ihn verlassen hast.«

»Ich hatte keine Wahl. Ich liebte ihn in dem Maße, wie er es zuließ.«

»Und warum bist du dann gegangen?«

Ich versuchte herauszuhören, ob etwas Anklagendes in ihrer Frage lag, doch konnte ich nichts ausmachen. »Um neue Aufträge zu bekommen. Was hat er denn erzählt?«

»Das Gleiche.« Sie riss ein Stück Brot ab und fegte steif die Krümel von ihrem Schoß. »Wir dachten nur, etwas anderes könnte der Grund gewesen sein.«

Entweder wusste sie von Vanna und hatte Mitleid oder sie glaubte irgendeiner Rechtfertigung Pietros. Jetzt hätte ich herausfinden können, ob er immer noch mit ihr zusammen war, aber vor Palmira wollte ich es nicht, also zögerte ich. Porzia zögerte auch, wahrscheinlich aus demselben Grund. Mit den

Augen bedeuteten wir uns, dass wir einen günstigeren Moment abwarten mussten.

Am nächsten Morgen machten Palmira und ich uns auf den Weg, jede Straße zwischen der Piazza del Popolo und der Via della Croce – dem Künstlerviertel – abzuklappern. Wir fragten den Apotheker um Rat, zogen an Türglocken und folgten den Hinweisen der Anwohner. Eine Vermieterin auf der Via dei Greci musterte mich und sagte dann: »Ich vermiete nicht an alleinstehende Frauen mit Kindern.«

»Auch nicht mit einem Kind?«

»Eins ist schon eins zu viel.«

Danach schlenderte Palmira hinter mir her und trat missmutig gegen einen Stein.

»Lass das. Du wirst dir die Schuhe verschrammen.« Es war ein ständiger Kampf, ihre Schuhe vorzeigbar zu halten.

Sie aber sandte einen weiteren Stein in die Luft und ging dann schweigend neben mir her.

»Die Welt wird dich piesacken, wenn du es zulässt, also lass es nicht zu.«

Alleinstehende Frauen. Ich dachte an Pietro. Wenn er immer noch als Maler seinen Lebensunterhalt verdiente, war es für ihn genauso schwer wie für mich. Ich fragte mich, ob es für uns zusammen leichter wäre.

Auf der Via Laurina erkundigte ich mich bei einer Frau: »Habt Ihr zwei Zimmer zu vermieten? Ich bin Malerin und das ist meine Tochter.« Ich stand aufrecht und würdevoll da und hielt Palmira an der Hand.

»Zwei Zimmer, ja. Dritter Stock. Hier wohnen noch andere Maler. Geht und seht es Euch an. Die erste Tür links am Treppenabsatz.«

Je höher wir kamen, desto stärker wurde der Geruch nach Lösungsmitteln und desto drückender die Hitze. In der Wohnung gab es keine Vorhänge. Schäbiges Bettzeug bedeckte eine eingesunkene Matratze.

»Das ist ja schrecklich, Mama.«

»*Stai zitta!*« Ich riss sie am Arm.

Der Nachmittag war schon weit vorangeschritten und mir taten die Füße weh. Wir gingen wieder nach unten.

»Ich nehme es. Können wir sofort einziehen?«

»*Sì.* Euer Name?«

»Artemisia Gentileschi«, sagte ich. »Und meine Tochter Palmira.«

Da zuckte sie mit der Oberlippe, wusste nicht, ob sie verächtlich schnauben sollte oder nicht. »Wartet hier«, befahl sie und zog sich in ein anderes Zimmer zurück. Als sie wieder auftauchte, sagte sie: »Nein. Es ist nicht mehr frei. Mein Mann hat es heute Morgen an jemand anderen vermietet.« Sie hielt die Tür auf, damit wir gingen.

Ich hatte schon erkannt, dass meine Rückkehr nach Rom die Erinnerung an alten Kummer wachrufen würde, doch hatte ich gehofft, nicht mehr der Verachtung gegenübertreten zu müssen.

In der Via Margutta, ganz in der Nähe unserer früheren Wohnung, fand ich ein Zimmer, das ich mir leisten konnte. Ein runzliger Mann mit Backenbart, den ich von irgendwoher zu kennen meinte, brachte uns zwei Stockwerke hinauf in ein geräumiges Zimmer mit großen Fenstern an zwei Seiten.

»Das ist sehr nett«, sagte ich. »Wir würden gern noch heute Nachmittag einziehen. Geht das?«

Er nickte. »Wie ist Euer Name?«

»Artemisia Lomi und Palmira.«

Palmira warf mir einen verwirrten Blick zu. »Gentileschi«, berichtete sie.

Die Runzeln des Mannes zeigten, wie er versuchte, aus der Tiefe seines Hirns die Erinnerung an diesen Namen herauszufischen. Er blickte auf meine Hände und dann, mit Argwohn und Abscheu, auf Palmira. Mir krampfte sich der Magen zusammen.

»Nein. Hier ist kein Platz für Huren.« Er schlug uns die Tür vor der Nase zu.

»*Madre di Dio. Che villano.* Wir wollten hier ohnehin nicht wohnen, oder?«, flüsterte ich Palmira zu und zerrte sie die Treppe hinunter.

»Warum war er so böse, Mama? Was ist eine Hure?«

»Das erzähle ich dir später. Wenn wir ein Zimmer gefunden haben.«

Als wir darauf warteten, dass uns unsere Habseligkeiten zu der Wohnung geschickt wurden, die wir schließlich ergattert hatten, erhitzte ich Wasser über dem Holzofen in der Ecke und goss es dann in eine Schüssel, sodass wir unsere Füße baden konnten, während wir Brot und Käse aßen.

»Die Leute hier reden so komisch, Mama.«

»Das liegt daran, dass sie unsere Sprache erst lernen. Sie kommen aus Holland. Ich glaube, der Mann hat sich für uns entschieden, als er sah, dass mir seine Bilder gefielen.«

Als unser Gepäck von der Remise geliefert wurde, waren wir zu müde zum Auspacken, doch schrieb ich noch einen Brief an die Akademie in Florenz.

Wenn es Euch, verehrte Herren, nicht zu viele Umstände macht, bitte ich Euch, mir mitzuteilen, ob es Neuigkeiten von meinem Ehegatten, Pietro Antonio di Vincenzo Stiattessi, gibt. Lebt er? Malt er noch? Eingedenk meiner Mitgliedschaft in Eurer berühmten Akademie ersuche ich Euch, mir Nachricht über seinen Verbleib zukommen zu lassen.

Als ich das hinter mich gebracht hatte, blickte ich hinüber zu Palmira, die in ihrem Nachthemd auf dem Bett lag und schon fast eingeschlafen war. »Du warst heute ein sehr braves Mädchen. Ich weiß, dass es nicht besonders angenehm für dich war.«

Ich zog Mieder und Rock aus und legte mich neben sie. Sie drehte sich auf den Rücken und öffnete die Augen. Zusammen sahen wir zu, wie das Licht vom Fenster her dunkler wurde, und fühlten uns sehr verbunden. Hier waren wir zwei und da draußen war die Welt. Meine Lider wurden schwerer. »Ich glaube, hier werden wir glücklich sein«, murmelte ich.

»Du hast gesagt, du wolltest es mir erzählen«, bemerkte Palmira nach einer Weile.

»Was denn?«

»Warum der Mann uns Huren genannt hat.«

»Er sagte es, weil es das Schlimmste war, das er sich ausdenken konnte, aber weil es nicht stimmt, muss es dich gar nicht kümmern.«

Es würde leichter sein, es hier, in diesem rasch dunkler werdenden Zimmer zu erzählen, während wir beide auf die Risse in der Decke starrten. Palmira würde bald ihre erste Blutung bekommen. Es war Zeit.

»Erinnerst du dich noch an die Loggia della Signoria in Florenz, wo ich die Plastik gemalt habe, den Mann, der eine Frau wegträgt? Es war an diesem verregneten Tag, an dem wir nachher nach Hause gerannt sind.«

»Nein«, sagte sie so nachdrücklich, als wäre das einfach zu viel verlangt.

»Wenn ein Mann eine Frau dazu zwingt, das zu tun, was Ehemänner und Ehefrauen tun, wenn sie einander lieben, und die Frau will das nicht, dann nennt man das Vergewaltigung. Die Skulptur zeigte einen Zeitpunkt kurz davor.«

»Und?«

»Das ist mir passiert, in dieser Stadt. Ich wollte nicht, dass es jemand erfuhr, doch mein Vater fand es heraus und brachte den Mann vor Gericht. Die Leute dachten, ich hätte es gewollt, doch das stimmte nicht. Wenn eine Frau es nicht nur mit ihrem Ehemann, sondern auch mit anderen Männern will, dann nennt man sie eine Hure.«

Palmira schwieg. Vielleicht versuchte sie zu begreifen, was Männer und Frauen zusammen taten. Doch dazu würde es einen anderen Abend brauchen. Ebenso für den Prozess und die Sibylle. Wenn sie älter war. Wenn es nur noch eine Geschichte wäre, wie die von Lukrezia oder von Kleopatra oder jemand anderem aus längst vergangenen Zeiten. Ich war ja jetzt schon kaum noch in der Lage, wach zu bleiben.

Später, durch die Dunkelheit der Erschöpfung, drang die ängstliche Frage: »War es Papa, der dich vergewaltigt hat?«

»Dein Papa? Nein, *cara*. Er hat mir nie auf diese Weise wehgetan. Es war ein Freund meines Vaters. Sein Name war Agostino. Sie haben zusammen gemalt. Deshalb haben wir Genua so überstürzt verlassen. Dein Großvater hatte ihn dorthin eingeladen.«

»Tat es weh, vergewaltigt zu werden?«

»Ja. Eine Zeit lang. Nicht für immer.«

»Tut es weh, was Ehemänner und Ehefrauen miteinander tun?«

Das war eine heikle Frage. Ich wollte nicht, dass sie ein Leben in Furcht führte.

»Nein. Denk nur an Cesare und Bianca, wie liebevoll sie miteinander umgingen. Wenn der Mann behutsam ist und die Frau es will, tut es nicht weh. Und das ist so, wenn man sich liebt.«

»Werde ich es jemals wollen?«

»Ja.«

»Will es jede Frau?«

»Fast jede Frau.«

»Auch Schwester Graziela?«

»Früher einmal.« Ich rollte mich zu ihr und küsste sie aufs Ohr. »Ich werde dir ein anderes Mal von ihr erzählen.«

22 Graziela

Eure Exzellenz,

Hochwürden Kardinal Scipione Borghese,

in der Hoffnung, dass die Deckenfresken meines Vaters in Eurem Casino delle Muse Euer Gefallen fanden, biete ich, Artemisia Gentileschi, ihres Zeichens ebenfalls Malerin, die von ihrem Vater unterrichtet und von Seiner Hoheit Cosimo de' Medici mit mehreren Bildern beauftragt wurde, Euer Hochwürden meine Dienste an.

Wenn es Euer Hochwürden genehm wäre, mir die Erlaubnis zu erteilen, das Werk meines Vaters zu sehen, wäre ich außerordentlich dankbar, da ich noch nie die Gelegenheit dazu hatte. In tiefster Ehrfurcht vor Eurer Zurückgezogenheit und Heiligkeit werde ich geduldig auf Eure Antwort warten.

Ich küsse den Saum Eures Gewandes, Ehrwürdigste Exzellenz, und verbleibe als Eure demütige und gehorsame Dienerin,

Artemisia Gentileschi

Ich versiegelte den Brief mit Kerzenwachs, presste mein Armband mit der eingeprägten Artemisfigur hinein, um einen Abdruck zu hinterlassen, und begann mit einem neuen Brief, während Palmira sich dem Auspacken widmete. Am Ende des Tages hatte ich Briefe an fünf Kardinäle und drei Adlige fertig gestellt, die mir vom Apotheker und meinem holländischen Vermieter empfohlen worden waren.

Kurze Zeit später erhielt ich zwei Antworten. Ein Sekretär aus dem Hause des Kardinal Borghese erteilte mir schriftlich die Erlaubnis, »einen kurzen Blick auf das Werk Orazio Gentileschis zu werfen, doch nicht etwa anzunehmen«, so schrieb er, »dass dies mit einer Audienz bei Hochwürden verbunden sei. Hochwürden ist für Euch nicht zu sprechen.« Und ein Adliger verlangte »so rasch wie möglich eines Eurer monumentalen Judith-Gemälde wie die im Palazzo Pitti«.

Ich war dankbar. Ich brauchte die Sicherheit und Freude, die die Ausführung eines Auftrags mit sich brachte. Sofort entwarf ich auf kleinen Papierfetzen einige Kompositionen, während Palmira sich an meiner statt um die Suppe kümmerte, die im Topf über dem Feuer hing. Mir kam in den Sinn, dass sie hier wohl ziemlich schnell erwachsen werden würde.

»Wen willst du darstellen?«, fragte sie.

»Wieder eine Judith.«

»Hast du nicht langsam genug davon, eine Judith zu malen?«

»Nicht, wenn es immer wieder eine neue ist. Ich habe seit, lass mal sehen, fünf Jahren keine mehr gemalt. Ich bin jetzt anders als vor fünf Jahren, also wird das Bild auch anders sein.«

»Und muss es wieder eines von den blutigen sein?«

Ihre Stimme klang so ernst, und endlich einmal zeigte sie Interesse. Vielleicht lag es an den grausamen Sujets, die ich gewählt hatte – der Kopf, das Absäbeln, die Schlange, der Dolch –, dass ihr das Malen nicht sehr verlockend erschienen war.

»Nein. Diesmal nicht, nur für dich.«

Vielleicht war es nicht nur für sie. Mir erschien es wie ein Rückschritt, den Gewaltakt selbst noch einmal darzustellen. Das barg keinerlei Reiz mehr für mich.

Ich ließ meine Gedanken wandern, während ich Skizzen anfertigte. Judith musste jetzt eine fülligere Frau sein, in mittleren Jahren, durch Erfahrung klug – nicht nur eine Tod bringende Verführerin, sondern ein vernunftgeleitetes Individuum. Hier in Rom, wo man die Technik Caravaggios schätzte, konnte ich meiner Neigung für das dramatische Chiaroscuro nachgeben, dem Spiel von Licht und Schatten, selbst auf ihrem Gesicht. Judith streckte vielleicht ihre Hand aus, um das Licht, das durch die Zeltöffnung drang, abzuschirmen und sich besser auf die Geräusche zu konzentrieren. Holofernes' Leib würde in dieser Komposition kaum zu sehen sein, nur sein Kopf läge, in tiefem Schatten kaum sichtbar, in Abras Korb. Kein Blut. Kein rohes Fleisch. Doch Judith konnte Geräusche hören, vor dem Zelt, außer Sichtweite. Die Gefahr würde immer noch allgegenwärtig sein. Sie musste äußerst wachsam sein.

»Da«, sagte ich, nachdem ich eine Weile gearbeitet hatte. Ich händigte Palmira die grobe Skizze einer möglichen Komposition aus. »Kein Blut.«

Sie blickte erst auf die Skizze, dann auf mich. »Kein Blut, das aus dem Korb strömt?«

»Nein.«

»Gut.«

»Ja, gut.« Ich tätschelte ihr die Hand. »Und ich sage dir was. Weil du mir heute so schön beim Auspacken geholfen hast, werden wir morgen in ein wunderschönes Haus gehen, das einem Kardinal gehört. Scipione Borghese. Er ist ein sehr mächtiger Mann. Und in seinem Haus ist eine Arbeit deines Großvaters zu sehen. Wir werden sie uns mal ansehen.«

Ich wusste nicht genau, wo Kardinal Borgheses Palazzo Pallavicini lag, nur, dass es in der Nähe des Quirinale war, also mussten wir dreimal nachfragen, bevor uns ein Kutscher erklärte, dass sich der Palazzo weit zurückgesetzt hinter einem Kutschhof und Ställen befand. Mit meinem Brief von Kardinal Borgheses Sekretär ließ uns der Pförtner in einen üppigen Garten voller Hecken, Weinlauben mit duftenden Blüten, wucherndem Oleander, Pinien und Platanen ein.

Am Eingang zum Palast senkte ein Wachposten seinen Stab vor uns. »Was ist Euer Begehren?«, fragte er.

Was glaubte er? Dass eine Frau und ein Kind die Residenz des Kardinals stürmen würden?

»Ich bin Artemisia Gentileschi. Mein Vater, Orazio Gentileschi, hat das Deckenfresko im Casino delle Muse von Hochwürden gemalt. Ist dies das richtige Gebäude?«

»Ja.«

»Ich wünsche es zu sehen, ich und meine Tochter auch.«

Ich zeigte ihm den Brief vom Sekretär des Kardinals. Er warf einen Blick darauf und ließ uns ein. »Fragt den Verwalter.« Er wies auf einen alten Mann, der an einem geschnitzten Holztisch mit Intarsien saß.

Der Verwalter las blinzelnd und mit gesenktem Kopf ein Dokument. Er blickte selbst dann nicht auf, als wir direkt vor ihm stehen blieben. Sein Gesicht war so lang und schmal, dass es aussah, als wäre es zwischen zwei Brettern gepresst worden zu Zeiten, da er noch ein Kind war. Er sah damit aus wie ein Wiesel. Ich legte den Brief geöffnet auf seinen Schreibtisch. Er las ihn, ohne die Miene zu verziehen. Seinen Kopf bewegte er nicht, nur seine Augen fuhren von links nach rechts.

»Gentileschi also? Ich weiß über Euch Bescheid. Ich war schon hier, als Euer Vater und Tassi hier arbeiteten. Ihr seid also nach Rom zurückgekommen, weil Ihr noch mehr herumhuren wollt, nicht wahr?«

Palmira stieß geräuschvoll ihren Atem aus.

»Ich bin nach Rom zurückgekommen, weil es meine Heimatstadt ist. Und weil ich malen möchte. Ich bin auch Malerin. Und als solche möchte ich das Deckenfresko studieren.«

»Habt Ihr nicht genug von Signor Tassi gelernt, dass Ihr jetzt von seinen Bildern lernen wollt?«

»Von den Bildern meines Vaters.« Ich stählte mich gegen das, was als Nächstes kommen mochte.

»Eine Malerin, wie? Dann malt Ihr wohl hübsche Hurenbilder, nehme ich an?«

»Ich male Heldinnen.«

»Ihr malt aus Eurer Hurennatur heraus.« Das sagte er ganz leise, doch es war, als hätte er mir ins Gesicht gespuckt.

»Das ist nicht wahr!«, brach es aus Palmira hervor. »Das tut sie nicht!« Ich quetschte ihre Hand, damit sie Ruhe gab. Sie blickte zu mir auf, damit ich mich verteidigte. Der Mann grinste, weil er ihren Wutausbruch genoss.

»Ich male aus Ehrgefühl und Stolz, aus Verzückung und Kummer, aus Zweifel, Liebe und Sehnsucht.« Ich sprach ohne besondere Betonung, doch so rasch, dass er mich nicht unterbrechen konnte. »Ich hoffe, noch so lange zu leben, dass ich aus jedem Gefühl heraus malen kann, das dem Menschen eigen ist.«

Er schnaubte und widmete sich wieder seiner Lektüre.

»Es ist üblich, Malern das Studium der Werke anderer Maler zu gestatten, selbst wenn sie sich im Privatbesitz der Heiligen Mutter Kirche befinden«, sagte ich. »Wenn die Zeit ungünstig ist, werde ich ein anderes Mal kommen. Sagt mir nur einfach –«

»Geht schon. Los.« Er wies mit seiner Hand zur Treppe, hatte uns genug provoziert. Er hatte erreicht, was er wollte.

Wir gingen hinauf und ich legte Palmira meine Hand auf die Schulter. »Es tut mir Leid, dass du solche Unhöflichkeiten mit anhören musstest.«

»Rom ist schrecklich. Ich hasse es.«

»Es ist nicht alles schrecklich hier. Denk nur daran, was wir gleich sehen werden.«

Eine dicke Frau, deren Oberarme schlaff über den Ellbogen hingen, wischte in glänzend nassen Bögen den Boden. Ich fragte nach dem Casino delle Muse. Sie watschelte durch das Vorzimmer und öffnete eine der Flügeltüren.

Als wir eintraten, nahm ich Palmiras Hand. Eine riesige gewölbte Decke erstreckte sich über einen weitläufigen Festsaal. Über dem eigentlichen Kranzgesims bogen sich die Rippen des Deckengewölbes, und darin war ein raffiniertes, trügerisch echtes Fries mit vielen Stützpfeilern gemalt, die einen gemalten, überhängenden Balkon stützten. Hinter der Balustrade des Balkons befanden sich gemalte Säulen und eine Loggia mit vielen Bögen.

»Es ist so real.« Palmira zog das letzte Wort in die Länge.

Unter den Bögen und an einigen Stellen der Balustrade spielten gut aussehende Männer und üppige Frauen Lauten, Violinen, Gamben, Tambourine und Trommeln. Andere sangen oder hörten zu, hatten hier einen Arm auf die Balustrade gestützt, während da ein Schultertuch über die Brüstung wehte. Über dem zarten Rosa, Grün und Gelb der Kleider erstrahlte das Blau des Himmels, durchsetzt mit Wolken, sodass es aussah, als würde der trügerisch echte Balkon in den Himmel hinaufsteigen. Alle komplexen Einzelteile – die Säulen, die Kapitele, die Bögen, die Rosetten in den Kassetten, die Stützpfeiler unter dem Balkon, die Kinne, Ellbogen, Nasen, Oberkörper, die Gamben und anderen Instrumente – waren so gemalt, als würden sie von unten gesehen, und zwar in vollkommen richtiger Perspektive und Proportion, sodass sie ein einheitliches Ganzes bildeten. Die Wirkung war überwältigend.

»Wie kann es so real aussehen?«, fragte Palmira.

»So etwas nennt man *trompe l'œil*«, erklärte ich. »Du kannst deinen Augen nicht trauen, weißt nicht, welche Teile wirklich zum Gebäude gehören und welche gemalt sind. Es scheint real, weil die Formen und Figuren perspektivisch verkürzt sind. Sie sind mit kürzeren Proportionen gemalt, als sie tatsächlich besitzen und das aus einer Perspektive von unten. Das ist sehr, sehr schwierig.«

»Hast du so etwas jemals gemalt?«

»Nein.«

Sie ließ meine Hand los, drehte sich im Kreis und fing an zu zählen. »Neunzehn Figuren.«

»Wenn man ein solch komplexes Werk erarbeitet, mit Einzelteilen, die so harmonisch zusammenpassen, dann muss man sich ohne Unterbrechung darauf konzentrieren und alles andere beiseite schieben.«

Vaters Gedanken hatten bei seiner Arbeit sein müssen, bei den Problemen, die sie mit sich brachte, er hatte nach Lösungen suchen müssen, während er nach Hause ging, während er aß, sich anzog, Pigmente zerrieb und vor Gericht saß. Die Körperhaltung seiner Figuren musste jeden Morgen, wenn er aufwachte, in seinem Kopf Gestalt annehmen. Mein Dilemma musste am Rand seines Blickfelds gewesen sein, selbst am Morgen der Folter.

»Und das ist von Großpapa und diesem Mann gemalt worden?«, fragte Palmira.

»Ja. Sie haben gut zusammen gearbeitet, nicht wahr? Großvater malte die Menschen, die Musikinstrumente und den Himmel, und Agostino malte die Grundstrukturen.«

Wo Orazio am schwächsten war, in der Perspektive der Gebäudestrukturen, entschied Agostino über die korrekten Winkel, die Fluchtpunkte, die Schattierungen. Agostino strukturierte den Raum als Schaukasten für Orazios Figuren, die jede für sich entweder leidenschaftlich ihr Können darbrachten oder verzückt der Musik lauschten. Orazio kannte seine Schwäche. Und Agostino kannte die seine. Getrennt waren ihre Kunst und ihr Ruf begrenzt. Zusammen waren sie großartig.

»Es muss zutiefst faszinierend für ihn gewesen sein, zu sehen, wie es Form annahm«, murmelte ich.

Jetzt verstand ich in vollkommener Klarheit, warum Vater gewollt hatte, dass der Prozess ein Ende nahm. Es hatte nichts mit mir zu tun.

Ich verstand, doch verstehen hieß nicht verzeihen.

»Sieh mal, Mama!« Palmira zeigte über meine rechte Schulter. »Das bist du!«

Ich wirbelte herum. »Nein.«

»Doch. Das bist du. Du stehst immer so, mit der Hand auf der Hüfte.«

»Wirklich?«

»Ja. Wenn du wütend auf mich bist.«

»Vielleicht ist es deine Großmutter.« Doch kaum hatte ich das gesagt, bemerkte ich auf dem Bild die unbezähmbare Haarlocke, die sich wild über meiner rechten Schläfe kräuselte. Die hatte mir Kummer gemacht, seit ich gelernt hatte, mit einem Kamm umzugehen. Die Haare meiner Mutter waren glatt und wurden straff in einem spanischen Nackenknoten zusammengehalten.

»Nein, sie ist es nicht. Du bist es. Sieh nur auf den Fächer in deiner Hand. Du beklagst dich doch immer über die Hitze.«

Dort war ich und blickte auf mich herab, genau in demselben Alter, in dem ich mich nun befand, doch gemalt dreizehn Jahre zuvor. Wie hatte er gewusst, wie ich in diesem Alter aussehen würde? Ein unheimlicher Anblick war das, ich als reife Frau, die sich über etwas ärgerte, die abgelenkt wurde und über den Balkon blickte, anstatt den Musikern zu lauschen, unfähig, sich zu entspannen und die Musik zu genießen. Unfähig, sich zu entspannen. Ja. Wie hatte er das gewusst?

Ich war benommen, und mein Nacken schmerzte, doch musste ich immer weiter hinaufblicken. Ich hatte meinem Vater viele Male Modell gestanden, aber mir war nie bewusst gewesen, dass er die Zeichnungen hierfür verwenden würde. Dann war ich doch an den Nachmittagen in seinem Kopf, wenn der Prozess vertagt wurde. Und zudem hatte er sich auch noch vorgestellt, was der Prozess und die Zeit bei mir bewirken würden. Ich griff nach Palmira und drückte sie an mich.

»Du hast Recht. Das bin ich«, murmelte ich.

An diesem Abend nippte ich, nachdem Palmira eingeschlafen war, an meinem Wein und fragte mich, ob Vater wohl oft an mich dachte. Ob er je über mich gesprochen hatte. Zu Agostino oder zu irgendjemandem. Ob er je einsam war. Ob er in diesem Moment einsam war. Ob er je an Mutter dachte. Ich hoffte, dass er glücklich war oder zumindest gut malte … und sei es mit Agostino. Ich lehnte mich aus dem Fenster, um das dunkle Blau der Nacht in mich aufzunehmen, dieselbe dunkle Luft, die ihn in Genua oder Paris oder an welchem Ort auch immer er war umgab. Ich würde eine Menge darum geben zu wissen, woran er genau in diesem Moment dachte. Wenn ein Mensch sicher wissen könnte, was ein anderer tat oder dachte, dann gäbe es vielleicht keine Einsamkeit mehr auf der Welt.

Ich dachte an Pietro und versuchte mir vorzustellen, was er gerade machte. War er bei Vanna? Hatte er sich ihr vollkommen hingegeben, nun, da ich fort war? Konnte er das? Dachte er jemals an mich?

Hatte ich jemandem Ähnliches angetan, was Vater mir angetan hatte, hatte ich jemanden meiner Kunst geopfert? Ich war erfüllt von dem Verlangen, Pietro um Entschuldigung zu bitten. Und Palmira. Hatte ich aus einem selbstsüchtigen Impuls heraus Menschen verletzt? Ich sehnte mich danach, Cesare, Bianca und Renata um Verzeihung zu bitten und unser Leben wieder dorthin zurückzuversetzen, so wie es damals war, doch das war unmöglich. Liebe wurde so leicht durch die Notwendigkeit verletzt, Entscheidungen zu treffen.

Ich hatte einmal gehört, dass eine englische Königin sich Nachkommen versagte, weil sie mit England verheiratet war, und ich verstand nun, um welchen Preis das geschehen war.

Ein ungeheuer heller Mond erhob sich über den Dächern, wurde an einem himmlischen, unsichtbaren Faden nach oben gezogen wie ein Wollknäuel vor einer Katze. Was ich im Casino Borghese gesehen hatte, machte es mir unmöglich, einzuschlafen. Ich nahm mir Schreibpapier, doch wusste ich nicht, wo Vater nun lebte. Stattdessen schrieb ich also:

Mein hochberühmter Freund Galileo,

der Himmel ist heute Nacht so klar, wie ich ihn seit vielen Jahren nicht mehr gesehen habe. Der Mond ist eine perla barocca, ein Kleinod, das Gott in unsere Richtung geworfen hat, um uns Sterbliche mit unlösbaren Fragen zu necken. Ich kann seine Hügel und Täler sehen, wie Ihr sie beschrieben habt. Ich sehe ihn niemals an, ohne an Euch zu denken, und niemals sehe ich die Sterne, ohne mich zu fragen, welcher von ihnen die Venus ist.

Heute Nacht fürchte ich um die Welt. Wenn wir, wie Ihr sagt, am Rande des Universums umherwirbeln, anstatt unter Gottes wachsamem Auge in dessen Mitte zu stehen, stehen wir auch nicht im Mittelpunkt von Gottes Sorge. Dinge geschehen.

*Wir machen Fehltritte, ohne uns dessen gewahr zu werden,
und können dann nicht zurück. Wie schwierig ist es, sich in
den Belangen unseres Lebens nur auf uns zu verlassen, damit
unser aller Vater sich um Wichtigeres kümmern kann.*

Seid vorsichtig, amico mio. *Obwohl Ihr sagt, dass Papst
Urban große Sympathie für Euch hegt, ist Rom doch so rück-
sichtslos geblieben, wie ich es schon in meiner Jugend entdecken
musste. Gebt Euch in Eurem Landhaus mit den Zitronenbäu-
men nicht der Täuschung hin, dass Roms Finger nicht bis in
die toskanischen Hügel reichen, um ihre berühmteste Frucht zu
pflücken. Zur römischen Hand gehört mehr als nur ein Papst.*

*Und doch weiß ich, auch wenn ich dies hier schreibe, dass Ihr
die Wahrheit so aussprechen werdet, wie Ihr sie seht, auch
wenn es Euch in Gefahr bringt. Daher werde ich, mit Eurer
Erlaubnis, und sei es nur, um meine Sorge um Euer Wohlerge-
hen zu verringern, meine treue Freundin Schwester Graziela
vom Kloster Santa Trinità dei Monti bitten, für Euch zu beten.*

*Immer die Eure,
Artemisia*

Ich erhitzte Wasser und wusch mir und Palmira die Haare im
Steinbecken.

»Au, du tust mir weh«, rief sie.

»Fühlt es sich nicht gut an, wenn ich dir die Kopfhaut reibe?
Man fühlt sich lebendiger.«

»Aber du tust mir weh. Lass es mich selbst machen.«

Widerstrebend trat ich zurück, um ihr eine der Freuden des
Mutterdaseins abzutreten, doch konnte ich meine Augen nicht
von der rührend schmalen Verjüngung ihres eingeseiften Na-
ckens abwenden.

»Lass uns heute die Schwestern besuchen«, sagte ich. »Ich
möchte Graziela ein paar Pigmente bringen. Und du nimmst
deine Stickerei mit und zeigst sie Schwester Paola. Wenn sie
nichts zu tun hat, kann sie dir einen neuen Stich beibringen.«

»Kann sie denn sticken?«

»Natürlich. Sie hat wunderschöne Ornate für die Monsignori gemacht. Mit Goldfaden.«

Ich flocht ihr die noch nassen Haare, damit sie sich wellten, dann wand ich ihr die Flechten als Krone auf ihrem Kopf. »Da. Jetzt siehst du aus wie eine kleine Dame.«

Wir trafen Graziela in einer Ecke des Kreuzgangs an, wo sie untätig auf einer Eckbank saß. Ich hatte sie noch nie untätig gesehen. »Betet sie?«, fragte ich Paola.

»Nein. Sie grübelt.«

Als Graziela uns sah, kam Leben in ihr Gesicht.

»Geht es dir gut?«, fragte ich.

»So gut, wie Gott will. Hast du eine Wohnung gefunden?«

»Nach einigen Mühen. Die Leute haben nicht vergessen. Es ist jetzt dreizehn Jahre her und sie haben immer noch nicht vergessen.«

Graziela blickte besorgt zu Palmira und dann wieder zu mir.

»Ich habe es ihr erzählt. Sie weiß Bescheid.« Ich setzte mich neben Graziela. »Die Leute wollten nicht an uns vermieten. Gestern gingen wir zum Casino von Kardinal Borghese, um die Arbeit meines Vaters zu betrachten, und der Verwalter des Kardinals wurde grob zu mir, vor Palmiras Augen. Er fragte, ob ich nach Rom zurückgekommen sei, um weiter herumzuhuren. Die Leute hier sind immer noch Ungeheuer.«

»Menschen mit einem stärkeren Glauben als wir würden selbst in solchen Vorfällen das Werk von Gottes liebender Hand sehen.«

Ich blickte sie ungläubig an. Wo war ihr Mitgefühl geblieben? »Er sagte, ich würde aus meiner Hurennatur heraus malen! Wo soll da Gottes Liebe sein?«

Schnell versuchte Paola Palmira in den Kräutergarten zu schieben, doch Palmira ließ sich demonstrativ auf die andere Seite der Bank sinken, Paola setzte sich neben sie.

»Gottes Liebe befindet sich in unseren Reaktionen darauf«, sagte Graziela. »Als man Konstantin erzählte, der römische Pöbel hätte den Kopf seiner Statue mit Steinen beworfen, hob er seine Hand an den Kopf und sagte: ›Höchst bemerkenswert. Es hat kein bisschen wehgetan.‹ Eine Frau deines Alters, die über Bemerkungen eines kleingeistigen Verwalters jammert, ist kein besonders anziehendes Bild, ganz gleich, wie du es malst.«

Ich glühte vor Verlegenheit, dass sie vor Palmira so mit mir sprach.

»Sieh doch, was du in all den Jahren geschafft hast«, fuhr sie fort. »Du hast in drei großartigen Städten gelebt und die größten Gebäude, Skulpturen und Bilder von ganz Italien gesehen. Du hast erfahren, wie es ist, in Liebe mit einem Mann zusammenzuleben. Du hast ein wunderschönes, gesundes Kind geboren. Du hast deinen Lebensunterhalt selbst verdient und dein Talent wurde von einem der angesehensten Höfe des Landes anerkannt. Andere Frauen würden dem Herrn auf Knien danken, wenn ihnen nur eines dieser Dinge gewährt würde.«

Palmira blickte von Graziela zu mir. Ich fühlte mich klein und selbstsüchtig. »Ich weiß. Ich weiß.«

»Ich hatte gehofft, du hättest dich davon befreit, Artemisia.«

»Davon war ich auch überzeugt, bis mich mein Vater in Genua ein zweites Mal verraten hat.«

»Und? Irgendwann einmal müssen sich Töchter vom kurzsichtigen Fehlverhalten ihrer Väter unabhängig machen. Glaub mir. Ich weiß es.«

Die Erinnerung an den Verrat ihres eigenen Vaters schmerzte mich, als hätte ich einen Nagel in der Kehle.

»Groll über Vergangenes würde ich nicht einmal meinem schlimmsten Feind wünschen. Groll zehrt einen auf. Du willst mir doch nicht sagen, dass du in dreizehn Jahren nicht darüber hinausgewachsen bist.«

»Das bin ich.«

»Dann setz dich gerade und erzähl mir, was du gelernt hast.«

»Wovon?«

»Fang mit gestern an. Borgheses Casino.«

»Überwältigend. Es ist ein Deckenfresko mit Musikern und

Zuhörern auf einem gemalten Balkon.« Ich sah es noch einmal vor meinem inneren Auge und es machte mich stolz.

»Ja. Und weiter …«

»Vater und Agostino haben großartig zusammengearbeitet. Vater hätte ohne Agostino niemals diese perspektivisch raffinierte Architektur malen können und das wusste er. Er hätte das Projekt ruiniert und seine Karriere wäre beendet gewesen. Er musste den Prozess beenden.«

Mit gleichmütiger Stimme, so frei von Schmerz, wie es mir nur möglich war, fügte ich hinzu: »Er hat meinen Ruf und meine Kunst für seine geopfert.«

Graziela blickte mir forschend ins Gesicht.

»Ich sage nicht, ob das eine verachtenswerte oder noble Entscheidung war, nur, es war eine Entscheidung, die zeigt, dass er bereit war, den unvermeidlichen Preis zu zahlen.«

»Hättest du, vor eine ähnliche Entscheidung gestellt, das Gleiche getan?«

Ich betrachtete Palmira, die schon wieder mit den Beinen baumelte.

»Ja.«

»Und was heißt das für dich?«

»Es gibt Zeiten in unserem Leben, in denen uns unsere Leidenschaft zu Verursachern von Schmerz und Verlust macht. Zu anderen Zeiten sind wir die, denen Schmerz zugefügt wird – alles im Namen der Kunst. Manchmal bekommen wir, was wir uns wünschen. Manchmal bezahlen wir für das, was andere sich wünschen.« Ich blickte entschuldigend zu Palmira. »So geht es zu in der Welt.«

»Und Vergebung?«

Ich löste meine gekreuzten Fußgelenke und setzte meine Füße auf den Boden, als wäre dort der Rand eines Abgrunds. »Ich habe gelernt, dass Vergebung nicht einfach ist.«

»Aber möglich.«

»Ja, möglich.«

Nach einer Weile sagte ich zu Palmira: »Zeig Schwester Paola doch mal, woran du gerade arbeitest.« Sie zog ihre Stickerei aus unserem Beutel.

»Oh, das ist entzückend!«, sagte Paola und lenkte sie ab, indem sie ihr Stiche zeigte, die nach Heiligen benannt waren.

Auch ich griff in unseren Beutel und holte die kleinen Pigmentstücke heraus, die in Papier eingeschlagen waren. Als Graziela sie auspackte, füllten sich ihre Augen mit Tränen. »So leuchtende Farben, damit kann ich herrliche Seiten malen. Es ist nur so, dass ich … immer dasselbe male, wenn ich nichts Neues sehe.«

Das verstand ich. Kunst entsteht aus Kunst. Auch mein Schaffen wäre begrenzt und redundant, wenn ich keine neuen Formen, keine neuen Farbkombinationen und keine neuen Kompositionen sehen würde.

»Erzähl mir von Venedig«, sagte Graziela. »Mal ein Bild für mich, hier und jetzt.«

Die stille Verzweiflung, die in der Vorwärtsneigung ihres Körpers lag, ließ mich ihr die Bitte erfüllen.

»In Venedig erheben sich Fialen, Gewölbe, Turmspitzen, Kuppeln und Zierwände in allen möglichen Formen über den Dächern – Flachdächern übrigens, mit Balustraden, auf denen man über die Stadt blicken kann. Von den Dächern der Palazzi blicken die Statuen einander über die Kanäle hinweg an. Über den Schlusssteinen der Palastbögen hängen geschnitzte Masken in einem ganz bestimmten Winkel, sodass man sie von den Gondeln aus besser sehen kann. Alles dient der Schaulust.«

Grazielas verschleierte Augen waren auf die Pflastersteine vor ihr gerichtet, doch ich spürte, dass sie Kanäle und Kuppeln sah. Sie ballte die Hände an ihrer Brust zu Fäusten, verlangte nach mehr.

»Verschlungene Gassen öffnen sich plötzlich auf versteckte Plätze. Schmale Kanäle vollführen plötzliche Wendungen. Wir haben uns ständig verirrt.«

Ich blickte neben mich. Palmira war vollkommen vertieft, einen neuen Stich von Paola zu lernen.

»In Genua fühlte ich mich auch allein wohl«, fuhr ich leiser fort, »aber in Venedig wirkte jede Loggia, jede Brücke, jede einzelne kleine Mauer, als wäre sie geschaffen für ein Stelldichein, für ein heimliches Treffen, für heiß umschlungene Hände im Mondschein.«

Grazielas lange Finger entspannten sich und legten sich auf mein Knie. Palmiras Beine kamen zur Ruhe.

»Und Florenz?«

Was steckte hinter ihrem Drängen?

»Jede kleine und noch so unbedeutende Kirche dieser Stadt birgt Meisterwerke, die in jeder anderen Stadt als *opera più importante* angepriesen würden.« Ich lieferte ihr detailliertere Beschreibungen als in meinen Briefen, für den Fall, dass sie nach einer Idee für eine illuminierte Seite suchte, doch je mehr ich ihr erzählte, desto verzweifelter verlangte sie nach mehr.

Als ich einmal innehielt, verfinsterte sich Grazielas Miene.

»Erzähl mir noch mal von Masaccio.«

Mit einem Blick bat ich Paola um Rat. Sie zog nur den Kopf ein und hob die Schultern.

»Welch ein Genie! Masaccio brach mir das Herz, als ich sah, wie Adam sein zerquältes Gesicht verbirgt, und Eva stößt einen Schmerzensschrei aus, der mir bis ins Innerste meiner Seele drang. In der Nacht, nachdem ich das Bild sah, konnte ich nicht schlafen.«

»War es das, was dich am meisten beeindruckt hat?«

»Nein. Das war Giottos Campanile. Er steht neben der Santa Maria del Fiore, ganz für sich, und ist höher, als du dir vorstellen kannst, als wäre er Gottes eigener Reliquienschrein, der bis in den Himmel reicht. Darin sind Reihen von schmalen, mit verschlungenen Säulen getrennten Bögen, durch die das Licht fällt, und verkleidet ist er mit Marmor. Im Regen glänzt er wie weißer, rosafarbener und blassgrüner Satin. Er ist so schön, dass es einem das Herz zerreißt.«

»Und Rom?«

»Du kennst Rom doch.«

»Nicht mehr.« Ihre Stimme brach. Glitzernde Tränen strömten ihr über die Wangen.

Paola, Palmira und ich blickten einander ratlos an, wussten nicht, was wir sagen sollten.

Graziela schüttelte entschuldigend den Kopf. »Das Schwierigste für mich ist die Klausur. Nicht die Schönheiten der Welt zu sehen. Oh, ich erinnere mich an Zypressen und Sonnenuntergänge am Tiber, doch nur vage, wie ein Erblindeter sich an sie erinnern würde. Von Menschen erschaffene Schönheit kann ich mir jedoch nur schwer vorstellen. Dabei ist auch sie mit der Hilfe Gottes erschaffen.«

Sie versuchte, die Tränen mit ihrem weiten, groben Ärmel zu trocknen, doch es kamen immer neue.

»Um mich herum ist alles voll wunderschöner Kunstwerke, und mir ist bestimmt, sie niemals zu sehen. Zu sterben, ohne sie je gesehen zu haben …« Sie wurde von Schluchzern geschüttelt.

Paola stellte sich vor sie, damit niemand es sah.

»Wäre es solch eine Sünde für eine Nonne … Es würde meine Liebe zu Gott nicht im Mindesten verringern, wenn ich einen fein gemeißelten Springbrunnen, eine Loggia mit Marmorstatuen oder ein Deckenfresko sähe.«

Behutsam legte Palmira ihre Hand auf Grazielas Knie, genauso, wie Graziela es kurz zuvor bei mir gemacht hatte. Ich spürte einen Kloß im Hals angesichts dieser zögernden, gefühlvollen Geste.

»Was würde ich dafür geben, die Aussicht von diesem Turm aus zu sehen oder die weinende Eva im Garten Eden.« Grazielas Stimme erhob sich und zitterte. »Die kühle Glätte eines Marmorschenkels zu spüren oder das Gleiten einer Gondel. Nur ein einziges Mal, bevor ich sterbe.«

Der Schmerz über ihre unerfüllte Sehnsucht, über ihre Entbehrung rief in mir das Gefühl hervor, ich wäre nicht dankbar genug angesichts dessen, was ich gesehen hatte.

Die Mutter Oberin und eine andere Nonne kamen im Kreuzgang auf uns zu. Ich stieß eine Warnung hervor. Paola wandte sich um, öffnete die Arme, um ihre Ärmel als Sichtschutz auszubreiten, und ging auf die Frauen zu, um sie abzulenken.

»Was würde geschehen, wenn du es einfach tätest?«, flüsterte ich. »Wenn wir alle drei einfach einen Spaziergang machten? Du könntest doch sicher zurückkommen. Paola würde die Pforte auflassen. Was würde geschehen?«

»Das weiß ich nicht. Noch strengere Klausur und Schweigegebot, vorübergehend.«

»Und? Gibt es eine strengere Klausur als die, die du schon einhältst?«

Sie lachte bitter. Dann zog sie die Nase hoch und wischte sich mit dem Handrücken über ihr Gesicht. »Ich werde darüber nachdenken.«

Ich nahm ihre Hand in meine. »In der Zwischenzeit habe ich eine Aufgabe für dich. Ich habe in Florenz einen Freund, einen Gelehrten, Galileo Galilei.«

»Oh ja. Wir haben von ihm gehört. Es ist nicht so, dass Klosterfrauen nicht um die Kontroversen der Welt draußen wüssten. Kardinal Bellarmino −«

»Galilei braucht deine Gebete, Graziela. Zu seinem Schutz. Er ist ein gelehrter und ehrenwerter Mann, und er glaubt an Gott, ganz gleich, was man von ihm behauptet.«

Sie zog erneut die Nase hoch. »Ich verstehe. Ich werde für ihn beten.«

Ich küsste sie auf die Stirn, als ich aufstand, um zu gehen, und als Palmira sich vor sie hinstellte, um sich zu verabschieden, küsste Graziela sie auf die Stirn. Daraufhin zog Palmira an meinem Ärmel, und als ich mich zu ihr niederbeugte, grinste sie und platzierte einen geräuschvollen Kuss auf meiner Stirn.

Vor dem Kloster blieben Palmira und ich auf dem Treppenabsatz stehen, ehe wir uns an den Abstieg machten.

»Glaubst du, sie wird es tun? Mit uns einen Spaziergang machen?«, fragte Palmira.

»Das weiß ich nicht. Ich hoffe es.«

Wir blickten hinunter auf die Via Condotti und die Dächer der Stadt. »Sieh mal, Palmira. Die Kuppel in der Ferne dort, die große, ist vom Petersdom im Vatikan. Mehr kann Graziela nicht sehen.«

Offensichtlich reichte ihr das nicht. Mir hätte es auch nicht gereicht.

»Das Kloster liegt so hoch«, sagte Palmira. »Das gefällt mir.«

Bedauern überkam mich, dass ich sie nicht auf Giottos Campanile mitgenommen hatte. Ich löste ihre Flechten. »Schüttel dein Haar und spür, wie der Wind hindurchfährt. Er kommt den ganzen langen Weg von Spanien zu uns.«

Ich nahm die Nadeln aus meinem Haar und ließ den Wind hindurchfahren.

»Sieh hin, sieh genau hin und vergiss nicht, was du siehst. Und jetzt schließ die Augen. Hier, gib mir deine Hand. Und jetzt achte auf dein Gefühl. Kannst du fühlen, wie die Erde sich bewegt?«

»Nein.«

»Dann halt dich an der Balustrade fest und beuge dich nach vorn. Stell dir vor, wir sausen durch den Himmel wie Sperlinge bei Sonnenuntergang, wie die Fledermäuse über dem Fluss in Florenz. Wuuusch!«

»Ja! Ja, ich spüre es!«

Da wusste ich, gleichgültig, was noch in ihrem Leben passieren würde, sie würde glücklich sein.

Doch um Graziela begann ich mir Sorgen zu machen.

23 *Neapel*

»DIE STEINMETZE ZUERST, Signora. Anweisung des Bischofs.«

»Aber warum müssen die Maler warten, bis jeder bescheidene Steinmetz seinen Lohn hat?«

»Sie müssen eine Familie ernähren.«

»Und ich nicht?«

Die polierten, elfenbeinfarbenen Fingernägel des Geistlichen traten mit einer wedelnden Bewegung aus den weiten Ärmeln hervor, als wollte er meinen Anspruch schmälern.

»Habt Ihr vergessen, Monsignore, was der Apostel Paulus erklärt hat? Vor Christus ist nicht Jude noch Grieche, nicht Sklave noch Freier, nicht Mann noch Frau.«

»Ich bedaure, Signora. Kommt nach Allerheiligen wieder.«

Ich würde nicht betteln. Ich wandte mich zu Palmira, deren dunkle Augen brannten, und gab ihr ein Zeichen, mir durch die Tür zu folgen. Draußen strahlte die Sonne von Neapel glühend auf uns herab.

»Mutter, du kannst ihn doch nicht einfach –«

»Schsch. Warte.«

Ich ließ die Kirche hinter mir, marschierte über die Piazza und fuhr mir mit einer raschen Handbewegung über die Schulter, als wollte ich ein lästiges Insekt vertreiben. »Priester!« Beim P stieß ich die zurückgehaltene Luft aus. »Vier Jahre habe ich gebraucht, mir einen guten Ruf bei den Patriziern dieser Stadt zu erarbeiten, und dieser dahergelaufene Priester meint, er könne mich behandeln wie einen gewöhnlichen Arbeiter.«

Palmira beeilte sich, mir zu folgen. »Was willst du jetzt tun?«

»Ich bitte Francesco, an den Bischof zu schreiben. Oder ich schreibe ihm selbst.« Ich sprach mehr ins Leere als zu ihr. »Was wollen sie? Sack und Asche? Reue, dass ich als Frau auf die Welt kam? Ich bin froh, eine Frau zu sein, und ich möchte, dass du auch froh bist.« Ich hob meine Stimme. »Es wäre einfach zu leicht, seinen Lebensunterhalt mit Malen zu verdienen, wenn man ein Mann wäre.«

»Und wie wollen wir jetzt mein Ballkleid bezahlen?«

»Nach und nach. Delia kann das Kleid bei sich behalten, bis ich es abbezahlt habe.«

»Aber Andreas *ballo*!«

»Andrea. Andrea. In letzter Zeit höre ich nur noch ›Andrea‹, als wäre er der leibhaftige, herrlich schöne, Mensch gewordene Adonis, der nackt in einer Muschel erscheint.«

Ein Blick auf ihr Gesicht, das verzweifelte Sorge zeigte, und ich war besänftigt. Wie unschuldig und schön musste es sein, von einem so einfachen Verlangen beseelt zu sein, von einem schicken Ball zu träumen.

»Schon gut. Wir werden das Kleid heute kaufen und von Brot und Wasser leben, bis der Bischof diesem ungehobelten Priester befiehlt, mich auszuzahlen.« Ich warf ihr ein ironisches Lächeln zu, um ihr zu zeigen, dass wir nicht verhungern würden. Ihr Gesicht entspannte sich.

Wir bogen in eine schmale Gasse ein, die unaufhörlich die Richtung wechselte und sich durch die Spalten der felsigen Hügel des heruntergekommenen Viertels schlängelte, in dem Delia lebte, unsere Näherin, die so viel billiger war als die anderen. Hohe, schäbige Häuser waren schief übereinander gestapelt, und vergilbte Betttücher flatterten an den Balkonen. Wir hielten uns einen Ärmel vor die Nase, um nicht den Gestank zu riechen, der von den Pfützen und Hauseingängen ausströmte.

Neapel gefiel uns beiden nicht so wie Rom, wo wir vier gute Jahre in Frieden gelebt hatten, bevor die Aufträge ausblieben. Doch in Neapel lebte Don Francesco Maringhi, mein Sekretär und Agent. Er hatte mir Aufträge vom Herzog von Modena besorgt und außerdem von Don Antonio Ruffo in Messina und dem spanischen Grafen von Monterrey, der in Neapel regierte.

Francesco verhandelte sogar über den Verkauf meiner ersten Judith. Er war mir eine wertvolle Hilfe und zudem ein guter Freund geworden, also blieben wir.

Ein altes Weib, deren gelbliche Haut in schlaffen, staubverschmierten Falten herunterhing, hockte in einem gewölbten Durchgang auf einem Schemel und molk eine Ziege. Sie wäre ein gutes Modell für eine Allegorie des Alters gewesen, doch in diesen Zeiten verlangte niemand Realismus. Die Käufer sahen nicht das Heldische des Alters oder Schmerzes. Sie verstanden nicht, dass Hässlichkeit, festgehalten im Ausdruck echter Emotion, durch die Jahrhunderte hindurch Bestand haben würde. Sie wollten nur die ideale Schönheit. Zu anderen Zeiten wäre ich in der Lage gewesen, die Alte zu malen, doch ich hatte nicht mehr genügend Mut für *invenzione*. Ich hatte gelernt, mich dem zu beugen, was Geld für Brot und Ballkleider brachte.

Delias Haus an der Spitze einer schmalen Treppe war sauberer, als die anderen Häuser des Viertels von außen wirkten. Ein Wams lag in Einzelteilen auf einem langen Tisch und von einem Haken an der Decke hing ein ungesäumter Rock herab. Palmira blickte sich rasch nach ihrem Kleid um.

»Es ist fertig und wartet schon, Kind. Sei unbesorgt«, sagte Delia und ging in ein Hinterzimmer. Als sie zurückkam, hielt sie ein bauschiges Seidenkleid in die Höhe, das die Farbe der Bucht von Neapel an einem sonnigen Tag hatte. In die üppigen Ärmel waren Schlitze eingearbeitet, aus denen weißer Satin hervorlugte. Palmiras entzückter Gesichtsausdruck war unbezahlbar. Delia drehte das Kleid um und zeigte uns eine Reihe von kleinen, weißen Satinschleifen, den ganzen Rücken hinunter.

»Wie sollen wir all diese Schleifen binden?«, fragte Palmira.

»Das braucht ihr nicht. Sie sind aufgenäht. Zieh es an.«

Palmira streifte eilends Mieder und Rock ab und hob dann, nur noch im Hemd, ihre Arme in die Höhe, damit der Rock an ihr heruntergleiten konnte. Delia half ihr mit dem Mieder, befestigte es mit versteckten Häkchen am Rock und zog die Schnüre fest. Es passte perfekt.

»Du bist eine Künstlerin, Delia, die ihresgleichen sucht.« Ich zählte das Geld auf den Tisch, und Palmira gab mir einen Kuss auf die Wange.

Als wir, beide bepackt mit Einzelteilen des Kleides, vor unserer Haustür ankamen, sah ich die Ecke eines Briefes unter dem Türschlitz hervorlugen. Der Brief trug das Siegel der *Accademia Nazionale dei Lincei.*

Meine liebe Freundin, anmutige und geistreiche
Artemisia Gentileschi,

ich fürchte, Ihr habt die Hoffnung aufgegeben, noch einmal einen Brief von mir zu erhalten, und ich bitte Euch dafür um Verzeihung, sodass Ihr vielleicht diesen hier mit der Aufgeschlossenheit und Freundlichkeit lesen könnt, die Euch, wie ich mich erinnere, eigen sind.

Das Schicksal hat mir so übel mitgespielt, wie Ihr vorausgesehen habt. Vor zwei Jahren habe ich endlich meinen Dialog beendet, in dem ich mithilfe der Sonnenflecken und der Gezeiten meine Theorie untermauere, die ich Euch vor so langer Zeit dargelegt habe, und daraufhin reiste ich nach Rom, um mir die Erlaubnis der Heiligen Inquisition zu sichern, ihn veröffentlichen zu können. Seine Heiligkeit Papst Urban gewährte mir mit allen Anzeichen des Wohlwollens diese Erlaubnis, falls ich bereit sei, Anfang, Schluss und Titel zu ändern, sodass das Ganze als bloße Hypothese erschiene. Dazu war ich bereit, weil ich wusste, dass die Argumente im Mittelteil stark genug sind, um selbst Gott zu überzeugen. Da ich wegen der Hitze und der Pest nicht in Rom bleiben wollte, kehrte ich zu meiner Villa in Bellosguardo zurück und musste entdecken, dass mein treuer Glasbläser aufs Elendigste der Pest erlegen war.

Ich sicherte mir auch vom Florentiner Inquisitor die Erlaubnis, den Dialog in Florenz zu veröffentlichen, und An-

fang diesen Jahres überreichte ich granduca *Ferdinando im Pitti das erste Exemplar. Nur eines trübte dieses denkwürdige Ereignis: dass Ihr nicht dabei wart, um es zu bezeugen.*

Jetzt aber, da die politischen Verhältnisse sich geändert haben, wurde ich von Papst Urban höchstpersönlich gezwungen, vor der Inquisition in Rom zu erscheinen. Rom ist, wie Ihr sagtet, launenhaft und gefährlich, und da meine Gesundheit nicht die allerbeste ist, verbringe ich nun die wenigen Wochen vor meiner Abreise damit, meine Besitzverhältnisse zu regeln und alle guten Freunde von meiner Lage in Kenntnis zu setzen.

Behaltet mich immer als vertrauenswürdigen und wissbegierigen Mann in Erinnerung, so wie ich Euch immer als untadelige und couragierte Frau betrachten werde.

> *Der Forscher, auf ewig,*
> *Galileo Galilei*
> *20. November 1632*

Welch erstaunlicher Mut! Ich legte den Brief nieder, damit er nicht mehr zitterte, und las ihn noch einmal. Die Schrift entsprach nicht Galileis üblicher, flüssiger, runder Handschrift. In der ersten Zeile befanden sich Tintenkleckse am Rand. Hatte er den Brief im Bett geschrieben? Palmiras Kleid und die Feier zur Volljährigkeit eines Adligen waren belanglos, wenn Galileo in solcher Gefahr war. Und ich konnte nichts tun. Die schwarze Hand der Inquisition würde sich ihren Weg bahnen. Und wo sie innehielt, wartete ihr Gegenstück, reich gefüllt mit Schrecken: die Pest.

Vier Monate hätte der Brief gebraucht, um bis zu mir zu gelangen, ich nahm an, wegen der Restriktionen zur Eindämmung der Seuche. Das Urteil in seinem Fall stand unmittelbar bevor, wenn es nicht schon vollstreckt war. Ich setzte mich hin, um ihm so viel Ermutigung zu senden, wie ich nur konnte.

Mein hochverehrter und geliebter Freund,

soeben habe ich Euren Brief erhalten und bin nun tief betrübt über Eure Notlage. Doch denkt an Eure eigenen Worte, Ihr sagtet mir einmal, unser Eindruck, die Welt würde stillstehen, wäre nur Illusion. Die Welt verändert sich unser ganzes Leben lang, auch wenn sie so unveränderlich erscheint wie Stein. Selbst Steine tragen die Fußabdrücke unzähliger Menschen in sich. Der Eure wird eines Tages zu unvorstellbaren Erkenntnissen führen. Wenn es möglich ist, so sollen meine liebevollen und ehrerbietigen Gedanken für Euch ein Trost sein. Ich begleite Euch mit meinen Gebeten.

Immer die Eure,
Artemisia

Ich sandte den Brief an die toskanische Botschaft in der Villa Medici in Rom.

Sonntags darauf ging ich mit düsterer Vorahnung zur Kirche. In der Messe verkündete der Monsignore mit sichtbarer Schadenfreude, dass der Gläubige nun nicht mehr die irrigen Behauptungen von Signor Galilei fürchten müsse, dass die Heilige Kirche ihn gerade wegen seiner ruchlosen Vergehen gegen die geheiligten Kirchengebote verurteilt habe, dass er abgeschworen, dementiert und unter Eid seine früheren Theorien als Irrtum und Ketzerei verflucht habe, dass seine Behauptungen ihm nun Abscheu einflößten und er freiwillig und täglich Buße tun werde, um seine Vergehen zu mildern.

Das war ein Schlag, so jäh und unerbittlich wie die Pest. Ich hatte das Gefühl, mir würde übel werden. Also ließ ich Palmira bei Andrea in der Kirche zurück, ging geradewegs nach Hause und legte mich in mein abgedunkeltes Schlafzimmer. All das war bigotter Betrug. Sein Widerruf musste falsch sein. Niemals hätte er willentlich seine Leidenschaft verraten, es sei denn, unter der Androhung von Folter. Ich kannte die alles zerfressende Panik davor und verurteilte ihn nicht. Dieser verhasste Priester hatte die gesamte Predigt hindurch gegrinst. Den ganzen Nachmittag lag ich in fiebriger Unruhe da und versuchte, die Vorstellung über Galileis Leiden zurückzudrängen.

Die nächsten paar Tage war ich mürrisch und krank. Palmira bedachte mich mit stiller Aufmerksamkeit, übernahm die Arbeit in der Küche und drängte mich, etwas zu essen. Sie war besorgt, ich würde an Andreas Ball am Samstag immer noch niedergeschlagen sein.

»Bis dahin habe ich mich wieder erholt. Das verspreche ich. Lass mich nur eine Weile in Ruhe«, sagte ich.

Am Abend des Balls, an dem die Hitze brütete und kein Lüftchen ging, bereiteten wir uns wie Schwestern auf das Ereignis vor, schnürten uns gegenseitig das Mieder und flochten uns die Haare. Als ich ihre Frisur fertig hatte, berührte ich sie an der Schulter. »Warte mal.« Ich suchte in meiner Schatulle mit den Erinnerungsstücken nach dem Haarschmuck mit der Perle und dem Blutstein, den ich von meiner Mutter bekommen hatte.

»Willst du ihn nicht tragen?«, fragte Palmira.

»Du trägst ihn.« Ich befestigte ihn an ihrem Hinterkopf. »Hier. Mutter wäre entzückt.«

»Glaubst du, dort wird er ihn bemerken?«

»Dummes Ding. Seine verträumten Augen werden jedes kleinste bisschen von dir liebkosen, aus jedem erdenklichen Blickwinkel.« Sie kicherte und ihre Vorfreude hob auch meine Stimmung. »Steh auf.«

Sie stand auf und machte einen wirbelnden Tanzschritt. Ihr Rock breitete sich wie eine schimmernde Welle um sie herum aus und die Schleifen ihrer weißen Satinschuhe blitzten unter dem Saum hervor.

»Du siehst hinreißend aus.«

Francesco Maringhi kam uns in seiner Kutsche abholen. Ich hatte ihn noch nie so elegant gesehen – er trug ein schwarzes Wams aus Samt mit weißen Satinärmeln und einem dezenten, weißen Kragen. Er verbeugte sich und küsste zuerst Palmiras Hand und dann, langsam, die meine, während er zu mir aufblickte.

»Ich fühle mich zutiefst geehrt, in Begleitung eines solchen Paares zu sein. Palmira, Ihr seht aus wie die griechische Göttin, von der Euer Name stammt, und Eure Mutter stellt die Göttin in den Schatten, die Euch zur Welt gebracht hat.«

»Ihr seid zu freundlich, Francesco«, sagte ich. Palmira und ich erstrahlten unter seiner glühenden Verehrung, die meine Niedergeschlagenheit verdrängte und Palmira Selbstvertrauen einflößte.

»Werden die Damen heute Nacht den Spagnoletto tanzen?«, fragte er.

»Palmira schon. Sie hat die ganze Woche mit dem Buch in der Hand die Schritte geübt.«

»Mutter! Das sollst du doch nicht erzählen.«

»Es ist ja nur Francesco. Das macht doch nichts, wenn er es weiß.«

Der Palast wurde von Fackeln auf dem Dach und in der Einfahrt erhellt, in der sich die Kutschen mit flackernden Laternen drängten. Ein fahlgelbes Licht ergoss sich durch die Fenster des Palastes. Ein Lakai öffnete den Schlag unserer Kutsche und hieß uns willkommen. Unbekümmert stieg Francesco aus und bot uns seine Hand, damit wir ihm folgen konnten. »Meine Schönheiten.« Mit einer von uns an jedem Arm schritt er summend zur Tür.

Palmira fragte ihn: »Ihr werdet doch nicht wie ein guter Onkel den ganzen Abend um uns herumschleichen, oder?«

»Im Gegenteil, ich nehme an, ich werde Euch verlieren, sobald wir über die Schwelle getreten sind.«

Zwei Palastwächter öffneten die Flügeltüren, und plötzlich strömten Musik, Licht, Parfüms und hunderte von Stimmen auf uns zu. Oben, am Ende der Treppe, erstrahlte die Halle mit Kerzen und die Wandleuchter aus Kristall warfen unzählige Lichtreflexe zurück. Am einen Ende des Saals ließen Musiker ihre Violinen, Cellos und Gamben ertönen, und die Gäste drängten sich um die langen Tische, die mit Tabletts voller Fleisch und anderer Delikatessen beladen waren.

Die Haltung der Menschen veränderte sich, als Palmira in den Saal glitt. Aus der Menge heraus stürzte Andrea auf uns zu. »Signora, Signor, willkommen.« Er küsste mir die Hand, doch in der Sekunde darauf waren seine Blicke schon auf Palmira geheftet. Er machte eine langsame, elegante Verbeugung. »*Che bella*. Ich fühle mich geehrt.«

In seinem mitternachtsblauen Gewand und mit einer Frisur, bei der die Haare zurückgekämmt und in einem Mittelscheitel geteilt waren, wirkte Andrea plötzlich viel älter als sonst. Er bot Palmira seinen Arm, um sie durch den Saal zu führen, und Francesco und ich folgten in angemessenem Abstand, grüßten Gäste, die wir kannten, machten den Eltern von Andrea und dem Grafen und der Gräfin von Monterrey unsere Aufwartung und sahen den Tanzenden zu.

Der Spagnoletto war der Höhepunkt des Abends. Jedes Mal, wenn die Musiker ihn spielten, gesellten sich neue Vierergruppen dazu. Francesco und ich betrachteten voller Bewunderung, wie Palmira und Andrea ein Karree komplettierten. Eben noch hatten die vier in einem Kreis ihre Hände verschränkt, vollführten Vierteldrehungen zur einen Seite, Halbdrehungen zur anderen, ließen die Damen ihre Röcke aufblähen, während sie erst dem einen Mann, dann dem andern flirtende Blicke zuwarfen. Im nächsten Moment schon, nach einem raschen Sprung seitwärts, einer Drehung und einem verführerischen Ausfallschritt, verschränkten sie ihre Hände zu einem Feuerrad. Palmira war anmutig, kokett und unwiderstehlich.

Später sahen wir, wie Palmira und Andrea auf den Balkon hinausschlüpften und sich im Licht des Mondes küssten, der wie eine überreife, exotische Frucht über der Bucht von Neapel hing. Als ich sah, wie mein Kind das tat, wonach ich mich gesehnt hatte, spürte ich einen leisen Schmerz, ob um sie oder um mich, ich wusste es nicht. Vielleicht hatten mich die Musik und diese Festlichkeit so unmittelbar nach Galileos Brief zu empfindsam gestimmt.

»In einer Nacht wie dieser sollte man nicht traurig sein«, drängte Francesco.

»Nein. Es ist auch keine Traurigkeit.«

»Woran denkt Ihr dann?«

»An Palmira. Sie wirkt wie eine Erscheinung, die voller Unschuld in ihre Zukunft treibt«, sagte ich. »Und die nur für kurze Zeit hier ist.« Francesco hörte aufmerksam zu. »Ich habe für sie getan, was ich konnte, aber eines Tages werde ich dafür zahlen, dass ich ihr Vater und Großvater genommen, dass ich sie immer wieder abrupt aus ihrer vertrauten Umgebung gerissen, dass ich ihr die langen Kutschreisen zwischen den Städten zugemutet habe und sie ihre ganze Welt in ein paar Truhen mit sich führen musste, ich werde dafür zahlen, jetzt oder später.«

»Und wie?«

»Sie wird mich eines Tages verlassen und ich werde allein bleiben müssen.«

»Allein? Doch nicht notwendigerweise.« Er führte meine Hand an seine Lippen. Ich entzog sie ihm.

»Klatsch und Tratsch, Francesco. Ich muss auf der Hut sein. Klatsch und Tratsch haben mich überallhin verfolgt.«

»Dieser Dichter in Venedig? Loredan? War er nur Klatsch und Tratsch?«

»*Madonna benedetta*, er war nur ein Junge mit überhitzter Fantasie.«

»Klatsch und Tratsch machen mich eifersüchtig und Eifersucht macht mich kühn. Ihr seid noch jung. Ihr könntet noch eine Tochter bekommen.« Er blickte mich mit schmeichelndem Blick an.

»Ich habe kaum genug Geld für diese eine. Ihr müsst Euch mehr anstrengen, Francesco, damit ich größere Aufträge bekomme. Eines Tages muss ich eine Mitgift bezahlen, das wisst Ihr doch.«

Als zarten Wink wandte ich meinen Blick hinüber zu der nicht besonders ansehnlichen, dunkelhaarigen Gräfin von Monterrey, die der Mittelpunkt eines Kreises von Frauen in der Nische neben uns war. Francesco folgte meinem Blick.

»Vielleicht wäre sie damit einverstanden, sich noch einmal porträtieren zu lassen, zum Beispiel als Gestalt einer spanischen Legende«, sagte Francesco.

»Ihr könnt Gedanken lesen.«

»Das ist *meine* Kunst, Artemisia. Deshalb braucht Ihr mich.«

»Ich sehe, dass sie mit diesen gefärbten Fingernägeln selbst dann herumschnippt, wenn sie nicht Modell sitzt.« Ich unterdrückte ein Lachen. »Als sie einmal bei uns zu Hause posierte, machte sich Palmira hinter ihrem Rücken über sie lustig. Sie drapierte einen schwarzen Schal um ihren Kopf, wie es die Spanierinnen tun, zog ihr Gesicht in die Länge und die Wangen ein, riss die Augen auf und zuckte mit den Fingern. Es war schwierig für mich, der Gräfin nicht direkt ins Gesicht zu lachen.«

Francesco bedachte mich mit einem nachsichtigen Lächeln.

»Ihr wisst doch, dass ich in ihrem Porträt den dunklen Streifen, der ihre Stirn sein soll, erhöht und ihre eine, zusammengewachsene Augenbraue geteilt habe, oder nicht? So sieht sie weniger verschlagen aus und ihre Enkel können sie eines Tages leichter bewundern.«

»Sehr klug von Euch. Dafür schuldet sie Euch einen Gefallen.«

Genau in diesem Augenblick spielten die Musiker einen florentinischen *Venus tu ma pris* auf, den Tanz, den Lorenzo de' Medici erfunden hatte. Ich sprang vor, um mich einem Paar als dritte Dame im Bunde anzuschließen. Der Saal toste von den umherwirbelnden Farben und der mitreißenden Musik. Ich spürte Francescos Blick während des gesamten Tanzes auf mir. Als der Tanz vorbei war, spendeten er, Palmira und Andrea mir Beifall.

Außer Atem lehnte ich mich gegen eine Säule. Die Gräfin

stand auf der anderen Seite des Saals und war für einen Moment allein.

»Ja. Sie schuldet mir wirklich einen Gefallen«, sagte ich zu Francesco. »Warum geht Ihr nicht und prüft, ob Ihr ihn jetzt einfordern könnt?«

Pflichtschuldigst näherte er sich ihr, während ich mich abwandte, damit man mir mein Interesse nicht ansähe.

Strahlend und mit verträumtem Blick nahm Palmira Andreas Arm, um einen weiteren Spaziergang durch den Saal zu unternehmen. Als sie vorbeiging, blickten andere Männer ihr nach. Wann war sie zur Frau gereift? Und diese langen Spaziergänge am Strand, unternahm sie die mit Andrea? Ich musste blind gewesen sein, dass mir die Blicke, die sie auf den Empfängen bei Hofe gewechselt hatten, entgangen waren. Sie verhielt sich so unvorsichtig wie ein Lamm am Rand eines Abgrunds, und das, obwohl ich ihr von der Vergewaltigung erzählt hatte. Ich sorgte mich um sie.

Doch was hatte ich ihr außer Warnungen zu geben? Die Kenntnis der Farben und die Grundlagen zur Erschaffung von Formen. Das Gespür für Schönheit. Ein Vorbild an Entschlossenheit. Und Liebe. Das vor allem.

Und jetzt, mit achtzehn Jahren, genau in dem Alter, als ich in einem römischen Gerichtssaal Blut und Wasser schwitzte, war sie die Königin des Abends – schön, selbstbewusst, makellos und reif, gepflückt zu werden. Frei, ihre eigenen Entscheidungen zu treffen.

24 Bathseba

WENN DU MALEN WILLST, wirst du lernen müssen, wie man einen weiblichen Akt angeht«, sagte ich eines Morgens, nicht lange nach dem Ball, gerade, nachdem ich gebadet hatte. »Denn das wird von einer Malerin verlangt. Don Ruffo will ein Bild, das David und Bathseba zeigt. Wir werden es zusammen malen. Dann wollen wir doch mal sehen, ob er sagen kann, von wem die Bathseba ist.« Ich legte Holz im Ofen nach, streifte meinen Bademantel ab und legte mich auf eine niedrige Bank. »Zeichne mich.«

»Mutter!«

Der Schock, so unerwartet nacktes Fleisch zu sehen, mein Fleisch, verstörte sie, und eine ganze Weile konnte sie nicht beginnen, konnte mich nicht einmal ansehen.

»Vergiss, dass ich deine Mutter bin. Tu so, als wäre ich ein Modell, für das du bezahlst. Erinnerst du dich noch, wie du in Genua ständig in mein Atelier und wieder hinaus ranntest, als ich die Kleopatra malte?«

»Das war etwas anderes. Sie war nicht du.«

»Sie war ein gutes Modell, weil es sie nicht störte, nackt gesehen zu werden. Und deshalb bin auch ich ein gutes Modell. Ich habe nichts zu verbergen. Dies ist der Körper, der dich geboren hat, *cara*.« Ich hielt inne und fügte dann sanft hinzu: »Sieh mich an.«

Zaghaft ließ sie ihren Blick über meinen Körper wandern.

»Schlaffer, als du es von den geschnürten Miedern her kennst, nicht wahr?«

Sie nickte.

»Ist dieser Blick in deine eigene Zukunft zu konkret?«

»Irgendwie ja.«

»An dem, was du hier siehst, ist nichts auszusetzen, Palmira«, sagte ich mit beruhigender Stimme. »Es gehört zur Weiblichkeit.«

Sie deutete ein paar Striche an und erstarrte dann mit dem Stift in den Fingern. »Ich kann nicht.«

»Markier zuerst die Proportionen wie bei jeder anderen Zeichnung. Dann fängst du mit dem Oval des Kopfes an und arbeitest dich nach unten.«

Sie begann wieder, zögernd.

»Beachte, wie die Körperform durch das Gewicht des Fleisches asymmetrisch wird«, sagte ich.

»Ich fürchte mich vor dem, was auf dem Papier zu sehen sein wird.«

»Vertraue deinen Augen, dann brauchst du nichts zu fürchten. Versuche nicht, mir zu schmeicheln. Übergehe ja nicht die Falten der Haut. Lass deine Augen erkennen, was mit den Brustwarzen einer Frau geschieht, die ein Baby gestillt hat. Mein Körper gibt seine Geschichte preis. Wir beide, du und ich, haben uns der Aufgabe verschrieben, die Wahrheit zu malen. Sollen die Betrachter die Schönheit darin entdecken.«

Danach schwieg ich und schließlich konnte sie sich auf ihre Zeichnung konzentrieren. Es war eine Zeit der Nähe und der stillen Kontemplation und in den Wochen, in denen sie an den Skizzen für das Gemälde arbeitete, sprachen wir nur in sanftem Ton miteinander.

Eines Nachmittags, als Palmira malte und ich für sie Modell saß, hörten wir ein Klopfen an der Tür. Palmira öffnete sie einen Spalt und streckte ihre Hand hindurch.

»Es war ein Bote«, sagte sie und übergab mir einen Brief.

Er trug das Siegel des Königs von England. Ich glitt mit dem Schaft eines Pinsels in die Falte, um das Wachs zu brechen. Vaters Handschrift. Ich las ihn nicht vor.

Meine liebste Artemisia,

ich arbeite hart an einem Deckengemälde in der großen Halle des Queen's House in Greenwich bei London. Es ist eine Allegorie des Friedens und der Künste unter der englischen Krone, in quadro riportato. *Wenn du möchtest, gibt es hier Arbeit für dich. König Charles hat mich gebeten, dich zu ersuchen, unverzüglich zu kommen. Der Hof der Stuarts ist freundlich zu mir. Einige wenige sprechen hier auch Italienisch. Inigo Jones, der königliche Architekt, hat ein paar Jahre in einigen unserer Städte gelebt. Du wärest bei Hof genauso willkommen wie bei mir. In der Hoffnung, von dir ein »Ja« zu hören, reserviere ich die weibliche Figur der Kraft für dich.*

> *Dein dich liebender Vater,*
> *Orazio Gentileschi*
> *Ich bin allein.*

Meine Auftraggeber aufgeben, um die ich so hart geworben hatte? Palmira demjenigen entreißen, den sie liebte? Das konnte ich nicht, das würde ich ihr nicht noch einmal antun. Ich legte den Brief auf die glühende Asche im Ofen. Ein Glutfaden kroch auf das Wort *allein* zu. Palmira sah mich neugierig an. »Nichts Wichtiges«, sagte ich und nahm wieder meine Pose ein.

Kaum war der Brief zu Asche zerfallen, hallten mir Satzfetzen daraus im Kopf wider. *Meine liebste ... willkommen wie bei mir ... Ich bin allein.* Wegen des Wortes *liebste* schämte ich mich, den Brief zerstört zu haben, ohne ihn Palmira wenigstens zu zeigen.

Nur ein paar Wochen später, als wir beide gerade malten, erreichte mich ein weiterer Brief. Vater hatte noch nicht einmal die Zeit abgewartet, die ein Brief von mir gebraucht hätte, ihn zu erreichen.

Meine einzige und heiß geliebte Tochter, Artemisia,

ich bin einsam. Ich sterbe. Vergib einem dummen, alten Mann.
Hilf mir, es zu Ende zu bringen.

Papa

Ich spürte, wie es mir das Herz zerriss. Nur dieses Wort. *Papa.*
Es förderte zutage, was ich schon tot geglaubt hatte. Ich sah,
wie er mich während unserer Picknicks an der Via Appia an
den Armen herumschwenkte, bis meine Füße über die hohen
Gräser hinwegflogen. Wie er weinte, als er mir mitteilte, dass
Mutter gestorben war. Wie er meine Hand vor Ehrfurcht drückte, während wir die großen Bilder Roms betrachteten. Wie er
mir beibrachte, die Symbole aus Ripas *Iconologia* zu zeichnen.
Wie er mir, als ich noch ein Kind war, zeigte, welche Pigmente
mehr Öl brauchten und welche weniger, damit daraus glatt
fließende Farbe wurde. Welche Farbe man schon weit vor dem
Malen anrühren konnte und welche ihre Suspension verlieren
würde. Welche Pigmente ganz fein gemahlen werden mussten
und welche nur grob, damit ihre Leuchtkraft erhalten blieb. *Al-
chimista di colore* hatte er mich genannt. Papa, der erst bewirkt
hatte, dass ich mehr als alles andere Malerin werden wollte, und
dann, dass es sehr viel schwieriger für mich wurde.

Ich steckte den Brief in meinen Ärmel und machte mich
wieder ans Malen.

Palmira stöhnte vor ihrer Leinwand. »Es kommt nicht richtig heraus.«

»*Cara,* die Freude am Malen liegt gerade in diesem schmerzenden Gefühl, dass es nicht richtig herauskommt, sodass man
es anders versucht und wieder anders, und zwar so lange, bis
man es hinbekommt. Es ist dann vielleicht nicht perfekt, aber
es ist um einiges besser als das, was man am Anfang zustande
gebracht hat, und wenn das geschieht, ist es eines der großar-
tigsten Gefühle der Welt, denn es ist verdient.«

Ihr Gesicht verzog sich auf erbarmungswürdige Weise und

ihre Augen füllten sich mit Tränen. Vielleicht brauchte sie eine Pause. Ich legte meinen Pinsel nieder und las ihr den Brief vor.

»Großvater!«, rief sie. Die Jahre fielen von ihr ab. Sie schnappte wie ein gieriges Kind nach dem Brief. »Der Brief, den du verbrannt hast, war doch auch von ihm, oder?«

»Ja.«

Sie starrte mich an. »Warum hast du ihn mir nicht gezeigt? Er sagt, er stirbt.«

»Im ersten Brief hat er das nicht gesagt.«

»Und doch hattest du kein Recht, ihn mir vorzuenthalten.«

»Was sollen wir denn machen? Alles aufgeben, wofür wir gearbeitet haben? Und was ist mit Andrea? Ihn genau in dem Augenblick verlassen, da –«

Palmiras Hände flogen hinauf zu ihrem Mund. In ihren dunklen Augen flackerte Angst auf.

»– da du so glücklich bist? Das würde ich dir nicht antun.«

Ich legte meine Hände auf ihre.

»Es gibt eine Seite an deinem Großvater, die du nicht kennst. Ich dachte, ich müsste dir nie davon erzählen. In diesem Brief denkt er gar nicht an uns. Er denkt nur an sich selbst.«

Palmiras Miene bewölkte sich. Sie war in Genua glücklich mit ihm gewesen. »Wie kannst du das nur sagen?«

Ich sprach leise, gleichmütig, sachlich. »Er hat eingewilligt, dass mein Vergewaltiger freigesprochen wurde, weil er ihn brauchte. Sie sind wieder Freunde geworden. Was meinst du, wie ich mich da gefühlt habe?«

Sie sagte nichts.

»Jetzt, da du alt genug bist, es zu verstehen, sage ich dir noch etwas. Als ich in deinem Alter war, haben zwei Hebammen vor Gericht meine *pudenda* untersucht und er hat es zugelassen – hat einfach dagesessen und mit all den Fremden zugesehen, die sich das Spektakel nicht entgehen lassen wollten, und das nur, weil er ein Bild zurückhaben wollte. Er hat so lange durchgehalten, damit er es zurückbekam. Sonst hätte er dem Prozess früher ein Ende gemacht.«

Sie sagte nichts.

»Ist dies der Mann, für den wir alles aufgeben sollen?«

Nichts. Sie fragte nichts, zog noch nicht mal die Augenbrauen zusammen. Kein Laut, keine Geste kam von ihr.

Ich schob krachend meinen Stuhl zurück und stand auf, wartete immer noch, dass sie etwas sagte. Dann nahm ich den Brief aus ihren Händen, ging ins andere Zimmer, goss mir ein Glas Wein ein, setzte mich hin und trank ihn allein, stürzte ihn hinunter, in drei großen Schlucken. Mein Kelch der Bitternis. Ich hatte eine Tochter, die keine Gefühle für andere übrig hatte.

Die Buchstaben und Zahlen des Datums, *24. Dezember 163-,* waren verschmiert und am rechten Rand des Briefes so zusammengedrängt, dass ich die letzte Zahl nicht entziffern konnte. Das war ein schlechtes Zeichen für einen Maler, der doch eine Fläche einteilen können musste. In diesen entstellten Zahlen lag etwas Mitleiderregendes.

Ich las den Brief noch einmal. *Ich bin einsam. Ich sterbe. Vergib einem dummen, alten Mann. Hilf mir, es zu Ende zu bringen.* Einsamkeit kannte ich. Sterben nicht. Obwohl ich es gemalt hatte, es mir vorgestellt hatte, kannte ich es nicht. Was sollte ich ihm zu Ende bringen helfen? Sicherlich nicht nur das Deckenfresko.

Er wollte, das ich ihm half zu sterben. Es erschien irgendwie zulässig für ihn, für jeden, in der Gegenwart eines geliebten Menschen zu sterben, so wie er es hoffte. Ich würde dasselbe wünschen, würde mir wünschen, in den Armen meiner Tochter oder eines Liebhabers zu sterben. Vielleicht würde es mir sogar schon reichen, in den Armen eines Fremden zu sterben, wenn er mir nur mit Michelangelos Pinsel sanft über die Schläfen fuhr, um mich daran zu erinnern, dass ein Mann mich eines solchen Geschenks für würdig erachtet hatte. Wir machen uns für den Tod bereit, indem wir die Augenblicke auskosten, in denen wir spüren, dass selbst der Geringste unter uns notwendig ist, um Gott zu erheben. Vielleicht brauchte Vater, dass ihm jemand genau das ins Ohr flüsterte. Auf Italienisch.

Wenn doch dieser Mann mit dem seltsamen Namen, Inisowieso, ihm das zuflüsterte!

Ich ging wieder ins Atelier. »Zurück an die Arbeit«, sagte ich so sanft ich nur konnte. Ich nahm meinen Pinsel, versuchte mich zu konzentrieren und ließ sie allein an ihren maltechnischen Problemen arbeiten. Nach einer Weile schleuderte Palmira ihren Pinsel auf den Tisch zwischen uns. Bei dem Geräusch fuhr ich auf.

»Ich kann das nicht! Es ist zu schwer!«, rief sie.

Ich sah mir ihre Bathseba an. Die Proportionen stimmten, aber die Figur wirkte hölzern. Bathsebas Geste war belanglos. Palmira hatte an ihrem Gesicht gearbeitet, doch es sagte nichts aus. Meiner eigenen Tochter fehlte die Gabe der Ausdruckskraft.

»Du musst ihre Gefühle zeigen, indem du die Form ihrer Wangen mit −«

»Licht und Schatten gestaltest.« Ein Hauch von Spott lag in ihrer Stimme. Sie warf mir einen Blick zu, den ich schon tausend Mal gesehen hatte − scharf, mit schmalen Augen, zusammengebissenen Zähnen und hochgezogenem Kinn − der Blick, von dem ich gehofft hatte, er würde mit der Zeit und meinen Unterweisungen verschwinden.

»Gut, dann weißt du es ja schon.«

»Ja, aber ich kann es nicht umsetzen. Nicht so wie du.«

»Das kommt schon noch.«

»Wann? Wenn ich dreißig bin? Ich möchte nicht wie du mit der Malerei verheiratet sein.«

»Überleg dir gut, was du da sagst!« Meine Stimme wurde schrill.

Sie blickte verlegen auf den unteren Rand ihres Bildes.

»Nun gut. Entscheide zuerst, was ihr Gesicht ausdrücken soll, und dann werden wir eine Möglichkeit finden, es zu übermitteln. Du kennst doch die Geschichte. Was für eine Frau war sie, dass sie ihren verlockenden Körper vor David zur Schau stellte? Was dachte sie in diesem Moment?«

»Das weiß ich nicht!« Sie warf ihre Hände wie Cesare Gentile in die Höhe. »Ich kann mir das nicht so ausmalen wie du. Und es interessiert mich auch nicht.«

»Nicht genug. Es interessiert dich nicht genug. Aber wenn du malen willst, musst du dich für Menschen und ihre Gefühle interessieren. Du musst menschliche Gefühle verstehen, um sie vermitteln zu können. Aber-das-kannst-du-nicht.« Bei jedem dieser fünf Wörter stieß ich mit meinem Pinsel in ihre Richtung.

»Woher weißt du das?«

»Weil ich dir von der größten Demütigung und dem größten Schmerz meines Lebens erzählt habe, und du hast nichts gesagt. Nichts! Du hast kein Gespür für andere Menschen, für ihren Schmerz oder das Drama ihres Lebens.«

»Das ist etwas anderes. Mich interessieren nur die Menschen auf den Bildern nicht.«

»Menschen sind Menschen, ob sie nun jetzt leben oder vor langer Zeit. Du musst dich für jeden Menschen, den du malst, so interessieren, als wäre er real, als wäre in dem Moment des Malens das Wichtigste auf der Welt, seinen Ausdruck wirklich und wahrhaftig zu zeigen. Aber wenn du dich noch nicht mal für die Menschen in deiner Umgebung interessierst, wie willst du dann –«

»Wer sagt denn, dass ich mich nicht für sie interessiere?«

»Dein Schweigen sagt es. Zum Beispiel jetzt. Als ich dir erzählt habe, was sie mir vor Gericht angetan haben, was dein Großvater zuließ. Ich will ja nicht alte Wunden aufreißen. Das Ganze ist für mich Vergangenheit. Ich habe es satt, daran zu denken. Aber du hast es doch gerade erst erfahren, und trotzdem hast du nichts gesagt.«

»Was hätte ich denn sagen sollen?«

»Was du fühlst.«

Einen Moment starrten wir einander an wie gelähmt. Ich versuchte zu schlucken, doch meine Kehle fühlte sich an, als wäre sie voller Sand.

»Siehst du? Du zeigst weder mit Worten noch mit Farben irgendwelche Gefühle. Aber die Gefühle eines Künstlers sind die heiße Quelle seiner Kunst. Willst du, dass dein Talent für immer begrenzt ist wie Agostinos? Er kann auch keine Menschen malen – weil er kein Herz hat. Und deshalb wird er auch nicht überdauern. Und was steckt in dir? Ein Herz oder nur Tänze und Träume? Was ist ein Herz anderes als das tätige Einfühlungsvermögen in andere Menschen? Denk nach! Welches unbezwingbare Gefühl bringt Bathseba dazu, ihren Mann zu betrügen? Versuch es selbst zu fühlen.« Ich berührte ihren Bauch. »Genau dort. Welches Gefühl brennt da in dir für Andrea? Du musst deine eigenen Gefühle nutzen und mit deinem eigenen Blut malen, wenn nötig, um deine wahre Sichtweise zu entdecken und zu überprüfen.«

»Das ist verrückt. Niemand würde so etwas tun.«

»Renata schon!«, zischte ich. »Sie hätte alles getan, um gut zu malen.«

»Renata war eine kleine Hure. Sie bettelte wie ein Baby – ›Nimm mich mit‹, als wir gingen.«

»Genau das meine ich. Verzweiflung. Du musst es so stark wollen, dass der Gedanke, es würde dir genommen, dich wirklich verrückt machen würde. Ich hätte sie mitnehmen sollen. Sie hätte nie aufgegeben und gejammert, wie schwierig es doch ist. Natürlich ist es schwierig! Wenn es nicht schwierig wäre, würde jedes Waschweib malen. Aber sie würden nicht mit blutenden Händen die Leinwand bearbeiten. So wie ich!«

»Wann denn? Das hast du nie getan!«

Ich warf meinen Pinsel nieder und spreizte direkt vor ihren Augen meine Finger. »Dann sieh mal gut hin, Palmira. Sieh – genau – hin!« Das sagte ich langsam, betonte jedes Wort. »Das ist noch schwieriger, als mich nackt zu sehen, oder? Was siehst du?«

»Rillen.«

»Ja, dann nutze mal deine mickrige Vorstellungskraft und erzähl mir, woher diese Rillen kommen könnten.«

»Du hast mir immer erzählt, dass es Alterslinien sind.« Ihre Stimme zitterte.

»Weil ich dich nicht mit der Hässlichkeit der Welt konfrontieren wollte. Das war ein Fehler. Es sind keine Alterslinien, Palmira. Ich bekam sie, als ich in deinem Alter war.«

Ich ging auf sie zu, Schritt für Schritt vorwärts, beugte mich nach vorn und schob ihr die Hände immer dichter vor das Gesicht. Sie wich zurück.

»Es sind Folterspuren, Narben von den Wunden, die mir an dem Tag vor Gericht zugefügt wurden, als mein Vergewaltiger mich eine Hure nannte. Also führe dieses Wort nie wieder so leichtfertig im Munde.«

Ich packte sie am Ellbogen und marschierte mit ihr schnurstracks zu meiner Judith.

»Das ist mein Blut, da auf der Matratze, und es ist mein Schmerz, mit dem meine Karriere begann, die dich mit Brot und Ballkleidern versorgt, also wage nicht noch einmal zu sagen, es sei verrückt.«

Ich stürmte hinaus und warf knallend die Tür hinter mir zu. Sollte sie sich doch fragen, ob ich zurückkäme! Ihr Leben war einfach zu leicht gewesen und in einem leichten Leben konnte sich die Vorstellungskraft nicht entwickeln.

Ich marschierte die Straße hinunter und riss im Vorbeigehen Blätter von den Büschen. Palmira. Oh, Palmira. Welchen Fehler habe ich in meiner Erziehung gemacht, dass du so gefühllos geworden bist? Kein Wort des Mitleids. Nicht einmal eine Berührung. Nicht der geringste Ausdruck des Mitgefühls in deinem Gesicht.

Ich dachte an ihren letzten Geburtstag, als ich ihr Michelangelos Pinsel geschenkt und gesagt hatte, von all meinen Besitztümern sei dies das wertvollste für mich. Sie hatte ihn gedreht und gewendet, mit den Pinselhaaren über ihr Handgelenk gestrichen, so getan, als würde sie damit malen und ihn mir dann mit den Worten zurückgegeben: »Behalt ihn, Mutter.« Damals hatte ich geglaubt, sie hätte ihn mir aus Achtung zurückgegeben. Nein. Es war keineswegs Achtung. Sie hatte kein Gespür für dieses Geschenk.

Ein Fußmarsch schien mein einziger Trost. Die Winterdämmerung kam früh und verschloss die Häuser vor mir. Ich gelangte zu einer kleinen Anhöhe und wusste, dort würde ich einen Streifen der Bucht sehen, also blieb ich stehen, um zu Atem zu kommen.

Nein, Palmira hatte kein leichtes Leben gehabt. Das stimmte so nicht. Sie sah, wie die Reichen lebten, und ging dann frierend zu Bett. Vier Mal war sie aus ihrer vertrauten Umgebung gerissen worden. Ich schwor mir, ihr das nicht noch einmal anzutun. Nun, da sie meine ganze Geschichte kannte, würde sie mir verzeihen, dass ich ihr um der Kunst willen den Vater vorenthalten hatte? Oder hielt sie das Opfer, das ich ihr aufgezwungen hatte, für zu groß? Warum war der Preis der Kunst so hoch?

Ich musste akzeptieren, dass die Geschichten hinter meinen Bildern Palmira nichts bedeuteten, selbst wenn diese Frauen für mich so real waren wie Schwestern. Zumindest gab es in dieser Welt einige Auftraggeber, die fasziniert waren, dass Frauen von einer Frau gemalt wurden. Doch wenn die Frauen, die ich malte, meine eigene Tochter nicht interessierten, wer, außer ein paar Auftraggebern, würde sich dann dafür interessieren? Zählte denn, was ich erschaffen hatte, im Voranschreiten der Zeit, der Jahre und Jahrhunderte? Ich musste einfach daran glauben, dass es Sinn hatte, immer wieder Bathseba, Judith, Lukrezia und Susanna zu malen. Wenn ich davon abrückte, bedeutete das, ich hätte mein ganzes Leben vergeblich gearbeitet.

Ich sah zu, wie sich der ovale Mond über der Bucht erhob und direkt darunter einen welligen Streifen flüssigen Zinks beleuchtete. Er war vollkommen ohne Glanz. Galileos Nachtperle war so flach und trüb wie ein schmutziger Teller. Hatte er das Gefühl gehabt, vergeblich gearbeitet zu haben, als er seine Überzeugungen widerrufen musste?

Ich wartete, bis ich ruhiger geworden war, dann öffnete ich leise die Wohnungstür. Palmira starrte mit einem Stück Brot in der Hand auf den Fliesenboden. Etwas Käse und zwei Wurstscheiben lagen auf einem Teller. Sie schob mir den Teller zu. Ich goss mir etwas Wein ein, nahm ein Stück Käse und setzte mich.

Ich starrte in die rubinrote Flüssigkeit. »Was möchtest du wirklich?« Meine Stimme klang hohl.

»Ich will Andrea heiraten.«

Ich riss ein Stück Brot ab und tunkte es in Olivenöl. »Mehr als alles andere auf der Welt? Du weißt ja, so muss es sein.«

Sie nickte. Ihre rosigen Hände ruhten, wie Muscheln gewölbt, mit den Handflächen nach oben, in ihrem Schoß. Kein Zeichen von Arbeit oder Schmerz war an ihnen zu sehen, noch nicht.

»Es darf nicht nur die Vorstellung sein, verheiratet zu sein, ebenso wenig wie die Vorstellung, eine Malerin zu sein.«

»Ich weiß, ich weiß.« Sie seufzte laut und gereizt. »Ich will wirklich verheiratet sein. Mit einem Mann, nicht mit einem Beruf.«

Darauf konnte ich nichts erwidern, wir hätten sonst wieder von vorn angefangen.

»Andrea möchte es auch. Er hat es mir auf dem Ball gesagt.« Sie sprach mit derselben trotzigen Stimme, die ich schon aus unserer Zeit in Florenz von ihr kannte.

Ich dachte daran, wie Pietro und ich sie als kleines Kind in die großen Kirchen und Museen der Stadt gebracht hatten. Wie wir eine Einheit gewesen waren, als wir sie im Baptisterium dem Bischof entgegengehalten hatten. Wie die Schönheit von Pietros Körper bei mir wieder den Wunsch nach Liebe erweckt hatte. Und wie Palmira das Gleiche ersehnen musste. Wie konnte ich von ihr erwarten, meine Passion vor die ihre zu stellen? Sie hatte die Möglichkeit, das zu bekommen, wonach ich mich gesehnt hatte – eine Liebesheirat.

»Ich möchte nur, dass du etwas so sehr willst, dass es

schmerzt, so wie ich so sehr malen will, dass es schmerzt.« Ich nahm einen Schluck Wein und lächelte sie an. »Ich werde Erkundigungen einziehen.«

»Wirklich?«

»Normalerweise gehen die Verhandlungen nicht von der Familie der Braut aus, aber Francesco wird uns helfen. Andreas Vater gehört zum Hof der Gräfin. Sie schuldet mir einen Gefallen, sagt Francesco. Er wird wissen, was er sagen muss, damit sie denkt, es sei ihre eigene Idee.«

Palmira stürzte zu mir, kniete sich hin und umarmte mich.

»Doch das ist nur der erste Teil. Da ist noch die Sache mit der Mitgift.«

Sie ließ mich los und verlagerte ihr Gewicht auf die Fersen.

»Ich werde lange arbeiten müssen, bevor ich die Summe zusammenhabe, die Andreas Familie erwartet«, sagte ich. »Und du wirst auch arbeiten müssen. Vielleicht ist es einfacher für dich, wenn du für ein Ziel arbeitest, das dir so wichtig ist. Du bist alt genug, um diese Bathseba zu verkaufen, also werden wir morgen beide früh anfangen.«

Wir tranken aus demselben Glas und ließen die Vorstellung sacken. Vaters Brief auf dem Tisch fiel mir ins Auge. Ich las ihn noch einmal. Ich konnte allein nach England gehen, nach der Hochzeit, falls es eine geben sollte. Vielleicht wäre das meine einzige Chance – um was zu tun? Ich wusste es nicht.

Ich gab ihr den Brief. »Was sollte ich deiner Meinung nach tun?«

»Ich denke, du solltest fahren.«

»Mein ganzes Leben hier für ihn aufgeben?«

»Nicht für ihn. Für dich. Um ihm zu sagen, dass er selbstsüchtig war. Hat er jemals die Verantwortung dafür übernommen, was man mit deinen Händen getan hat? Oder dafür, dass man dich gedemütigt hat? Hat er je gesagt, dass es ihm Leid tut?«

Überrascht holte ich tief und langsam Luft und blickte auf das Wort *Papa*. »Nein«, flüsterte ich.

»Du solltest fahren.«

»Dann wird deine Mitgift noch kleiner. Und deine Aussteuer.«

»Ich weiß.«

»Das bedeutet weniger Bettwäsche, weniger Kleider und Nachthemden. Eine einfachere Hochzeitsfeier.«

»Du solltest fahren.«

25 Palmira

AM HOCHZEITSMORGEN steckte ich Palmira eine Gardenie ins Haar und trat dann einen Schritt zurück, um sie anzusehen. Delia hatte ihr einen blasslavendelfarbenen Überrock aus der durchscheinendsten Seide genäht, die ich je gesehen hatte, und der floss nun über Palmiras blauen Ballrock und ergoss sich an der Rückseite wie Schaum über den Boden. Delia hatte auch die weißen Schleifen durch lavendelfarbene ersetzt und den Oberrock an einer Stelle der Vorderseite gerafft, sodass der Rock darunter, der die gleiche Farbe wie das Mieder hatte, zum Vorschein kam.

»Die Farben sind hinreißend. Du siehst aus wie die paradiesische Morgendämmerung.«

»Glaubst du, Andrea findet das auch?«

»Jeder wird das finden. Ich wollte, Pietro könnte dich sehen. Er würde vor Ehrfurcht erstarren und sehr glücklich sein. Und Vater erst. Er wäre so stolz.«

»Jetzt werd' nicht sentimental, Mutter. Du sollst ihm doch sagen, dass ich der Meinung bin, er sei selbstsüchtig gewesen.«

»Kein Mensch ist nur gut oder nur schlecht, Palmira. Er würde es so genießen, hier zu sein. Lass uns heute nur glückliche Gedanken hegen, damit dir dieser Tag vollkommen ungetrübt in Erinnerung bleibt.«

Ich setzte mich auf den Rand meines Bettes und öffnete den Deckel vom Andenkenkästchen meiner Mutter, wo ich meine wenigen wertvollen Habseligkeiten aufbewahrte – ihren Haarschmuck mit dem Blutstein, die Briefe von Galileo, kostbare, kleine Zettelchen von Palmira, die von ihren ersten Schreibversuchen zeugten. Darunter befand sich ein kleiner Beutel. Ich hielt ihn an meine Nase. Oregano. Schwach, doch unverkennbar. Die Ohrringe waren nicht getragen worden, seit Umiliana für die Magdalena posiert hatte. Und das war gut so, denn Umiliana war voller Liebe gewesen. Und Grazielas Liebe für ihren Mann hatte sicher das Stigma dieser unebenen Perlen entfernt, als falscher Liebesgarant geschenkt worden zu sein.

»Komm her, *cara*.«

Sie breitete ihren Rock aus, als sie sich neben mir auf das Bett setzte. »Was ist, Mama?«

Ich lachte leise. »Du hast mich seit Jahren nicht mehr Mama genannt.« Sie zwinkerte mir zu und strahlte vor Freude auf das, was vor ihr lag. »Öffne deine Hand.«

Sie zeigte mir ihre Handflächen.

Ich ließ den kleinen Beutel darauf fallen. Sie spürte das Gewicht in ihm. Ihre Augen öffneten sich und sie erkannte den Beutel. »Mama! Bist du sicher?«

»Öffne den Beutel.«

Sie ließ die Ohrringe auf ihre Handflächen fallen und seufzte angesichts ihrer Schönheit. Sie drehte und wendete sie, betrachtete ihre Unebenheiten und hielt sie sich dann an die Ohren.

»Steck sie an. Sie gehörten Graziela, weißt du noch?«

»Sie möchte, dass ich sie trage?«

Ich wandte mein Gesicht ab, damit sie nicht sah, dass ich log. »Dass du sie behältst.«

»Wirklich?«

»Ich habe Francesco schon gebeten, sie deinem Aussteuerinventar hinzuzufügen. Steck sie an.« Ich holte meinen Tischspiegel. »Siehst du? Sie sehen wunderschön an dir aus.«

Sie betrachtete sich selbst, erst die eine Seite, dann die andere.

»Graziela wäre glücklich, sie heute an dir zu sehen. Sie war auch einmal verheiratet.«

Palmira ließ ihre Hände in den Schoß sinken. »Das wusste ich nicht.«

»Die Ohrringe waren ein Geschenk ihres Ehemanns, der

Marcello hieß. Graziela …« Ich hielt inne. Ich konnte ihr heute nicht Grazielas Geschichte erzählen, nicht mal als sanften Hinweis, vorsichtig zu sein. Nur glückliche Gedanken heute. Außerdem hätte ich es unmöglich ertragen, wenn Palmira Grazielas Kummer nicht hätte nachempfinden können.

»Was ist mit Graziela?«

»Graziela hat im Verlauf der Jahre vieles zu mir gesagt, aber von all dem möchte ich dir nur eines sagen, und versprich mir bitte, dass du immer daran denken wirst: ›Glaube nicht an Illusionen.‹«

Ich saß in der vordersten Kirchenbank, blickte auf das kleine Blumenarrangement mit roten Rosen auf dem Altar und wartete darauf, dass Don Francesco Palmira den Mittelgang hinunter geleitete. Die Hochzeit war nicht so prächtig, wie Palmira es sich erträumt hatte, seit sie ein kleines Mädchen war, doch gegen meine eigene, die sich schmucklos und verstohlen in einer nahezu leeren Kirche vollzogen hatte, war sie gewiss großartig. Ich blickte hinter mich und lächelte den Gästen zu, die ich eingeladen hatte – ein paar Künstler, ein paar Auftraggeber, meinen Apotheker, meinen Tischler und Delia – doch mein Beitrag zur Gästeliste war bescheiden gewesen. Ich hätte mir so sehr gewünscht, dass Graziela und Paola hätten dabei sein können.

Francesco erschien im hinteren Teil der Kirche, gekleidet in ein schwarzes Seidenwams mit Kragen und Manschetten aus Spitze, und bot Palmira seinen Arm. Als sie den Gang hinunterkamen, wirkte er so stolz, als wäre er ihr Vater. Ich spürte Dankbarkeit in mir aufsteigen. Er hatte die Verhandlungen meisterhaft geführt. Nachdem er versichert hatte, dass Palmiras Jungfräulichkeit außer Frage stand, und mit dem Versprechen, dass ich Andreas Eltern ein Bild schenken würde, sobald ich aus England zurückgekehrt war, hatte er sie dazu gebracht, eine bescheidene Mitgift zu akzeptieren. Das Wesentliche war, dass sie ein echtes *impalmare* bekam, wobei das Aufgebot bei drei

Messen hintereinander bestellt wurde. Nun, bei der Hochzeits-messe, ließ der Organist seine letzten mächtigen Akkorde un-ter der steinernen Kuppel verklingen, als Francesco die Braut an Andrea übergab, dessen junges Gesicht vor Liebe leuchtete.

Als der Priester das Brautpaar aufforderte, zum Altar zu tre-ten, hatte Palmira feuchte Augen vor lauter Liebe und konnte ihren Blick nicht von Andrea abwenden. Ich spürte, wie mich eine Wärme so unmissverständlich durchströmte, als wäre ich die, die an diesem Abend geheiratet und beglückt werden soll-te. Sie sprach den Treueschwur mit einer Stimme nach, aus der die unschuldige Freude hervordrang. Als der Priester verkün-dete: »Ego jungo vos in matrimonium«, und ihre Hände mit-einander verband, schwankte sie unter dem berauschenden Ge-wicht der Liebe. Genau wie ich.

Die Gebete und Responsorien der Messe schienen nicht en-den zu wollen. Doch ich wollte sie nur noch in meine Arme nehmen und ihr einen weisen Rat zuflüstern, aber wie sollte der lauten? Denk dir jeden Tag etwas Neues aus, um ihm zu gefal-len? Ignoriere jedes Anzeichen von Untreue und halte gerad-linig an deiner Liebe zu ihm fest? Gehorche deiner Schwieger-mutter und bewahre so den häuslichen Frieden? Ein scharfer Schmerz durchfuhr mich. Jetzt war Palmira eher ihre Tochter als meine.

Nach dem Festmahl, das der Messe folgte, lehnte sich Fran-cesco zu mir und sagte, während er den Tisch hinunter zum Brautpaar blickte: »Wäre es nicht schön, wenn sie immer so für-einander empfänden wie in diesem Augenblick?«

»Das ist durchaus möglich, wenn sie klug genug ist, dass sie ihm stets verlockend erscheint, dass er sich männlich fühlt, und wenn sie nicht zu viel von ihm verlangt.«

»Und wenn nicht?«

»Dann wird sie es überleben. Sie hat ja immer noch die Ma-lerei.«

Er gab mir mit der Spitze seiner Gabel eine Artischocke zu essen, grinste und sagte: »Und nun, meine schöne, begabte und anmutige Dame, seid Ihr frei von allen mütterlichen Pflichten. Frei, um ganz Ihr selbst zu sein. Frei, um –«

»Man ist nie frei von den mütterlichen Pflichten. Für mich wird sie immer mein Kind sein. *Grazie a Maria*, sie hat das Privileg gehabt, selbst zu wählen. Heute Abend und jeden Tag aufs Neue bete ich, dass ihr das immer bewusst ist.«

»Und wem seid Ihr noch dankbar an diesem Abend, dass sie den Mann heiraten konnte, den sie sich auserwählt hat?«

Ich wandte ihm meinen Blick zu und stieß sanft mit meinem Glas an das seine. »Euch, Don Maringhi, meinem ausgezeichneten Unterhändler.«

»Unterhändler? Nur das?«

Ich schloss die Augen, lächelte und hob die Schultern.

»Dann vergesst bitte nicht, während Ihr Eure närrische Pilgerfahrt nach England unternehmt, dass ich hier auf Eure Rückkehr warte ... bereit, Euch treu zu dienen.«

»Es ist keine närrische Pilgerfahrt.«

»Was dann? Eine familiäre Pflicht?«

»Ich weiß es nicht.«

»Warum geht Ihr dann?«

»Um herauszufinden, wozu ich in einer ganz bestimmten Sache in der Lage bin.« Ich nahm einen Schluck Wein und wandte ihm ganz leicht meine Schulter zu. »Vergesst nicht, dass es mein Vater war, der mich das lehrte, wovon Ihr jetzt profitiert.«

Der Priester kam vom Hochzeitszimmer über dem Esssaal herunter, das er aufgesucht hatte, um das Ehebett mit Weihwasser zu besprengen. »Es ist bereit«, verkündete er.

Andreas Freunde wurden plötzlich ausgelassen, neckten Andrea und Palmira, sangen stürmische Liebeslieder und hielten ihre Gläser in die Höhe. Junge Frauen, die bei der Hochzeitsmesse nicht zugelassen waren, aber nun mitfeierten, legten rote Rosenblätter auf die Treppe, die zum Schlafgemach führte. Schlagartig wurde mir bewusst, was sie symbolisierten – das Blut von Palmiras Unschuld. Die jungen Leute scharten sich um Palmira und Andrea, um sie hinaufzuscheuchen. Ich eilte zu Andrea und nahm ihn beim Arm. Er beugte sich zu mir, sodass ich ihm ins Ohr flüstern konnte. »Nimm sie sanft, Andrea. Eine Blume wie sie bricht leicht.«

Ich hatte nur noch einen winzigen Moment, um Palmira zu umarmen und ihr zuzuflüstern: »Es ist einfacher, wenn du dich entspannst. Du kannst ihn ruhig bitten, es langsam anzugehen.«

»Keine Sorge, Mama. Er liebt mich.«

»Lacht jeden Tag ein wenig zusammen, ganz gleich, was auch sein mag.«

»*Sì*, Mama.«

Und dann wurden Palmira und Andrea plötzlich auf die Schultern der jungen Männer gehievt und hoch über der Menge die Treppe hinaufgetragen. Palmira blickte zurück zu mir, die Gardenie hing ihr lose im Haar und ihr Gesicht zeigte beklommene Vorfreude. Plötzlich aufwallendes Glück schnürte mir die Kehle zu. Ich warf ihr einen Handkuss zu.

26 Paola

DIE KUTSCHE brachte mich zum größten Mietsstall in
Rom. Nur zwei Wochen war es her und ich vermisste Palmira schon schrecklich. Bis zu ihrer Hochzeit hatte es in ihrem
ganzen Leben keinen Tag gegeben, an dem wir getrennt waren.
Ich ließ Truhe und Reisetasche an der Kutschstation und ging
von dort aus zu Fuß zur Santa Trinità.

Paola öffnete die Pforte. Ihr Gesicht wurde weiß. Sie trat
nicht zurück, um mich einzulassen.

»Was ist los?«

»Ich muss dir etwas sagen.«

»Über Graziela?«

Sie nickte und blickte nach links und rechts. »Hier gibt es keinen Platz, wohin wir gehen können«, sagte sie beunruhigt. Offensichtlich suchte sie einen Ort, wo Graziela uns nicht entdecken würde.

»In die Kirche?«

»Nein. Hier lang, glaube ich.« Sie wies zum Kreuzgang und
wir ließen uns schließlich auf der Eckbank nieder. Sie holte tief
Luft, als nähme sie all ihre Energie oder Seelenkraft zusammen.

»Erzähl es mir einfach.«

»Sie ist tot.«

Ich war fassungslos. Ich konnte es nicht begreifen. Nichts
hatte mich darauf vorbereitet.

»Seit wann?«

Paola warf ihre Hand über die Schulter.

»Wie ist es passiert?«

Paolas Gesicht legte sich in Falten. »Sie ging hinaus.«

»Und das brachte sie um?«

»Sie verließ das Kloster. Mehr als einmal.«

»Wie oft?«

»Viele Male. Normalerweise zwischen Mette und Laudes. Um Rom zu sehen.«

Mein Anteil daran kroch mir wie eine Schlange ins Bewusstsein. *Komm, koste vom verbotenen Vergnügen. Widersetz dich der Heiligen Ordnung.*

»Aber wieso hat sie das umgebracht?«

»Es war die Pest.«

»Ich kann es nicht glauben. Die Seuche? Wusste sie nicht davon?«

»Sie wusste davon. Doch ihr Bedürfnis überwog die Angst. Als sie erst einmal hinausgegangen war, konnte sie nicht mehr damit aufhören. Sie sah Dinge, die sie glücklich machten.« Die Furcht, ich würde es nicht verstehen, füllte Paolas Augen mit Tränen. »Ihr ging es danach immer eine Zeit lang besser.«

Mir war schwindlig, sodass ich mich mit den Händen auf der Bank abstützte. Ich versuchte, das Ausmaß ihrer Sehnsucht zu erfassen und die Folgen daraus, dass ich ihre Leidenschaft genährt hatte.

»Warum hast du mir nicht geschrieben?«

»Zu meiner Schande muss ich gestehen, dass ich es nicht konnte, Artemisia.«

»Wie ist sie hinausgekommen?«

Paola fingerte an ihrem Rosenkranz. »Ich hörte sie nachts weinen. Ihr Keuchen, das erstickte Schluchzen. Sie versuchte, es zu unterdrücken. Ich konnte es nicht mehr ertragen, sie so zu hören.« Ihre Stimme klang eine Spur rechtfertigend. »Sie war seit zwanzig Jahren meine liebste Freundin. Das reinste Wesen, das ich je kennen gelernt habe. Wie konnte ich es ihr versagen?«

»Also hast du sie hinausgelassen?«

Ihr Kopf senkte sich. »Ich betete jede Minute, in der sie fort war.«

»Und du bliebst wach, um sie wieder hineinzulassen?«

Ein Schrei entfuhr ihren fahlen Lippen. »Am Tag danach fing ich an, Buße zu tun und habe es seitdem keinen Tag unterlassen.«

»Die Seuche – und du hast dich nicht angesteckt?«

»Das geschah nicht durch mein Wollen und Trachten. Ich wäre lieber selbst gestorben«, rief sie.

»Ich meinte das nicht anklagend«, sagte ich sanft, legte meinen Arm um sie und ließ sie sich an meiner Brust ausweinen. »Ich finde es nur sonderbar.«

»Unser Vater hat es so gewollt, dass ich mit Schlaflosigkeit und schwärenden Schuldgefühlen gestraft wurde.«

Mir legte sich ein Gewicht auf die Brust. »Du trägst nicht allein die Verantwortung.«

»Sie hat Michelangelos *Pietà* gesehen«, sagte Paola mit einem Anflug ihrer sonstigen Fröhlichkeit und hob den Kopf. »Und Berninis neuen Baldachin über dem Altar vom Petersdom. Stell dir vor, er ist so hoch wie ein achtstöckiges Gebäude. Und das Deckengemälde deines Vaters.«

»Gott segne sie, sie hat es wegen mir sehen wollen. Dann aber musste sie tagsüber hinaus.«

»Zwischen der Terz und der Sext.«

»Wurde sie bestraft?«

»Lange Zeit wusste niemand davon, so lang, wie sie nachts hinausging, doch als sie tagsüber verschwand, wurde sie erwischt. Die Strafe bestand aus Klausur und Schweigegebot, doch dadurch bekam sie die Möglichkeit, in aller Ruhe über das nachzudenken, was sie gesehen hatte. Sie war danach immer ganz ruhig.«

»Das ist gut. Zumindest daran können wir uns halten.«

»Beim letzten Mal blieb sie die ganze Nacht weg und ging den langen Weg zur Via Appia. Es war Vollmond. Sie dachte, sie hätte die Stelle gefunden, wo Petrus Christus sah. Sie sagte, ihre Füße hätten die Wärme seiner Liebe gespürt. Auf dem Rückweg sah sie einen Sterbenden unter dem Konstantin-Bogen und beugte sich zu ihm, um ihm ein Vaterunser ins Ohr zu flüstern und das Kreuzzeichen auf seine Stirn zu zeichnen.« Paolas Stimme wurde hoch und dünn. »Ich denke, das brachte sie um. Ihre eigene Nächstenliebe.«

Mir entwich alle Luft, und ich hatte das Gefühl, in mich zusammenzusinken, bis nur noch mein Gewand als bloße Hülle übrig blieb.

»Hat sie schrecklich leiden müssen?«

»Nur drei Tage.«

»Wurde sie von einem Arzt behandelt?«

»Die ersten beiden Tage verbarg ich die Beulen, damit die Mutter Oberin sie nicht sah.«

»Und dann?«

»Musste ich es ihr sagen. Die Mutter Oberin hatte Angst, einen Arzt zu rufen, weil der die Seuche ins Kloster hätte bringen können. Außerdem hätte der Arzt es melden müssen. Dann hätten sie uns in Quarantäne gesteckt, vielleicht sogar alles hier zugenagelt.« Sie sprach nun rascher und leiser. »Wenn Graziela aber die Einzige in diesem Kloster bliebe, die starb, würden wir es als natürlichen Tod, durch den Willen Gottes, bezeichnen, sie hier begraben und sie nicht ins Seuchenhaus geben müssen – oder ins Massengrab.« Beim letzten Wort brach ihr die Stimme, und sie kniff die Augen zu.

»Sie hat keine letzte Ölung durch einen Priester bekommen?«

»Das hat die Mutter Oberin übernommen. Wir haben sie zwischen Matutin und Laudes hier begraben. Genau dazwischen. Auf ihrer Strohmatratze. Bei Laternenlicht. Wir ganz allein. Ich habe nicht zugelassen, dass irgendjemand sie berührt.«

»Also ist sie hier? Im Kreuzgang?«

»Nein. Im Kräutergarten. Ohne Grabstein, falls es zu einer Überprüfung käme.«

»Zeig mir, wo.«

Schweigend gingen wir durch den Bogengang, dann durch den Korridor des Erdgeschosses zum eingefriedeten Kräutergarten hinter dem Gebäude. Paola bedeckte mit aneinander gepressten Handflächen ihren Mund. »Vergib uns, Artemisia. Sie ist unter dem Oregano.«

Ich kniete mich nieder und roch den erdigen, würzigen Geruch, einen Duft, den ich sicher nie wieder ohne Schmerz riechen würde. Ich strich mit meinem Daumen über einige der lanzenförmigen Blätter, riss einen kleinen Zweig ab und steckte ihn in die Verschnürung meines Mieders. Meine Tränen tropften auf die Blätter.

»Siehst du? Ich habe eine Ranke um sie herum gepflanzt.« Paola kniete sich neben mich. »Ich werde mir nie verzeihen, auch wenn unser Gnädiger Gott mir verzeiht.« Ihre Stimme war nur noch ein Quieken. »Niemals.«

»Du hast aus Mitleid so gehandelt. Vergiss das nicht. Und sie ist immer dafür eingetreten, dass man einander verzeiht. Graziela hat mir einmal geraten, nicht als Büßerin zu beten. Ich glaube, sie meinte damit, man solle nicht in elendem Selbsthass beten. Bestrafe dich nicht damit, Paola. Das hätte sie nicht gewollt. Sie tat, was sie wollte, in vollem Bewusstsein.«

Paola nickte, ihr rundes Gesicht war völlig verkniffen. »Sie hätte die Hand des Aussätzigen ebenso berührt wie die der Jungfrau Maria.«

»Weißt du noch, was du mir beigebracht hast, als ich ein Kind war? ›Liebe ist langmütig …‹«

»›Und freundlich … Liebe erträgt alles.‹«

»Man braucht nur ein ganzes Leben, um das zu lernen.«

Die Welt schien stillzustehen und wir schwiegen eine lange Weile.

»Vielleicht hat sie ja wirklich die Jungfrau berührt – die Jungfrau in Marmor. Michelangelos *Pietà*. Du hättest hören sollen, wie sie sie beschrieben hat.« Bei dieser Erinnerung lächelte Paola traurig. Dann strömten die Worte aus ihr heraus. »Eine vom Himmel verfügte Skulptur, das Leiden Christi. Die tiefe, traurige, hilflose Liebe in Marias Miene, als sie auf den in ihrem Schoß liegenden Sohn blickt. Das glatte, friedliche Gesicht dessen, der alles selbstlos auf sich genommen hat. Die

Steifheit seiner marmornen Arme, die gerade vom Kreuz gelöst wurden. Ihre zärtlichen, starken Finger, die seine aufgerissene Seite stützen. Die anmutigen, kleinen Falten vom Stoff ihres Ausschnitts.‹ Graziela war so voller Verzückung, dass sie in diesem Moment geradewegs in den Himmel hätte auffahren können.«

Paolas Gedanke entlockte mir ein Lächeln. Eine Gewissheit kam über mich. »Genau das soll große Kunst bewirken – sie soll uns helfen, im Geiste Gottes zu leben und in Frieden zu sterben.«

Nach einer ganzen Weile murmelte Paola: »Danke, dass du das gesagt hast.«

»Was ist mit den Briefen, die ich ihr seitdem geschrieben habe?«

»Ich habe sie ihr vorgelesen. Genau hier, immer bevor ich zur Vesper gegangen bin. Wunderschöne Briefe. Ich habe sie mehr als einmal gelesen. Und alle aufbewahrt.«

»Dann werde ich weiterschreiben.« Wir standen auf und verließen den Garten. »Ich fahre nach England. Ich bin schon auf dem Weg. Um meinen Vater zu sehen.«

»Hast du ihm verziehen?«

Ich hob meine Schultern. »Wie soll ich das wissen?«

»Indem du fährst. Du wirst es wissen, wenn du ihn siehst.«

»Ich hoffe, ich werde dich nicht enttäuschen.«

»Das wirst du nicht, wenn du an die anderen Worte von Paulus denkst. Die Liebe wird nicht einfach ausgelöst. Sie kommt, wenn man abtut, was kindlich ist, sodass wir sie erkennen können.«

Ich nickte, immer noch im Zweifel, ob ich dazu in der Lage war.

Sie wies mit dem Kopf zum Kräutergarten. »Sag es ihr, *cara*.«

»Das überlasse ich dir.«

Wir gingen ein paar Schritte zurück zum Klostergebäude, dann blieb sie wieder stehen. »Graziela wollte noch, dass du eines weißt. Sie hat für Signor Galilei gebetet.«

»Das wusste ich.«

»Er wurde hier gefangen gehalten«, sie wies über die Mauer, »in der Villa Medici, außer wenn er gerade im Sanctum Offizium der Heiligen Inquisition war. Und später war er im Kloster Santa Maria Sopra Minerva.« Sie senkte ihre Stimme. »Keine Sorge, Artemisia. Ich bete nun statt ihrer für ihn.«

»Danke.«

Nie zuvor war es mir so schwer gefallen, einen Fuß vor den andern zu setzen, durch den Kreuzgang zu gehen und jeden Mauerriss zu sehen, den Graziela so genau kannte wie die Adern auf ihrem Handrücken. Langsam, zuerst zur Pforte, dann den dunklen Schlüssel in Paolas Hand zu sehen, das Instrument, das Graziela ermöglicht hatte, die Welt zu lieben – und zu verlassen.

»Noch eines«, sagte Paola an der Pforte. »Als sie starb, begab sie sich schweigend in die Arme Gottes. Am Ende war es ganz leicht. Ich glaube wirklich, dass sie in diesem Augenblick das Reich Gottes sah und wunderschön fand. Voller Kuppeln und Kirchturmspitzen und Loggien mit marmornen Engeln.«

»Wie kommst du darauf?«

Paolas Kinn zitterte. »Da war ein winziges, rührendes Keuchen, kaum ein Luftholen. Ihre Augen öffneten sich weit und dann war sie entschwunden.«

27 Orazio

DEN ZWEITEN ABEND befand ich mich schon unter Fremden auf einem kleinen Postschiff, das vor Calais ankerte und darauf wartete, dass der Nebel sich verzog und wir den Meeresarm nach England überqueren konnten. Das schwache Flackern der Laterne eines Leuchtturms, der die aschfarbene Düsternis durchdrang, rief mir die Hinfälligkeit des menschlichen Vermögens ins Bewusstsein. Es gab keine Gewissheit auf dieser Welt. Verschleierte Formen tauchten auf und verschwanden wieder, spielten den Augen üble Streiche. Auf der anderen Seite des Decks: War das ein Stützpfosten oder eine kniende Nonne? Mast und Spiere oder ein Kruzifix? War diese Verschwommenheit das Einzige geblieben, woran sich Graziela erinnerte, wenn sie an Rom dachte, bevor sie ihre nächtlichen Ausflüge begann? Wurden die geliebten Erinnerungen immer unschärfer, bis der Druck des einförmigen, nebligen Vakuums zu viel für sie wurde? Das Knarren und Schlingern des Schiffs und das Schlagen der Holzes gegen die Takelage waren das Melancholischste, was ich je erlebt hatte.

Ich wickelte mich in meinen Umhang, zitterte jedoch immer noch in der feuchten Kälte. Ein Mann tauchte aus dem Nebel auf und kam auf mich zu. Mit ein paar Worten, die ich nicht verstand, breitete er eine Decke über mir aus. Oder war dies nur ein Streich des Nebels? Das Gefühl von Wolle an meinen Händen und das Gewicht auf den Schultern wirkten real genug. Führten wir gerade ein Gleichnis aus der Bibel auf, das mich zu künftiger christlicher Nächstenliebe drängte?

Am dritten Tag war es klar genug für die Überfahrt, doch die Dunkelheit brach so früh herein, dass wir nur einen halben Tag erlebt zu haben schienen. Wie konnte Vater hier nach der Mittagsmahlzeit überhaupt noch malen? Trotz meiner Furcht, die Leidenschaft könne mit mir durchgehen, wenn ich ihn sähe, fühlte ich mich doch, als würde ich durch unsichtbare Blutsbande über das Wasser gezogen, von einer Ader, die stark genug war, das Boot zu ziehen.

Am nächsten Morgen stieg ich an Bord eines Flussbootes, um eine breite, schlammige Mündung hinaufzusegeln. Das Land um mich herum war reizlos und flach, die Bäume entlaubt, die Luft schwer, dick und kalt. Die Themse, der große Fluss einer stolzen Nation mit einer ruhmreichen Geschichte, roch faulig und schleppte sich trüb dahin. Das Krächzen der riesigen Raben trug nicht dazu bei, mich willkommen zu fühlen. Rauer Wind durchschnitt das Gewebe meines Umhangs. Das Boot kämpfte sich gegen alle Versuche des Landes, uns zurückzustoßen, den Fluss hinauf. Nun, da ich schon so nahe am Ziel war, sah ich mich einem Wind, einem Fluss, einer Nation gegenübergestellt, die mich nicht aufnehmen wollten.

Schiffe und Kähne bewegten sich langsam an Schiffswerften und Lagerhäusern aus Backstein vorbei. Im Hinterland grasten Schafe auf den Weiden, die Landgüter umgaben. Wo war die berühmte Stadt, die Herrscherin der Meere? Nur ein einziges Kriegsschiff ankerte vor einem großen, braunen, mit schweren Zinnen versehenen Palast am Südufer, der dunkel und düster war und mehr einer Festung als einer Residenz glich.

»Greenwich, Madam«, sagte der Steward.

War Vater dort? Vielleicht war es schon zu spät.

»Ist das das Queen's House?«, fragte ich in der einzigen Sprache, die ich kannte.

Der Steward starrte mich verständnislos an. Ich zeigte ihm die Außenseite von Vaters Brief, auf die er in Englisch »The Queen's House, Greenwich« geschrieben hatte. Der Wind drohte ihn mir aus der Hand zu reißen.

Er wies hinter das dunkle, zinnenbewehrte Gebäude auf ein kleines, weißes Bauwerk auf einem Hügel, das einzige weiße Haus, das im Umkreis zu sehen war. Als meine Truhe auf das

Dock verladen wurde, begann es zu regnen. Der Steward trug meine Reisetasche, die ihr Gewicht den Gläsern mit Olivenöl, Artischocken und Oliven und einer Weinflasche verdankte. Ich folgte ihm die Laufplanke hinunter, er zeigte den Brief einem Droschkenkutscher und sprudelte Worte hervor, die ich nicht verstand.

Eine kurze Kutschfahrt auf einer Straße mit vor Nässe glänzenden Pflastersteinen brachte mich am braunen Steinpalast vorbei zu dem Hügel mit dem weißen Gebäude. Ich lehnte mich aus dem Kutschfenster und zeigte einem Wächter den Brief. Er nickte und wies auf das weiße Gebäude hinter ihm. »Orazio Gentileschi? *Pittore italiano?*«, fragte ich. Er schüttelte den Kopf und wies den Fahrer zurück zum braunen Palast am Fluss.

Am Torhaus des Palastes wurden gerade Fackeln entzündet. Was sollte ich nur tun, wenn sie mich auch hier nicht einlassen würden? Ich lehnte mich erneut aus dem Fenster. »Orazio Gentileschi? *Pittore italiano?*« Dieses Mal wiederholte der Wächter den Namen vor einem Pförtner, der hineinging.

Irgendwo in diesem feuchten Steingebäude lebte und malte Vater, doch er konnte nicht durch die Wände sehen. Noch konnte ich den Fahrer anweisen umzukehren. Niemand würde es je erfahren. Ich konnte nach Hause, zurück zu der Wärme und den Menschen, die ich kannte. Nach Genua. Um Cesare und Bianca um Verzeihung zu bitten. Um Renata nach Florenz zu bringen, zur Akademie. Um Signor Bandinelli geradewegs in die Augen zu blicken und zu sagen: »Gebt gut auf sie Acht. Bildet sie aus. Schult sie. Sie wird Großes vollbringen.« Ich konnte ihr Michelangelos Pinsel schenken.

Doch das tat man nicht. Stattdessen wurstelte man sich so durch, machte sich Sorgen, jeden Tag Sorgen, wie man sein Brot verdienen sollte, und versuchte, nicht an den letzten Pinselstrich zu denken. Welche Farbe würde er auftragen? Und von welchem Pinsel? Und welche Wirkung würde er hervorrufen?

Der Pförtner kehrte zurück und erlaubte mir, dass ich eintrat und die Truhe im Torhaus abstellte. Ich nahm meine Reisetasche und ging mit großen Schritten hinein, die über meine Unsicherheit hinwegtäuschten. Eine Frau führte mich eine Treppe hinauf und schnatterte in einer Sprache, die ich nicht verstand, scharfe Laute, die an den nackten Steinwänden des Treppenhauses widerhallten. Ihre Miene schien Vorwürfe auszudrücken, dass ich nicht früher gekommen war. Wir gingen durch mehrere Räume, bis sie schließlich eine Tür öffnete, und da war er.

Orazio Gentileschi, mit einem formlosen Umhang über den Schultern, er hustete und hielt sich die Brust. Ein Laut, angesiedelt zwischen Brummen und Wimmern, entfuhr ihm bei meinem Anblick. Er ging ein paar Schritte auf mich zu und blieb dann stehen.

»Du hast verlangt, dass ich komme«, sagte ich, während mir das Herz bis zum Hals schlug.

»Ich hatte schon die Hoffnung aufgegeben, dass du es tun würdest.«

»Ich konnte nicht früher kommen. Palmira wollte verheiratet werden. Ich brauchte eine ganze Weile, um die Mitgift aufzubringen.«

»Du hättest mich fragen sollen.«

Lange Verlegenheitspausen folgten unseren Sätzen. Wir standen weit auseinander. Ich hielt immer noch meine Reisetasche. Er bedeutete mir, sie abzusetzen.

»Sie hat einen Adligen geheiratet. Aus Liebe. Sie haben sich füreinander entschieden. Sie wird nie einen Pinsel heben. Sie hasst die Malerei.«

Er wirkte verletzt. »Ich nehme an, sie war eine wunderschöne Braut.«

»Ja, doch Schönheit ist nicht alles. Besser, nach Schönheit zu hungern, sie zu schätzen zu wissen, als einfach nur schön zu sein. Am Ende ist ein solches Leben reicher. Vielleicht lernt sie das noch.«

Er stieß laut Luft durch die Nase. »Bist du mit den Jahren also weise geworden.«

»Realistisch und zufrieden. Ich freue mich, dass sie glücklich ist.«

»Und Palmiras Vater? War er bei der Hochzeit?«

»Nein.«

»Wie bedauerlich. Das wäre doch eine günstige Gelegenheit zur Versöhnung gewesen.« Seine Augen blickten anklagend. »Hast du es wenigstens versucht?«

Was geht dich das an, wollte ich sagen. »Es ist nicht so einfach, wie du denkst.«

»Hat er dir nicht bei der Mitgift geholfen?«

»Ich habe ihn nicht gefragt.«

Wir blickten einander argwöhnisch an, als wüssten wir beide, dass jeder Fehltritt die schwelende Glut zwischen uns in offenes Feuer verwandeln konnte.

»Darf ich mich setzen? Ich bin erschöpft.«

Er befreite einen Stuhl von Farblumpen und zog ihn zum Kamin. Kein Wort des Dankes für mein Kommen.

»Der Palast ist so leer. Möbel und Teppiche, aber keine Menschen. Nur ein paar Diener und Verwalter. Lebst du die ganze Zeit hier so ... allein?«

Er schloss die Augen, verzog das Gesicht und hob sein Kinn.

»Was ist los? Tut dir etwas weh?«

»Nur dass ich wieder Italienisch höre.« Er putzte sich mit einem zerknüllten Taschentuch die Nase.

»Du hast geschrieben, dieser Mann mit dem seltsamen Namen würde Italienisch sprechen.«

»Inigo Jones. *Uomo vanissimo*«, sagte er verächtlich. »Der Experte aller Künste. Er ist alles und überall. Klug, mit einem guten Gespür für Gestaltung, aber überaus von sich selbst eingenommen. Prahlt mit seiner Position als Liebling des Königs. Genau wie der flämische Maler. Van Dyck. Ein rüpelhafter, eifersüchtiger Grobian, der nach dem königlichen Luxus giert.«

Er stocherte heftig im Feuer und legte neue Holzscheite nach.

»Also sind hier auch Menschen?«

»Der König und die Königin halten zweimal im Jahr hier im Palast Hof, für die Jagd. Die Königin kommt häufiger, um die Fortschritte zu sehen, die die Ausschmückung ihres Hauses macht.«

»Das weiße Gebäude?«

»Ja.«

»Wie ist ihr Name?«

»Henrietta Maria. Ihre Mutter war Maria de' Medici.«

»Kannst du mit ihr auf Französisch reden?«

»Fünf Jahre an diesem Hof sollten mich doch etwas gelehrt haben.«

»Und Englisch?«

»Ein wenig. Schlecht.«

Und nun? Was sollte ich nun sagen? Ich konnte ihm nicht von Graziela erzählen. Keine Geschichten vom Sterben. Nicht, wenn er so zerbrechlich wirkte.

»Ich habe dir Oliven und Artischocken mitgebracht.« Ich grub in meiner Reisetasche nach den Gläsern, glücklich, etwas für ihn zu haben, was er mochte. »Ich habe sie von Palmiras Hochzeitsessen aufbewahrt.«

Er brach die Wachsversiegelung des Glases mit einem Palettenmesser und aß eine Olive und dann noch zwei.

»Hast du Brot?«, fragte ich.

»Ja. Schreckliches Zeug.«

Ich holte den Wein und das Olivenöl hervor. Er zog einen Stuhl für sich herüber und beobachtete jede meiner Bewegungen, neugierig, so schien es, auf das, was sich in meiner Reisetasche befand. Er goss den Wein ein und wir kauerten uns ans Feuer und aßen Artischocken auf dem ölgetränkten Brot. Er schloss beim Kauen die Augen, um sich auf den Geschmack zu konzentrieren.

»Ich habe zu viele Jahre hier gelebt. Und in Frankreich. Zu viele Jahre.«

»Ja. Ich weiß.« Ich spürte, wie der Wein wärmend durch meinen Körper floss, während das Feuer mich von außen wärmte. Ich hielt meine Hände über die Flammen und atmete tief und langsam, weil ich mich von der Reise durch die Kälte entspannen wollte.

»Und wozu? Für hartherzige Höflinge, die zweimal im Jahr hier herumschwirren?«, fuhr er fort. »Für lügnerische Männer, die das Brot des Königs essen und hinter seinem Rücken Komplotte gegen ihn schmieden? Sie tragen gefütterte Westen hier, doch nicht, um sich vor der Kälte dieses Landes zu schützen. Sondern um Dolche abzuwehren.« Er fuchtelte mit dem Brot in der Hand, sodass ihm eine Artischocke hinunterfiel. Er hob sie auf und aß sie. »Für eine intrigante, hochmütige Königin?«

Solche Bitterkeit hatte ich nicht erwartet. »Für die Ewigkeit, Vater.«

»Nein, Artemisia. Die meisten Menschen dieser Welt wollen nur ihr Brot essen und dabei alle möglichen Spektakel sehen, Geißelungen, Hinrichtungen, Verbrennungen« – bei jedem Wort trommelte er mit seinen Fingern auf die hölzerne Armlehne seines Stuhls – »und interessieren sich keinen Deut dafür, dass es in dieser Welt Maler gibt, die in aller Stille und für die Ewigkeit arbeiten.«

»Du hast doch geschrieben, dass der Hof freundlich zu dir ist und es zu mir auch sein würde.«

»Damit du kommst.«

»Du meinst, du hast mich angelogen?« Ich spürte, wie sich meine Rückenmuskeln anspannten.

Mit einer geringschätzigen Handbewegung tat er meine Frage ab. War dies ein erneuter Verrat? Wartete hier etwa keine Arbeit auf mich? Wenn ich darauf reagierte, hätten wir einen schlechten Neubeginn.

»Sie tolerieren mich, weil ich ihnen anstelle ihrer steifen, langweiligen Porträts ein wenig Dramatik auf ihren Bildern liefere.« Er nahm einen Schluck Wein und reckte sein Kinn in die Höhe, um den Schluck voll auszukosten. »Artemisia, hier gibt es kein *dolce vita*.« Er ballte eine seiner Hände zur Faust und legte sie sich an die Brust. »Keine bewusste, dankbare Freude an den schönen Dingen. Ihre Höflichkeit ist berechnend und dient nur ihren eigenen Interessen. Die Kunst ist ihnen nicht wichtig. Wichtig sind ihnen nur die Jagd, Pferde und Schiffe.«

»Aber uns ist sie wichtig. Jedes Bild beschert uns Freude.«

Er blickte von seinem Wein auf, als würde der Gedanke ihn verwirren.

»Dir geht es ... gut?«

»Das ist unterschiedlich. Ich habe nun einen Sekretär, der auch als mein Agent fungiert. Er hat meine erste Judith verkauft.«

»Endlich jemand, der klug genug ist, dein Talent zu erkennen. Wer hat sie gekauft?«

»Prinz Gennaro von San Martino.«

»Er hatte Glück, dass es vor ihm Narren gab, die sie sich haben entgehen lassen.«

»Ich muss aber immer noch aufs Neue erklären, dass ich nach römischer Sitte berechne, also einen festgesetzten Preis verlange. Sie denken, ich würde es nach neapolitanischer Sitte handhaben, dreißig *scudi* verlangen und mich dann auf vier herunterhandeln lassen.« Seltsam, dass ich das erzählte, aber ich war angespannt. Wir trauten einander immer noch nicht. Und ich traute mir selbst nicht.

»Ich habe für einen Patrizier aus Sizilien gearbeitet, Don Antonio Ruffo, und für den Grafen von Monterrey. Für ihn allerdings habe ich nur Porträts angefertigt. Niemand wünscht heutzutage *invenzione*. Sie wünschen sich nichts anderes als das weibliche Ideal. Seit ich nach Neapel kam, habe ich keine heroische Frau mehr gemalt. Die Zeit verwischt auch die Spuren der Folter.«

In seinen Augen flackerte Groll auf, dass ich dieses Wort ausgesprochen hatte, dass ich ihn so kurz nach meiner Ankunft daran erinnert hatte. Ich aber meinte nur ... ich wusste nicht, was ich gemeint hatte. Ich hatte es einfach so gesagt.

»Immer noch zornig?«, fragte er mit eisiger Stimme. Er sah mich nicht an.

»Nein. Ich male keine gewalttätigen Frauen mehr. Ich schätze, damit ist bewiesen, dass ich nicht mehr zornig bin, außer bei einer Gelegenheit, als kleingeistige Leute in Rom es vor Palmira zur Sprache brachten, als sie noch ein Kind war. Aber das war nur schwacher, vorübergehender Zorn auf sie, nicht der Zorn auf dich oder ihn.«

»Ich dachte, ich hätte es wieder gutgemacht, als ich dir einen Ehemann besorgte. Was deinen Ruf betrifft –«

»*Meinen* Ruf? Wenn du überhaupt an so etwas wie Ruf dachtest, warum hast du nicht auf den Ruf des Mannes geachtet, den du dafür bezahltest, mich zu heiraten?«

»Er war Giovannis Bruder.«

Ich krallte meine Hand um die Armlehne des Stuhls. »Giovannis Bruder hatte eine ganze Reihe Geliebte vor und nach unserer Hochzeit. Deshalb habe ich mich nicht mit ihm versöhnt, wenn du es unbedingt wissen willst. Und deshalb hatte er sich bereit erklärt, jemanden zu heiraten, den er noch nie zuvor gesehen hatte. Er musste eine Frau finden, die nicht aus Florenz stammte und seinen Ruf nicht kannte.« Ich behielt die Kontrolle über meine Stimme, aber nur um Haaresbreite. »Er hat mich wegen der Mitgift geheiratet, mit der er dann eine Wohnung für seine Geliebten mietete. Er war ein vollkommen verschlossener Mann, unfähig zu echter Liebe. Oh ja, Vater, du hast eine wohlüberlegte Wahl getroffen.«

»Ich. Immer bin ich an allem schuld.« Er stand auf und entfernte sich. »Genau das habe ich befürchtet«, murmelte er. »Ich hätte dir nicht schreiben sollen.«

»Muss ich dir immer noch sagen, dass ich von einem Mann hätte genommen werden können, der mich wirklich liebt, wenn ich nicht in Rom zur Schau gestellt worden wäre?«

»Es war notwendig.«

»Notwendig, dass alles andere Vorrang hatte? Deine Freundschaft mit einem Bastard? Deine krankhafte Abhängigkeit von ihm?« Worte, die ich tausend Mal zu mir gesagt hatte und die ich nie zu ihm hatte sagen wollen, stürzten nun aus mir heraus. Ich beugte mich im Stuhl vor. »So notwendig, dass du noch nicht einmal davon absehen konntest, ihn nach Genua einzuladen?«

»Wie viele Jahre muss ein Mann denn in Buße leben? Zwanzig Jahre hast du mich wie einen Aussätzigen behandelt.« Nun ging er mit großen Schritten hin und her.

»Und zwanzig Jahre hast du nie eingestanden, dass du mich verraten hast. Hast nie gesagt, dass es dir Leid tut. Du willst, dass ich dir verzeihe, bist aber nicht bereit, mich um Verzeihung zu bitten.«

»Es wird ein Zeitpunkt kommen, jetzt oder später, da wirst du sagen, dass es einfach passiert ist, und nicht, dass *ich* es passieren ließ.« Seine Finger hämmerten bei dem *Ich* gegen seine Brust. »Du erwartest zu viel von mir. Nichts anderes hätte Agostino aufgehalten. Ich kenne ihn, Artemisia.«

Einen Moment hatte ich den Eindruck, er würde wirklich glauben, was er sagte. Doch ich grub mir die Fingernägel in die Handflächen und wagte mich noch weiter vor. »Du hast mir einen Brief voller Selbstmitleid geschickt und mich gebeten zu kommen und dir zu verzeihen. Erkennst du nicht, wie selbstsüchtig das war? Kannst du nicht ein einziges Mal mein Leben aus meiner Perspektive sehen? In deinen Adern fließt nicht unser gemeinsames Blut. Ich sage dir, was in deinen Adern fließt. Orazio Gentileschi, zuerst, zuletzt und immer.«

Er packte mit zitternden Händen die Rückenlehne seines Stuhls. »Wenn du so verbittert bist, dann hättest du nicht kommen sollen. Glaubst du, ein alter Mann möchte noch einmal dadurch zu Boden geworfen werden, dass er sich alles anhören muss, was er je falsch gemacht hat? Gott wird mein Richter sein, Artemisia, am Tag meines Todes. Nicht du.«

Ich stand auf. »Doch ich darf sagen −«

»Nein!«, brüllte er und wehrte mich ab. »Lass mich allein. Verschwinde.«

Ich war sprachlos. Er blickte mich noch nicht einmal an. »Verschwinde.« Er trat ein paar Schritte auf mich zu, als wollte er mich verjagen.

Ich konnte mich nicht bewegen.

»Eh, *porca miseria.*« Er griff nach seinem Wams und ging.

28 Artemisia

VERSCHWINDE. Wohin denn? Ich stand allein und zitternd in seinem Zimmer. Nachdem ich einen Monat gebraucht hatte, zu ihm zu kommen: *Verschwinde.* Nachdem ich wieder einmal mein Leben demontiert hatte: *Verschwinde.* So undankbar war er. Ich hätte nicht kommen sollen. Ich schritt in großen Kreisen durch den Raum. Ich würde nicht verschwinden. Ich hatte nichts, wohin ich gehen konnte. Ich konnte mich niemandem verständlich machen, wenn ich jetzt ging. Sollte er doch die Nacht woanders verbringen! Erst lockte er mich unter Vorspiegelung falscher Tatsachen hierher und dann jagte er mich fort. Er war ein verbitterter alter Mann geworden.

Rasch trank ich ein paar Schlucke Wein, ließ mich auf den Stuhl am Feuer sinken und fühlte mich ausgelaugt, verbraucht. Nur eines, was Vater gesagt hatte, ergab überhaupt Sinn – dass Agostino mich weiterhin missbraucht hätte, wenn Vater ihn nicht vor Gericht gebracht hätte. Das stimmte wahrscheinlich. Ich hatte einen trostlosen Monat aufgewendet, um das zu erfahren.

Ich aß eine Olive und blickte mich um. Im Zimmer herrschte Chaos. Eine Weste und eine Hose hingen an der Staffelei. Bücher, Teller mit Essensresten, Pinselgläser, sein altes Exemplar von Ripas *Iconologia,* ein paar kleine Skizzen auf Papierfetzen – all das lag durcheinander auf einem langen Werktisch. Zwischen einem Paar alter Öllampen befand sich ein Stapel großer Skizzen. Ich war neugierig, doch gleichzeitig zu erschöpft, um aufzustehen und einen Blick darauf zu werfen. Ich ließ meinen Kopf gegen die hohe Rückenlehne sinken und schloss die Augen.

Nach einer Weile hörte ich ein Geräusch. Vielleicht stand er draußen vor der Tür und wartete darauf, dass ich mich entschuldigte. Ich öffnete sie und ging durch ein paar angrenzende Zimmer. Alle leer. Und kalt. Ich ging zurück in sein Zimmer und legte mehr Holz im Kamin nach.

Schließlich überwältigte mich die Neugier. Auf das Deckblatt einer Mappe hatte er geschrieben: »Allegorie vom Triumph des Friedens und der Künste unter der englischen Krone«. Ich sah mir den ganzen Stapel Skizzen an. Da gab es Musen und allegorische Figuren, die ihre verschiedenen, aus der *Iconologia* stammenden Symbole hielten – Buch, Helm, Kugel, Flöte, Palmwedel, Weizengarbe, Lorbeerkranz und Füllhorn. Er hatte immer noch ein feines Gespür für Komposition und Form. Es sah aus, als wäre es ein riesiges Projekt. Ich fragte mich, wie weit er schon damit war.

Dann nahm ich eine kleine Rolle Pergament mit Profilen und Dreiviertelansichten. Dass er in seinem Alter immer noch Studien von Gesichtern anfertigte! Ich war gerührt von der Bescheidenheit, die darin lag. Er war genau wie ich, die ich immer noch mit den Füßen zu kämpfen hatte. Auf der Rückseite des Pergaments stand ein Brief, voller Tintenkleckse und Ausstreichungen, adressiert an Großherzog Ferdinando.

Ich nehme mir die Freiheit, Eurer Hoheit ein kleines Beispiel meiner Kunst zu übermitteln, damit Ihr entscheiden könnt, ob ich es verdiene, mich für den kleinen Rest meines Lebens in Eure Dienste zu stellen. Sollte mein schwaches Talent ausreichen, meinen brennenden Wunsch umzusetzen, in meine geliebte Heimat zurückzukehren, dann empfehle ich mich ganz Eurer Durchlauchtigsten Hoheit, vor der ich mit demütiger Verehrung mein Knie beuge, im fernen England.

Wenn er diesen Brief wirklich abgesandt hatte und dies nur der Entwurf war, hatte er anscheinend keine Antwort bekommen. Wahrscheinlich sehnte er sich schon lange danach, heimzukehren, fürchtete jedoch, seine sichere Arbeit zu verlassen. Das verstand ich. Es entsprang derselben Quelle wie mein eigener Schmerz, entwurzelt zu werden. Seine übertriebene Selbsterniedrigung stimmte mich traurig. Dass er bei einem Herzog, der noch ein Knabe war, um einen Auftrag bettelte, nachdem er ein ganzes Leben für Kardinäle und Königinnen gemalt hatte! In meiner Kehle bildete sich ein Kloß. Auch er musste Demütigungen erleiden. Seine Truhe war geöffnet, seine Kleider waren überall verstreut. Plötzlich wurde mir flau im Magen. Seine Unterwäsche war vollkommen durchlöchert.

Auf einem Fenstersims stand sein geschnitzter Holzkasten, das Gegenstück zu dem, den ich immer bei mir hatte. Ich ging zur Tür und lauschte einen Augenblick, doch als ich nichts hörte, öffnete ich den Kasten. Ganz oben lagen meine Briefe aus Florenz, bereits brüchig und verblasst. Ich las sie noch einmal: Palmiras Geburt, Cosimos erste Annahme eines meiner Bilder, meine Zulassung zur Akademie. Beim letzten bekam ich Gewissensbisse. Ich hatte ihm kaum dafür gedankt, dass er Buonarroti geschrieben hatte, dabei hatte damit mein Erfolg in Florenz seinen Anfang genommen.

Unter den Briefen lagen ein paar römische Münzen, sie fühlten sich kühl an und waren wahrscheinlich in der Hoffnung auf eine Rückkehr aufbewahrt worden. Darunter der Ehering meiner Mutter. Der große Rubin, an den ich mich noch erinnern konnte, war entfernt worden. Ich wollte gar nicht darüber nachdenken, was das bedeutete. Eine Kinderzeichnung war so gefaltet, dass sie genau in den Kasten passte, und zeigte das Gesicht einer Frau. Auf der Rückseite stand: *Amore mio, Artemisia hat dieses Porträt von mir an ihrem zehnten Geburtstag für dich gezeichnet. Sieh zu, dass sie eine so glückliche Ehe führt wie wir. Prudenzia.* Wie hätte Mutter sich gegrämt, wenn sie eine solche Szene wie die von eben hätte miterleben müssen.

Das war das Elend seines Lebens, die letzten dreißig Jahre ohne sie, mehr als ein Jahrzehnt fern von seiner Heimat, eine

Kommunikation, die stets durch eine fremde Sprache beschränkt war. Wie lange schon war er nicht mehr berührt worden, abgesehen von einem Klaps auf den Rücken, berührt und somit überzeugt worden, dass sein Herz noch schlug? Ich staunte über den Mut, der in seiner Einsamkeit lag. Würde ich es ertragen, wenn ich in seinem Alter so allein wäre? Wenn Agostino in Frankreich bei ihm gewesen war, konnte ich ihm das nicht vorwerfen.

Ich legte die Erinnerungsstücke meines Vaters so in den Kasten zurück, wie ich sie vorgefunden hatte, dann zog ich mein Nachthemd an und trank mein Weinglas leer. Ich konnte kaum die Demütigung und seine Sehnsucht in dem Brief an Ferdinando ertragen, obwohl ich ebenfalls schon Briefe geschrieben hatte, die so verzweifelt waren. Unser beider Leben schien geprägt zu sein von vielen Demütigungen, einigen Siegen und kurzen Augenblicken der Schönheit. Wir beide konnten uns glücklich schätzen, wenn das Schöne und das Hässliche am Ende einander ausglichen.

Mein Kommen war sinnlos, wenn ich ihn wünschen ließ, ich wäre nicht gekommen. Die Reise, die ich hinter mich gebracht hatte, war leicht im Vergleich zu dem, was vor mir lag – die Geste zu vollenden, also nicht nur zu kommen, sondern das volle Maß an Mitgefühl aufzubringen, das größer war, als nur eine Decke anzubieten, eine Geste so groß wie von Christus, der den Aussätzigen berührt hatte, oder wie Graziela, als sie den Sterbenden berührte. Es war beängstigend, nicht nur um dessentwillen, was geschehen konnte, sondern auch weil ich meinen Beweggründen misstrauen musste, wenn ich vollkommen ehrlich zu mir selbst sein wollte.

Ich löste die Verschnürung meines Mieders, legte mich auf sein Bett und bedeckte mich mit seiner Decke. Vielleicht würde er morgen zurückkommen, beschämt, so wie ich.

Als ich spät am nächsten Morgen erwachte, drang kein Geräusch aus den benachbarten Räumen. Ich stocherte in der

Aschenglut, um das Feuer zu entfachen, und stellte mich dicht davor. Ich hatte Hunger. Also aß ich noch ein paar Artischocken und Oliven sowie den Rest des Brotes, während ich mich am Feuer wärmte. Ich goss Wasser aus einem Krug in eine Waschschüssel und tauchte meine Hände hinein, um mir das Gesicht zu säubern. Es war so kalt, dass ich erschreckt aufschrie. Dann band ich mir das Haar zusammen, das von der wochenlangen Reise schmutzig war.

Ich blickte aus dem Fenster. Der Regen hatte aufgehört. Der Himmel hatte eine Farbe, die die Engländer wohl für Blau hielten. Auf der anderen Seite einer eingezäunten Wiese stand das Queen's House, wohin die Kutsche mich zuerst gebracht hatte. Von hier aus konnte ich seine klassischen Linien sehen, seine ausgewogenen Proportionen. Es hatte eine Balustrade, damit man die Landschaft vom Dach aus betrachten konnte, und eine Loggia im ersten Stock. Mir blieb nichts anderes übrig, als über die Wiese zu gehen und nachzusehen, ob er dort war. Ich stöberte in meiner Reisetasche, suchte nach Michelangelos Pinsel und steckte ihn in die Innentasche meines Umhangs. Ich suchte den Weg zur Treppe und dann zur Tür. Das hohe, feuchte Gras durchnässte meine Schuhe. Ich hob meinen Rock, damit er sauber und trocken blieb.

Durch die Tür zum Queen's House brachten Arbeiter gerade einen großen, unfertigen Holzrahmen hinein. »Orazio Gentileschi?«, sagte ich. Sie wechselten einen Blick und sagten ein paar Worte, die ich nicht verstand, dann schüttelten sie den Kopf. »*Sala grande?*« Ich fuchtelte mit den Händen, um einen großen Raum anzudeuten, und gab dann vor, die Decke zu bemalen. Da brachten sie mich vorbei an Gipsern und Zimmerleuten, die an einem Kranzgesims arbeiteten, hinein und wiesen auf eine große Treppe. Die Zimmer oben hatten nichts mit den reich verzierten Räumlichkeiten römischer oder florentinischer Paläste gemein.

In der großen Halle erkannte ich Vaters dramatische Figuren, die bereits in die Kassetten der Decke gemalt waren. Es war ein riesiges Projekt – neun Fächer, acht rechteckige und ein Medaillon in der Mitte, darin elf Frauen, welche die Figur des Friedens umstanden, die einen Stab und eine Blättergirlande von einem Olivenzweig in der Hand hielt. Sie war überwältigend in ihrer machtvollen Schönheit. Ich konnte zweiundzwanzig Figuren insgesamt ausmachen, alles Frauen, sogar Pittura und Scultura vor einem Hintergrund aus Wolken und blauem Himmel. Vier Fächer waren noch auszumalen. Und er war so alt und gebrechlich!

Das Deckengemälde war prächtig, nur eines missfiel mir. Die Farben. Die vorherrschenden Farben waren Grün, Blassviolett, Hellblau und Gold, doch waren sie so blass im Vergleich zu den Bildern, die er in dem hellen Licht Roms gemalt hatte, dass es schien, als würde alles Leben aus den Figuren schwinden.

»Der englische Geschmack ist konservativer als unserer.« Beim Klang seiner Stimme, in der ein entschuldigender Unterton zu hören war, wirbelte ich herum. In seinen Augen stand eine ängstliche Bitte. »Ich habe noch vier Fächer vor mir.«

»Ich werde dir helfen.«

Langsam, zaghaft, so als befürchtete er, mir wehzutun, streckte er die Arme nach mir aus. Ich spürte, wie ich mich in seiner Umarmung entspannte, so wie Palmira früher, die in meinen Armen eingeschlafen war.

Ich löste mich von ihm und blickte auf. »Sie sind wunderbar, Vater. Du kannst nicht leugnen, dass sie dir Freude gemacht haben. Ich sehe es an jedem Gesicht, dass sie dir Freude gemacht haben, und sei es auch nur persönliche Befriedigung über das, was du erschaffen hast. Hattest du nie den Wunsch, zu rufen: ›Sieh! Sieh hin und lass die Schönheit dein Herz verwandeln?‹ Ein paar Mal hat es mir vor Glück fast das Herz zerrissen. Hast du das nie erlebt?«

Er zwinkerte mich mit dunklen Augen an, in denen die Bedürftigkeit stand.

»Wir haben Glück gehabt«, sagte ich. »Wir konnten unseren Lebensunterhalt durch das verdienen, was wir lieben. Und als

Maler zu leben, so wie wir, ganz gleichgültig an welchem Ort, heißt, Leidenschaft leben, und Imagination und Beziehung und Verehrung, das Beste im Leben also – und lebendiger zu sein als alle andern.«

»Als wer? Lebendiger als wer?«

»Zum Beispiel als meine eigene Tochter. Ich spüre das Leben intensiver als sie. Ich empfinde seine Härten ebenso unverhüllt wie seine Schönheiten. Ich hoffe, das bedeutet, ich werde eines Tages in dem glücklichen Bewusstsein sterben, dass ich wirklich gelebt habe.«

»Du bedauerst nichts?«

Das war die gefährlichste Frage, die er je gestellt hatte. Ich empfand Respekt vor seinem Mut, seiner Bereitwilligkeit, geradewegs auf den Schmerz zuzugehen.

»Du meinst, ob ich bedaure, wie es mir ging, nachdem ich Rom zum ersten Mal verließ?«

»Egal was.« Ich konnte sehen, wie sich die Muskeln seines Kiefers anspannten und seine Schultern sich strafften angesichts dessen, was ich sagen würde.

Sollte ich ihm sagen, dass ich oft das Gefühl hatte, nur eine Ansammlung missglückter Anfänge zu sein, wie feuchtes Holz, das, kaum angezündet, auf erbärmliche Weise ausbrannte, wenn etwas schiefging? Sollte ich mich beklagen, dass ich nicht in der Lage gewesen war, den Mann zu halten, den ich zu lieben gelernt hatte? Sollte ich ihm von Galileos Entdeckung erzählen, dass wir nicht das sind, was wir denken – dass unser Leben geringfügiger ist durch die Bedeutungslosigkeit unserer Position am Rande des Universums, so geringfügig wie ein Farbstrich am Rand eines Bildes, der zwar zum Ganzen beiträgt, aber von den meisten unbemerkt bleibt? Sollte ich zugestehen, dass mein Abdruck in der Welt mir zwar alles bedeutete, mein Werk für die Medici aber nur dekorativen Wert hatte?

Vater wartete auf meine Antwort, hielt sich an der Rückenlehne eines Stuhls fest, ein alter Mann, der sich gegen die Attacke wappnete.

Er hatte schon genug Demütigungen erfahren. Er musste nicht unbedingt auch noch mein Gejammer über meine eigenen Demütigungen erfahren.

»Nein. Ich bedaure nichts.« Ich holte tief Luft, ließ sie ein- und wieder ausströmen, so langsam wie die Gezeiten. »Nur dass ich nie in der Lage war, mich zu entspannen.« Das Zusammenkneifen seiner Augen bedeutete mir, dass er versuchte zu verstehen, was ich damit sagen wollte.

»Ich hatte nur die Malerei und Palmira. Hätte ich einen Geliebten oder einen liebenden Ehemann gehabt, wäre da noch etwas gewesen – jemand, mit dem ich *la dolce vita* hätte genießen können.«

Er neigte nachdenklich den Kopf. »Nur die Malerei und eine Tochter«, murmelte er.

Genau wie er, erkannte ich plötzlich. Er hatte dasselbe gehabt wie ich. Nur dass ich ihm die Freude an dem einen versagt hatte, was Palmira nicht getan hatte. Wir blickten einander im selben Augenblick an, einander ebenbürtig in Kummer und Anerkennung, sahen einander von Angesicht zu Angesicht. Ich spürte, wie die Bande zwischen uns enger wurden.

»Ich bin die Tochter meines Vaters.«

»Wie das?«

»Wir haben beide die Kunst unserer Tochter vorgezogen«, sagte ich sanft. »Nur die Zeit wird erweisen, ob sie den Preis wert war.« Nach einem Augenblick fragte er vorsichtig: »Hast du keine Liebe erfahren?«

»Liebe.« Ich zog eine Grimasse. »Liebe heißt, sich freiwillig in die Schlingen der Illusion zu begeben und jemanden anzubeten, während man darauf wartet, zu ersticken.«

Seine Miene verzerrte sich.

»Ja, ich habe sie erfahren, wenn du es Liebe nennen willst. Doch selbst einseitige, vergängliche Liebe ist besser als überhaupt keine. Ich bin dankbar, dass ich dieses Gefühl erfahren durfte. Also schätze ich, ich bedaure nichts.«

Ich tätschelte unbeholfen seinen Arm. Langsam wurde sein

Gesicht weicher. Er schwankte ein wenig und musste sich hinsetzen. Ich zog einen zweiten Stuhl nah an seinen. »Ich muss dir etwas zeigen«, sagte ich und gab ihm den eingewickelten Pinsel. Er rollte den Stoff auf seiner Hand aus. »Der gehörte *il divino*. Buonarroti der Jüngere gab ihn mir.« Vater blickte auf den Pinsel auf seiner Handfläche und holte langsam und rasselnd Luft. »Damit hat er Seelen gemalt, Artemisia. Ich hingegen habe nur Haut gemalt.«

»Du hast *deine* Seele gemalt, Vater. Kennst du noch das Magnificat? ›Meine Seele erhebt den Herrn‹: Das hast du getan – die Schönheit Gottes vergrößert durch dein Lebenswerk.«

»Glaubst du das wirklich?«

»Von ganzem Herzen.«

»Aber der Preis.«

Ich hob die Schultern. »Die wahre Belohnung kommt vom Herrn.‹ Das hat mich Paola vor langer Zeit gelehrt. Es liegt nicht in unserer Hand.«

Nach einem kurzen Augenblick hob er den Pinsel in die Luft und tat so, als würde er damit an einem imaginären Bild arbeiten, er lächelte und blickte mich an, als wäre ich das Modell. »Du hast mich gemalt, nicht wahr? Auf Borgheses Deckengemälde. Im Casino.«

»Hast du es gesehen?« Seine Miene hellte sich auf.

»Eine großartige Arbeit.« Sag es, befahl ich mir. »Ein großartiges Gemeinschaftswerk.« Schmerz zeigte sich in seinen Augen, die verzweifelte Hoffnung, dass ich ihn verstehen würde. »In der Zusammenarbeit seid ihr eins geworden.«

»Das Schlimmste und das Beste, was ich je zustande gebracht habe. Der Kummer darüber hat mich nie verlassen.«

»Wie konntest du wissen, dass ich zwanzig Jahre später noch so angespannt aussehen würde?«

»Nicht Anspannung brachte die Figur dazu, über den Balkon zu blicken, anstatt auf die Musiker zu achten.« Er lachte leise und traurig. »Als ich dich malte, spürte ich deinen anklagenden Blick in meinem Rücken.«

Er gab mir den Pinsel.

»Ich habe ihn nie benutzt«, sagte ich.

»Das kann ich verstehen. Alles andere als seine Brillanz wäre eine Entweihung.«

Das konnte ich als Kränkung auffassen. Ich wollte schon sagen, Buonarroti hätte ihn mir zum Malen gegeben, da blickte ich in Vaters Augen und sah nur die Ehrfurcht vor dem Ideal.

Vater besorgte mir das Zimmer neben seinem und brachte mir Holz aus dem eigenen Vorrat, trug es Scheit für Scheit zu mir, um mir ein Feuer zu machen. Dann brachte er Mutters kleinen Teppich aus seinem Zimmer und legte ihn vor mein Bett. In seinem Atelier studierten wir seine Skizzen und entschieden, an welchen der verbleibenden Darstellungen ich arbeiten würde.

»Lass sie uns alle auf einmal grundieren«, sagte er plötzlich lebhaft und zog vier riesige, bereits aufgezogene Leinwände hervor.

»Alle vier auf einmal?«

»Warum nicht?«

Wir stellten sie in einer Reihe auf und mischten eine dünne Lösung aus Gips, Pferdeleim und Bleiweiß an. Er grinste spitzbübisch, als er nach seinen breiten Grundierungspinseln suchte und mir schließlich einen überreichte. »Sieh gut hin und rate mal«, befahl er mit blitzenden Augen. Er trug die Grundierung auf seinen Pinsel auf und malte von einer Seite zur andern ein riesiges S auf die erste Leinwand, das er dann ausmalte. Er trat einen Schritt zurück und wies auf die anderen drei Leinwände.

»Weißt du es schon?«

»Nein.«

Er lachte und ging zur zweiten Leinwand. Es war schön, ihn so glücklich zu sehen. Lässig malte er ein großes P auf die Leinwand. »Wie gefällt dir das, hm?« Mit diebischer Freude bedeutete er mir, die restlichen zwei zu übernehmen. »Sie werden es nie erfahren.«

Ich war noch nicht ganz sicher, was ich malen sollte, doch trug ich Grundierung auf meinen Pinsel auf und malte ein großes O.

»*Sì, sì*«, sagte er, als er das sah.

Ich versah den Buchstaben mit einem gekrümmten Schwanz, verwandelte ihn in ein Q.

»*Bene!*«, rief er. »*Eccellente.*«

Auf die letzte Leinwand malte ich dann ein R.

»*Che meraviglia.* Da haben wir es! SPQR. Senat und Volk von Rom.« Schmunzelnd sagte er: »Unter dem englischen Anspruch auf Frieden und Künste steht Rom und wird immer Rom stehen.«

»Das Fundament«, sagte ich.

Er küsste mich auf beide Wangen. Und während wir die Buchstaben verbreiterten, bis sie die ganze Leinwand ausfüllten, sang er eines seiner römischen Liebeslieder.

Wie langsam er malte! Wie zögerlich er die Farben mischte! Manchmal arbeiteten wir gemeinsam an einer Leinwand, er an einer Figur, ich an der anderen. Oft ertappte ich ihn, wie er mich beobachtete. Jeden Morgen dauerte es länger, bis er zu malen anfing. Er hörte auch immer früher am Nachmittag auf. Doch jeden Tag schaffte er etwas, und sei es nur eine Stelle im Hintergrund. Während seiner Mittagsschläfchen malte ich gegen die Zeit an, immer mit einem Ohr auf seinen langsamen, ungleichmäßigen, rasselnden Atem.

Oft summte ich Melodien, die er meines Wissens nach kannte, nur damit er mit dem Text einfiel. In der Gemeinschaft des andern begannen wir, uns langsam auf ganz neue Art zu entspannen. Eine seltsame, unerwartete Leichtigkeit überkam mich. Vor diesem Zeitpunkt hatte ich immer mit allem zurückgehalten, mich nie wirklich frei gefühlt, weder mit Pietro noch mit Palmira, doch hier, wo niemand mich kannte, fürchtete ich keine Verurteilung, und da Vater und ich dieselben Gefühle teilten, schmolz alle Steifheit meines Lebens hinweg, und ich spürte, wie ich zu mir selbst fand. Wenn es echt war, wenn es andauern würde, war es ein wunderbares Gefühl.

Ich hatte es mir zu schwer gemacht, hatte die Urteile anderer zu sehr zu den eigenen gemacht, hatte zugelassen, dass die Furcht davor mich erstarren ließ. Kein Wunder, dass mir mein ganzes Leben der Rücken wehgetan hatte. Ich hätte gewisse Dinge anders machen sollen – mehr geheime Botschaften hinter meinen Bildern verstecken, Palmira mit auf den Campanile nehmen, Galileo in Bellosguardo besuchen, ihn malen und ihm das Bild schenken, mehr tanzen, die Aufmerksamkeiten Francescos genießen, anstatt mich vor ihnen zu hüten. Ich hätte diesen Stein, den ich am Tag der Urteilsverkündung auf der Via Appia fand, schleudern sollen, nicht gegen etwas oder jemanden, sondern nur, um ihn über das Land segeln zu lassen, bis er irgendwo unerkannt hinabfiel und sich unter die Elemente mischte – nur wegen des Gefühls, meinen Arm zu erheben.

Es war mein eigener Fehler, wenn ich *la dolce vita* nicht genossen hatte. Francesco hatte gesagt, dass ich nun frei wäre, ganz ich selbst zu sein. Ja. In Neapel würde es anders werden, wenn ich zurückkäme.

Eines Morgens sagte Vater, er hätte etwas in London zu tun, und fuhr mit dem Flussboot fort. Er ließ nicht zu, dass ich ihn begleitete. Das war nun schon das zweite Mal. Ich machte mir Sorgen um ihn, er war ein alter, gebrechlicher Mann, der allein reiste. Ich versuchte, so viel wie möglich zu schaffen, während er fort war. Als er am Abend schwer atmend nach Hause kam, sank er in den Stuhl neben mir und betrachtete das, woran ich arbeitete. »Du bist eine gute Malerin. Du kannst jetzt besser malen als ich.« Seine Brust hob und senkte sich.

»Du warst mein Lehrer.«

»Ja. Ich brachte dir den Schmerz bei.«

»Du brachtest mir bei, zu sehen und meine Vorstellungskraft zu benutzen. Du hast mir ein Leben mit Handarbeit und Picknicks erspart.«

»Es tut mir Leid, dass dir die Picknicks entgangen sind.«

»Ich habe noch viel Zeit für Picknicks. Vielleicht sogar mit Enkeln. Erinnerst du dich noch an die blauen Kornblumen an der Via Appia?«

»Deine Mutter hat sie dir ins Haar geflochten und eine Kette daraus gemacht, die du um den Hals trugst. Du sahst wie eine Göttin aus.«

»Für dich.«

»Komm her.« Er griff in seinen Umhang und zog einen kleinen Beutel heraus, den er mir in die Hand legte. »Das habe ich für dich anfertigen lassen. Mach den Beutel auf.«

Kindliche Vorfreude stieg in mir auf. Ich löste die Verschnürung und kippte ein Bronzemedaillon heraus, das wie eine Maske geformt war und an einer langen, goldenen Kette hing.

»Weißt du, was das ist?«, fragte er.

»Etwas aus der *Iconologia*?«

»Hol sie mir, dort vom Tisch.«

Ich brachte sie ihm und er zeigte mir die allegorische Figur der Malerei – eine wunderschöne Frau mit einem Pinsel in der einen, einer Palette in der anderen Hand und einer Goldkette um den Hals mit einem Medaillon in Form einer Maske.

»Die Malerei. Eine Frau. Das hatte ich vergessen.« Ich blickte vom Medaillon zu ihm. Seine Augen strahlten vor Liebe. »Es ist wunderschön.«

Er presste die Hände auf die Knie, stand auf, nahm mir die Kette ab und hob sie mir über den Kopf. »Hier. Jetzt ist es genau da, wo es hingehört.«

»Ich hatte noch nie ein so wertvolles Geschenk«, flüsterte ich.

Eines kalten Morgens brach er mit einem Bündel Skizzen in der Hand in der großen Halle zusammen. Ich stürzte zu ihm, nahm ihn in die Arme und barg seinen Kopf in meinem Schoß. Seinen baumelnden Kopf stützte ich in meiner Armbeuge, so wie Michelangelos *Pietà*.

Er zuckte zusammen und presste eine Hand gegen seine Brust. Seine Stimme kratzte leicht. »Artemisia.«

»Wo tut es weh?«

»Nur eine kurze Unannehmlichkeit. Das geht vorüber.«

Seine Tapferkeit rührte mich. Und die schreckliche Vorstellung, ohne Vergebung zu sterben. Seine Hand umklammerte meine, und seine Augen brannten mit einer Frage, die er immer noch nicht in Worte fassen konnte, weil er sich, auch jetzt noch, zu sehr schämte.

»*Sì*«, sagte ich. Ich spürte, wie sich ein zwanzig Jahre alter Knoten in meiner Brust löste, und verstand plötzlich, dass das, was er wünschte, nicht nur Vergebung für ihn bedeutete, sondern auch Heilung für mich.

Dann schien er loszulassen. Ich konnte nicht sagen, ob seine Augen auf mich oder auf die Decke gerichtet waren. Ich hoffte, er würde, bevor sie sich schlossen, noch die Figur des Friedens über sich erkennen, weich und hell und leuchtend auf einer Wolke und mit einem Olivenzweig in der Hand.

Ich dachte schon, er wäre gegangen. Gegangen, und ich hätte ihm das Wort vorenthalten, nach dem er sich so sehnte. Dann hob sich seine Brust. Seine schlaffe Unterlippe zitterte und zog sich mit einem Atemzug nach innen.

»Artemisia?«

»Ich bin hier, Papa. Ich halte dich.«

»Benutze seinen Pinsel. Für ein Selbstporträt«, flüsterte er langsam. »Eine Allegorie der Malerei. Für die Ewigkeit.«

»*Sì*, Papa.« Ich küsste ihn sanft auf die Stirn. »Das werde ich.«

Anmerkung der Verfasserin

Jedes fiktionale Werk über ein Ereignis oder eine Person der Geschichte ist ein Werk der Fantasie und muss es auch sein, immer der betreffenden Zeit, dem betreffenden Menschen getreu, doch nur so lange, wie die Fakten die Grundlage für eine glaubwürdige Dramatik liefern. Ich habe wirkliche Menschen zu Figuren zusammengesetzt, andere ausgelassen und wieder andere einfach erfunden. Auf der Grundlage der bekannten Fakten habe ich mir vorgestellt, wie wohl die Persönlichkeiten von Artemisia Gentileschi, ihrem Vater und ihrem Ehemann beschaffen waren und wie sie einander beeinflussten. Der Prozess und Artemisias Kontakt mit Galileo Galilei, mit Cosimo de' Medici II. und Michelangelo Buonarroti dem Jüngeren jedoch sind kunsthistorisch dokumentiert. Alle im Buch genannten Bilder sind existierende Werke, die unbestreitbar ihr zugeschrieben sind und in etwa der hier aufgestellten Chronologie entsprechen. Wie ein Maler, der Gestalten aus früheren Jahrhunderten in die Tracht der eigenen Zeit kleidet, habe ich versucht, Artemisia Gentileschi so darzustellen, dass sie einerseits für uns, die wir dreieinhalb Jahrhunderte später leben, eine Bedeutung hat und andererseits doch die Seele und die Passion der wirklichen Artemisia Gentileschi besitzt, die 1593–1653 lebte und für die die Geschichte hinter dem Kunstwerk stets das Entscheidende war.

Dank

Meinen tief empfundenen Dank an Karen Kapp, die mich mit
Artemisia bekannt machte; an Jim McCarthy, der mich bei
allem, was Italien betraf, unterstützte; an Peggy Jaffe und das
Tuscany Institute of Advanced Studies, die mir die Toskana er-
schlossen; an die Ordensgemeinschaft vom Heiligen Herzen
der Santa Trinità dei Monti, die mir Gastfreundschaft, Zeit-
losigkeit und Güte gewährte; an das Asilomar Writers' Consor-
tium, vor allem an Jerry Hannah und Grant Farley für ihre ein-
fühlsame Lektüre; und insbesondere an meine beiden *tesori*,
meine hervorragende Agentin Barbara Braun für ihre Begeisterung und ihren unverbrüchlichen Glauben an mich und meine
begabte Lektorin Jane von Mehren für ihre wohlmeinende,
scharfsinnige und genaue Betreuung beim Schreiben.